海浪花

（二）

秋实 著

香港文匯出版社

序

——秋 实

世有无穷事，生知遂百春。

人的一生会看到许多的风景，见到许多的人物，经历许多的事情，听到许多的故事，但与世事相比也只能是九牛一毛、沧海一粟。

人的思维是无限的又是有限的，从思维的本性、使命看，是无限的；从思维的个别实现的情况及每次的实现看，又是有限的。正确认识思维有限和无限是我们积极思考的动力。通过一些事情而去透过现象抓住本质，举一反三的思想，便会扩大我们的见识，增加我们的收获。春秋时期诸子百家，写了许多有思想的文章，对今人无不有借鉴意义。

人生的每一个春秋，都有花的开放和秋叶的飘落。去留皆是自然事，然而却给人们以人文的启示。把它写下来，便是有益的。我常赞美"开卷有益"的初创者，是多么的智慧。因此，我也常常开卷以取益。

不断地思考并记之。偶尔打开那些自己写作的文本，读来又有一些新的收获。虽然有些文章已沉淀了许多年，但重温时，仍然感到可读，并没有腐朽之气。

在走过每一个春秋时，都有许多的人或事，与我或相处、或交往、或相识、或失之交臂、或擦肩而过。有些是令人赞赏的，有些是令人痛心的，有些是令人喜悦的，有些是令人悲愤的，这些都留下了只言片语和一些笔墨。倘若有可读之处，不妨出版面世，让读者评说。也便决计整理出版了。

故我便挤出时间来，开始整理这些碎片。很早的一些旧手稿，自己也已将之忘却了，发黄的纸上记着一些文字尚可辨别。于是我又忆起了起步走路时的情景、往事、老友、世势。

整理的过程像是探奇一样，又像是在开采一座宝藏，仿佛还充满着兴奋和好奇心。每读一篇时，还感觉语言不俗，总有一种感觉：饶有兴趣。

人贵持之以恒。思考写作不辍，积累便成蔚然，正所谓的"集腋成裘"。无论是阳光明媚的笑脸，还是阴雨风雪的心情，都没有放下笔。倘对社会无价值，对于自己也是一种记忆和安慰。一些文章是发表过的，一些是被束之高阁的。

我现在可以做的就是把它们全都翻出来，并把碎片化、纸件化的文字转变成系统化、电子化的文章，然后交给出版社的编辑再去修饰。

有许多文章是关于环境保护、城市管理、教育、旅游、文化、产业、文明、法律的思考和拙见；也有对历史、人物的评价，总是希望以问题为导向，不断去解决问题，正所谓治标治本兼蓄。记得曾经读过一篇短文，关于治标治本的问题是这样表述的：有一个垃圾箱，经常有苍蝇飞出，为不传染疾病，人们便去想办法灭掉苍蝇，苍蝇没有了；又从垃圾箱里跑出蟑螂，为不传染疾病，人们便又去想办法灭掉蟑螂，蟑螂没有了；垃圾箱里又跑出了老鼠，人们害怕鼠疫，便想办法去灭掉老鼠。但是就是没有人想办法去处理好那些产生不良东西的垃圾。像这样一些文字是有启发性的，是值得社会很好的反思的。

古人云"学而不思则罔，思而不学则殆。"写作的过程也是很好的思考与学习的过程。同时，也提倡一种百家争鸣的氛围。一家之言难服众，一花开放难为春，一木独荣难成林。

愿这些文字像春天里的一棵小草，也繁荣在文学这个大花园里。可以随春风摇曳，可供人们观赏。如若喜欢，也便可以采撷而去。

我常常醉心于那些点点似的星星似的小花朵。它们精致得可怜，一丝不苟地绽放着，从每一个环节，每一个细节都在追求着完美，追求着卓越。那小小的花朵里挑着几丝花蕊，就那么的低调，那么的隐约，那么的静美。

我也常常欢喜那些花间的水湾。清清的像一双眼睛，闪着光、炯炯有神。它们的明澈，如一颗善良的心灵，泽润着万物而有着自身的气质。在它们的心里映照着天空，如此广阔，即使是一湾浅浅的水湾，也因此有了博大和深邃。我赞美它们的宁静和包容。它们的胸怀总是那样的澄明。

我也常常惊叹那些大自然的造化。耸入云端的山峰，无边无际的草原。在它们面前，人类是多么的渺小。它们的壮观曾折服过多少诗人，留下了多少壮丽的诗篇。徐霞客的游记你读过吗？他记录的地理风光，充满着神奇与色彩。还有藏在地下的自然的壮观，人们可以展开想象的翅膀。

当然，自然和人文往往联袂出场。

我也常常敬佩那些有品德的人们。他们辛苦着自己的生活，却幸福着别人的日子，而将快乐写在脸上，把责任扛在肩上，一生简单而大度，从不计较得失，知足常乐。他们安步当车，无论什么豪华的车子从身边驰过，都无动于衷，始终用沉稳的脚步丈量着人生的旅途。

我也常常笑人间欲胜天公。人类的笨拙，并不自知，总觉得人定胜天。当大地震来临、核电站爆炸、洪水摧毁家园时，过后仍要长歌，以表人类伟大。有何伟大之有？失去的生命不再回来。人类无知的行为，惹怒造物主，以此来惩罚。人类所谓的创新是创造出更先进的征服自然的工具，加剧着对自然的破坏和人类的悲剧。

我也常常烦心那些反复无常的人。他们翻手为云覆手为雨，想出许多招数。今天这样明天又那样，朝令夕改，让人无所适从，整日碌碌无为。"无常"便是忙碌，"无常"便是辛苦，"无常"也便是"随意"，怎么会有什么意义可言？

目录

春·夏·秋·冬·人物·山海·海外·散文

海外

‖ 旅途笔记 ‖

一

金秋十月，我与我的同伴一行三十人，踏上了去美国培训的旅程。这是我第二次踏上美国这片美丽的土地，领略西方发达国家的文明。在上海浦东国际机场，当我一登上美联航的飞机，那种 Chocolate（巧克力）、Coffee（咖啡）的味道以及 Pepsi（可乐）加入 Ice（冰块）所迸发出来的微小水滴，仿佛已使我感受到了美国的生活方式和现代文明。

第一次到美国是一九九五年的冬天。我们一行十二人，去美国参加一个会议，从北京直飞西雅图。一下飞机，迎接我们的是飘洒的零星的雪花。薄薄的雪覆盖着碧绿的草坪，花儿在雪中瑟缩着，显得格外娇艳。虽然是冬天，展现在我们面前的却是一片春意盎然的景色。

这次到美国却是秋日，从上海飞往旧金山，由旧金山入关，然后于旧金山时间十一点半继续飞往芝加哥，经四小时飞行，抵达芝加哥，两地时差为两小时，已是芝加哥时间下午六点。当我们走出机场时，迎接我们的是薄薄的暮霭。我们一行乘一辆大巴直往伊利诺伊大学所在地 Urbana——Champaign。遗憾的是两个半小时的路程是在黑色的夜幕中度过，未能读到一路秋色。

但意外的收获是看到了美国斑斓的夜色。公路两旁的灯光熠熠闪烁着，停车场内灯火通明，荧辉相叠，如同白昼；路上对开的两行车辆，鱼贯而行，川流不息，前灯和尾灯流光溢彩，分别形成了红色和黄色两条长龙，鳞光闪闪，栩栩如生。灯光醉人，夜色欲滴。

第二天清晨，第一缕阳光射进了我们的卧室。掀起窗帘向外望去，树木成林，草坪如茵。当我举足出门时，顿觉空气异常清新，如同走进了天然氧吧。漫步在被青草浸漫的小路上，不由地想起了唐代诗人白居易的诗句："远芳侵古道，晴翠接荒城"。美国的青翠则弥漫了九百三十万平方公里。

草坪上生长着多种树木,树干粗而矮,树冠高而大,铺天盖地,婆娑摇曳,可谓独木成林。当然,更令人惊叹的是树叶的颜色。有的一树橙色,有的满树红叶,有的一树青翠……有的姹紫嫣红浑然一树。每一片叶子仿佛都透着亮,闪着光。像朱自清描写的春天"红的像火,粉的像霞",而那些橙的像玛瑙,绿的像碧玉,紫红的像珊瑚。走在大街上常常会被多彩的树叶深深地吸引,禁不住放慢脚步回头观望。从"停车坐爱枫林晚,霜叶红于二月花"之诗句,可知枫林红叶之美,然而,我想枫林红叶之单调比伊利诺伊州树叶之多彩一定要逊色得多。

掩映在树丛中的低矮的房屋,风格各异,尖顶菱檐,错落有致。周围除了参天大树,如银杏树、枫树、白杨树、橡树、松树等,还有各种观叶灌木,如樱花、石榴、木槿等。房子与周围的花草树木非常和谐,形成了一个个性迥异的优美的花园,充分体现了美国人的自由。

松鼠在树林里跳跃,无距离、无拘束地与人相处;虫鸟在草丛中鸣叫,听来真切清脆。人、动物和植物之和睦,科学与人文之互补,现代文明和大自然在这里结合之完美,产生了一种和谐的韵律。与其说城市中有许多的树木花草,不如说城市坐落在一个偌大的植物园中。我们所到之处,无不如此。环境给我以美,美使我感怀。故提笔以记之。

二零零三年十月

二

厄板纳‐香槟市(Urbana-Champaign city)是一座美丽的小城市,共有十五万人口,就是在这花园式的地方我们度过了三个月的愉快的学习时光。今天是二零零三年十二月二十一日,是我们在美国伊利诺伊大学厄板纳‐香槟校区学习的最后一天。明天我们一行三十人就要离开伊利诺伊大学,离

开厄板纳 - 香槟市。

学习期间我们大部分时间是在市内或校内活动。很少有时间去逛一逛郊外。今天我与寝友一起去了位于市区东南郊外的一个公园，那里有一片红果子树，由于昨天刚刚下了大雪，地上的一切颜色都被大雪掩盖，今天天气又特别晴朗，蓝天、白云、雪地、阳光、红果子就这样一幅图景。你可以想象应该如何去描绘其美。

我们以蓝天为背景，以白云作衬托，迎着光或逆着光拍下了这些红果子树。凌寒耐雪的红果子，红得那样艳，那么晶莹。哪里像鲜果？那简直像红色的珊瑚珠。树上一点叶子都没有，只有果子赤裸裸地一串串、一簇簇地挂在树枝上，在寒风中摇曳。在厄板纳 - 香槟这座小城，有许多的红果子树，由于品种不同，所以风格也迥异，果子大者如海棠，累累缀满枝，像熟透了的谷穗拉着弓，低头向着大地，果子小者若红豆，爬满了枝头，但枝桠仍昂头向着天空。但是，它们都有一个特点，无论是在秋天还是在冬天，都紧紧地偎依着树枝，当百花败落、树叶飘零，它们依然水灵灵地挂在树枝上，风吹雪打也不去，直至腊月树木冬眠，它们才渐渐失去了颜色。谁言自古红颜多薄命？

拍完了这方红颜，我们顺路来到公园的深处，沿着弯弯曲曲的小路观看那自然与人工融合的休闲园。公园里的草坪和树木搭配合理，非常宜人，今天外面很冷，但是仍有许多美国人在公园里锻炼身体。有的人牵着狗在公园里漫步，有的在跑步，有的在溜旱冰。不管他们在忙什么，会面时总会礼貌地向你致意，跑步的向你挥手，走步的跟你说"morning"，溜冰的向你微笑。其中一个溜冰者大约四十岁，扭着花儿沿小路滑行，技术如此之娴熟，使我惊讶，这也许是一个职业溜冰者。

走在公园的尽头有成片的野草和灌木丛，野草大部分是枯黄的蒿草，草高过人，蒿草上的蓖穗，在寒风中抖动着。树枝苍劲，枝桠曲折，风中吱吱作响，加之这片野草地，有点荒凉之感。我们在公园里寻找好的镜头，发现有一木筑的观望台，上面有几幅介绍公园的图画，是在春天里拍摄的，各种野生花卉烂漫在蒿草中，非常的美丽，而现在是冬天，只能看到冬天的凄凉。世界就是这样，春夏秋冬往复不休，草木亦随之青、荣、熟、凋。就是在最发达的地区——美国，也是如此。这是永恒的自然规律，无论你的处境多么的不幸，春天依然会如期到来；无论你的生活多么的繁荣，冬天也会如期降临。

二零零三年十二月

三

从厄板纳-香槟市的ORCHARD DOWN社区出发，约三个小时我们到了CHICAGO CITY（芝加哥）。在往芝加哥市的路上，一路目睹着IL STATE（伊利诺伊州）的原野，只有一望无际被犁耕过了的田地，油黑发亮，偶遇乡间别墅式的农舍，在树木的簇拥中，显得格外的宁静和幽雅。那种感觉仿佛觅到了陶渊明《归园田居》里的意境"方宅十余亩，草屋八九间。榆柳荫后檐，桃李罗堂前。暖暖远人村，依依墟里烟"。

从URBANA-CHAMPAIGN CITY（厄板纳-香槟市）到CHICAGO CITY（芝加哥市）像从一个小镇到了一个现代化的城市。CHICAGO高楼林立，彩色略有点暗淡，一些街灯和楼门灯闪着光，街上的车，川流不息。但等到下午五点时分CHICAGO已完全被夜幕笼罩时，华灯初照，再加上CHRISTMAS HOLIDAY（圣诞节）之气氛就显得格外亮丽，光彩有点绚烂。这就是美国，这种气氛方使人感到震憾。

芝加哥是美国第三大城市。位于伊利诺伊州东北部，密歇根湖西南端。面积五百九十点五平方公里，人口二百七十八点四万（一九九零年），其中黑人约占百分之四十。大市区由库克等六县组成，包括周围许多卫星城镇以及印第安纳州西北滨湖地区诸城，面积一万两千零六十一点六平方公里。

芝加哥城中心即卢普区位于芝加哥河河口一带，为最繁华的商业区。其面积仅占全市的百分之一，却集中全市约六分之一从业人员。城市沿滨湖平原向西、北、南展开，地势平坦，气候温润，常年盛吹来自密歇根湖的东北风，有"风城"之称。

一八零四年在芝加哥河河口一带始建永久定居点。一八三三年在皮毛贸易站基础上建立集镇。一八三七年设立芝加哥市。十九世纪中叶起，密西西比河流域的伊利诺伊－密歇根运河建成，横贯大陆的中太平洋铁路等也相继通达。二十世纪初，芝加哥已是美国中西部最大的肉、乳和谷物产区。五大湖地区煤、铁资源等的开发，使芝加哥迅速成为中西部地区最大的城市，成为西部地区交通和工业中心。芝加哥也是美国最大的铁路枢纽。美国中北部三十多条铁路线的集结点，城市铁路线总长一点二四多万公里和年货运量五点一二亿吨均居世界各大城市之首。公路交通发达，十二条公路干线，是州内公路系统的中心。此外，又是五大湖地区重要湖港，船只可经伊利运河或哈得逊河或圣劳伦斯河出海，市内有三个重要机场，其中城西北的奥黑尔国际机场是美国面积最大、客运最繁忙的机场，年旅客流量达三千万至四千万人次。

芝加哥是美国主要文化教育中心之一。大市区内有九十五所大专院校，建于一八九一年的芝加哥大学享有国际声誉，该校的东方研究所和博物馆以收藏东方艺术珍品著称，还有伊利诺伊大学、伊利诺伊理工学院、西北大学等著名学府。其他重要文化设施有艺术学院、艺术博物馆、科学和工业博物馆、谢德水族馆、阿德勒天文馆、历史协会等。

芝加哥市街呈方格网状分布，风格各异的现代化高层建筑密集。西尔斯罗伯克公司所在的西尔斯大厦高四百四十三米、一百一十层，为美国最高建筑物，其次是高三百四十六米、八十层的标准石油大厦和高三百四十三点五米、一百层的约翰汉寇克中心大厦以及第一国家银行大厦等。我们利用下午的时间，看了西尔斯大厦（SEARS TOWER），该塔使用高度为一千四百三十一英尺，塔高一千四百五十英尺，天线和饰物高度为一千七百三十英尺，该塔可以容纳一万六千五百人，在该塔上可以（OVERVIEN CHACAGO CITY AND FOUR STATES OF AMERICAN）鸟瞰伊里诺伊、印地安那、密苏里等州，如遇阴天，犹如置身云雾之间。约翰汉寇克中心（JohnHancock Center），别名"BigJohn"（大约翰），它的外形像一把梯子，初看有些怪异，但其是建筑结构力学上的一项新的成就。这幢大厦属一家保险公司所有，一楼到五楼是高级时装店，六楼到一百四十一楼是公司行号的办公室，四十二楼以上是公寓，九十四楼是眺望台，九十五楼是餐厅，九十六楼则是鸡尾酒馆。斐尔特自然史博物馆（Field Museum of Natural History），在博物学这一范畴，堪称世界第一，恐龙的骸骨、古代埃及的木乃伊、玛雅帝国的出土文物皆极其珍贵。

我们自Chicago Avenue Bridge往北，到East Oak Street。这之间有七条街，被称之为The Magnificent Mile（华丽的一英里）。流光溢彩，火树银花，可与纽约第五大街媲美。有整齐、美丽的行道树，有高耸、宏伟的建筑物，有优雅、豪华的商店以及赏心、悦目的橱窗。Chicago Avenue Bridge的桥头，就是以口香糖闻名的Wrigley Junior Co.大厦，大厦下方即为汽艇码头。那个极像是玉蜀黍的Twin Towers Marina City也矗立在面向河川的右侧。发行数量占全美国第三位的芝加哥论坛报也以这里为根据地。耸立在芝加哥城中心的古老水塔（Water Tower）是芝加哥城一八七一年大火后幸存的历史文物，曾是芝加哥的象征。

密歇根湖（MACLIGAN LAKE）是芝加哥一道美丽的风景线，是芝加哥的亮点，来芝加哥不可不看。美国共有五大湖，苏必利湖面积最大，其次为休伦湖、密歇根湖、伊利湖和安大略湖。只有密歇根湖完全属于美国，而其他的湖都与加拿大共有。密歇根湖很大，一眼望不到边，就像大海一样，但没有大海那样狂暴，在微风中湖面是万里鱼鳞般的波纹，显得很平静，波澜不惊，很像一位文静的大家闺秀。

沿湖岸有一些别致的两层建筑，有商店、游园还有极具西方风格的玻璃画艺术长廊，这里才是真正的玻璃艺术宫殿，大部分的图案都是与圣经和宗教有关。也有山水草木之画，琳琅满目，美不胜收。

二零零三年十二月二十二日

四

纽约市分为五个行政区：布鲁克林（BROOKLYN）、曼哈顿（MANHATTAN）、布朗克斯（THE BRONX）、昆斯（QUEENS）、史泰登岛（Staten Island）。我们六点乘飞机从芝加哥城出发，到达纽约的时间是十二点，由于时间差的原因，使原本就很宝贵的时间，又拨快了一个小时。因此，匆匆吃过午饭，我们就去了自由女神像。

（一）

自由女神像位于纽约中心东湖中的一个小岛屿上，岛屿的名字叫贝德罗岛，游客需乘船前往。自由女神像本并没有什么光景，但来自世界各地的游客如云，也许是因为她是自由的象征、是美国的象征。船行在湖中央，回头一顾，遥望纽约，大厦耸立，高入云端，真有点资本主义大国的气派。

我们来到贝德罗岛已是夕阳斜照，云已成为红色的彩霞，霞光映红了河水，河水闪着粼粼波光。贝德罗岛上到处是野鸭，一片片、一群群，飞的、走的、站立的、寻食的。当从我们的眼前掠过时，在逆光中，在红彤彤的西阳的映衬下，显得格外的矫健，构成了一幅美丽的图画。使我想起了刘禹锡的一句诗"莫道桑榆晚，为霞尚满天"。

自由神像重四十五万磅，高四十六米，底座高四十五米，其全称为"自由女神铜像国家纪念碑"，正式名称是"照耀世界的自由女神"。整座铜像以一百二十吨钢铁为骨架，八十吨铜片为外皮，三十万只铆钉装配固定在支架上，总重量达二百二十五吨。铜像内部的钢铁支架是由建筑师约维雷勃杜克和以建造巴黎艾菲尔铁塔闻名于世的法国工程师艾菲尔设计制作的。

女神头戴光芒四射的冠冕，身着古罗马长袍，右手高擎长达十二米的火炬，左手抱着一部书——《美国独立宣言》，上面刻着《宣言》发表的日期"一七七六年七月四日"。脚上残留着被挣断了的锁链，象征暴政统治已被推翻。花岗岩构筑的神像基座上，镌刻着美国女诗人埃玛·娜莎罗其的一首脍炙人口的诗：

送给我

你那疲乏的和贫困的挤在一起渴望自由呼吸的大众

你那熙熙攘攘的岸上被遗弃的可怜的人群

你那无家可归饱经风霜的人们

一齐送给我

我站在金门口

高举自由的灯火

女神身体微微前倾，气宇轩昂、神态刚毅，给人以凛然不可侵犯之感。而其端庄丰盈的体态又似一位古希腊美女，使人感到亲切、自然。

从女神像底部乘电梯可以直达基座顶端，然后沿着女神像内部的一百七十一级螺旋式阶梯可登上顶部的冠冕。冠冕四周开有二十五个高约一米的窗口，可容纳四十余人观览远景。从冠冕处向右还可登上铜像右臂高处的火炬底部，这里可容纳十二人凭窗鸟瞰。塑像的基座是一个大厅，一九七二年美国联邦政府将其辟为移民博物馆。馆内设有电影院，可为游客放映美国早期移民生活的影片。

创作这一艺术杰作的是十九世纪后期一位才华横溢的雕塑家，他的名字叫弗雷德里克·奥古斯特·巴托尔迪。一八三四年巴托尔迪出生在法国的一个意大利人家庭。他从青年时代起就酷爱雕塑艺术，自由女神的形象很早就存在于他的心目中了。一八五一年路易·拿破仑·波拿巴发动政变推翻第二共和国后的一天，一群坚定的共和党人在街头筑起防御工事，暮色苍茫时，一个年轻姑娘手持熊熊燃烧的火炬，高呼"前进"的口号向敌人冲去，波拿巴分子的枪声响了，姑娘倒在血泊中。巴托尔迪亲自目睹这一事实，心情久久不能平静。从此这位高举火炬的勇敢姑娘就成为他心中的自由女神。

一八六五年，巴托尔迪决定塑造一座象征自由的雕像，由法国人民捐款，作为法国政府送给美国政府庆祝独立一百周年的礼物。巴托尔迪在一次婚礼上同一位名叫让娜的姑娘相遇，让娜长得美丽端庄、仪态万方。巴托尔迪让她来做"照亮全球的"自由神像的模特，让娜也欣然应诺。

一八六九年，自由神像的草图设计完成，巴托尔迪便开始全心全意地投入雕塑工作。一八七六年，巴托尔迪参加在费城举行的庆祝独立一百周年博览会时，把自由女神执火炬的手在博览会上展出，这只手仅食指就长达二点四四米，直径一米多，指甲厚二十五厘米。于是这件鲜为人知的雕塑品顿时身价百倍，成为美国人人渴望欣赏的艺术珍品。之后不久，美国国会通过决议，正式批准总统提出接受女神像的请求，同时确定贝德罗岛为建立女神像的地点。

一八八四年七月六日，自由神像正式赠送给美国。同年八月五日，自由神像底座工程奠基。一八八六年十月中旬，自由神像全部竣工。十月二十八日，美国总统亲自参加自由神像揭幕典礼并发表了讲话。无数群众簇拥在神像周围，怀着激动的心情企首仰望着自由女神像第一次露出她庄严的面容。自此，自由神像就永远地成为人们热爱和向往自由的象征。

（二）

当我们参观完女神像，乘船归来时已是黄昏。岸上的纽约城一簇簇的建筑群像一座座的灯山，又像是灯光修饰下的冰灯艺术展，晶莹剔透，也像一艘停泊的豪华巨轮，张灯结彩、富丽堂皇。当我们回首的时候，女神像基座的灯光已将女神映照得宛若一座淡青色的玉雕。从女神冠冕的窗孔中射出的灯光，宛若女神的冠冕上缀有的一串珍珠闪着光芒。女神右手高举的火炬在夜空中发出橙黄色的光辉，给热闹、喧嚣的大都会平添了一处颇为壮观的景色。

约六点离开了女神像，来到 TIMES Square（时代广场）已是晚上六点半，天色已黑，时代广场上人潮如云，车水马龙，高楼大厦直插云霄，楼上的电子广告流光溢彩，竞相夺目，画面变化使人应接不暇。霓红闪烁的屏幕上有政客、有明星、有商人，也有动画，各种广告一应俱全。时代广场与其说是世界的广告席，不如说是企业竞争的大擂台。在时代广场做广告的企业均属世界重量级企业，广告费之昂贵，令一些企业望洋兴叹。

在二十世纪初，古德几乎包办时代广场全部电子招牌。由于当时的看板只采用白色日光灯，所以当夜晚点亮招牌灯光时的景象被称之为"白色大道"（THE GREAT WHITE WAY）。古德认为电光招牌是一项艺术，其感染力具有强大的效果："每个人都得读它，同时吸收它的讯息；不管愿不愿意，都得接受广告商的教诲"。诗人庞德视电子招牌为"我们的诗，因为我们依照自己的意愿把星星拉至地球上"。"白色大道"是古德的发明，是时代的发明，是一种独特的城市大众艺术，是一种传播、建筑与艺术紧密结合的发明创造。今天霓红灯把色彩带进了白色大道，使得广告更亮丽，更具有竞争力和侵略性。走在时代广场你的注意力会无条件地被吸引。谁吸引了人们的注意力，谁就会拥有市场。人们的注意力就是财富，这是市场经济中颠扑不破的道理。

时代广场不大，但是世界上有名的广场，被称为世界的十字路口。其实时代广场是六条街道的交汇处，也可以说其连接六条街，辐射纽约市。时代广场不仅是人的广场，更是时间的广场。在密集的摩天高楼的映衬下，广场显得像一条宽的街道，如果用其盛时间，并盛不下很多时间，但偏偏有六条街道，时间像车辆一样穿流而逝。因之，身处其中深感节奏之快，走在广场上仿佛不能慢行，不自然会大步流星，真有"时不我待"之感。这使我想起一首诗："劝君莫惜金缕衣，劝君惜取少年时。花开堪折直须折，莫待无花空折枝。"时代广场英语为 TIME SQUARE，也可以译为时间广场，无论时代还是时间皆名副其实，我佩服命名者的高明。

（三）

与时代广场比邻的百老汇（BROADWAY）剧场，由许多的知名剧院组成。如贝拉斯科歌剧院（BELASCO THEATER）、舒伯特剧院（SHUBERT）、布洛德赫斯特剧院（BROADHURST）、庄严剧院（MAJESTIC）、海伊斯剧院（HELENHAYES）、圣禅姆斯剧院（ST. JAMES）等。漫步剧场，一座座建筑别致、风格独特的剧院像一个个知名的演员先后粉墨登场，经典绝伦。但是真正的美妙还是要买一张票走进剧院。当你走进贝克剧院（MARTIN BECK）时，你会发现自己置身于一座摩尔式的宫殿里；当你走进舒伯特剧院时，你也许会感觉自己回到文艺复兴时期；但当你走进新阿姆斯特丹剧院（NEWAMSTERDAM）的时候，你会享受到走入梦境的虚幻和温馨。百老汇（BROADWAY）剧场最持久的戏码大概是"歌剧魅影"，起初这可是上层社会的天地，绅士和贵妇们身着豪华礼服出入和消遣的地方，而现在任何人都可以买一张票，走进剧院，对号入座，然后尽情地享受。像中国古诗所云："旧时王谢堂前燕，飞入寻常百姓家"。

（四）

原世界贸易中心大楼，位于曼哈顿闹市区南端，雄踞纽约海港旁，是纽约市最高、楼层最多的摩天大楼。它由纽约和新泽西州港务局集资兴建，由原籍日本的总设计师崎实设计。大楼于一九六六年开工，历时七年，一九七三年竣工以后，以一百一十层、四百一十一米的高度作为摩天巨人而载入史册。大楼是由五幢建筑物组成的综合体。主楼呈双塔形，塔柱边宽六十三点五米。采用钢架结构，使用钢材七点八万吨，楼的外围有密置的钢柱，墙面由铝板和玻璃窗组成，有"世界之窗"之称。大楼有八十四万平方米的办公面积，可以容纳五万名工作人员，同时可以容纳两万人就餐。其楼层分给世界各国八百多个厂商，还设有贸易中心、情报中心和研究中心。在底层大厅及四十四层和七十八层的高空门厅中，设有门类齐全的商业性服务。楼中共有电梯一百零四部，地下有可供停两千辆的车库，并有地铁在此设站通过。第一百零七层是眺望厅，极目可及七十二公里。一切机械设备全由电脑控制，被誉为"现代技术精华汇粹"。

但我们现在能看到的仅仅是世界贸易中心大楼的遗址。参观时是在金融中心大楼透过玻璃窗子看的，一是因为下雨，二是因为居高临下看得清楚。周围的许多大楼仍在修复中，大家都用镜头留下了这一历史的残迹。曾经是美国高度的标志，吸引着世界各地的游客来此鸟瞰 NEW YORK CITY，什么东河、亚马逊河、自由女神、帝国大厦等尽收眼底，而今，看到的只是一片废墟。黄鹤自此去，只余黄鹤楼，尚且空忧忧。黄鹤与楼两空空，如此之况，令人扼腕殇叹。周围高高的铁网篱笆环绕着，上面有一块黑板刻着五千多死难者的名字，世贸大厦的周围唯一幸存的是大厦前的一个大铁球，也已残缺不全，崩裂多缝，被移到女神岛对岸的一个公园内，供游人参观，以便让世人记住这一灾难，反对恐怖主义。残缺的球样子很苦，应该说是痛苦，这样描述其更确切一些。那被炸裂的缝隙很像正在哭泣的人的嘴和眼。在幸存物前有一个小火池，风中火焰在飘动，与球一起形成了一道风景。但我没有悟出其中的道理来。我想这也许是美国人的纪念方式吧。就在这个公园里有许多的鸽子在飞翔，有的站在灯柱上，有的站在树枝上，与自由女神隔水相望。这就是世界各民族的人们追求的两种最珍贵而迄今未得到的东西—自由与和平。就在这自由与和平的标志附近发生了飞机撞击世界贸易中心大楼的恐怖一幕。

军械、武器是为和平而造？还是为战争而备？科学没有好与坏，当用于人类事业可以造福，反之，则为人类带来灾难。爱因斯坦一再提出这样的思想，科学是一把双刃剑，科学不能提供目标，只能提供达到目标的手段和方法。所以人类的发展趋向不仅要强调科学，而且要强调人文。只有正确使用科学技术，才能造福人类。未来的世界必是科学和人文的融合的世界。简单说就像一个人要德才兼备一样。参观的整个过程都是在雨中，是否苍天也为世界贸易中心大楼的倒掉及死难者而哀伤。

（五）

华尔街（WALL STREET）是纽约金融一条街，是全美金融业中心。银行和证券等金融大楼林立。走在去华尔街的路上我们看到了两处教堂，这不奇怪，因为美国是一个信教自由的国家。在美国每年大约要出售九百万册圣经。每一百个美国人中就有六十人属于教会，其余的即便不属于某个宗教组织但也信奉某种宗教，总人口中只有百分之三的人自称不信仰宗教，在美国有七千二百万人以基督教新教徒自居，四千八百万人属于罗马天主教，六百多万人信仰犹太教，三百七十万人隶属于东正教。每种闻名于世的宗教在美国都有一席之地，都有其各自的代表。奇怪的是在高楼林立的闹市区竟然有两处墓园，看上去，年代已很久远，美国的人权是否也包括这些死去的人们。

（六）

一九四六年，适才满一岁的联合国组织决定在美国境内成立一个总部。当时有许多的城市在争取，但由于洛克菲勒以八百五十万美元购买了东河附近的一块土地赠给联合国组织，为显示交易的公平，联合国组织象征性地花了壹美元买了这块土地。这样，联合国大厦便设在纽约市。

联合国大厦广场入口处迎风飘扬着一百八十五个会员国的旗帜。部长大楼是整个综合结构的核心，由法国建筑师柯比意设计，高三十九层，往北延伸出去，即是有着圆形拱顶的联合国大会，向东面扩展为举行国家安全会议的会议大楼。我们步入联合国大厦依次参观了常任理事会议厅、经济厅、社会厅和联合国大会厅。就在联合国大会厅内有二幅画，是由名作家创作。看上去像小学生之作，导游解释说，此画为抽象派，你认为是什么就是什么，因为各国对问题的看法和认识是不同的，所以不同人对该画也有不同的见解。另一幅仿佛为一些脚印，我想，其寓意也是很深刻的。

联合国的大楼内不让美国警察进入，其有自己的警察，可谓是一个独立的王国。是一个大小王国，小是说在美国九百三十万平方公里的土地上的一小块土地上的王国，大是指其是世界各国议事协调的总部，并在理论上统领世界。联合国也有自己的邮票，但是只能在联合国大厦内使用，迈出大厦门口，就必须使用美国的邮票了。所以我们许多同学买了邮票和明信片纷纷发给自己的亲人和朋友，这很滑稽但也非常有意义。

（七）

第五大道是 NEW YORK 市的一条商业街道，也是 NEW YORK 市最繁华的街道，张灯结彩，欢度圣诞节（CHRISTMAS）。虽与昔日住满百万富豪的景象已相差甚远。不过，仍然有一些以新貌呈现的史迹建筑坐落于此地，如洛克菲勒中心、圣巴特里克教堂等历史建筑物。

洛克菲勒中心是一座由十九栋大楼组成的城中城。洛克菲勒中心包含出版和传媒两类企业。洛克菲勒中心广场呈凹形，冬天可以溜冰，夏天代之为咖啡厅，穿过广场是一个具有一定坡度的散步区域，由于两边的高楼耸立，散步其间如走在胡同里一般。"胡同"中间有许多植物和雕塑，又被称为香奈尔花园（CHANNEL GARDENS），每到佳节被装点得华丽多彩，尤其是凹形广场旁的那一棵参天的圣诞树，树下那一个小瀑布，瀑布前那一个金娃雕塑，在灯光中流金溢彩，五光十色。

圣巴特里克教堂（SIANT、PATRIVK CHURCH）为西方的建筑经典。其长达三百三十二英尺，宽七十四英尺，是全世界最大的教堂。建筑师伦威克（JAMES RENWICH, JR）在德国科隆完成模型，建筑时加进了欧洲的建筑元素，并于一八八八年竣工。当时教堂的尖塔高达三百三十英尺，在二十世纪三十年代摩天楼出现以前，始终是城市上空最高的建筑物。教堂中央的门上，描绘着美国第一位本地圣徒塞顿女士和其他纽约圣徒的肖像，看上去很逼真。教堂中央正厅可容纳两千五百人，有一百零八英尺高、四十八英尺宽，里面塑有圣母哀痛基督之死的大理石圣殇像，是由派崔吉于一九零六年为颂赞圣母所雕。教堂祭坛的上方，设有一个五十七英尺高的青铜神龛。当阳光从管风琴上方二十六英尺宽的玫瑰窗洒下的时候，整个教堂景象特别壮观。但当我们步入教堂时，已是夜幕降临，圣灯跳动，圣歌此起彼伏，这是教徒们圣诞节前的狂欢夜，但我们未见到所谓的狂欢，只是看到虔诚的人们都站立在大厅跟牧师一起接连不断地唱着圣歌。也许这就是美国人的狂欢，是一种文明的狂欢，是一种狂欢的文明。

二零零三年十二月二十三日

五

今天是圣诞节（CHRISTMAS DAY）。我们从纽约来到了大西洋城（FROM NOW YORK TO ATLANTIC CITY）。我们考察的大部分时间是在车上度过的，可以说是走马观花，有许多时间是只走马不观花。从纽约九点出发，十一点三十分到达大西洋城。一看到大西洋城，我就不由得想到了这里是海盗出没的地方，再看一下当地人，确有一些奇怪，像小说中海盗的模样和装扮。其实，我并不了解它的历史，也并不了解它的现在，仅此感觉而已。

大西洋城是一个在大西洋岸边沿海岸而建的一座赌城。有许多大的赌场，内有多种赌博方式，进去以后就会感到美国是一个花花世界。许多人泰然安坐在赌场内，不知他们是赢还是输？是忧还是喜？看上去一个个都很潇洒，大都是闲暇来此一赌，消磨时光，输赢无妨。

我们作为一个大团一行三十人，一到大西洋，便每人发了一张优惠券，每人十八美元，其中三美元是用来作午餐补助，十五美元是给个人赌钱的，我想这一定是诱饵。每位同学都换了钱，赌了一把，还真有很多人赢了不少钱，最多的赢了一百六十美元，许多赢了几十美元就洗手不干了，也有许多同学输了钱，但都有一条底线，输了便就此打住。姜太公钓鱼，不愿者不上钩。

大西洋城沿大西洋岸边而建，所以我们沿着岸边的一条街步行而观，一边是大海，一边是大西洋城不同风格的建筑。当我第一次看到大西洋的波涛时略有一点不同的感受，总感到是在地球的另一面看到了大海，看到了大西洋的壮阔波澜。我与两位同学走下街，来到了大西洋的海滩上，身临浪花，聆听涛声，观波涛汹涌。我思忖这里是否就是哥伦布发现新大陆的地方，按照物质不灭定律，大西洋的水仍然是由哥伦布航船时的水分子组成的吧？今人不见古时水，今水曾经载古人。

我漫步在沙滩上，畅想着，忽地一只野鸭子飞起，从我的眼前掠过，把我惊醒。这才发现海滩上有大片成群的野鸭，有的站在海滩上，安然而祥和；有的漂在水面上，随波澜沉浮；有的飞在海空上，翱翔盘旋。多姿多态，悠然自得。

上岸后，沿步行街前行。街边有许多印度式的建筑，不觉仿佛到了印度国，置身于佛门境地，宝葫芦般的尖顶立于云端，色彩鲜艳，图案可见，在白云与蓝天的映照下像是一幅漂亮的图画，尤其是白云在楼房艺术般的尖顶中飘飞穿行，显得格外的生动。我随即想到了我国古典名著《西游记》里到西方取经的故事，想到玄奘、悟空、八戒、沙僧西行的图景。我也仿佛到了真经宝地。我记得到西天取经就是走进印度国界，而这些印度建筑又恰恰在大西洋的岸边。如果哥伦布今天在这里登陆，误认为这里就是东方的印度，那倒是有情可原。

哥伦布是意大利人，在西班牙女王伊莎贝拉的支持下三次西行，坚信乘船一直西行一定会到达东方的印度，但终于失败。一四九八年至一五零零年第三次航海，幸运地发现了特立尼达岛和西印度群岛以及南美洲委内瑞拉的海岸，当时即认为是印度，其实这些岛屿就是所谓的新大陆，住的是土著居民，而被哥伦布称之为印度人，在英语中印度人和印第安人为同一名词"Indian"，所以土著居民至今被称为印第安人。在哥伦布时代，如今美国所在的这块土地上大约有一百五十万印第安人，几个世纪过去了，由于白人推行殖民政策，目前印第安人的数目已锐减到八十二万人。

葡萄牙和西班牙人的航海晚于我国明朝三宝太监郑和下西洋半个多世纪，然而葡萄牙和西班牙人的航海却是一系列对世界历史产生重大影响的航海。郑和七次下西洋，远航东南亚各国、印度、阿拉伯半岛和非洲，完成了人类航海史上的一次次伟大壮举。但仅加强了中国与东南亚各国的交往，促进了向南洋移民。而葡萄牙和西班牙人的航海不仅促进了向新大陆的移民，而且加强了贸易，掠夺获取黄金、香料与丝绸。这就是所谓的"蓝色文明"，航海对他们资本积累的完成，可以说功不可没。哥伦布为意大利水手，而受西班牙国王的派遣西行航海。这也体现了西方国度的文明和开放。

二零零三年十二月

六

十二月二十六日上午九点从大西洋城（Atlantic）出发到华盛顿（Washington），途经费城市和巴尔地摩市，一小时后到达第一站——费城。费城是美国第五大城市，宾夕法尼亚州最大城市。全称费拉德尔菲亚（Philadelphia）。位于该州东南缘，特拉华河与斯库尔基尔河的交汇处，城市背靠阿巴拉契亚山麓台地，沿两河之间的狭长半岛伸展，地势平坦，平均海拔三十米。东距大西洋一百四十二公里。市区面积三百五十二平方公里，大市区包括费城等五县和新泽西州的卡姆登等五县约一百四十个城镇，总面积九千二百零二平方公里。

十七世纪初为瑞典人移居地。一六八二年由英国教谊会派移民始建城市。"费拉德尔菲亚"之名取自希腊语，意为"兄弟之爱"。一七零一年设市，到十八世纪中叶，已发展为英国美洲殖民地中最大的城市。

美国独立战争时期，费城的地位尤其重要。一七七四至一七七五年两次大陆会议在此召开，通过独立宣言；一七八七年在此举行制宪会议，诞生了第一部联邦宪法；一七九零至一八零零年曾是美国的首都；十九世纪以来，铁路和港口发展很快，制造业兴起，一八六零年制造业产值曾占全国百分之三十。现仍为美国主要经济、交通、文化中心之一，重化工业发达，为美国东海岸主要炼油中心和钢铁、造船基地，还有化学、电机、电器、机械、铁路机车、汽车等重要工业部门，被称为"美国的鲁尔"。全市约五分之二就业人口从事工业。工厂企业主要分布在城市外围和特拉华河沿岸各卫星城镇。如城北的莫里斯维尔（钢铁）、特伦顿（铁路机车）、城南的埃迪托纳（飞机）、切斯特（汽车、造船）、威尔明顿（化学）、城东的卡姆登（食品）等。

商业和金融业也较发达，美国第一所银行和证券交易所即诞生于此。现大市区内有商业银行五十八家、互助储蓄银行七家，为美国第三联邦储备区银行总部所在地。有一九六九年新建的美国造币厂，我们在近处外观，看上去是一座坚固而雄伟的楼房，不像中国概念的工厂。

费城市内有地下铁道和高架铁路，公共交通设施完备。大市区内有六座大桥横跨特拉华河，与对岸新泽西州各城镇相连。市区以居河间地正中位置的广场为本中心，耸立于广场的市政厅塔楼为城市制高点，广场四角各有一林荫广场。街道布局呈棋盘状。城市安静，适宜居住，有"住家城"之称。市区居民百分之三十八为黑人，郊区居民则百分之九十五为白人。经中央广场的麦凯特大街和布鲁德大街是东西和南北两大干道。麦凯特大街和本广场西侧的约翰肯尼迪大街沿线的新"本中心"为主要商业区，多高层建筑。从市政厅向西北延伸的本杰明·弗兰克林大街是一条宽阔的林荫大道，途经费城艺术博物馆、罗丁博物馆、本杰明·弗兰克林纪念馆和菲斯天文馆等重要文化设施，通往费尔蒙特公园。该公园沿斯库尔基尔河延伸，占地一千六百公顷，是世界上最大的城市公园，内有一八七六年美国独立百年博览会会址。城东多历史遗址。

费城是一座古老的城市，是美国的历史名城。在美国独立前，十三个殖民地的代表曾多次在此地开会，共商独立宣言及独立的事情，因此得名独立宫。一七三零年建立的独立广场，现为国家独立公园的一部分，著名的独立宫就矗立在广场上。它是美国一七七六年七月四日宣布独立宣言的地方。独立宫内设法院和议会厅，设施非常简单。独立宫前珍藏着著名的自由钟。自由钟是议会开会用的，原来被称之为会议钟，当时，钟声一响，华盛顿便停止自己的一切活动，"钟声响了，我要与政要共商政治大事"。美国独立后被人们作为追求自由的象征。

在南北战争中，自由钟再次被突出地表现为自由的象征，"解放黑奴，争取平等"、"让我们敲响自由钟吧，直到我们得到自由"，自由钟一直鼓励着人们为自由而战，为自由而生存。后来美国妇女为争取平等铸造了妇女自由钟，如果说自由钟是自由的开始，那么妇女的自由钟就是自由完成的象征。美国这片土地自哥伦布发现后，从十四世纪到二十一世纪，就一直是人们追求自由的乐土。

我认为自由钟不仅是一种象征和鼓励，更是物化了的一种民族精神，是许多美国精英关于自由光辉思想的结晶。人们追求自由的过程中，涌现出许多历史人物，他们在争取自由的过程中发挥了重要的作用，如华盛顿、富兰克林、汤玛斯、杰弗逊、约翰亚当斯、林肯等，但人们并未将成果归功于一人，没有神化或崇拜某个人，而是将他们的力量、智慧、贡献，物化为自由钟，是它鼓励人们奋斗、寻求自由。这也是美国人追求自由的一个重要部分，美国自由来自民主，而非来自某一个特殊的人物。

一七八一年十月十七日，当华盛顿领导的独立战争胜利后，便把会议钟更名为自由钟，供人民瞻仰，而并没有将华盛顿神化供奉，华盛顿只是一个伟大的人，一个英雄，一个将军，一个总统而已。一八六五年四月九日，林肯领导南北战争解放黑奴胜利，自由钟又被载往各州进行瞻仰，许多人争先恐后，一睹为快，自由钟所到之处无不空岗，商店、工厂、机关、学校暂时停工，来到街上向自由钟敬礼、祝福。有的人高声呐喊"自由钟再见，一路平安"。一战、二战期间，都是自由钟鼓励着将士们为自由而战，同时他们也在保卫着自由钟。

二零零三年十二月二十六日

七

费城吃完午饭，继续前行。下午三点到达港口城市巴尔的摩（Baltimore）。巴尔的摩是马里兰州最大城市，是大西洋岸边的重要海港城市。其位于切萨皮克湾顶端西侧，帕塔普斯科河口附近，西南距华盛顿六十多公里。市区面积二百零七平方公里，大市区包括周围六县，面积五千七百六十三平方公里。

十七世纪初欧洲移民到此定居。一七二九年英国移民在帕塔普斯科河口建立城镇。一八一一年建成通往内陆的国家公路。一八二七年美国第一条铁路（巴尔的摩-俄亥俄、伊利诺伊州）通车，继又通纽约、费城等沿海港市。一八三零年特拉华——切萨皮克运河开通后，出海距离大为缩短，巴尔的摩迅速成为美国东海岸重要海港和工商业中心。二十世纪初，市区人口已达七十多万，其中黑人占百分之五十五。

进出口贸易在城市经济中占重要地位，年收入四十多亿美元。港湾内潮差小、航道深、冬季不冻，处于美国东北部经济发达区内，航运十分繁忙。海轮南经切萨皮克湾或北穿特拉华——切萨皮克运河出入港区，年达六千多艘，货物年吞吐量居全国第八位。三条铁路线、多条州际公路以及六十年代建成的环城高速公路均通达港区。

城区环绕着帕塔普斯科河口湾展开。商业区位于西部，以东原是老城区，通过重建和改造，出现了以办公大楼为主，包括各种商业、交通、娱乐设施和公寓住宅的综合性建筑群——查尔斯中心城区；北部是高级住宅区，多公园和绿地，别墅掩映在树丛中；东部与港区毗邻，为低收入家庭住宅区，多为公寓楼，周围热闹，属闹市区。

巴尔的摩还是美国东部重要的文化城。有著名的约翰斯·霍普金斯应用化学研究所、国立保健研究所、约翰斯·霍普金斯大学。还有知名的俄亥俄运输博物馆，其以保存各种火车头、展现机车发展历史著称。市内还有很多反映美国早期历史的文化珍品和纪念遗址，有"不朽城"之称谓。它是美国国歌的诞生地，其原稿还保留在马里兰历史协会。芒特弗农广场耸立着华盛顿纪念碑（建于一八一五年，高六十二米）和麦克亨利堡保卫战战斗纪念碑。

　　巴尔的摩的港口给我留下了很深刻的印象。湛蓝的水，洁净的岸边，上空盘旋的海鸥，令人心悦神爽。漫步岸边，放眼水面，追忆一九九五年第一次来美之感觉，故地重游，如在异国他乡邂逅多年的故旧。岸边那座圣诞小木屋，依旧挂满圣诞饰灯，精致极致。若一位可爱的姑娘依然披戴着八年前那件美丽的衣裳，站在巴尔的摩的港湾的岸边，望着那一湾碧水，看着那驶进驶出的船只，日复一日，月复一月，年复一年。大自然依然如故，只有重游人已两鬓生出白发，皱纹爬满脸颊。巴尔的摩的港口广场，沿港边建有许多的商城，有书店、工艺品店、商贸店等，琳琅满目，但是我们很少买，只是浏览，更多是以其为背景留影纪念。遗憾的是我们在此仅停留短暂的时间，不能全观其城，在此一游，仅像是在一美丽的公园里稍作小憩，当然就很难领略其真正的文化内涵。但到此一游，终生无憾。仅此而已。

二零零三年十二月

八

（一）

　　在巴尔的摩停留一个小时，前往华盛顿。当到达华盛顿时，已是下午五点三十分。华盛顿市的建筑风格深受巴黎城市设计的影响，街道宽敞，建筑疏旷，秀丽绝伦。英文名字为 Washington D.C，D.C 为 District of Columbia（哥伦比亚特区）的缩写。华盛顿面积一百七十七平方公里，人口八十万，位于美国东部马里兰州和弗吉尼亚州的交界处，在这里波托马克河和阿纳卡斯蒂亚河交汇。

　　我们用有限的时间参观了肯尼迪表演艺术中心。肯尼迪（John F. Kennedy）是美国第三十五任总统，一九六零年当选，一九六三年十一月二十二日被刺身亡。肯尼迪表演艺术中心就是为纪念肯尼迪而命名。肯尼迪表演艺术中心是一座综合文化中心。它不仅是一座专演歌剧、舞剧和音乐的剧院，而且是美国电影协会剧院和国家交响乐团的基地。我们从东门进入，走廊很长，廊顶很高，两边挂满了与美国建交的所有国家的国旗，西门走廊挂的是五十个州的州旗，走廊的尽头是一条东西走廊，廊顶上挂着一排豪华吊灯，把走廊照得如同白昼。这里今天没有演出，仅仅看一看这座豪华的建筑，时间也有限，我们也只好走马观花。最后，我们乘电梯来到肯尼迪表演艺术中心的顶端，环视了华盛顿美丽的夜色。

　　华盛顿市沿 Potomac River 两岸而建，Potomac River 像一条长飘带，穿过华盛顿市区，华盛顿有许多的人工湖都是从 Potomac River 引入的水，使华盛顿有了一种灵气和妩媚。我贪婪地读着夜色降临的华盛顿以及 Potomac River 里隽秀的倒影。

（二）

　　第二天（十二月二十七日），我们乘一辆大巴，前往国会山庄。走在路上就看到了人们感兴趣的白宫、华盛顿纪念塔和国会山庄。当我们到达国会山庄西门广场时，一下车，国会山庄大厦的圆形塔顶清晰映入眼帘，庄严宏伟。其前面树木的多姿与草坪的旷漫，再加上多种的雕塑，尤其是那一湾碧水像龙睛一般地镶嵌在广场上，让人赏心悦目。

　　国会大厦外部宏伟，内部华丽。大厦的天花板镶有历史性的图像，沿墙壁排列着许多的雕像、悬挂着大幅的油画。尤其是圆顶大厅气势恢宏，绚丽多姿，是国会大厦的心脏。在圆顶大厅的墙壁上悬挂着八幅巨型油画，其中四幅由约翰·度朗希尔创作，记录了美国为自由而战的历史场景。其它四幅描绘的是美国的发现、移民定居美国的历史事件。在距离圆顶大厅一百八十英尺的天蓬上画有华盛顿及十三位女神（代表美国十三个州）的穹顶巨幅画图，人物形象栩栩如生，活现而传神，令人叹为观止。这幅巨型穹顶油画由美籍意大利人康斯坦丁诺·希鲁米迪于一八六五年所作，被称为"华盛顿归位登仙图"。这一称谓，我认为并不确切，因为在美国的历史上没有什么仙女，只有宗教中的女神，华盛顿周围的女神像都有翅膀，而画中的华盛顿并没有双翼，这说明华盛顿未有羽化为女神。在美国的历史上共有三个人物是很重要的。一个是哥伦布，西行发现了新大陆。一个是华盛顿，使美国独立，争取了自由，建立了一个民主国家。一个是林肯，解放了黑奴，遏制了南部联邦分裂，维护了国家的完整统一。因此，人们尊敬华盛顿，把华盛顿与自由的女神媲美，成为美国民主自由的象征是很自然的，但是他没有成为神，他毕竟不是神。

环绕圆顶大厦的翼楼也富丽堂皇，巨大的豪华吊灯、油画、塑像、雕梁、画栋、穹顶也让人叹服。南翼为众议院，北翼为参议院，（众议院有四百三十五名议员，参议院有一百名）。走马观花，只能了解国会山庄之九牛一毛。但是，身临其境，却使我们得一毛如获二虎。国会山庄虽历史不长，仅几百年的历史，但其历史的沧桑和文化内涵是非常的博大精深的。这从我们的短暂参观中已深刻地感觉到了。

（三）

参观完国会山庄，我们又来到了白宫。白宫在英文中就是White house，直译为白房子，其实就是一个花园式别墅，并没有什么特别的地方，不同之处在于其政治上的意义。白宫是美国总统府，坐落在首都华盛顿市中心区的宾夕法尼亚大街一千六百号。北接拉斐特广场，南邻爱丽普斯公园，与高耸的华盛顿纪念碑相望。白宫的基址是美国开国元勋第一任总统乔治·华盛顿选定的，始建于一七九二年，一八零零年基本完工。有趣的是，第一位入主白宫的总统并不是第一任总统华盛顿，而是第二任总统约翰·亚当斯。从此，美国历任总统均以白宫为官邸，使白宫成了美国政府的代名词。

白宫自一八零零年以来一直是总统官邸。白宫的设计者是著名的美籍爱尔兰人建筑师詹姆斯·霍本,他根据十八世纪末英国乡间别墅的风格,参照当时流行的意大利建筑师柏拉迪的欧式造型设计而成,用弗吉尼亚州所产的一种白色的石头建造。但当时并不称白宫。"白宫"是一九零二年西奥多·罗斯福总统正式命名的。由于九一一事件再加 Christmas,所以没能到里面去参观。我们只是在白宫的北面和南草坪外的栅栏外拍了一下白宫的外景,大片的绿色草坪,松树、红果子树映衬着白宫十分迷人。

一九九五年,我参观白宫的情景仍历历在目。这里是我的印象和我参阅有关资料的记载。白宫,一八一四年,英军攻占华盛顿时,将其付之一炬,后几经修复和改建,才成目前的规模。其中最大的一次扩建和修缮是在一九四八至一九五三年间,加修了一座二层阳台,安装了电视系统和空调设备,增建了双层地下室和坚固的地下防空室。白宫内部原有的具有历史意义的房间基本保持原貌,以作纪念。

白宫共占地七点三万多平方米,由主楼和东、西两翼三部分组成。主楼宽五十一点五米,进深二十五点七五米,共有底层、一楼和二楼三层。底层有外交接待大厅、图书室、地图室、瓷器室、金银器室和白宫管理人员办公室等。外交接待大厅呈椭圆形,是总统接待外国元首和使节的地方,墙上挂有描绘美国风景的巨幅环形油画,地上铺有天蓝底色椭圆形的花纹地毯,上绣象征美国五十个州的标志。一九四零年罗斯福总统曾在此发表过著名的"炉边谈话"。

图书室约六十多平方米,按十九世纪早期风格布置,室内的桌、椅、书橱和灯具等,均为古典式。藏有图书近三千册,其中不乏美国各个时期著名作家的代表作。此外,这里还存有美国历任总统的有关资料。在藏书壁柜旁的墙上,挂着五幅印第安人的画像,这是当年美国总统在白宫会见过的印第安部落代表团的成员。

地图室珍藏有各种版本的现代地图集和一幅名贵的十八世纪绘制的地图。二战期间,这里曾是罗斯福总统研究战争形势的密室。从一九七零年起,此处已改为接待室,室内挂着本杰明·富兰克林的画像和美国十九世纪哈得逊河画派的风景画。

瓷器室收藏有历任总统用过的瓷制餐具，其中有一套从中国进口的名瓷。

金银器陈列室藏有各种精致的英、法式镀金银制餐具和镶金银器。

主楼一层的北面是白宫的正门，进门后是大理石结构的门厅。大理石的墙、大理石的地板和许多大理石的柱子，气魄宏大，宽敞、明亮。四周墙上挂着二十世纪美国总统的肖像。东大厅、绿厅、蓝厅、红厅和宴会厅依次相邻。东大厅是白宫中最大、装饰最富豪华气派的厅堂，长约二十四米，宽约十一米，高约二点五米，可容纳二百多人。敞亮的落地长窗，光洁的橡木地板，巨型的水晶吊灯和烛台，琴腿上雕饰着四只金鹰的钢琴，十八世纪名画家吉尔伯特·斯图亚特的传世名作一幅巨型油画——华盛顿及其夫人的全身像，都很大气很美丽很精致。这里曾是美国总统及其家属举行婚丧大事的会场，有四位总统的女儿在此举行过婚礼，七位总统在这里举办过丧事。一九四五年，美国第三十二任总统富兰克林·罗斯福逝世后就停灵于此。一九七四年，理查德·尼克松因"水门事件"离职前夕，也是在此与他的助手们挥泪告别的。现在，此厅供美国总统举行宣誓就职仪式、记者招待会、酒会、圣诞舞会等使用。有时，逢节日和周末，也请文艺界和体育界的名流在此演出和表演。

绿厅较东厅小得多，因以绿色基调装饰而得名。四壁有绿绸装饰的水彩画，地上是十九世纪苏格兰画家大卫·马丁画的富兰克林肖像。现在，它是美国总统的客厅，总统常常在此举行正式酒会。而当年，杰弗逊总统曾将绿厅用做餐室，杜鲁门总统常在这里打牌消遣。

蓝厅以蓝色调著称。窗帏是蓝色的，座椅靠背和座垫是蓝色的，窗外的天空也是蓝色的。厅内有一块十九世纪的中国地毯，七把法国镀金椅子，一对十九世纪路易十六时代的镀金桌子等名贵之物。还陈列有几幅美国早期总统及其夫人的画像。

红厅多由总统夫人使用。厅内四壁上的红绸水彩画同麦迪逊总统夫人朵拉的红色肖像相辉映。此处有一总统贵宾接待室，以十九世纪初法国资产阶级革命时期的风格加以装饰，室内家具十分名贵，其中有一架一八零五年的法国枝形吊灯和英国一八五零年制作的红、米、蓝、金四色地毯。

国宴厅是白宫第二大厅，以其华丽的装饰和精致的餐具著称。桌椅家具全为橡木所制，可同时宴请一百四十位宾客，是举行国宴的地方。厨房在地下室，可用升降机将食品送到宴会厅。厅中的设计与装饰均采取十九世纪初叶英国摄政时期的风格。墙中间悬挂着林肯的肖像。壁炉上方刻有美国第二任总统约翰·亚当斯在迁居白宫后的第二个夜晚所写的一封书信中的名句："我祈祷上苍赐福于这座宅邸以及所有来日居于此间的人。愿白宫主宰者皆为诚实、明智之人。"

主楼的二层，为总统全家居住的地方。主要有林肯卧室，皇后卧室，条约厅和总统夫人起居室，黄色椭圆形厅等。林肯卧室是林肯办公和召开内阁会议的地方，著名的《解放黑人宣言》即在此签字。以玫瑰色和白色为主调加以装饰的皇后卧室，曾接待过英国伊丽莎白女王、荷兰女王等贵宾。

白宫西翼由西奥多·罗斯福总统主持，于一九零二年建成；东翼由富兰克林·罗斯福总统主持，于一九四一年建成。其中最主要的厅室是西翼内侧的椭圆形总统办公室。它宽敞、明亮，地上铺着一块巨大的蓝色地毯，地毯正中织有美国总统的金徽图案：五十颗星排列成圆形，环绕着一只鹰。办公室后部两侧分别竖立着美国国旗和总统旗帜。正面墙上是身着戎装威容凛然的华盛顿油画像，两边摆着两只雅致的中国古瓷花瓶。办公室左边墙架上陈设的外国贵宾赠送的礼物中，有中国一九七九年赠送的"马踏飞燕"仿古青铜器。总统的大办公桌上放置着这样一条座右铭："这里要负最后责任"。

白宫的南面，是一个由粗大的乳白色石柱支撑的宽大门廊，正面四根，旁边各两根。门廊的正前方就是有名的南草坪。总统的直升飞机座机可在此起落。由于白宫是坐南朝北，因此南草坪就成了白宫的后院，统称为总统花园。园内，灌木如篱，绿树成荫，如茵草坪中有一水池，池中喷泉喷珠吐玉，高可数丈。池塘四周的花圃里，姹紫嫣红。南门前两侧八棵枝繁叶茂、生机勃勃的木兰树，已有一百五十年树龄。国宾来访时，都要在南草坪举行正式欢迎仪式。每年春天的复活节时，总统和夫人都要在这里举行传统的游园会。

（四）

下午，我们参观了罗斯福公园、林肯纪念堂和越战及朝鲜战争纪念墙。在罗斯福公园内我们环顾四周仍然是大片草坪及多种观赏树木。罗斯福公园沿一个被称为"潮汐湖"的人工湖而建，在公园内我们可以看到"潮汐湖"对面的华盛顿纪念塔和杰弗逊纪念馆。我站在罗斯福公园内，借助红果子树的几束侧枝把华盛顿纪念塔及其水中的倒影收入镜头，红果子树叶碧绿，果子艳红，在微风中荡漾，湖水微微闪着波光，华盛顿纪念塔在夕阳中显得金黄，构成一幅美丽的图画。

罗斯福是唯一的连任三届的美国总统，因为罗斯福在任期间正是第二次世界大战，罗斯福是在轮椅上指挥战争或国家建设的，所以在公园建有一座塑像是罗斯福坐在轮椅上，他的爱犬机警地卧伏其旁，虽然罗斯福坐着但形象依然很高大，在他旁边的石碑上刻着"Please you and please myself to deal for America people"。

林肯纪念堂与华盛顿纪念塔、国会大厦成一直线，被称为华盛顿东西轴线。在林肯纪念堂的后面是静静流淌着的 Potomac 波托马可河水。前面右方是朝鲜战争纪念墙，左方是越战纪念墙，朝鲜战争纪念墙上刻着死难者的雕像，前面是一个模拟战地，有许多战士在战场上的塑像，一个个脸上充满了恐怖的表情，胆战心惊地在东张西望，猫着腰，背着沉重的干粮和弹药，手中握着枪，头顶铁盔，一看就很容易想到战争的无情与残酷。

越南战争更使美国陷入泥潭，伤亡惨重，引起了国内民众的反对。在地平线下两块如翼的大理石上镌刻着死难者的名字，密密麻麻的，死伤无数，两块大理石构成了一个钝角，像一只鹰受伤后深深地栽入地上，墙下放着一些小花束和花篮，在钝角处放一棵大的圣诞树，以纪念死者。两处纪念墙，都是用黑色大理石制作，被称为耻辱墙或黑墙，提示美国民众永远铭记这段黑暗的没有阳光的日子，记住这段痛苦的历史。

（五）

今天是十二月二十八日，我们先去参观了硫磺岛纪念塑像、杰弗逊纪念馆，然后去了四个博物馆，航空、艺术、历史和自然博物馆。

当我们驱车到达硫磺岛时，是上午九点时分。太阳已经有了明亮的光，但并非那么强。硫磺岛纪念塑像在一座公园内，公园内除塑像外，只有绿色草坪和树木，在林间和 lawn（草坪）上有几条曲折的小路，可以跑车也可以行人。这里充满了温馨和宁静。漫步在公园内当然是一种享受。冬天的阳光散在这片宁静的土地上，洒在雕塑的战士们身上。当你看那塑像中战士们为了旗帜而前赴后继，视旗帜贵于生命，用生命保护着他们土地上旗帜的飘扬的时候，就会感到应该倍加珍惜和平的生活。

杰弗逊纪念馆是杰弗逊生前为白宫设计的一个草图，但并没有被采用。当杰弗逊去世时，人们在旧文件中找到了这一草稿，就以此设计作为杰弗逊总统纪念馆。纪念馆的东西方向为开放式，南北为墙，墙壁上有四幅巨型的字幅，那就是独立宣言，纪念馆总体为圆形，上顶为拱形，杰弗逊的塑像为站立像，在正门的门槛之上有一幅雕塑，此为杰弗逊与人在讨论宪法，纪念馆被松树和红果子树环抱。

杰弗逊是美国华盛顿时期的一位副总统，他负责起草了美国宪法，至今已二百多年的历史，然而没有被后人修改过，美国的宪法的确是美国的人民写在纸上的权利，让执政者实施。杰弗逊的纪念馆是开放式的，有顶有柱没有墙，杰弗逊站在馆内，眼睛远望着前方，其前方的位置就是白宫，仿佛在监督当政者是否履行了宪法。

华盛顿纪念塔和杰费逊纪念馆一衣带水，在潮汐湖的两岸，相视而立。两位伟人生前创造了一个民主国家，死后仍对应相望。湖水像镜子一般，映照着美国每一个历史阶段，也无一例外地反映给了这两位美利坚合众国的缔造者。

当我们参观完杰弗逊纪念馆来到了航空博物馆、艺术博物馆、自然博物馆、美国历史博物馆。在美国，博物馆很多，大概全美有七百六十三个博物馆，每一个博物馆都很精美，值得一看。几乎每一个城镇或者说任何规模的城市都拥有一所美术馆或博物馆或两者兼有。其中最有名的国家美术馆、大都会博物馆、现代美术博物馆、库肯汉博物馆都位于纽约，另有 Chicago 美术博物馆和波士顿美术博物馆，华盛顿虽为首都，但华盛顿的博物馆并非全美老大，令我们赞叹不已的是每个博物馆都是 free（免费）参观，对公众开放，对 all of the world（全世界）开放。讲解词也有好几种语言，是美国对公众宣传的最重要、最有效的方式。通过这些博物馆我们能欣赏到世界著名画家和雕塑家的美术作品，从而了解美国的社会和文化，尤其是能了解到美洲印第安人和黑人的历史，以及乐器、硬币、民间艺术。像美国的教堂一样那是教育人们的阵地。

在航空博物馆中，我目睹了美国的航天技术和对太空探索的有关资料、资料片以及一些太空探索的模型，看到美国当年登上月球时的太空服和从月球上带回来的月球石。在许多年以前，当我们提出为人类而奋斗的时候，美国已经为整个宇宙而奋斗了。美国向太空发出飞碟，以多种语言介绍地球上的人类的情况，介绍地球上有两种人，男人和女人，并向其它星球寻求生命，寻求外星人与地球人的合作。

艺术博物馆中有亚洲馆、西欧馆、美国馆等，美国艺术大部分始自十七世纪，而欧洲则始自十四世纪，亚洲馆的中国艺术最为丰富，我认为是最有价值的，中国书画艺术、陶瓷艺术、塑雕、碑刻等一些历史珍贵的艺术品在美国许多艺术馆可以见到，其中郑板桥的兰竹之作就摆放在自然历史博物馆中，美国人是以历史来鉴赏郑板桥的艺术，在兰竹图上有郑板桥写的"兰竹颂"的画题，而美国艺术大都是人体艺术和油画，远看为真，近看虚，真有一种距离产生美的感觉。这一哲学道理在美国艺术油画中体现得淋漓尽致。任何事物或人只有保持距离才是美的。中国有句古话，物极必反，过犹不及。

这就是任何事情都有一个度的问题，在哲学中，度是保持物质存在的基础，超出度事物就不是其本身了。我们的日常生活和工作都是在寻求这种最佳距离和恰当的度，无论是语言还是行为，谁掌握了这个距离和度，谁就是一个优秀的、高尚的人，谁就会成功。

（六）

华盛顿市的游览区如纪念馆、堂、塔、墙、国会、白宫、博物馆都是在美国首都广场周围，首都广场中间是大片草坪，两边是树木，树木外是两条宽阔的大街，各种建筑镶嵌在两旁，构成了一个美丽的广场公园，像这样的街道公园在美国到处都是，漫步其中是一种美的享受。这些也许不被美国人称之为公园，因为整个城市到处如此，美国人概念当中的国家公园指的是尼加拉瀑布、亚利桑那州的大峡谷、落矶山脉的黄石野生动物园等。但我认为像这些地方就是风景名胜了，当然也被称为公园，因为是任何人都可以去的地方。不像迪士尼乐园，之所以称之为乐园是游乐的地方，需要花钱才行的。美国每一个城市里的公园，尤其是华盛顿的公园设计，川丘结合，草木修饰，人工雕琢，是非常有意境的。公园里的鸟、鸽子、小松鼠、猫、兔子遇人不惊，增加许多生气和情趣，草坪上的稀疏的小花使环境恬淡、精美、祥和，喜鹊窝巢坐落在树枝间给人以静谧、安逸、自然。

下午两点，我们不得不离开 Washington D.C 这座花园式建筑的城市，我们驱车一小时达到机场，飞机是五点五十分华盛顿时间起飞。在空中飞行约五小时到达洛杉矶，洛杉矶时间比华盛顿时间推后三小时，所以到达洛杉矶的时间为晚上八点。从灯火通明的华盛顿，到达了灯光溢彩的洛杉矶。

乘坐的飞机离开华盛顿时，我们俯视着美国这座政治和文化中心城市，灯火鲜艳，五光十色，有静止的，也有波动的。这灿烂的灯光把华盛顿装扮得像一颗璀璨夺目的钻石。Potomac 河就像一条条曲叠的黑色钻石项链，而灯光的倒影就像是黑钻斑斑点点的折光。我想，这蜿蜒的波托马可河，也许真的是一位女神的钻石项链，不经意而脱落在马里兰州和东弗吉尼亚州的交界处。这条昼夜变幻、日如白金、晚如黑钻的女神项链，就这样永远地留在人间。也许华盛顿在国会大厅穹顶上，会当面致谢这位女神不经意的馈赠。

二零零三年十二月二十九日

九

晚上八点多钟到达洛杉矶。洛杉矶的夜晚像灯的海洋，黄的、红的、绿的、蓝的、橙红的，在黑色的背景下显得格外艳丽，像仙境般，有一种虚幻的感觉。被灯光分割的街市，像魔方，一方方、一块块、一条条，又像是万花筒，不同的地方有不同的灯光图案，一簇簇地向外蔓延，变幻莫测。洛杉矶灯光的明亮在于其没有很多的摩天建筑，这样洛杉矶的灯光就浮在上空而没有隐藏在高楼大厦之中。川流不息的车的灯光也就不会被淹盖，所以洛杉矶的灯光格外突出，挡不住的灯，夜夜流放着光彩。

（一）

洛杉矶的英文是"Los Angeles"，是西班牙语。洛杉矶位于加利福尼亚州西南部，太平洋东侧的圣佩德罗湾和圣莫尼卡湾沿岸。市区面积一千二百零四点四平方公里。大市区包括洛杉矶县和奥兰治、文图拉两县的一部分，以及贝弗利希尔斯、帕萨迪纳、长滩等八十余个大小城镇，总面积一万零五百六十七平方公里，仅次于纽约大市区，是美国的第二大城市。

城市坐落在三面环山一面临海的开阔盆地中，除局部为丘陵外，地面平衍，平均海拔八十四米，东北和东南面是圣加布列尔山和圣安娜山，森林茂密。我们住的宾馆位于洛杉矶一条高速公路旁边，住在七楼上，一楼为赌场。次日早上五点醒来，我撩起窗帘向东望去，高速公路上的车辆，仍像昨夜一样高速奔流，昼夜不息，车灯依然晶莹剔透。"东方欲晓，莫道君行早"，东方之鳍白瞬间已变成彤红的朝霞，随后爬上了山，朝晖已明。

洛杉矶原为印第安人牧区村落。一七八一年西班牙殖民者在此建镇。一八二二年起由墨西哥管辖。一八四六年美、墨战争后归属美国。一八五零年设市，并在美国向西部移民开发过程中逐步发展。十九世纪七十至八十年代，横贯大陆的南太平洋铁路和连接中西部的圣菲铁路先后通达，加以附近地区石油资源的发现和开发，使城市获得较快发展。二十世纪初，人工港的建成、巴拿马运河的通航和好莱坞电影业的兴起，加速了城市发展。第二次世界大战以来，现代工业崛起，商业、金融业和旅游业繁荣，移民激增，城区不断向四周扩展，成为美国新兴的特大城市。

（二）

洛杉矶是美国西部最大的工业中心，制造业产值约占加利福尼亚州的二分之一，居全国第三位。飞机制造业居突出地位，大市区一点六万余家工厂企业中，约有两千家从事飞机及其零部件制造。美国三大飞机制造公司中的洛克希德公司和道格拉斯公司，分设在市区北面的伯班克和西岸的圣莫尼卡，其次是石油开采、石油加工及电子仪表、钢铁、汽车、造船、化学、橡胶等工业部门。圣佩德罗湾沿岸的长滩是以炼油、造船等为主的综合性重化工业区，市区以东为轻纺工业区；南郊为电子仪表工业区；东部为钢铁工业区；市区西北的好莱坞则集中了六百多家电影和电视制片厂。

洛杉矶是美国太平洋沿岸最大的港口城市。主要港区在圣佩德罗湾，由东、西毗邻的洛杉矶港和长滩港组成。两港岸线总长七十四公里，水深十二米至十八米，潮差不足一点二米，可供十八万吨以下海轮出入。同时，洛杉矶是美国三条横贯大陆铁路干线的起点，并有南北向铁路与太平洋沿岸各大城市相连。洛杉矶城区的扩展伴随公路交通的发展，以高速公路稠密和汽车多著称于世。大市区内各种道路和停车场占总面积的三分之一，高速公路总长一千零五十公里。曾经有一位总统问洛杉矶的市长：你知道美国最大的停车场是哪一个？市长回答说：洛杉矶的停车场。总统诙谐地说是洛杉矶的高速公路。高速公路之发达令人瞠目，而机场的繁荣则令人结舌。洛杉矶大市区内有十个大小机场，其中位于城西的洛杉矶国际机场，辟有五十七条航线，为美国最繁忙的机场之一。

（三）

八点钟，我们乘一辆大巴去被誉为"电影城"的 Hollywood 参观。最近因为电视盛行，在该处摄制的电影也就相对减少。不过，哥伦比亚、派拉蒙等著名电影公司仍在继续拍片。好莱坞的主要街道是 Sunset Blvd 与 Hollywood Blvd 街道两旁是电影院与高级的商店，极尽繁华。

好莱坞影城坐落在一座山上，周围的山区、山麓、山坡、山顶都建有房子，在西方被称为别墅，掩映在树林中，或现一角，或露一檐，很有层次，很有美感。树木像我国南方的热带植物，有矮的，有高的，有匍匐生长的，有直立生长的，各色混杂，斑斓多彩。其中一种树长得很特殊，像长颈鹿一样，细高的枝干挑着几片叶子直送天空。

在不知不觉中我们来到了景点好莱坞。一座戏院 Grauman's Chinese Theater，门口呈山字形建筑，上面有魔鬼脸谱雕塑，最有趣的是大戏院前的水泥地上印有明星的手印和脚印，刻着明星的名字，或留有他们的一段名言。导游说其中一位是女明星"威廉姆"的手印和足印，还有一块闪亮的宝钻，据说是她在盖手印时将宝石掉在水泥上，就干脆把它和手印足迹永远留在了一起。但第二天钻石就被盗走了，现在看到的是一块玻璃复制品。有一些明星没有留下手足印，就在剧院前的明星大道上为他们用铜制作了一个五星镶在地面上。现在被人们踏得光滑滑的。我想世界范围内，好莱坞的影星并不很多，但在这条街上便"脚踩脚辗"了，其中有我国的李小龙。

应该说好莱坞已成为全世界的电影名城，这不仅属于美国，而是属于整个世界。像其他行业一样，美国总是招纳各国人才，为美所用。如硅谷是美国的高新技术园区，内有许多高新技术企业，一开始是以硅片生产为主，所以被称为硅谷，硅谷后来成为高新技术的代名词。其中的技术人员大都是来自印度和中国，所以硅谷被称为 Indian and China（印度和中国），其中有百分之四十一的印度高科技人员，百分之三十五的中国高科技人员。

沿着星光大道前行，我们来到 Oscar（奥斯卡）颁奖中心。从街道一直伸向楼内的会议厅，在这段走廊里，要经过好几节楼梯才能奔入大厅，就在这段走廊大厅里明星们展示着自己的风采，意气风发地迎着掌声、鲜花和闪光灯步入颁奖大厅。

Hollywood Bowl 则因在星光下，露天演奏交响曲而闻名；Hollywood Bemetery 是著名影星的墓地；环球影城（Universal City Studios）是世界上最大的摄影棚，其中有人工瀑布，人工湖，拍摄电影用的各种道具布景、服装等等。这个摄影棚对外开放，只需购买参观券就能入内亲眼欣赏电影拍摄的情形。莫维兰蜡像馆（Movieland Wax Museum）中有著名影星的蜡像，和若干著名电影镜头的模型。比华利山（Beverly Hills）是电影中经常出现的好莱坞西侧的高级住宅区。著名影星、名导演及富豪在那里都拥有自己的住宅或别墅。魔积山（Magic Mountain）是一个令人紧张刺激的游乐场所，园地内有四十多种乘坐的工具，可以自由搭乘。

但最刺激的是其高科技厅。我们几个人像上了一条船又像坐在了一张沙发上，用安全带系紧，便开始摇晃，真像一条船在水中被狂风吹摆，随后眼前出现了幻影。自己像坐宇宙飞船遨游太空一样。一会出现了大峡谷，一种失重的感觉，仿佛是船毁坠空，十分危险；一会漫天星星，蔚蓝的天空，令你也有一种恐惧感，无依无靠，空旷得让你毛骨悚然。突然一条巨龙，咆哮着向你转过头，狰狞地张开了大嘴，把我们和船一起吞噬，只觉一阵黑暗，船与人一起被葬于恐龙腹中。结束后，像做了一个噩梦。

好莱坞不仅是一个影城，更是一个游乐城。刺激、滑稽、幽默、技术融为一体。如果你感兴趣，你可以在其中花费几天的时间，但由于我们只有一天的时间，所以只能是蜻蜓点水，遗憾的是有许多精彩的地方未能驻足，未能仔细地体味与观赏，只是在走马观花。晚上七点我们不得不离开了，这时的好莱坞已经变成一个灯光的世界，比白天要好看得多，精彩得多了。步行街上人流如潮，灯光装饰的楼和树林还有各种广告图案，令人流连忘返。

（四）

在洛杉矶，迪士尼和拉斯维加斯也是经典的游乐之处，但由于时间的关系，未能如愿前往。不过幸运的是我一九九五年曾到此一游。迪士尼乐园（Disneyland）全球闻名，建在距洛杉矶四十公里的 Anaheim，建于一九五五年，乐园占地一百五十平方英尺，如欲窥其全貌，得花两天时间。园内主要设施有"童话世界"、"明日世界"、"拓荒世界"、"冒险世界"、"纽奥良广场"等。著名的卡通，如《白雪公主》、《花木兰》等大片，都是迪士尼的产品。令人喜爱的米老鼠、唐老鸭等动画形象皆是迪士尼乐园的象征。记得我第一次参观迪士尼乐园时，一进门，就有一个唐老鸭微笑着向我走来，与我拥抱握手，使我很惊喜、兴奋。

拉斯维加斯（Las Vegas）是洛杉矶西部旅游城，位于内华达州东南角，西南距洛杉矶四百六十六公里。市区面积一百四十二平方公里，大市区面积七百一十二平方公里。位于大盆地内的一块宽广谷地中，海拔六百七十米。一八三九年印第安人开始在此聚居。一八五五年一批来自犹他州的摩门教徒移居到此。二十世纪初随联合太平洋铁路通达而逐渐兴起。一九零五年建市，三十年代其东南四十七公里处胡佛水坝筑成，坝后的米德湖为世界最大的人工湖之一，充足的水电供应也促进了城市发展。一九四六年出现大型赌场，五十年代发展为以赌博为特色的著名游览地，有"赌城"之称。城市经济主要依赖旅游业，集中全市就业人口百分之三十，每年接待游客约一千万。市内多豪华的夜总会、旅社、餐馆和赌场，有查尔斯顿娱乐区和死谷国家博览馆等，是一个娱乐、休闲的胜地。

一提到拉斯维加斯，自然就使人想到了赌城，想到了沙漠，也想到了不夜城。赌场像宫殿一样华丽，豪华型的大吊灯挂在拱形天花板上，把赌场照得如同白昼。晚上赌场外一片火树银花不夜天的景象，音乐喷泉通宵达旦，十分美丽。赌城周围大沙漠上的耐旱的新型植物，不雨则蔫无精神，但只要有一天来了雨水使生机勃勃，绿意盎然。

不说了吧，有机会还是要亲眼目睹的为好。

二零零三年十二月三十日

十

十二月三十日，八点钟离开洛杉矶 Los Angeles，乘车到旧金山 San Francisco，路程为八小时。沿途公路的两边为绵延不断的山脉，司机和导游都不清楚山脉的名字，只知道此山脉海拔近四千米。山势很美。公路很直、很宽，虽没有路转峰回之感，但展现在眼前的一会是高峰挺拔，直抵云霄，势如劈竹；一会是层峦叠嶂，放眼望去，犹如万马奔腾；一会是雾霭迷峰；一会是云舒蓝天；一会是春意盎然；一会是冬意初临。

中午在 Cattle city 吃饭后，继续前行。车在公路上行驶，一幕幕的景色，飞入眼帘。你看树木稀疏，满山的杂草全已枯黄，许多的岩石裸露在山体上。由于气温较低，稀疏的树木都染上了白霜。山顶上有淡淡的积雪，山峰忽隐忽现，山峦蔓延，如入仙境。你看眼前是平地，远处是起伏的山，山麓如丘霸地远，山峰入云访天仙，蔚为壮观；你看白水青山，树弯弯，一处是青翠，咫尺是枯黄；你看连绵不断的山丘，有圆滑之感，满山青草，偶有小树，仿佛被人工修饰过似的；你看山坡上牛羊低食，黑的、白的、黄的，漫山遍野，美不胜收；你看养牛场，好大好大，漫无边际，只是用栅栏围圈；你看许多的土地荒芜，长满了一丛丛的蒿草。

车仍在向前奔驰，离旧金山越来越近，气温愈来愈温暖。由于加州为一长条形地形，沿太平洋蔓延，受太平洋暖流的影响，所以四季如春，有我国江南之锦绣，特别是那青草绿得醉人，绿得让人不能盈纳。

从洛杉矶到旧金山一天的路程，看上去时间留在路上，略感遗憾，其实一路的风光应接不暇。在你到达目的地的过程中，不要忘记路两边的风景，那是你到达目的地后无法感觉的快乐，应该尽情地享受目及的风物，不要被远处的幻象眩影所引诱，更不要期盼未来的风光，要善于捕捉眼前的景色，欣赏或享受目前的美景，一程有一程的景致，各不相同，像流水一样，水流湍急，波澜壮阔；细流潺潺，叮咚如歌；泻流跌宕，瀑跌碎玉；潭静水沉，明净如镜。大海深沉，小河明快，各有美魂。

一个人不可能同时饱览一切美景。冬天可以欣赏雪之素洁，可以观山之强悍，但与此同时你看不到山花烂漫；你在看黄山之隽秀的同时，看不到泰山之雄拔；你看到钱塘江之潮水的同时，看不到香山之红叶。仅梅花一种就有多姿，陆游生前酷爱梅，但他欣赏梅花时，不能同时饱览各种梅姿梅色，所以陆游做诗叹曰"何方可化身千亿，一树梅花一放翁"。

（一）

五点三十分我们到达了旧金山城。旧金山 SANFRANCISCO 是太平洋沿岸仅次于洛杉矶的第二大港市。位于加利福尼亚州西北部，美国西海岸。市区面积一百一十九平方公里，为美国西部人口密度最高的城市。大市区包括附近四个县和奥克兰、伯克利等城镇，面积七千四百七十五平方公里。城市坐落在宽不足十公里的半岛北端，介于太平洋和圣弗朗西斯科海湾之间，北临金门海峡。市域内丘陵起伏，有双峰山、戴维森山，最著名者为诺布山。沿海地带较为平坦。南流的萨克拉门托河和北流的圣华金河在城市附近汇合后，向西注入圣弗朗西斯科海湾。

一七七六年旧金山为西班牙移民拓居地。一八零六年俄国在此设哨所，作为当时俄界阿拉斯加的物资供应站。一八二一年属墨西哥。一八四六年归美国，当时为居民不到千人的小镇。一八四八年附近地区发现金矿，大批淘金者涌入，包括第一批中国"契约劳工"。一八五零年设市，人口已达二点五万人。后随着横贯大陆铁路的通达和港区设施的逐步完善，城市迅速发展。一八八零年后开始向海湾以东地区扩展，形成若干卫星城镇。十九世纪末，人口已达三十四万。一九零六年大地震时全城百分之八十建筑被毁，后迅速重建。一九一四年巴拿马运河通航，港口日益繁荣，贸易量激增。第二次世界大战中，为军需物资的重要供应站。战后，工、商、金融、旅游服务业和市政建设均有较大发展，大市区由单一中心扩展为由旧金山、海湾东区（奥克兰）和圣何塞三大中心组成的城镇群。

旧金山是美国与太平洋地区贸易的主要海港，素有"西海岸门户"之称。港口自然条件优越，内侧的圣弗朗西斯科海湾长一百零四公里，宽六点四至十六公里，面积一千一百六十平方公里，港区平均水深三十至三十五米。通向太平洋的出口金门海峡最窄处仅六百一十米，主航道水深十六点七米。港口设施优良，码头、泊位和仓库等主要分布在海湾以东的里士满和奥克兰附近。旧金山有三条横贯大陆的铁路通达，港区有铁路专用线一百零七公里，水陆联运方便。公路网稠密，还建有横跨海湾的金门大桥（长二千七百三十四米）和圣弗朗西斯科至奥克兰湾大桥（长二点七四公里）等，并有海底隧道。高速电气铁路运输系统贯通整个海湾地区。位于市南十一公里处的大型国际机场自不必说，它是美国最繁忙的航空港之一。

居民民族构成复杂，其中非白种人约占总人口五分之二以上，以黑人、华人、日本人、菲律宾人居多。来自世界各地的移民分区而居，形成语言文化、风俗习惯和宗教礼仪迥异的社区。如市中心黑人聚居的菲尔莫尔区，华人集中的"中国城"，菲律宾人居住的卡尼区，意大利人居多的北滩拉丁区，墨西哥人所在的俄罗斯山区以及俄罗斯人喜欢的萨特里——菲尔莫尔区等。

市中心街道呈格子状向东西、南北伸展。住宅区房屋密集程度很高。马基特大街为最繁华的商业街，从市中心伸向城东北隅山腰；金门路一带高层建筑林立；蒙哥马利街及其附近地区为金融区，有"西部华尔街"之称，高五十二层的美洲银行大厦就耸立在这里；城东北部为主要住宅区，房屋盘山而建，街道迂回曲折，坡度较大，缆车是在该市被使用的独特交通工具。旧金山滨海山城的优美景色，丰富多采的风情，以及金门公园、水上世界公园、海滩、电报山等旅游点，每年吸引数以百万计的游客。

我们首先参观了 Stanford University，穿过一片植物园，当然也属于校园的一部分，各种植物相杂而长，约有百年历史，然后是一大片的草坪，才看到校园里的房舍。斯坦福属私立学校，是美国的一所名校，校园内有一所设计别致的教堂，据说从斯坦福大学毕业的学生，当结婚时可以在学校教堂里进行。该学校没有传达室，也没有什么保安人员，也没有篱笆和墙，也没有让人止步的地方，像一个公园一样任你出入。我学习所在的大学伊利诺伊大学也是花园式的建筑，开放式、无院墙，无大门，无人管你出入。有的地方有一个象征性的门，孤立地立在一块草坪上，按其道理不能称其为门，门是出入的地方，而这种门从里面走亦可，从门外走更方便，仅此一个象征而已。有时在门前建有喷泉，完全是一种装饰。看完斯坦福大学，天色已晚，夜幕遮住了我们感兴趣的一切，迫使我们再次不得不住进了旅馆。

（二）

十二月三十一日早八点出发，先去一家中餐馆吃饭，后由司机做导游开始了一天的旅程。首先我们来到渔人码头，这原来是打渔人晚上归来汇聚的地方，打渔人一般是西班牙人，晚上归来鱼满舱，在此交易出售鱼虾，想来一定是满怀喜悦，因为满载而归，熙攘着将食物换为钱币装入口袋，回家与家人分享收获的欢乐，太平洋一度成为渔人们养家糊口的海田。但随着美国的发展，法律的健全，近海牧鱼和捕捞被禁止，昔日的景象早已不见，但现在变得更加繁荣，成为人们观光购物的地方。

海上一片渔船，高高的桅杆耸立天空，海燕在桅杆间穿梭，望着茫茫的太平洋，我想太平洋的此岸是旧金山，隔岸就是我们的家乡，有许多的华人漂洋过海在此定居，约五人中就有一人来自中国，岸上有许多的小店都是中国人开办的，小店的房子都是木屋，尖顶翘檐很有风格，地面是用木板铺成的地板，在地板上架有天桥，亦是用木板搭建而成，路的中间和两边的花盆也都是用木板做成的，花盆中间栽满了各种小型花卉，红的、粉的、黄的，打着朵的，在海风中抖动着，十分宜人。小屋上的字和图案被灯光装饰得很鲜艳，整个建筑群像一幅美丽的图画。在这小小的渔人码头，有许多的私人泊位，都是用来在海上游乐的，也有许多观光的游艇停在那里，上面落满了海鸥和鸽子。

当我还在兴头上拍摄渔港风情时，听到"嗷嗷嗷"的叫声，循声望去看到许多海豚在木筏边嬉戏，互相交头、接耳、打斗，从木筏跳到水里，再从水里跳上木筏。这么多的海豚集中在一起，我还是头一回看到，十分有趣。但那场景并不美丽，一片油光光的海豚躺在那里，像是一大堆烤地瓜，不时还散发出腥臭味，但是还是吸引了不少的游客。这渔人码头应该改为游人码头了，已成为人们在旧金山游览的一大景观。

（三）

金银岛是人工填成的海岛，在此可以见到海湾大桥，海湾大桥是由两个风格完全不同的桥梁连接而成的，很壮观，像是在海湾上画了一道弧线，又像是一条飞龙架在海上。从金银岛望去，左边像龙尾，右边像龙头，龙头就是对岸的一簇建筑物，由于旧金山有雾，能见度很低，故这条龙的尾部就隐匿在远处的天边了。桥为上下两层，上层为小车道，下层为货车道。桥中间就穿过这个金银岛。

随后我们还观看了美国的金门大桥。其始建于一九三三年并于一九三七年竣工。因其是世界上第一座斜拉桥而闻名天下。曾有英文对金门大桥的描述与记载：Golden Gate Bridge—the crown（花冠）jewel of the bay, this land mark is San Francisco's greatest visaul（标志）identifier the Bridge's old orange color wasn't just meant to catch visitor's eyes, But the eyes of captains maneuvering ships in the Bay's trade-mans fog. The bridge-book four years to build and hosted nearly 2 billion drivers in its life time. San Francisco is the artist's muse, the writer's inspiration, the lover's garden and the free thinker's oasis（绿洲）. Best of all, it can be anything you want it to be. It is a city rich with history and influenced by a multitude of cultures. This diversity represents itself best in the thousands of sights activities available throughout the city.

金门大桥耗资达三百万美元，是世界上最大的单孔吊桥之一。桥身长为二点七公里，这不算很长，但是主桥的二桥墩之间的距离是一千四百四十公尺，是很长的，斜拉桥的主钢缆的直径为九十二点四厘米，近一米粗，吊在空中拉成了很大的弓形。整座金门桥显得朴素无华而又雄伟壮观。金门桥在桥梁建筑学上也是一个创举。它只有两大支柱，因此它不是利用桥墩支撑桥身，而是利用桥两侧的弧形吊带产生的巨大拉力，把沉重的桥身高高吊起。金门桥的设计者是工程师施特劳斯，人们把他的铜像安放在桥畔，用以纪念他对美国做出的贡献。

一九三七年五月二十七日金门桥落成，有二十万人兴高采烈地走过大桥来庆祝这个日子。次日金门桥正式通车。从那时起直到今天，每天都约有十二万辆汽车从桥上隆隆驶过。金门桥是世界上无数桥梁中最繁忙的桥梁之一，旧金山也把金门桥引以为自己的骄傲。

我们走到桥上，漫步其中，体验走在桥上的感觉。桥上有人行道很安全，但车辆跑过桥身颤抖，再低头望下，海水浩瀚，不禁令人与桥一起寒颤。导游说，此桥桥面离海面有六十七米之高，可谓桥高水深，每逢雾气只见桥身不见桥墩，宛如一虹飞架空中，神奇而壮观。但该桥也是一些人自杀的工具，是跳水自杀者利用率最高的桥梁，敢于挑战者无人生还，此事真实与否不可体验，宁信其是，不信其虚。

该桥为私人集资建成，现仍为私人管理。二十世纪二十年代约瑟夫·施特劳斯提出修建大桥的提议，但联邦政府反对，美国五角大楼亦反对，认为如果爆发战争，大桥坍塌会破坏海湾的航道，海湾将成为一个死港。约瑟夫到处游说，大桥终于建成，后为旧金山的经济发展起到了不可估量的贡献。每天有十二万辆车通过该桥，每辆车收费五美元，收入客观。但其经济意义远不在此，它不仅是交通的桥梁，而且是旧金山经济腾飞和社会发展的桥梁。

（四）

开放式艺术馆，在美国被称为 Palace of fine Arts（杰出的艺术宫殿），A striling rotunda build for the 1915 Panama-Pacific Exposition, Originally build to deteriorate after a year, the structure was restored soon after the exposition to cast for many years to come. 其实就是一座开放式廊形艺术馆，除主厅外其他部分上不封顶，左右无墙。只是在柱子上和主厅周围的半墙上雕刻着许多人物画像，主厅的穹顶上也刻有各种图案和塑像。最美丽之处在于整个开放式艺术馆像一只飞翔的翅膀，拥抱着一泓碧水，水中有喷泉，水色蔚蓝，有许多鸟类如鹅、鸭、鸽子、小鸟，成群游戏，一会儿飞翔低掠水面，一会儿在岸边寻食，水的前面是一片草坪，水湾若月，岸边树木苍劲，古朴形奇，美丽无比，艺术馆不大，但风光无限。

（五）

我们在美国三个月的时间，参观过许多市政府和州政府，甚至参观了美国的总统府白宫和国会山庄，所到之处畅通无阻，不仅如此，而且还会提供各种服务，各种关于政府和州、市的详细信息和参观指南。我们在学习前所参观的政府、议会等都是事先有约，所以政府有准备地作了一些介绍，其政府结构是多样化的，管理模式也是多样化的，有的市长属兼职，有些市长属专职，简直不可思议。

今天我们参观的 San Francisco city government office building 没有事先约定，而是作为旧金山的游览项目而参观的，当我们走进市政府大楼的大厅，像公共场所一样，有人接待，过安检后参观。政府大楼已有几百年，盖得很宏伟，内部雕梁画栋，穹形顶错落有致被称为 City hall（城市大厅），有英文记载：City hall one of the finest examples of classical architecture in the united states, its dome is one of the largest in the wrold. 在美国是最杰出的典型建筑之一，也是世界上最大的拱顶之一，每个厅内和走廊的灯也别有风格。我从外面看了市长办公室，因市长在开会，故未能进入参观。政府的大楼都可以自由参观，我颇多感慨，但一想白宫、国会都可以参观游览，不要说一个市政府大楼，又觉得并不奇怪。这就是美国社会的自由和民主。

美国的教堂可谓比比皆是。美国有百分之九十七的人信教，每年教义可出售十二亿册。有基督教、天主教等主要三种宗教形式，圣玛丽大教堂为天主教，是纪念圣母玛丽亚的教堂，教堂建设很有特色，每一边看上去都像一本打开的圣经，从空中鸟瞰为一个十字架，总体来看很像一个神父的帽子。

我们在旧金山还看到了一幕多样化的场景。导游带着我们穿过一条街，为同性恋者社区的主街，到处悬挂着同性恋者的旗子，为红、黄、绿、蓝、紫、白六种长条旗，七彩色中就少了青色，故有人说同性恋者少一根筋。在加州同性恋者是符合法律的，这就是美国自由的另一表现。同性恋，对我们来说不可思议。司机是台湾人，逗趣地说："不知道那些同性恋者胡子对胡子是什么滋味"。

旧金山是一座美丽的城市，由于位于地震区，所以大部分为矮建筑，房子的结构无一类同，包括颜色在内。每一座房子都是一座精品，缀饰着树木非常漂亮。但当我们驱车来到双峰山岛，鸟瞰整个都市的时候，从山上望去仿佛是一座废墟，用镜头拉近时又感甚美。

旧金山有许多用金门命名的地方和公司，如金门大桥、金门公园、金门岛等都是因为旧金山原来是人们淘金的地方，来自世界各国的淘金者都从旧金山登陆入门，遂得名。

旧金山的路很执着，是勇往直前的，直上直下，高入云端，低入海崖。旧金山的路只有一处景观是曲折向上的 S 形路段，被称为九曲花街，花是绣球花，十月份开放，十分美丽。乘车游览九曲花街也是旧金山的一大名胜，但我们在冬天里来已是绣球花逝季节，公路只有九曲而无一花。旧金山从不下雪，所以直上直下的路无碍交通，车也不可能成为雪橇。但旧金山冬天却经常下雨，雾气蒙蒙。因为从太平洋来的暖流与冷空气相遇形成大雾，笼罩着这座美丽的城市。

今天是二零零四年一月一日，是新年，我们一点四十分的飞机就要离开美国了。清晨我们起来，拉开窗帘则是海风夹着霏霏细雨狂洒。我在室内望着雨中的海天一色，茫茫一片，想到"海到无边天作岸"的诗句，这般海天一色，确无边岸。我们每人两大包裹如何去机场，正当我们要搬运行李时恰又停电，我们如何从五楼搬运行李？按中国传统就是人不留天留。

九点我们不得不出发了，从楼道上扛下行李，乘一辆大巴去了机场。外面的雨水和车上的雾气将车的玻璃迷得严严实实，我们用手擦去了车内的雾气，外面玻璃上斜淌着的雨滴，像是一行行泪水，穿过蒙蒙雨雾，看到旧金山整洁的街道及两旁碧绿的树木、别墅，用目光向它们，向旧金山，向美国挥别。

二零零三年十二月于美国，二零零四年十二月修改于烟台

看病

　　这是一个不平凡的经历，受组织派遣来到美国学习。但在出国之前眼睛周边过敏而痒得很。到美国以后便更加严重了，不像先前有时也会出现这种情况，但会很快消失，一般是由饮酒引起，然而这一次却出现了意想不到的严重。从出现情况到很严重时反复过三次，好一好，坏一坏，然而每次都是坏占了上风。晚上痒得窜心，后又到了脖子上，可能由于出国，时差及疲劳等原因。

　　来美国已两周，今天到了波士顿以后，一下飞机，我就决定去当地医院看医生了。

　　等公务结束后，约下午四点，我们到达宾馆后，由邢一和一位王姓翻译陪同去了一家社区医院，这所医院大约相当于我国的县级医院。

　　首先，翻译在酒店预定了一辆车，但当车来了以后，上面坐着一位女士，司机也是一位女士，下了车，神采飞扬地冲进了宾馆，但我们并没有意识到是我们的车。所以我们还是傻等了一阵子。当我们再次确认是否约了车时，宾馆服务台的人员才告诉我们车早已等在门前。我们跟司机说清楚了目的地后，她让坐在前排的那位女士通过 GPS 搜索到了当地附近的那所医院，于是我们三个人便蹩进了车后边的一排座位上。

　　由于过敏原因，自己情绪不很高涨，忍受着巨大难以放下的痒坐进了汽车，那汽车开得很快，并开着车窗，司机的金发和前排那位女士的黑发都随风飘逸着，并快乐地谈笑，我有一点烦。但她们并没有关注到坐在后排病人的心情，又用快乐的口气问我们是来自哪个国家，日本、中国、韩国等，我们说中国。她说，她去过上海和香港，虽然我有点烦但也转移了我的注意力，不久到达了医院。

　　医院不很大，进去以后结构也不很规矩，但看上去很整齐而有条不紊。在一个不规则的房间，横斜摆着一长桌子，后面坐着一位长发女郎，而前面摆着一台微机，首先问你为什么来，说明了原因后她就问你的年龄、姓名、病情等各种信息，然后输入微机，在问姓时，她问 first 名字，last name，我便把它搞错了，认为第一姓名为 Jin，最后姓名是 ZhiHai。最后翻译说应该倒过来，我说无所谓，他说不行，别搞错了，于是又认真地改了过来。

信息录用过后，她给了我一个手环是由一窄纸条做成的，上面有几个信息，我戴在手上就在台前的小厅里等候喊我的名字，不一会有一个护士喊 ZhiHai-Jin，我便跟随她来到诊室，诊室中间放着一张矩形的服务台，医生就在矩形柜台中工作，眼前是一台微机，桌面上放着许多纸件。诊室周边是一间一间小诊室，我被引入了门口最近的一间小房间，里面有一张可以变形的小钢体病床，我坐在上面等候医生的到来。

这一次终于见到了一位男士，这是一位大夫，他询问了一般情况后，用听诊器在我的背后听了听，大约在背后三个位置上，上边和中间。又用一个玻璃棒看了看喉咙说：这是由衣服上残留的洗衣去污的东西引起的，然后就走了，并说：请等五分钟。五分钟后一个很胖的护士拿着一个单子说：这是诊断费，需要交费为一百五十美元，我交上钱以后，大夫再次进来说：需要吃药，吃了药过敏现象会自然消失。然后便离开了，直到我离开再也没见过这个大夫，但还不让我们走，又进来一位药剂师，带着三片药和一杯水，用一个托盘盛着，看上去很老的一位太太，她说，请把药吃了，这是消肿的药，因为过敏面部肿胀，故要吃这种药。我吃下去，并把那一小杯水喝掉，但药的苦味便残留在我的喉边。我把杯子还给她，她说再需要一点吗？我踌躇着，不知说不说要，要会给她添麻烦，不要嘴里还苦着。就在这当口，她把房间里的水龙头打开，这时我才释然，就这么简单，原来是自来水，我便坚定了信心，还没等我说再来一杯时，又一杯水接满了，给了我，我接过来喝了，冲了冲口腔，这才没了苦味。然后她递给我一张药方，上面开的就是我吃的那味药，让我们去药店买药，除此药方以外，还可以去一般超市去买一种药膏涂抹，还有一种防过敏的保健药物，我们离开又打的去了一个超市，在超市的一角有一个药店，把药方上的药取了，然后又在超市买了一点防痒药膏，这并不是处方药，可以随便买到，买完后马上就用上了。

　　在看医生前，许多同学有带药的，有在波士顿有朋友的，都拿来了药，我便一股脑儿地把它们都吃下去，当天夜里就很舒服了，早上起来已基本上痊愈了。

　　经历了美国看大夫的过程，他们是很讲程序的，也很严谨、认真，分工不一样，但各自负其责，配合又很协调。态度也令人感到很温和，给人以信赖的感觉。

晚餐

这不是"最后的晚餐"，而是第一次晚宴。是美国伊利诺伊大学的一位老师Joshua请我们在他家里吃的一顿晚饭。

Joshua是我们在美国学习期间的一位英语老师，曾在中国的南昌大学任教五年，非常熟悉中国的文化，对中国很友好，所以他起了一个中国名字叫周少华。这些在他给我们上第一次英语课时，就做了介绍。他很幽默，偶尔说出一句汉语，很有趣，很亲切。也许是在异国他乡的缘故，仅一句简单的汉语就把我们之间的距离一下子拉近了。

在给我们上课期间，他决定分组请我们到他家里吃饭。我和我同寝室的三位同学，作为第一组被邀。当然我们欣然同意，因都是第一次到美国人家里吃饭，也想借此了解美国的文化和风俗习惯。我们很认真地做了准备，穿上了皮鞋，系上领带，带上我们提前准备好的小礼品，静候赴约。

十一月二日下午，约五点三十分，Joshua 驾车来接我们。驱车约十分钟到达Joshua的家。房子不大，但是属于花园式房子，在美国称之为house，房子前前后后都是草坪和树木。进门后Joshua介绍了他的妻子和孩子，我们也做了自我介绍。在他房子里，我们看到摆放的中国工艺品，如西安的兵马俑和景德镇的陶瓷。家具也有点中国风格。这一些与他及其家人的热情，使我们感到宾至如归。我们参观了他房子后落座。他问我们喝点什么，并把饮料给我们倒上。

晚餐开始时，主人让我们跟他一起祈祷（Our gracious Heavenly Father, we do thank you for this time to gather as friends around this table, and we thank you for having provided this meal. We pray that you would bless it to our bodies and bless our conversations. We thank you that you are such a loving and merciful God, worthy of all love and praise. We pray this in the name of the Lord Jesus Christ. Amen.），祈祷完毕开始吃饭。主餐是一盘面条和两块鸡块，及一些西红柿泥，非常简单，但是味道很好。这是一盘中西结合的饭菜，吃完后又上了一盘子蔬菜和水果及一些干果混杂的色拉大餐。随后又上了一盘已经切好的苹果和一壶中国花茶。吃饭期间，我们用不太流利的英语跟他们交流着。我们各自介绍了自己的家庭情况。Joshua 的妻子介绍了她的家庭，对着客厅里的一张婚礼照片，自豪地介绍她的妈妈、爸爸和她的八个姊妹，其中一个长相很像中国人，她幽默地说："这个姊妹来自中国。"

晚餐即将结束时，Joshua 让其妻子唱一首歌并点出了歌的名字。其妻说此歌很伤感，她喜欢快乐的歌曲。因为她的儿子才刚出生六个月，就唱了一首《我的贝贝》，闭上了眼睛，唱得很到位，感情也很投入。但 Joshua 说："太简单了。"我对 Joshua 说："The words of the song is simple, But the emotion is abundant. I think your wife expresses enough her love to you and your son."意思是说：歌词虽简单，但感情丰富，充分表达了对你和你的儿子的爱。我们也轮番唱了几首中国歌曲，《外婆的彭湖湾》、《草原之夜》《朋友》和《牡丹之歌》，并翻译了英语大意。当翻译完《草原之夜》的歌词："美丽的夜色多沉静，草原上只留下我的琴声，等到可克达拉改变了模样，姑娘就会来伴我的琴声……"时，她说太凄凉了，太孤独了。最后是 Joshua 唱了一首《旅行》，以此为终曲，英文歌词是："I'm just a poor wayfaring stranger, travelling through this world of woe. But there's no sickness, toil, nor danger in that bright land to which I go. I'm going there to see my Father, I'm going there no more to roam. I'm just going over Jordon, I'm just going over home."译文的大意是："我是一个可怜的徒步旅行的陌生人，在这个悲惨的世界上。但是我要去的那片明亮的土地，没有灾难、劳苦和危险。我将去那里看我的父亲，我将没有很多的路要走，很快就要到达。我仅须渡过 Jordon 河，就可以回到家。"

这是一顿简单的家宴。物质简单而精神是丰富的。记得刚来大学时，我们现代公共管理培训班的开学典礼，是十五日在美国伊利诺伊大学的学生活动中心举行。参加我们开学仪式的是伊利诺伊大学负责国际事务的一位副校长 ZarlD.Kellogg 博士。仪式是在我们结束上午的课程时，于十一点三十分开始。首先我们被分在五桌坐定，这时桌上已经摆好了餐具，如盘子、刀、叉、餐巾、水杯，还有一小碟色拉、一杯冰水。这是美国很正式的宴会。宴会首先由沃勒女士主持，客套几句就开始吃饭，首先上了一道典型的西餐主菜，几片鸡肉、一些蕨菜，还有一卷土豆泥，后又上了一块甜点。这就是午餐的全部内容。饭中校长讲了话，简单而明了。宴席上没有喝酒，下午我们依旧上了课。

临行前，我们与 Joshua 及其妻子合影留念。Joshua 做向导参观了其房子周围的花园，走到一幢别致的房子时，他说他很喜欢它，样子很漂亮，他每天可以在他家的窗前眺望，欣赏。这说明 Joshua 的房子的位置很好，窗外的景色很美。

这顿简单的晚餐，使我感想颇多。在美国的宴席上，没有美酒的飘香，但是饮料很齐全，一般有柠檬汁、橘子汁、可口可乐、雪碧和咖啡。看不到酒，当然更谈不上劝你喝酒。就是喝饮料也不强加于人。我很赞赏美国人"非渴不饮，非饥勿食"的习惯。无论正式还是非正式，主人都会征求客人的意见，想喝点什么饮料？你不要，是决不会给的。应该提倡之。

二零零三年十一月

晚 秋

伊利诺伊州的秋天是很有点颜色的。初秋，万紫千红沸沸扬扬地纷至沓来。地上碧绿的草坪，空中飘逸的白云，自不必赘笔，仅树上那多彩的叶子就会使你妙笔生花。晚秋，细雨绵绵，落叶纷纷，少了一些浮华，多了一些秋韵。

为追寻秋韵，我安步当车，徒步而行，听着脚下落叶的沙沙声，欣赏着飘飞的树叶，感到一种深沉的美。参天的银杏树，叶子几乎全黄，秋风萧瑟，满地米黄。我走近树下，轻轻地踏着柔软的落叶，感悟人生，景色美丽，意境凄切。我随机抓住一片飘逝的叶子，发现如此之精美，真有点爱不释手。我叹息秋之无情。但树高千丈，落叶归根，这是天理，故落叶如此之恬静。物尚如此，人何背之？

深秋，落英纷纷的景色已不多见，树木大都已凋敝，暗淡无色。但叶落树犹美。苍劲的枝干，曲折的枝条，密麻的枝桠，毫不掩饰地展露在天空中，有一种朴素无华之美。像中国的书法艺术，白纸黑字，色彩之单调，仅有翰墨一色。但其所表达的艺术效果是丰富多彩的。伊利诺伊州的每一棵树，在天空的映衬下，像中国一幅幅艺术效果迥然，用笔多变的水墨画。泼墨挥毫，气势奔放；干墨涩笔，遒健精绝；湿墨疾笔，清逸流畅；淡墨细写，隽美俊秀。只要你读过中国的书法碑帖，你会更好的领略伊利诺伊州树枝之美。美得有韵，美得有神，这是上帝的造化。上帝创造了万物，不仅各有千秋之美丽，而且共有生命之灵气。这就是上帝之所以是上帝。

"霜重色愈浓"，深秋里果实红得异常的鲜艳。没有叶子的修饰，当然也没有绿叶衬托才美之嫌疑。寥寥几个红苹果、红山楂清清楚楚地挂在棕褐色的枝条间，意境高远。海棠和山丁子红色的黄色的洋洋洒洒，沉甸甸地缀满枝头，像瀑布一样流泻着，有一种奢侈之美。漫步树下，观其艳，赏其姿，让人留恋。虽垂手可得，但抚惜良久，不忍摘食。这些被累累果实压弯了枝条的果子树，使我想起了达芬奇的一段名言："微少的知识使人骄傲，丰富的知识则使人谦逊，所以空心的禾穗高傲地举头向天，而充实的禾穗则低头向着大地，向着她们的母亲。"

雨和树，红果和霜露，构成了伊利诺伊州的另一种美境，我欣赏，我陶醉。使我长记起："霜露兴思远，箕裘继世长。"

二零零三年十一月十三日于美国

墓园

在 URBANA-CHAMPAIGN 市 的 东南 有 两处 比邻 的 墓地，MT. HOPE CEMETERY（山区希望墓地）和 ROSELAWN CEMETERY（玫瑰坪墓地）。两墓地之间仅一小路之隔，组成了一个长方形的占地面积六十英亩的墓园。

十一月二十二日，星期天，密云未雨，北风劲吹。我独自走进了墓园。不知这些逝者是否知道我的来访，但苍天先知，当我一踏入墓地，小雨便开始在风中飘洒。这也许就是我凭吊逝者的礼物吧。

此时正值初冬，枯枝残叶，冷清的细雨，还有树枝间哀鸣的乌鸦，使墓园有一种凄凉之感。

墓园里许多参天的沧桑的古树，地上是碧绿的草坪，草坪上大多墓碑是林立着的，也有许多卧碑躺在草坪上。墓碑的大小、形状及上面雕刻的图案各不相同。但是每一块墓碑都很有特色，很精致。当我一走进墓园，仿佛走进了一个艺术殿堂。艺术深深地感染了我，但我知道每一块石碑下面都躺着一位长逝的生命，同时又感到肃然。

墓园里一片寂静，间或看到有人驾车静悄悄地驶进墓地，将鲜花摆放在逝者的墓前，又默默地离去。但是我看到许多的墓前已摆放着一束束鲜花，有的墓前安放着由橄榄枝编制的花圈，绿色的花圈上面镶嵌着几只棕色的松球，还系着深红色的花带。我想这大概是为祖国而牺牲的战士。有的墓碑前放着几枝鲜艳的玫瑰，这显然是亲人爱的纪念。有的墓前是永不凋敝的塑料花，但是风吹日晒，已有些褪色。从这里我们可以窥视到美国社会的文明。但是其最精美的东西，最值的人们铭记的，充满哲理而又弥漫着西方文化的是墓碑上的文字。

我想一一摘录，以犒读者。

墓志铭：

"TAKE MY HAND, IN GOD'S CARE, PRECIOUS LORD LEERENIA

HAYDON. ”（尊贵的伯爵，雷蕴纳·海顿，请抓住我的手，上帝会保佑你的。）

“FULL OF LOVE AND SORROW. ”（充满爱、生命和悲伤。）

“EARTHLY DUST FROM OFF THEE SHAKEN, SOUL IMMORTAL THOU SHALT WAKEN WITH THY LAST DIM JOURNEY TAKEN HOME THROUGH THE NIGHT. ”（地球的尘埃来自你的摇动，灵魂不朽的你将从你最后暗淡中醒来，携带你的家通过那黑夜的旅行。）

“YOU SHALL BE TOGETHER EVEN IN THE SILENT MEMORY OF GOD. ”（你们将在一起，同在上帝无言的记忆里。）

“WELL DONE. THOU GOOD AND FAITHFUL SERVANT. ”（做的很好，你是一个善良的、忠诚的仆人。）

“I AM WHO I AM ,BECANSE OF THE GRACE OF GOD. ”（我之所以是我，是因为上帝的恩赐。）

“MISS ME BUT LET ME GO. ”（记着我，但让我走。）

“IN MY HAND NO PRICE I BRING; SIMPLY TO THY CROSS I CLING, ROCK OF AGES, CLEFT FOR ME, LET ME HIDE MYSELF IN THEE. ”（我的手中没有带走一文钱，仅仅紧握着你的十字架，年代的石头已为我裂开，就让我在那里藏匿我自己吧。）

“WHERE THERE IS LOVE, THERE IS DEVOTINN. ”（有真诚的地方就有爱。）

“WE ARE GRATEFUL FOR GOD'S LOVE, HIS PROMISE AND THE BEAUTY WE SHARED. ”（非常感激上帝的爱，我们分享了祂的承诺和美丽。）

“IF HE ASKS WHAT I DID FOR IMMORTALITY, I BRED A GIRL AND A BOY, WROTE A BOOK AND PLANTED A TREE. ”（我为不朽做了什么，我养育了一个女孩和一个男孩，写了一本书，种植了一棵树。）

“WHEREVER I AM GOD IS! ”（无论何地我与上帝同在！）

“OUR DARLINGY OUR RMEMB—RANCE IS WITH US AND ALWAYS WILL BE, FOR WE LOVED YOU MOST DEARLY, AND THAT YOU COULD SEE. WE WILL

NEVER FORGET YOU, AND WE WILL LOVE YOU UNTIL THE END OF TIME. "（亲爱的，你是我们永远的怀念，对于我们的爱你就是一切，这你是明白的。我们将永远不会忘记你，我们将爱你到时间的尽头。）

"WALTER JACKSON : THANKS FOR EVERYTHING WE'LL ALWAYS LOVE YOU. "（沃尔特·杰克逊：感谢你做的一切，我们将永远爱你。）

"THE LORD IS MY SHEPHERD I SHALL NOT WANT. "（主人作我的牧师，我别无所求。）

"THE THINGS WHICH ARE IMPOSSIBLE WITH MAN ARE POSSIBLE WITH GOD. "（对人可能的事情对上帝也可能。）

"WE LOVE YOU ,BUT GOD LOVES YOU BEST. "（我们爱你，但是上帝更爱你。）

"AS FOR ME AND MY HOUSE WE WILL SERVE THE LORD. "（我将服务于主人用我和我的房子。）

"I CANNOT SAY, AND I WILL NOT SAY, HE IS DEAD HE IS JUST AWAY. "（他仅仅是离开，我不能说并且永远不会说他死了。）

"PROUD PARENTS OF KELLY ARE KIP CHARLES CHRISTOPHER SCOTT. "（骄傲的凯雷的父母是开珀·查尔斯·凯雷斯道菲·斯高特。）

"GONE BUT NOT FOR -GOTTEN. "（虽然走了，但是永远不会忘记。）

"MY BELOVED GARRY DEVOTEN HUSBAND AND FATHER WE MISS YOU WE LOVE YOU. "（我信赖的盖瑞·戴沃顿，作为丈夫和父亲，我们怀念你，爱你。）

"LOVEING MOTHER, GRANDMOTHER AND A FRIEND TO ALL OF US. "（对我们所有人来说您是我们爱着的母亲和祖母亲，也是我们的朋友。）

"EDDLEMAN, UNIVERSITY OF ILLINIS GREATEST ALLAROUND ATHLETE. "（艾德莱曼是伊利诺伊大学最杰出的运动员。）

"LOVE LIVES ON. "（爱是不朽的。）

"LOVE IS FOREVER. "（爱是永恒的。）

"DEDICATED, TO THE MEMORY OF THE DEFENDERS OF OUR FLAG 1861-1865." （戴得凯顿，一八六一年到一八六五年我们国旗的保卫者。）

还有一块墓碑，像一个长条的石凳，在上面只镌刻着死者的名字 HODGMAN，在凳碑的旁边是一棵参天的白桦树，很有点意味。意思大概是活着是为着人们，死后仍然让人们坐在自己的墓碑上，在大树下乘凉或避风雨。我不知此人的生前，但他或她的这块墓碑却令人对其钦敬。

伊利诺伊州的雪

十二月五日清晨，睡虫早早地离开了我。我睁开惺忪的眼睛，走到了客厅的窗前，轻轻地把窗帘拉开一条缝隙，向窗外望去。雪湿湿的，没有那么坚硬，也没有冰冷的光，直从天上飘下来，没有风的剪切力，而是沿着自己的轨道寻觅自己的归宿。它覆盖了车、树、房子、草坪和小路。一幅动与静的画面，展示在我的眼前。我不禁醉心于这满目的白色。

我带上摄像机，穿上了棉衣，走进了被雪粉饰的世界。一棵棵参天的糖枫树，雪绒串串，鹿茸般的形相；一棵棵塔松，雪绒片片，俨然一棵天然的圣诞树，白色雪绒下的松枝可人的绿；一棵棵红果子树，雪绒团团，白中隐红，像挂满白糖的山楂葫芦。使冬天豁然的树林，变得茂密隐匿起来。

八点十五分，我们要乘一辆大巴到距离 URBANA-CHAMPAIGN 四十五分钟路程的 VANVILLE 考察。所以时间有限，我很遗憾不能把这雪的世界慢慢地完全地收入摄像机这个小小的镜头里。兴许参观归来，大雪会把这个世界雕琢得更美，到时再把这雪景拍摄下来。岂不更完美？可是到了下午，雪便完全地融化了。

在去 VANVILLE 的路上，我们领略到了美国东部浩瀚平原身着白色蟒袍玉带那苍凉的雄姿，这是很难得的，也是值得庆幸的。URBANA-CHAMPAIGN 和 VANVILLE 两市都在伊州内，伊州是一个农业州，到了冬季，田野旷达，几乎不见山丘，可谓一马平川，广阔无垠。雪覆盖了我们视野内的全部土地，白茫茫的雪地上已不辨阡陌。车在辽阔的雪原上奔驰，我很想走下车，在皑皑的雪原上踏歌。

我曾经赞美雪的美丽。雪那单调的白色常使我迷恋。今天坐在车上我忽地悟出其美之缘由：

雪总是结伴而行，从不独往独来，我们很少见到，只有一片雪花从空中飘然而来的情景。也很少见到只有几米之方的雪地。而见到的总是一个雪的世界，白色掩盖了一切，成为世界的主色调。这正如大海，每每读之令人胸怀豁达，心潮澎湃。然而大海是由每一水滴组成，但是一滴水并不能使我们为之震撼。任何事物的集合才有力量。

雪又像一位不速之客，总是在你不经意时来到你的身边，让你有意外遇知之惊喜，而且从不过多地纠缠你，占据你的过多的时间，总是在恰当的时候离去，有时还会不辞而别，让你感到一种缺失。

雪，可顺势而卧，可显山之峰与谷；可露树之节与枝；可呈川之平与坦。借万物之自然，饰世界之美丽。这是雪的品质。雪总是以纯洁装扮万物，而无一念之杂，故雪色之单调，不逊其多彩。

雪，在饰万物之美的同时，也呈现出自身的美。《劝学》一文有云："君子性非异也，善假于物也"。意思是说君子与普通人相比没有什么特殊的地方，只是比普通人善于利用外物罢了。雪乃君子乎？！

二零零三年十二月十日

▌咖啡 ▌

"盘餐市远无兼味"，此为梁实秋在《麦当劳》一文中所言，意思是西餐单调而乏味。但是多少年过去了，西餐在色或香或味诸方面皆有发展。披萨、牛排、麦当劳、肯德基、汉堡包等不仅风靡美国，而且漂洋过海，已遍布世界各地。其有无兼味自不必说，仅咖啡一味已够诱人的了。

美国的大街小巷到处可见咖啡屋，咖啡屋的外观一般都是咖啡色，无论是墙体还是玻璃。即使你不懂英语，只要能识别颜色亦能喝上咖啡，当然，也可以循咖啡之香味，走进一家咖啡屋，坐下来静品其香。

在美国咖啡之普遍，不仅在咖啡屋，而且在餐馆，在会议厅，在任何一个聚会的地方。所以，当你走在大街上或坐在公共车上，甚至在教室里上课，商店里购物，都能嗅到咖啡的飘香。

如果你不是为喝咖啡而喝咖啡，而是在喝咖啡的同时享受一种情调，那最好还是去一家咖啡屋。咖啡屋有 LARGE COFFE HOUSE（大咖啡屋）和SMALL COFFE HOUSE（小咖啡屋），大多有两层，有的是地上一层，地下一层；有的是地上两层。内部沿墙摆设着小桌子和小椅子，或高脚桌与高脚椅。装修较简单，天花板上安装着可以旋转的射灯，自然形成了一种幽雅、温馨的环境。你可以自由自在地做你想做的事情，可以一人，安静地读书学习，也可以与朋友抒旧情、谈生意，无人干预，哪怕是服务，只要你不要求，不会有人来打扰你，但如果你有要求，服务则是热情和周到的。

喝咖啡是一种物质的摄取，也是一种自由的体现。美国的咖啡屋不像中国及日本的茶屋，繁文缛节，你要喝到一口茶，需要很费一番周折。首先用热水洗茶，洗杯，然后明目，闻香，最后是品茶，没有喝咖啡那么明快与自由。要一杯咖啡，你就可以自由地调味与品尝，如果你喜欢 BLACK COFFE，你可以什么也不加，去品尝自然咖啡那种苦中蕴涵着的特殊的香味。如果你喜欢 DARK COFFE，你可以稍加一点 CREAM（牛奶）和 SUGER（糖），去品尝修饰了的咖啡的香甜。如果你喜欢 WHITE COFFE，你可以使 COFFE 和 CREAM 参半，再加一些 SUGER，去品尝另一种风味。一杯咖啡可以用 CREAM 和 SUGER 调出许多种味道，这取决于你的口味。

我想：生活就像一杯咖啡，是苦，是甜，是香，就看你加入了什么。你生活的情趣和人生的态度，就是很好的添加剂。同一种生活如果你用积极的、乐观的态度去度过，你就会体验到生活充满了乐趣，是那样的幸福；当你用一种消极的、悲观的态度去度过，你就会感受到生活是那样的乏味，甚至是苦涩的。而且，日子不会因你的态度而停止或放慢脚步。既然如此，我们为什么不在生活中加入 CREAM（牛奶）和 SUGER（糖）呢？

我多次光顾咖啡屋，要一杯咖啡，体味美国的生活和美国的饮食文明。一杯咖啡同样也体现了美国简单的生活，在科学技术发达的今天，人们盼望着返朴归真，追求简单的生活。在技术领域简单的东西是最先进的东西；在艺术领域简单是最完美的；对于一个人来说最大的财富就是简单的生活。

美国的咖啡屋与中国的酒馆不仅风格是大相径庭的，文化也是天壤之别。我国的酒文化源远流长，是美国咖啡文化无法比拟的。

中国古代有一位浪漫诗人李白，经常醉酒，所以许多人都说李白是"漂零酒一杯，酒醉诗千首"。曾经写过许多关于酒的绝句，最有名的要数《将进酒》："古来圣贤皆寂寞，惟有饮者留其名……五花马，千金裘，呼儿将出换美酒，与尔同销万古愁"。此诗有悖唐之诗律，不拘一格，洋洋洒洒。但读来朗朗上口，诗味浓郁。无歌行之七言，胜绝句之美韵。我想如果李白尚在，应该是咖啡一杯，诗万首了。这样，咖啡一定会飘扬着一种更加迷人的香甜。

二零零三年十二月十日

白桦林

　　纽约到费城到巴尔的摩的高速公路两边的自然森林漫染着一种美。森林以白桦树为主，中间掺杂着一些花木。美国的春天才刚刚到来，尚未站稳脚步。但是，森林中已经有了许多的颜色为春天的到来而喝彩。

　　人们都说秋天是多彩的，春天则是一片鹅黄。其实春天也是多彩的，春天的多彩如人之初是真实的，而秋天的颜色是饱经风霜的，春天的颜色才是本质的天真的烂漫的。

　　这片树林看上去自由，漫漫而有气韵。在灰白色的白桦林里，红的、黄的、粉的、白的、浅红的、淡黄的，都轻轻地写在里面，仿佛是油画当中的异彩。白桦林虽然是灰白色的，但在春天也是一种鲜活的灰白，已脱去了冬日的死寂之气，呈现出一幅美的画卷，特别的醒目，令人驰目游神。无论把它比喻成是东方的水墨画还是西方的油画都是真切的。

　　这些树木颇令人爱惜，尤其是那些个性很强的树木，譬如说松树，还有槐树，当然还有一种常被人们比喻作小人的棘子树。它不是那么奢侈地汲取大地的水分，所以它长得干干巴巴的、很结实。它对自己刻薄对人则是那么大方，总是以棘刺给人。人们一不小心就会被它所伤害。虽然这样，但它有一种顽强的性格，长于寂寞之中，不求热闹，不求肥沃。即使有时长在沃土中，也并不显得像贵族。松树不仅可以长成参天大树，而且四季常青，树形如人巧，气质生天然。槐树从不迎合别人，即便是春天这位使者。无论春天怎样的热情，它也不会心动。其有性格，也有情怀。还有一种树，满冠尽是白花花的花儿，树的名字英文叫 Oak，中文叫橡树。站在树下仰望花枝，花枝与白云齐徘徊。这使我蓦然有了一种雁领诗意到碧霄的情怀。

　　车在高速公路上驰骋，如在画中，白桦林也在向后奔驰，像梦幻一样在飘飞。我忽然感觉到自己像一只自由的鸟儿。鸟儿在森林中可以飞翔，也可以栖息。林是鸟的世界，可以自由地鸣啼，可以自由地舞步。森林和鸟、大海和鱼，那是最美、最和谐的环境和自然。森林和大海一样是博大的，有许多有趣的故事就发生在森林里。白雪公主和七个小矮人的故事，猎人与熊的故事，伐木工人与战争的故事。我童年时读过一个童话，很难忘记：有一个小孩子到森林里去采野花，被美丽的小花朵引入森林深处。忽然发现了一栋小房子，她很好奇，便很勇敢地推开了房子的门，看到房子中放着两把椅子和一张小桌子。桌子上有两个杯子，里面盛满了水。孩子感到又累又渴，她先是坐在那把大椅子上，把那个大杯子的水拿起来喝光了，又取了小杯子的水。她喝了一口，忽地把手贴在心窝上，深深地喘了一口气，说道："啊，好甜啊！"喝完了两杯子水，便试着坐在那小椅子上，得意地摇晃着，"砰"地一声，椅子被压塌了。她起来四顾，又看到有两间小卧室，一间放着一张大床，一间放着一张小床。那孩子便爬上小床去休息，好舒服的床啊。走累的孩子一觉睡了过去。睡得正香的时候，忽然听到说话声："妈妈，是谁弄坏了我的椅子啊？谁把我的蜜也喝了？"话音惊醒了熟睡的孩子，看到一只大熊和一只小熊，于是慌忙起来夺窗而去。头也不敢回地踩着满地的野花奔跑在森林里。孩子采的花儿留给了小熊。好美好怕的一幕时常在我的脑海里。森林留给我童年的印象是神秘的。后来我多次去过森林，但只看到熊，没有怕的感觉，却不乏美的感受，林中的味道、林中的声音、林中的景象就像小熊的那一杯甜甜的蜂蜜。

自由地奔驰，自由地遐想，那也是颇感惬意的，当然，这种惬意是由这大片美丽的白桦林赋予的，所以我记下一段文字，来赞美这一大片多彩的树林。

达华盛顿

今天是马丁路德·金著名的演讲《I have a dream》五十周年的纪念。《I have a dream》是马丁路德·金五十年前在林肯纪念馆前一个大的广场上演讲的。演讲地点的选择是因为林肯解放美国南部的黑奴，打响了著名的美国南北战争。

今天美国华盛顿举行游行及演讲活动。当我们坐在车上驶向美国交通部路过华盛顿公园时看到部分公园的草坪被一道铁丝网状墙围挡起来。当时我们就猜想一定是有重要活动，后到了交通部他们才告诉我们，他们的交通也做了紧急的预案。演讲者是美国前总统克林顿，现任总统奥巴马也参加了集会。

马丁路德·金的梦已经实现了，一个黑人，一个总被美国公民看不起，一个被美国法律所不公正对待的黑人，他的梦已实现。但人们并没有意识到他所做出的努力和牺牲，美国的政要及公众，还有他的后裔并没有意识到，马丁路德·金已成为美国公平的象征。

当我们路过华盛顿广场的时候，看到华盛顿纪念塔正在维修，因为在一场地震时造成塔体裂缝，在广场的一边，有一个施工场地，导游说这是在建造一座非洲历史博物馆。这与美国总统是黑人总统，华盛顿市的市长也是黑人有关。

我们看了觉得不可思议，在这里盖一幢楼不恰当，可以盖楼但不一定要在这么重要的位置，据说美国也有争议，但还是动工了。

以前来美国参观时，一直都那么完美、整洁，从没有看见过一座塔吊在盖房子。总以为美国的资本积累的过程已经完成，环境、城市、路道、基础设施都已经完成了。但这一次我却看到了一些新的建筑在建设，对美国那种美好的印象略有逊色。但与美国其他的相比有点沧海一粟。其他的设施仍然是依旧的，路上仍然轰轰地跑着车。

车里有黑人，有白人等，尤其那些公共车里各种肤色的人就更多了，但已不再有隔离带，各种人种都可以随意去选择你的地方，人们相互微笑相互很友好地一起乘车走自己的路。

马丁路德·金已经实现自己的梦，应安眠于地下，但马丁路德·金的梦是所有人的梦，世界人民的梦，所以受到了世人的尊重，世界人民为实现这个梦都在做努力，所以才实现了这个梦。

马丁路德·金的梦是代表了每一个人的梦，平等、和平、互助、绿色、无犯罪。

我们在美国也感受到了那种平等和友好，也可以享受到由马丁路德·金的梦的实现所带来的"国民待遇"的原则。

马丁路德·金的这个梦，他的演讲对世界互惠互利、平等是非专有主义的，目前尤其在美国意义就更大了，这有来自世界各国、各民族、各地区的人们，有各种颜色、各种语言形形色色的人，因此马丁路德·金的努力是为世界各民族的平等而努力的。

普托·马克水边之闲

　　今天的天气很热，太阳洒下火辣辣的光，用方言土语来说：太阳很毒或很辣。但空气却那样的清新，跟一块水晶似的透明、闪亮。但只要你不在阳光下行走或躲在树荫下，你也会感到一种清爽。同伴们都参观去了，而我却独自留在了车上，是一辆大巴可乘坐三四十人。大巴拉着我来到一个停车场。停车场就在普托·马克河的岸边，周边是一个很大的公园，到处是树和草坪。

　　我从车子里走出来，看到了假日休闲的人们都坐在树荫下，一团团的，一群群的在谈笑，笑声朗朗如那新鲜的阳光。在那张犹如绿色地毯的大草坪上，人们支起了临时的架子，在上面摆满了各种食品、饮料。扯上了临时的电线，用发电机发电，以驱动电冰箱的制冷和电烧烤炉的发热。这已经是下午近三点钟，但人们的情绪仍然那么欢悦。我独自来到了普托·马克河边，穿过一片草坪。马克河的沿岸是用水泥砌齐的，水与岸边几乎是相齐平的，不知岸是坡的还是直的，但给我印象是峭壁，故在岸上架起了一道铁栏杆，栏杆外边是约一米的人行水泥小路，小路的这边就是大公园的草坪和树木了。在草坪上沿着水泥小路设有许多的木制休闲桌椅，桌椅是相互连接为一体的，几乎都被一个个家庭成员们占着。但就离停车场最近的一个却没有人，我走过去，很庆幸地坐下，但上面有食物的迹痕，我想那可能是有人刚刚离去，不管如何现在我是坐在了这里。我仔细观察才发现所有的桌椅都在一棵大树下面，阳光却侵袭不到，或许会透过树叶洒下细碎的光。从马克河面上吹来的风带着凉气，使人感到无比的惬意。

　　我面向普托·马克河坐着，右边大约有五米左右的一个桌椅上一家人有三个孩子，爸爸坐在椅子上，妈妈扶着栏杆和一个女孩在嬉笑，而两个男孩子则在树下互相嬉戏。河边的所有椅子上都占满了人，看上去好一道风景。我不再左顾右盼，表现得那么多心事和好奇，我要享受一下这无尽的风光。

普托·马克河是流过马里兰州和华盛顿 D.C 的一条大河，华盛顿市的许多水都是由普托·马克河引入的，故人们把普托·马克河又称为母亲河，河面很宽，迢迢绵长，有许多的弯儿，但却在华盛顿市拐了一个大弯，像一个 U 形，一下子使这条母亲河露出了媚姿。也像是一条水晶项链一样挂在了华盛顿 D.C 的脖颈前，把华盛顿市装饰得那样的柔美。就在这条河边或引入的普托·马克河水的水边，有美国许多美丽的景观和有名的建筑，这水和这树，和这草坪及建筑共同形成了这个大公园，名为国家公园。在这个公园里和公园的周边，有著名的白宫、国会山庄、华盛顿纪念塔、杰弗逊纪念馆、林肯纪念馆、罗斯福公园、马丁路德·金石雕像、越战纪念墙、美朝战争纪念墙等。每天引来无数的游客，他们来自世界各地，所以在这里你可以看到形形色色的人们，不同肤色、不同语言，穿戴各异，可谓五颜六色，不拘一格。这里像一个洋洋洒洒的大市场，无所不有，无奇不有。但这里又很包容，人们互相问候，友好地相助，总是微笑着，让人感到的热情和温暖也像这洒下来的阳光。

突然，一阵笑声扑来，我也不自禁地把两脚抬到椅子上，原来普托·马克河的水荡上了岸浸湿了人们的鞋子，打湿了人们的裤角。我的鞋子里也灌进了许多的水。这时注意着眼前的水面，也像海水的浪一样，一波一波向岸边扑来，浪大者会扑上岸边，漫于草坪。我索性把打湿的裤角挽起，脱掉鞋子和袜子，晾在阳光里，赤脚在岸边等待大的波浪的袭来，在这里无人笑话你的举动，你可以是自由的，但只要别侵害别人或触犯法律。

又一浪袭来，浸漫了我的脚背，我故意地蹚着水，在阳光里。周边的人们也学着我脱下鞋子到岸边戏水，水不仅在水泥径上，也流到草坪里，在阳光下闪着光，像一片小小的湿地，我醉心于这环境的美了。

放眼望去河面上的游艇和风帆却各自在奔波，快艇流过的白痕如雪如莲，风帆则波浪不惊任风飘浮，华盛顿上空的飞机飞得很低，就像从你眼前掠过，让人感到如此真切，像一个大大的玩具一样憨然飞在河面之上。

最令人叫绝的是那些野鸭，它们在水波中漂着，在岸边的草丛中摇着，在天空中飞着，与这一切事物形成了一幅生动的画面。且不说那些水中飘着的，也不说那些在草中觅食的，只说那些飞起来又落下，落下又飞起来的，着实有趣地令人忘怀，它飞起来在空中打着旋，有时在你的眼前的空中扑打着翅膀原地飞舞，像是在表演给你看似的，很使人喜欢，累了又落在栏杆上歇脚，但仍不忘游人，总是抖动着翅膀引人注目，一会儿又飞上天空在离你几丈远的近处旋转，故意与游人逗乐，乐得人们举起手来给予它们掌声，这时它们会表演得更起劲，经久而不飞落。一个姿势面向人们两个翅膀不停地抖动，仿佛是在与游人面对面地交流似的。人们也不断地给它们喝彩："好，太棒了。"

　　阳光已把我的鞋子和袜子的水分蒸干，我穿好便悠闲地沿着河边渐渐地走到了人工湖边，那已是下午五点，但太阳仍然有着强烈的光，人工湖边，那一圈的樱花树，茂盛得很，树干弯曲着，枝条如长柳一般与水相抵，可谓是满城湖色半城樱花。走在水边，樱花树下，你便融进了这里宁静的世界。你要慢慢地走，像吃一块蛋糕一样要慢慢地尝，像喝一杯咖啡一样要慢慢地品，才能知道其中那多味的芬芳。看着眼前这些樱花树，不难想象当樱花开放的时节那种繁华。婆娑的花冠，倒影于水中形成了一个立体樱花的海洋，每年三月至四月美国就在这里举行樱花节，会吸引来自美国甚至世界各地的人们前来观赏。满树的樱花，满镜的樱花，还有那落樱飘在水上，那是多么浪漫的樱花世界啊！美国前总统华盛顿的父亲在自家园中种下了那棵他很喜欢的樱花树，却被华盛顿用斧头砍倒，父亲是狠狠地揍了他一顿，也许在建都时与这一幕有关，才在从普托·马克河引入的湖水边种下了这么多的樱花树，树龄几乎与美国独立的历史相同。你可以想象独木成林的美丽，而许多可以独木成林的大树的集合又是怎样的一个景致。

　　太阳还没有燃尽那炽热的光，月亮则早已把冷光洒下。日月同辉之时我见到了一个大的月亮和一个小的太阳，这与我以前的印象有关，由于空气万里清澈无尘埃，太阳太毒看不见大小，且也不让人看，太耀眼。如果你执意要看，换来的是半天眼前的黑暗。而那月亮在明净的天上却让人看得分明，故有此结论。路上轰轰的车子连成了串，车灯渐渐地亮了起来，也连成了线，一街两行，一行为白色灯线，一行为红色的灯线，阳光渐弱，但赤红得让人心醉，那许多的建筑都倒影在湖水中，随波而摇晃。渐渐地建筑物上的灯光亮起，装饰着建筑物的轮廓，那些水中的倒影也更加的绚丽。月光明起，建筑物和倒影及水平面也都令人看得分明，好一派美丽的黄昏景色，注定是要被夜色夺走的，所以我并不带任何的遗憾而离去。

那短暂的下午的休憩，却给我留下了永远的印象，我之来去却于这美丽的景色是无动于衷的，我二十多年前来过，是这样的，我二十多年后的今天又来，它依然如此，现实与印象是一样的永恒。正如夜晚这清辉的月光，犹如白昼那火热的太阳。

旧金山

今天又来到了旧金山，参观的项目依旧是那么几个，其实旧金山很美，有许多可以去看的地方，但那些中国导游们已习惯了那么几个景点。诸如金门大桥，开放艺术馆，双峰山等等。今天随着人流又一次来到这里，一年年的从没有改变过，风采依旧，如同旧金山的名字一样。

金门大桥今天是雾锁金门，大桥也在雾中看不清首尾。

双峰山上只是俯看一下旧金山这座城市的全貌。近处是建筑，个性化很强，满山遍野，因势而为，看上去多姿多态，错落有致。远处是旧金山海湾，一眼望到那遥远的对岸，又是另一个城市。海湾周边大大小小有许多城市（一百多个城市，七千万人），共同组成了旧金山湾区，宁静的海湾上空蓝色的背景下云起云涌，一片美丽的景色。

到了开放艺术馆时，看到的那一幕仍然与二十年前来美国时看到的一样，多少年来一成不变。美丽的环境和画面令所有来访者赞不绝口，叹环境的优雅。其实地方并不很大，绕场一圈只需几分钟的时间，却吸引了许多的人、鸟、虫、鱼。许多的人们都在那里举着相机，在不同的位置拍照，或坐在连椅上休憩，默默地看着那湾弘水，直看得人们老去。

在水的一边是开放式建筑，建筑像一个张开的臂膀，中间是一个开放式的穹顶式建筑，上面有许多的雕像，建筑中有许多罗马柱，当你身临其境时，会感到空阔而私密。

在水的另一边是草坪和大树，许多的花儿在我们看来都是野草花，而一簇簇地生长着，别有风采。周边的住宅，据说都在四百万至六百万美元之间，是富人区。当然现在有钱也买不到了，有一些是被继承下来。就这样一个环境永远被那么陈设着、向来自世界各地的人们微笑着。

人们往往叹息：美国不仅有实用主义，而且有浓厚的历史主义和自然主义。在这么一个自由的国度里什么主义都会找到，什么科学主义、环境保护主义、同性恋主义、现代主义、后现代主义等都独立地存在着，又相互依存着。如果只有一主义，就会有形而上学的片面，如果主义多了也就没有了主义，都又回归了生态的大千社会。但是，其实美国的社会并不生态，任何一种主义都带有宗教的背景，都脱生于宗教主义。周边长期的保持原貌是一种毅志力，是一种历史主义。

这么好的地方，并没有再见缝插针，并没有拆掉一些重新再盖一些，也没有再在周边或草坪上种上更多的树，也没有因年岁的久远而破败、荒芜。那一湾水也没有被污染过，那里的鸥鸟也似乎没有减少。时隔多年，每次看到的都是飞的，漂在水面的多种鸟在那里自由自在地戏水。水边一个彩图板介绍说那水里面有龟、有鱼等，鸟类也有许多种，周边还有老鼠等，是一种鸟的食物，这里已形成了一个具有生物链条特征的环境。但这些动物与飞禽都在那里无人干扰，无人去伤害它们，反而人们会买来食品喂它们，它们也不时地友好地从水上展翅掠过水面，或在水上振翅以欢迎来自四面八方，不同肤色和语言的人们。

渔人码头也并无一点的变化，要说变化就是人比以前更多了，也许是季节的不同吧。不过八月份的渔人码头上，比以往都热闹得多。人肩并肩地走，肩并肩地坐，人声鼎沸。那些游艇仍然是桅杆林立穿入云中，这是一大风景，蓝色的海湾，蓝色的天空，白色的云朵和游艇划过造成的波浪都让人感到特别的惹目，是那样的清新。一个游艇过来，上面里里外外都是人，他们微笑着向岸上的人招手，岸上的人被感染，喊着跳着呼应。就在这时，船突然来了一个三百六十度的大转头，把波浪拍上了岸边，打湿了人们的衣裳，人们欢笑着躲开来。当把目光从脚下抬起来的时候，游艇已经扬着长长的波浪远去。

琳琅满目的小商品，充满咖啡香味的饭馆，有趣的表演，应有尽有。使人们无不驻足，无不陶然忘机。渔人码头可以说是海上、地上、空中的栈桥三位一体式的游乐场，使得不大的地方变得如此饱满，却成了一大优势。所以有一个立体的人群在走动，增添了热闹的气氛，有点令人应接不暇。在渔人码头的广场上除了以营利为目的的项目以外，还有许多的志愿者项目，表演者很有趣，搭起台子，像小丑一样，不时引得人们大笑，看完后走了，再来一波，不知是否给这些表演者小费，只看到表演者兴致勃勃的表演，和来来往往驻足的观众。还有的志愿者搭起棚子摆上许多海中动物的骨骼，如脊骨，如牙齿，如头骨等，让孩子们认识和观看，并问小孩们一些动物知识，问他们喜不喜动物，喜欢哪种动物，他们有什么习性。当他们答对了的时候，可以拨动一个转盘，当转盘停下来时，指向什么礼物就可以带走，吸引了高矮不同、肤色不一的男女儿童们排着长队前去答问，以便希望自己得到一件理想的小礼品。但仍有孩子悻悻而归，只得一张小知识卡片，并在手腕上盖一个小印，不知什么内容。而那些提问的大人们则很耐心地询问，态度很和气，像妈妈对待孩子一样。我想她们或许是志愿者或许是从事慈善事业者。

旧金山，我还会来的，即使那些中国导游们再推荐这么几个景点。可能那时我也已习惯了这么几个景点了，因为那毕竟是旧金山的代表。

美国的文化

美国这个社会，没有什么历史文化。当然我这里说的历史是稍长一点的历史，文化是传统的和民族的。美国一七七六年建立一个独立的国家，如果说有历史，那也不过是二百多年，与我们中华民族的历史相比，则完全可以忽略，自然也不能称其为历史。

没有历史，便没有什么传统文化，往往传统的文化是历史的积淀。二百多年不能称为历史，那称什么？不免可以称之为经历。没有历史积沉的"文化"，可否称之为一种文明？如果大家反对的话，那就暂且用"文明"二字做其非历史文化的符号吧。但毕竟美国是一个高度文明的国家，没有文化的国家怎么能称其文明呢？所以说，美国没有文化也不妥，许多人便把美国的文化，称为现代文明。

美国是一个移民国家，其没有本土的族落，如若要寻其根，只能说土著民族，印第安人是这里的地主，但他们早已没有自主的权利。你现在问一问美国人谁是他们的祖宗，他们决不会说是土著人。

一个民族没有创新就很难屹立于世界民族之林。"病树前头万木春"，是自古的训语。自从哥伦布发现了这块陆地，这里一直就成为世界各国的人们追求自由的地方。人们为了自由的生活，漂洋过海、背井离乡来到这里，重建家园。所以美国自己没有什么文化，只能说美国是世界文化的荟萃地，是文化的熔炉。在这里炉火纯青，各种文化交融、碰撞，产生了许多灿烂的火花，像一个个混血儿。不同肤色，不同头发，不同声音，不同语言的人，走在街上都可以一目可观。黑的、黄的、白的、蓝的等各种颜色在这里排列组合，异彩纷呈。

但我们仍然可以从这些光辉灿烂、绚丽多彩的文化里挖出其背景与主色调。那就是多国文化的融合而形成了所谓的美国文化——自由。其自由是立体的、全方位的，体现在众多方面。恰恰这种自由的文化主要来自于各国文化及民俗的交融，当然也来自于美国历史文化的空白。没有框框，没有条条，可以自由地荡漾。可能许多的人们都听说过美国的裸奔吧，这是最原始的一种自由，然而是最能反映人们思想的自由与无束。只要法律上无禁令，道德上无责备，欲说则白，欲作则为。裸奔，不仅仅是发生在社会上，发生在成年人中，更让你不可思议的是居然也发生在校园里。像美国有名的大学哈佛，每年都会有裸奔的活动，甚至在冬天。学生们成群地结成队伍，戴上假面具，手持刀戟等道具赤身奔跑。展示天人合一，追求返朴归真。像这样野性十足的疯狂，在我们中国则是大逆不道的。然而在美国不会引起非议，甚至不会引起人们的注意。他们摔倒了，满身粘满了白雪爬起来再跑，这应该是与自然的抗争。他们手拿刀戟叫着，也是为寻找原始土著的影子，这应该是与现代文明的抗争。或许这都是裸奔的含义，或许只是我的理解或诠释。

除裸奔之外，还有裸舞、裸读之类。裸舞人们已司空见惯，但裸读则少有耳闻。《哈佛碎片》一书有记载哈佛拉蒙特（lamont）图书馆每年都有人裸读，甚至站在桌子上，只穿内衣读书，无论男女。这又如何解释？不必明示，大千世界无奇不有，况又在自由的背景之上，这不难理解吧。

但是自由有自由的规矩，像篱笆一样也有三个桩子。政治、法律、道德、诚信等都是情同手足的孪生兄弟。就这么简单，不要复杂化，它们之间相互尊重，相互和谐，相互忠于，相互制约，最终相得益彰。我也不想像一些理论家一样一一阐述，那样就又背离自由文化的主题。

像美国的一些大学，在毕业结业考试中都有"take home"这种考试方式，但同学们为这种考试复习则是通宵达旦，废寝忘食；在伊拉克战争期间，社会和大学中都有"Drop Bosh, Not Bomb"，即打倒布什，不要炸弹的反战集会；在美国的洛杉矶到处悬挂着六彩条旗，这里是同性恋的自由的天堂，散步时男子汉互相牵着手，亲吻时胡子对胡子，不可思议；在美国无处不可以去，学校、企业、机关、博物馆、艺术馆都是诱人观光休闲的地方。人们看过美国著名企业"soft markt"微软、硅谷、飞机制造厂、造币厂、银行、保险公司、农场等大型企业，也看过斯坦福、哈佛、伊利诺伊等著名学府，也自由地出入其艺术博物馆、航空航天博物馆、美术博物馆、历史博物馆。这些地方都打有"Free"的烙印，甚至美国的白宫、国会、法院都可以参观。如果你有兴趣还可以走进市长、州长的办公室与其交谈，可以参加州、市等议会的议事活动，他们的会议都是向全社会直播的。所以在美国旅游业是立体的、全方位的，它造就了美国的强大与繁荣，正是美国这种自由的文化，使人们充分了解了美国的社会、政治、法律、道德与环境，才使人们尤其是一些人才来到美国自由地施展他们的聪明才智。美国的大学里有多少世界各地的精英在执教，有多少神童在读书，有多少世界一流的专家学者在为美国的科学事业、教育事业等贡献着力量。美国硅谷是高新技术的代名词，又名为"China-Indian"，其中的高级人才逾百分之三十是中国人，逾百分之四十是印度人。美国的"好莱坞"又怎不是世界电影艺术人才济济的地方，又怎不是电影艺术的殿堂。在OSK大街上明星脚踩脚辗，这都是自由的使然。

美国人为了自由，争取自由，为自由奋斗的历史，创造了美国光辉灿烂的自由文化，其自由钟，自由女神像，独立宫，独立宣言这些自由的象征激励着美国人创造了一个又一个自由的辉煌。一四九二年哥伦布发现美洲大陆，一五八八年英国开始其殖民统治，一七七六年华盛顿打败了殖民军，美国获得了独立，从此走上了自由的道路。但美国人为了真正的自由，把美国的独立、华盛顿的功绩物化为自由钟、独立宫、独立宣言，这些成为美国人心目中的自由之神，而未把华盛顿供奉为神。到了一八六二年林肯总统解放了黑奴，自由钟再次被载到各地给人们谒拜，所到之处无不空岗，人们目送自由钟招摇过市，林肯的功绩再次被物化。美国总统选举，是政治自由的充分体现，但任何人只能是一个历史阶段思想和能力最活跃人物，很快会被取而代之，最终会被彻底地物化。这就是美国自由文化的灵魂。

一八八四年，法国赠送给美国一座青铜自由女神像，美国把其矗立在纽约海湾的一个小岛上，自由女神手执自由的火把，面色和蔼、目光安详，注视着接连五湖四海的这片水域。从此美国自由文化体系已完美地建立了起来。自由文化建立起来了，只能说是一种文化，决不能说是一种完全的自由，这种文化是追求自由的过程中形成的。只要自由在，自由的程度在向前发展，自由的文化就仍然在不断地丰富和发展。就是美国他们也有酷暑和严寒，也还没有达到人们理想的自由，克林顿总统有一本书名字叫《历史与希望之间》，就称美国人一直在追求着一个梦，"绿色的"环境，没有犯罪的社会，和谐互助的社区等一揽子内容的美国梦。

自由的追求是无止境的，要达到人性化的自由，完美的自由程度，还需要人类社会的共同努力。马克思曾经说过：自由应该说是人类全面发展的一个重要标志。仅一个区域，或一个国家去追求完美的自由也是不很现实的，美国在追求自由的同时，不也遭到了像"九·一一"事件这样与自由相悖的事情。

美国在追求自由文化的同时有力地促进了美国自由文化的发展；有力地促进了美国法律、政治、经济、社会的全面发展；有力地促进了人与自然的和谐统一。一个没有良好的法律、政治、经济、社会的国家就不可能有真正的自由。如果说没有好的经济条件，人们也自由不了，像李白所言，"欲渡黄河冰塞川，将登太行雪满山"、"蜀道难，难于上青天。"自然界的约束，服务设施不发达、不健全，你也自由不了的。但当经济条件好了，社会不发达，人们思想封建，人们也自由不了，我想喝咖啡没有，我想看电影无处去，我想去打高尔夫、去洗温泉、去喝葡萄酒也没有，也达不到人们渴望的自由。

当人们物质文化生活水平有了极大的提高，政治上没有自由，精神上受到压抑与约束，那也是无自由可言的，法律的不健全、无法可依、有法不依、执法不严，那只能是部分人或者说少数人的自由，是贵族或上层人们的自由，决不是我们所谓的大众的真正的自由，只有"旧时王谢堂前燕，飞入寻常百姓家"的时候，才是真正的自由。

自由的内涵，是博大精深的，是人们生活追求的真谛。已经实现的自由，只是人们追求真正自由的过程或象征，包括美国的总统选举、州长、市长等的竞选，都是其部分自由文化的体现，通向完全自由的路石。从此现象观之，公平、公正、平等、友善的竞争也是自由的重要标志。

　　美国的自由和自由文化已成为美国文化的主题，这是美国强大的源泉，美国的自由或自由文化像自由钟一样已悬挂了起来，像自由女神一样已矗立了起来。自由的钟声必将响彻美国南北，响彻历史、现在与未来。自由女神，必将把自由的火把举向更高的天空，照亮美国社会，映红五洲四海，使自由文化更加灿烂。

二零零七年六月

Purdue 校园行

汽车在一片辽阔的平原上，向普渡大学奔驰。高速公路两旁绿化带的远处，秋收之后的玉米地只留下了玉米茬，经冬天的风吹日晒已经干枯，白花花的一望无垠。

两个小时后，车子驶入了一片丘陵地带，车在山丘和一条河流之间的路上前行。山丘的坡上是树林和草坪，偶尔有一些别墅散落在山坡上或山脚下。别墅的周边插栽了一些森林中没有的开花的树木，红的、白的、粉的，映在满坡绿色的草坪上。一切都显得那么精致，那么美丽。路和小河之间有一片树林，高高地立着，也有斜着的，地上也是绿色的草坪。目光穿过树林才看到那条河流，河水平静地流动，粼光在树林间闪烁着，给人一种宁静、灵动的感觉。车就在这样一个幽静的自然环境中穿行。

这正值春天的四月，山与河营造的温暖气候已使这里的植物笑逐颜开。逐渐，车子开出了山丘，跨过了架在那条河上的一座桥。忽地，天地宽阔，柳暗花明。冷冷的细雨霏霏而来，打在车窗上，但并未掩饰住车窗外美丽的景色和空中的清澈。这里就是美国有名的 Purdue Univerity。

从北京到这里，正是翻了个个，黑白颠倒，北京是早上，这里正是晚上。十几个小时的时差，使人生活规律完全地被打破，一副疲倦的容貌与环境大不相称。但人逢喜事精神爽，不顾疲劳，直奔女儿的教室。见到女儿时疲劳感顿时烟消云散，但倦容仍然留在脸上。

我们还是很兴奋地冒着小雨参观了花园式的校园。该校是一八六九年建校，许多房子都是百年以上，漂亮的建筑、完美的结构，完善的基础设施、体育设施、图书资料，那是最令人羡慕的了。但这可能是美国大学的共性，百年老校嘛。但这所学校给我的感性认识是：大树婆娑，独木成林。其中有一棵树上写着"一九一三年"，树大冠荫，这给我留下深刻的印象。

许多树的花是多彩的，这很自然，然而许多树的叶子也是多彩的。春天刚来，叶子还没有来得及长大，只是清清楚楚地长在那苍劲的树枝上，没有形成浓荫，仍可以透过树叶看到背景的存在。同样，花儿还没有开过，可谓花事正旺。那里有两种花儿我印象很深。一种花是橡树，满树的白色花朵，花开得很多很浓，已遮住了它背后的一切，树枝向上直立着，花开得很繁茂。但有位同学说，看上去没有味道，没有意境，我觉得似乎有些道理，因为它太大方，太直接。但我仍然认为它很美、很有特点。另一种树是海棠，海棠花儿还没完全开放，含苞欲放，正如朱自清《荷塘月色》中的句子："羞涩地打着朵"，然而，那是缀满树枝的洋洋洒洒的一种美。美有多种色彩，花儿由红、粉白、粉红、深红多色组成。整体有层次，有品位。这是充满诗意的一种花儿。李清照曾用"却道海棠依旧"的句子。我喜欢这海棠花，尤其是喜欢初春时天寒花半的海棠，这正让我在普度相逢。

这正如 Purdue 大学的学生们一样，青春的美，是充满生机和活力的。那些大学生们像小蜜蜂一样，在这百草园中采撷着百花酿造的佳蜜。我为他们和她们骄傲与自豪。

暮霭降临了，一切美都淹没在夜幕下，无奈只好回到住所休息。第二天早上，时差还没有完全倒过来，总是想多睡一会，把时差完全抛掉，以保持白天的充沛精力，所以清晨卯时才从床上爬起来。

打开窗帘，日高八丈，太阳的光辉已经照耀在印第安纳州的西北地区。由于空气清新，所以天空湛蓝。由于春天刚到，所以花木繁荣。再加上这明艳的阳光，一幅快乐、明洁的美丽景色豁然出现在窗前。来时的小雨霏霏，冷清的天气，跃身一变，则成为阳光明媚、和暖的天气，这给了我一种精神。同时人逢喜事精神也爽，今日约好要陪女儿再去看一看大学的校园，再看一看学校的基础设施。

首先来到了商学院的大楼，看了学生的教室和老师的办公室。优越的环境，自由的气息，现代的设施，简洁的布设都一古脑儿地排列在走廊和教室里。教师工作室的门上都写着教师的名字，有的还有教师的相片，有的还写着来自哪一个国家等。颇有特点。等看到来自中国的教师时便非常地高兴。

看了学校的图书馆，学生会办公地点，学校行政办公大楼，楼内陈列着许多校长的头像或照片。这也是一种文化，也是一种纪念，也是一种历史。校园很大，无边无界，完全与城市融为一体。

短的时间是浏览不完的，要充分了解或游遍整个学校的每一角，就得在这里读上几年的书。我很是羡慕大学校园的生活，尤其羡慕普度大学校园的生活。这里是世界上一流的教育。我祝福这些莘莘学子，祝福这些时代的骄子。

路途、校园、课堂

一

清晨，从 comfore lim 出发到 Stanford University，约五十分钟的路程，路过许多自然形成的湿地，大片的湿地生长在那里，成为野草花和鸟类的乐园。没有人去填海造田，也很少有人工的痕迹。路的两边也有许多的野草高高地立着。

一旦进入居民的生活区则会发现大片大片的草坪和高大的树木，环境洁净而私密。住宅矮而树木高，而且大树都在这里长了几百年，各种各样的树木相杂，人们仿佛生活在植物园中。松树自然参天，玉兰树冠大挺拔，还有许多树不认识叫不上名字。树叶子颜色各不相同，总是不拘一格，有的还开着花朵。住宅中都有一个小院落，里面种着的花草树木很有个性，大家羡慕地说在中国的城市想要一个院子就难了，你看上去房子很简单，但里面很舒坦，并且地下的设施也很好，地下投资比地上的要大。我们的农村倒是有一个院子，但基础设施不行，环境也不行，所以要有像国外这样的生活环境需要我们改变观念，这很重要。现在国内的房子，基本上都是高楼大厦了，国家有规定不让盖别墅，一旦打个擦边球，别墅又盖得很豪华，一般人都买不起，建得像宫殿一般，太复杂了，同时也失去了房子的意义。从而使这些所谓的别墅成为了奢华的迷宫，只可以用于养宠物，而不适宜于人类居住。

二

斯坦福大学很美，我在这之前曾经两次来过这里，那几次都是纯粹的参观，这次有幸在这个美丽的校园里学习，便更仔细地看了看，学校里的建筑一般都不高，两三层的居多，许多的楼都在外侧有一个连廊，连廊是用一根一根的柱子举起形成一个一个的弓形的外形。每根立柱的上部都是简单的雕饰，做工很精致。斯坦福大学校园始建于一八八六年，第一批学员于一八九二年毕业，所以八、二两个数字被镶嵌在斯坦福大学教堂的大门口，然后每年毕业生都把毕业的年份的最后两位数镶在连廊的地面上，很整齐地排列着。在其中有一个数字十一是黑色的与众不同，陌生的人们都猜疑着，但不知其所以为黑色。从八、二这两个数字可想许多的楼都有几百年的历史，不过看上去还是较新的。校园内有许多的草坪和许多的大树，也许可以称得上是古树，也有许多的花草，一些花儿像是野生的一样，一丛丛的高挑着美丽的花儿吸引着人们的注意力。

校园中最高的一个建筑就是 Hoover tower，Hoover 是一个人名，曾任美国总统，毕业于 Stanford University，到楼顶上去远眺，全都是红色瓦盖着的尖顶建筑，洒落在绿树丛中，远处是两层的山峦。Stanford University 的校园可能是最大的，占地三十五平方公里。校园中有很多的雕塑，也可以说充满文化和艺术的气息。还有一个不小的博物馆，由于时间很短，只是匆匆地浏览了一下，但可以见得，中国有许多文物在那里，大部分是明代和清代的，其次也有许多印度和埃及的东西。我想为什么西方大大小小的博物馆中都有中国的东西，是东方文化灿烂的强大还是西方的强大？是中国文化传播得广泛还是西方对文化的博爱？

三

今天第一次课程是在一个不很大的教室里上的课，有一个中国人讲课，他讲了美国的有关情况，还讲到美国在世界地图中的位置。此人属中国国际交流协会的老师，在美国十三年了，专门研究美国的经济问题、文化问题、人口问题等，他讲了许多中美之间认识方面的有关问题，尤其是中国对美国的认识，从毛泽东时代到邓小平时代，到现在的中国人对美国的认识。他希望中国应该在认识美国强权政治的基础上，更应该认识到美国在经济发展、社会管理方面的一些长处，这样我们会更容易从美国学习到一些先进的东西，以更好地为我们国家服务。他字里行间都是感到自己在美国工作的一些优越性，有点对美国的崇拜。当然他也希望中国强大复兴。他还着重讲了美国梦从个体到集体的具体内容，并推荐给我们一本书《在历史与希望之间》，是美国的一位总统克林顿写的，里面有美国梦的一些完整的解释，我曾经在十年之前读过这本书，美国梦是比较具体的。在书的最后，克林顿说："美国的路是用黄金铺就的"，后来有人当面质问克林顿说他说假话，美国的路是用黄金铺就的吗？这句话是不真实的，克林顿笑着问大家：有另一句话大家说真不真实，就是"美国遍地是黄金"，大家沉默。这只是说明了在美国机遇或机会很多。美国梦中有重要的一条是为每一个男女创造平等的机会，让每一个人都有机会。最后他说对美国的认识要用总体方法论，讲的还是有道理的。一个东西，你只有接受他，才能真正学到它的内在的东西。

四

第二天，一天的课都是美国斯坦福大学的两位教授讲的，上得很好、很精彩。

第一位是看上去老态但并不龙钟的老教授，他给我们讲了 San Francisco 大都会的建设与规划。在我们看来是很好的，他则充满了忧虑。旧金山的天如此之蓝，白的云在空中飘着，天空是那么的高远，看上去白云仍然有上升的空间似的；草是那么的绿，那么的茂盛，包括那些野的草和野的花儿都生长得很烂漫，很自由，多姿又多样；那树木就更不必说了，参天如盖，婆娑如鹏，城中的树也不单调并不孤单。无论是学校、社区、工厂，都无一用墙围挡起来，都是开放式的与城市融为一体。我对草木树的描述可能并不那么令人以为然，然而当你身临其境时你会震撼。而这位教授仍不满意。他认为旧金山面临的问题很多，水的污染、汽车的尾气、空气的污染等，好像都令他担忧。他说每到冬天和夏天，空气污染便厉害起来。所以就引导人们步行或坐公交车或骑自行车去上班，把自己的车放在停车场或自家的车库中。他们把许多的土地恢复了湿地，或留给了那些珍奇动物和濒临灭绝的物种，而人类不得去侵犯，无论是公有土地或是私有土地。

在旧金山地区有许多的地上长满了野草，即使是在市中心也有一些地是荒的，长着杂草，甚至有些交通三角地上也是自然生长的草，在我们看来应该给予绿化，而它们则仿佛无人管理，只是每天奔驰的汽车从其旁边疾驰而过，也许这就是他们的管理方式，给它们以自由，少关注它们会长得更好些，这可能就是尊重自然的点滴之为。

他说旧金山在城市发展的进程中也犯了许多的错，但应从这些错误中和其他或别人的错误中学到一些东西，不应该在一些问题上再犯同样错误，同时也要学会欣赏过去，从片面的追求和发展城市中走向更加注重保护城市的历史文化和自然资源。

五

第三天，仍然是在斯坦福大学的教室里上课，仍然是两位地道的美国教授上课。上午仍然是一位老者若七十岁的老教授，站一会的时间他就要坐下来讲一会，又再站起来讲一会。但讲课很认真，可以说一丝不苟，讲得很精彩，不时地还拿起彩色的笔在一张白色的墙板上写字画图以示讲课的内容，便于我们理解。讲话看上去很轻，单词一连串地从他的嘴边挤出来，不用费吹灰之力。他就是迈克尔·司汗博士，毕业于耶鲁大学，在宾夕法尼亚大学读的博士学位，主要研究十九世纪和二十世纪美国城市的社会历史。但美国的老师讲话，比较务实，从一件一件的事情讲起，实实在在地讲他的道理，让人感觉到很清晰、很条理，大有深入浅出的功力。每讲到一个问题，他会在幻灯片上给你一个清晰而简要的题目，然后展开来讲。他长得很有点美国佬的味道，高高的个子，大鼻子，大肚子，但都长得很匀称，站在教室前边讲课就显得很大方得体，行动起来虽然很慢但却又是一位很稳重的教授。不时地从幻灯的一边走到另一边的白板前，侧着身体在白板上画图写字，从不把背影给学生，总是侧着身尽量地面向大家写字，所以写得不很规则但很有点艺术感。

他讲的课程是城市的规划与发展，从联邦政府对城市规划与发展的管理到州政府对城市规划与发展的管理到地方政府对城市规划与发展的管理。并以旧金山为例讲得很明白。从发展的伊始到发展过程到城市相对成熟，并列出了在发展规划过程中所产生出现的一些弊端和错误，从不隐晦。这也是美国的一大特点，他们可能不会考虑得那么长远，但他们善于对当前遇到的问题进行思考并解决，尤其是在遇到一些历史性问题、大问题，全国性问题或区域性问题时，他们总会去思考去作为今后的"前车之鉴"。

我爱读鲁迅的文章，也热爱他的文章，同时还很赞成他的一些观点。记得读他们的一些文章时，有这样一段是说西方人：一张脸上就长着一个鼻子，完全不成比例，不像个人样。因为他们在一战时是以野兽的状态出现的，到处烧杀抢掠，故鲁迅这样写道。但时代的变迁，他们也在不断地进化。仿佛变得有了人性，故让人看起来也舒服得多了。尤其是国人不争气，到处造假行骗，也助长了这些不曾有人样的人们的人性化。

他们以事论事，真实地去解决问题。总是先侃侃而讲，而后留出足够的时间去讲同学们提出的问题。在讲课的过程中互动，这也使我想起我们古人对教书的训道：师者，所以传道授业解惑也。如果仅是满堂灌的话，那也只能称其为授业，而传道和解惑则无从谈起，我看他们则较多地师承中国古人之《劝学》中的师道。

下午的一位老师看上去在五十岁左右的样子，又是另一种西方人样的代表，较瘦，脸上项目所占面积不均，鼻子占的比例较大，但看上去很健康，脸上一说话就带有表情，眼睛也睁得滚圆的，致使额头上的皱纹像涟漪一样凸显着，嘴张得很大，白色的牙齿从嘴中环形凸出，不停地讲，一串串的单词从牙缝中挤出来，有时可能会一股脑儿地出来，充满教室。仿佛发音很重但很清晰。看上去讲课很用力，他就是莱福·豪尔教授，在科罗拉多州立大学获得硕士和博士学位，主攻自然资源规划与政策等，在一九七八年至一九八九年间曾担任美军工程师部队旧金山地区的首席指挥官。自一九九二年以来，一直在斯坦福大学教课。他讲到了旧金山一八六零年时大地震约死去三千多人，因地震引起火灾。当时房屋都是木质结构的，但灾后仍然在这里重建了城市，人们问为什么不搬到安全的地方，还要在地震带上重建，当初城市建设就选错了地方。他说没有办法，当初人们也不知道是在地震带上，科技没有那么发达，人们不能先知。现在一切基础设施、人们的家园和习惯及历史文化都已在这里扎了根，也只能在这里重建。但地震后的思考是加强防震，而另一个问题并没有解决，用木头造房子的习惯并没有改，大火仍然威胁着人们，仍然是人们的一大忧患。但后来大自然再次对旧金山的人们进行了检验。一九八九年又一次大地震，挑战了人类，但教授说那一次并没有造成人类的伤亡，并且人们都在家里看电视，看旧金山与洛杉矶两队的足球比赛，这就是奇迹，也是旧金山的人们从一八六零年地震中汲取了教训对家园建设提出更严更安全的要求和标准。

<h2 style="text-align:center">六</h2>

今天仍然是由两位美国教授授课，我很高兴。

上午授课的教授约瑟夫·尤特教授在斯坦福大学执教，他在西澳大利亚的科廷大学获得城市及交通规划专业博士学位，在北卡罗来纳大学教堂分校和澳大利亚墨尔本的蒙纳什大学工程学院获得硕士双学位，均专攻交通规划及工程学。个子很高，每天骑自行车来上班，一进办公室就把自己的安全帽放在桌面上，还有手套等。美国人有不少人骑自行车来上班。骑自行车时往往要戴上帽子，并用两条布把两个裤脚裹起来，像中国传统女士裹裤脚一样，很有意思。他们做什么事情都那么的专业化，那么的认真，教授也一样。他说他自己太重，再减十斤就更好了，所以才骑自行车上班，同时也为了减少污染或低碳生活。

他的头发贴在头皮上，很有点特色，那是被安全帽压制而成。他一眼就能看出是教授，大有先生的自尊和稳重，声音并不大，但我们也听得很清楚，讲得也不错。他的思维方式是发散式的，当我们提问题的时候，他总是好像在答非所问，我们总是不满意，跟他说您并没有回答我们的问题，他并不反感，而是微笑着继续给你解答。

这些教授都有一个共同特点，每讲到城市规划和发展时总要讲一下城市的历史和文化，或者说城市的背景和发展过程。从此娓娓道来，自然过渡到城市的规划和发展。同时，也就把问题提出，根据问题而去提出方案，解决方案其实就是未来规划和发展的重点，也就是说有的放矢地发展而从不盲目，并且规划要严格执行，资金也要严格使用，并追求和督查费用的使用，是否真正用在了该项建设上。

下午的教授是一个长得很帅的妈妈，虽然是妈妈，但却是一个男人，他是一个支持和同意同性恋的人，他和他的丈夫在旧金山和纽约都有自己的房子。该教授的形象很好，虎背熊腰的，你根本看不出他就是同性恋者。他给我们讲的课程是"沟通的效率"。他是一个传播方面的研究人员，他倡导人们提高演讲水平活跃人们的生活，使世界变得更美好。

当我们在教室等着教授到来的时候，一个气宇轩昂的男子进到了房间，大眼睛方形脸盘，脸上有麻坑，充满了男子汉的帅气和粗狂。本来我们的同学最前面的坐在第二排，他到了教室第一件事情是很用力地把第一排的凳子给搬走，而且把凳子搬得很高，在课堂中移动。不等我们帮忙他已把几张凳子搬开，且整齐地排列在墙的边沿，然后把第一排的桌子与第二排的桌子并在一起。一下子讲课的空间大了，第二排的同学变为了第一排，并且有了很宽绰的桌面。然后他沉默地站在那里，望着同学们，一时教室里的笑声、谈话声戛然而止。

老师开始讲课，他说"我今天的课题是如何提高沟通的效率。为了与同学们沟通我干的第一件事是缩短与同学们的距离，把第一排撤掉，第二排变为首排取得第一个效果，沉默是取得的第二个效果，让大家静下来并做好上课的准备"。我们一下子进入了听课的氛围。但上述的这一切，都不能使我们相信，站在我们面前的这位教授是同性恋者，并且扮演的是一位妈妈。

这位教授的名字叫斯奇然，二零零七年夏成为斯坦福大学商学院的教授，开始执教传播学相关专业。他积极教导学生并促使众多学子登上阿斯本理念节，旨在倡导创新理念。他用整个下午的时间讲解如何使你的沟通更有效，从姿态、姿势、语言、声音、眼神等各个方面去把握沟通的环节以取得更好的效率，他给我留下了深刻的印象。他给我们放了许多网络片，把几个名人的演讲也就是沟通的片子给我们看，他们是如何演讲的。其中一位是竞选成功的干部，要求群众与他通信交流；一位是艾滋病研究者，提醒吸毒者要用新的注射器，预防艾滋病。但最令人佩服的还是眼前这位斯奇然教授，他的气质、他的姿势、他的语言、他的视觉都是那么规范。可以说他的公众行为艺术堪称楷模。作为一个人在工作中的一切行为应称为公众行为，公众行为就应该尊重公众，让公众看着自然而大方，尊重公众就是尊重自己。如果一个人在家中或私人的一个境况，那么他可以以自己的随心所欲的方式存在，以自己感觉舒适的行为活动，可以躺着，可以坐着，也可以站着，当然也可以挽着裤腿，挽着袖子，可以不修边幅。但一旦他走向公众就应该有公众行为。要有礼貌，穿衣要讲究，举止要大方，语言要得体等。当然不同的场所，公众行为可能有差异，但不会有大的不同，除非在一些特殊的公众场合，如演戏、如歌唱、如演讲等带有表演式的场合就不仅仅是公众行为，而已经成为了公众的行为艺术，或者叫作纯公众行为艺术。而一般的公众行为也带有一点艺术成分，这就是一个人的习惯和气质。

作为一个人只有有了公众行为的规范，才可能谈到效果，如果你的交往，你的演讲，你的谈判，要达到某种效果和目的的话，在规范的公众行为的基础上，还要注意你的对象、你的意图，还要注意你的信息的准确和方式。在对象、意图、信息的基础上，还要有你个人的能力水平，那就是前面所提到的语言、声音、视觉。

一个人的公众行为对一个人的成功是非常重要的，这也是一种人类的文明进步。

由于老师讲得好，课结束后，我送给斯奇然老师一幅字："暮雨寒塘"，并解释说："暮雨是当夜幕来临之时，暮色苍茫时下着雨，是一种意境。寒塘是秋天的荷塘，寒冷加上残荷也是一种凄凉。这两者的叠加，把凄凉推上了一个高峰，成为一种独到的意境，以表示老师讲课讲得好有独到之处，同时，也寓意他的人生也有独到之处，同性恋在我们看来是无人企及的。"

他很高兴，并与我合影，很夸张地说："Very good，thank you very much."

七

我不知什么时候造成了一种印象，对中国的国外授课者有一种不信任，总感觉到他们在忽悠。其实他们也确实是这样的，忽忽悠悠的讲得你云里雾里的，有时常以祖国为反面的材料，以美国为自豪，但我是很不以为然的，因此也就对他产生了反感。当然我很清楚美国确有自己的优势，但我们可以取长补短，但绝不能以长轻短。而以其长轻其短，往往是某些人取宠于众的专用手段，任何一个地方都有其长也有其短，正如一个人一样有高有矮，有愚钝有聪颖，有漂亮有丑陋，但可能高的人丑陋，矮的人帅气，也有可能丑陋的人聪明，漂亮的人愚钝，各有其长短。也像五个手指不一样的长短一样，但各有其位、有其能、有其用一样。要一分为二，正确对待。

讲美国之优势，我赞成，但不能有铺垫，我们来美国学习已经是对美国的尊重，或已认为美国在这一方面是优于我们的。那你就应该只讲美国的情况和美国的问题，在这一方面还需要我们应该向那些美国教授们学习，学习他们的包容和友好，学习他们就事论事，学习他们讲学问，不要认为他们不了解中国只了解美国，而你却又了解中国又了解美国，其实是不一样的。那些研究国际社会的教授们哪一个不认识世界呢？这也体现人们一种素质和价值观。

而且中国的教授往往会先讲一下自己的背景和经历，其实我也不赞成，上课嘛就是上课，你的铺垫是要围绕你上课的题目的，不要先炫耀自己一番，你的教授是实实在在的，这并不需要炫耀，讲课过程中，与话题无关者尽量不要讲或少讲，口头语和与课程无关者都是废话，都会使学习者感到反感。记得在大学时，有一门公共英语课，老师一上课就讲一个外国教授Dr.Tuleder，说他如何去买菜、如何做饭。今天遇到了他，明天又碰上了他，他愿意吃什么菜，讲完后时间占去四分之一，正规课程的时间被挤掉了，他总会说今天时间很紧，上课较粗，同学们课后多用点时间复习。但第二次上课还是这一套。我经常叫这位老师是寒号鸟。

而今天一位印度人，是斯坦福大学的一位教授，是一个黑人，脸上戴着一副眼镜，由于皮肤黑所以这副白色的近视镜看上去像墨镜一般。也许是在教室的缘故，幻灯的灯光经常照到他的脸上，镜片反射出绿色的光点，熊的身体，狼的眼睛，很有趣的。但他讲课则单刀直入，没有像一些中国教授一样首先讲"about me"，他讲一口流利的英语，讲课的节奏也很快，讲得很有趣。由于时差关系，可能上课有的同学打呵欠，他说他尽量讲得有趣，使大家不瞌睡，但他也很幽默地说，即使你闭着眼，但你的脑子也是在听课并在思维。有一位中国老师说：听课不睡觉、睡觉不听课不是水平，一边听课一边睡觉，二者结合起来才是最高境界。引来大家的哄堂大笑，这个印度教授讲的时候同学们听得还是很有味道、很认真的。那一个下午我听得很好，很有收获，他给我留下了很深刻的印象，他给我们讲的是城市建设资金的来源和作用。

到美国学习，就是要学习美国的好的东西，就是要用美国的思维去学，那么最有效就是让美国的教授讲课，如果是中国的教授讲，往往又是以中国的思维考虑问题或讲问题，那就不如在中国学习，也就不必漂洋过海地来学习。中国与美国的不同可以用一例说明，科学和技术，我们通常称为科学技术，简称为科技，但是美国这两个词永远也不可能简化为一个词，它永远是science 和 technology，science 为科学，technology 是技术，科学不能创新，通常是发现，而只有技术才可以创新。在英语中，科学是 science，而发现是 discover；技术是 technology，而创新是 invent 或 innovate。所以科技创新其实是一个错误的概念，但人们已经习惯也无碍大事。但这反映了一个东西方文化的差异，思维方式的不同，故要学习美国的东西，并且到美国来培训，最好是让美国的教授上课。

旅途

人们常说不要急于到达目的地，要善于留心或欣赏路程中的美丽的景物。的确是这样。无论你出访或是出游，都不免或多或少地充满幻想和兴奋，希望能尽快到达目的地，因而忽视了路边的风光。

北京机场——关西机场

此去日本是执行 JICA 知识产权任务，JICA 是 Japan International Cooperation Agency 的缩写。当我从北京国际机场登上去日本的飞机时，就有一种宽敞而明亮的感觉，我乘坐的飞机是 NH160 全日飞机，服务人员都是日本姑娘。飞机设计精致，非常宜人，起飞和着陆都很稳。飞机飞行两个多小时，穿过朝鲜半岛和日本海到达日本的关西机场。从飞机舷窗俯视关西机场，才发现机场是修建在大海里的。一架架飞机像一只只海燕，在湛蓝的大海上盘旋。走出飞机发现关西机场是明窗净几，一尘不染。方悟日本管理之先进，服务之诚信。

关西机场——OSIC

等走出机场时，已是傍晚点灯时分。我们先乘快铁出机场，又乘一辆大巴前往大阪市。公共车在海田的大桥上奔驰，大桥两边海田里的灯光很整齐，除了美丽的灯光所及的地方外，都是弥漫的夜色。出了海域就是高速公路，所有的高速公路几乎都是高架桥，高架桥两边的消音墙，不时地挡住了我们好奇的目光。约一个半小时到达新阪急饭店。我们换乘了亮得发光的丰田和皇冠车，每两人搭一辆。我认为很奢侈，很浪费，不知道为什么这样安排。包括我们在以后的学习日子里，外出也都采取了这种形式。坐在车里向外张望，路两边的灯光烂漫，尤其是公寓大楼上的门廊灯整齐有序，像一座座的水晶石山，晶莹剔透。交通如流，井然有序。

日本是一个立体交通的国家。在大阪市我得以亲眼目睹。窥一斑而知全豹，在日本的其他城市也是如此。地下铁路、高架桥路、立交桥路、高速公路等纵横交叉，电车、轿车、火车、轻轨车等从四面八方风驰电掣般隆隆地驶来，使日本充满了生机、活力、竞争、高效。的士行使约三十分钟，便到了OSIC中心。

大阪——茨木

从大阪到茨木乘快铁约一小时的路程，沿着铁路的两边皆是城市，可以看到日本城市的建筑布局和街道的规划。街道不宽，一般是对开的马路，但是未见塞车。日本的建筑非常密集，充分利用土地和空间，楼与楼之间没有距离，肩并肩地峥嵘而立，许多大楼甚至住宅楼或小别墅楼是一片一片的相互簇拥着，仅一条缝隙相间，有的干脆连在了一起。更有甚者小小住宅楼竟搭建在两高楼之间，如在井中，可以说日本的楼房建筑在城市里几乎到了见缝插针的地步。尤其是住宅楼插建在高楼之间，很感压抑；有的就在铁路旁边颇感噪杂；有的在街道边或岔路口，看上去就像一个人站在马路的中间，毫不安稳。这些别墅式的小楼，看上去像一座座的房屋模型，据说还是富人住的，一般人只能住公寓楼的。我看后感觉离我们中国的住宅楼的环境，相差甚远。这与日本的条件有关，日本是一个有一亿三千万人口的国家，而土地只有三十八万平方公里。这弹丸之地上，人口密度如此之大，节约土地是非常重要的。地少人众，但是环境保护很好，到处郁郁葱葱，山清水秀。日本基本上不用自己的资源，把有限的资源留给了未来，而极力去开发人的智力，把人的智力，看作一种取之不尽，用之不竭的资源。为了鼓励人们不断创新，保持国家绝对的竞争力，日本自二十一世纪伊始就制定了知识产权战略，并提出了知识产权立国。从司法和行政两个方面加强知识产权保护和管理。成立了一个国家层面的知识产权推进事务局，一个知识产权高等法院。像日本这样一个小国家，成为世界第二大强国，与其对知识产权的高度重视不无关系。当然，美国这个世界第一强国，在建国初期就把建立专利法写进了宪法，把保护动植物新品种写入宪法，把实行工业化标准写进了宪法。这怎不能使其强大呢？

京 都 —— 东 京

乘坐新干线从京都到东京的快速列车，奔驰在崇山峻岭之间，穿越许多隧道。我没有数有多少山，多少隧道，但只要四周漆黑，就知道进入了隧道，有一些隧道很长。光明后是黑暗，黑暗后又是光明，就这样黑暗与光明交替着。从隧道出来看青山绿水，更觉山明水秀。日本是一个环保国家，植被好，空气清，那些别墅小楼坐落在山腰间、山麓下，钩织了一幅幅美丽的景观图画。

从京都到东京跨越好几个城市，但大部分时间是在农村的地盘上飞驰。日本早已实现农村城市化，所以农村的小楼跟城里的一样，区别只是楼间距较大，密度较低，树木环绕，白云浮飘。且不说日本楼内那舒适的摆设，那洁净而温馨的榻榻米，仅那诱人的环境足让你赞叹农村的优越。日本的农村比城市更好，农村更悠闲，更接近大自然。城市里喧闹、拥挤，每天不得不呼吸那些带有汽车尾气的空气。不得不听来自车、人和机器发出的声音。不得不接受来自高楼大厦及各种车辆射来的光。在穿越马路时，也不得不接受红灯的制约。农村则依山傍海，海阔天空，房前屋后碧草如茵，树木葱茏，十分美丽。我想在日本这样交通发达的国家，环境如此优美，尤其是在农村，无疑会有许多的城里人到农村购房。所以这美丽的农郊别墅不知是农村人住的还是城市人住的。

列车快要到达脉静冈市时，带队人告诉我们，请准备好照相机，在此可以看到富士山，但当我们到达富士山的时候，虽然天气非常的晴朗，但是被一片云山遮住。我们没有看到常年积雪的富士山。据说富士山是很美的，是日本的象征。当我们到达东京的时候，住在八重州宾馆，看到了富士山的旅游广告杂志，上面画着太阳落山时的富士山，也就是黄昏的富士山，山上的云是红色的，山下的 Ashi lake 的湖水一半瑟瑟一半红。也看到了在湖中荡桨时，目极富士山的景观。也看到了坐在缆车里，观看弥漫着蓝色山岚的富士山，这情景尤像蓝色海洋中的冰山，又如瑞气般的白云拥抱着的富士山，那景色犹如仙境，在我心中留下了美好而深刻的印象。

富士山是日本最高的山，海拔三千七百七十六米。

二零零五年十一月于日本

日本的交通

日本的国土面积只有三十七万八千平方公里，大约相当于我国云南省的土地面积，而总人口为一亿二千三百万，且百分之八十居住在城市，城市里的人口密度普遍比中国城市的人口密度大，东京的人口密度就比上海还高。但是，在日本城市的街道上看不到熙熙攘攘的行人，只有通畅的有序往来的车辆。在这个年产一千万辆汽车的岛国，很少出现地面交通堵塞的现象。

日本是一个立体交通的国家，众所周知，公共交通的发达那是世界一流的。航线、铁路、轻轨、地铁、公路、高架桥、立交桥、隧道、地下通道等纵横交错，四通八达，好一个精彩的交通网络。当你走在大街上，风驰电掣般的车辆隆隆地从你身边、脚下及头顶驶过，大有八面受敌之感。

先看一下地下的路吧，通过地下各种交通线路几乎可以快速到达任何一个地方，无须穿马路，挤人群。地下通道可容纳日本至少三分之一以上的行人。这部分人从自己的家出来就进入了地下的路，下班后又在地下街道里攀上折下回到自己的家，可能这整天的奔波都不见天日，也许会在单位的写字楼上忙中偷闲仰首极目那天空飘逸的白云。商店区地面上的道路很窄，两边都是高楼，然而就在这地面的狭长的道路下面都是地下通道，如果你不想在商店里或人群中徜徉，那你完全可以在地下通道里行走，直奔你的目标。

高架桥那可是另一番天地，有许多的单位或大楼都是通过高架桥互相连接的，有许多的场所都是通过高架桥与车站相接。我们参观大阪的松下大厦和东京的知识产权推进事物局都是从车站直接出来沿着高架桥通往的，十分方便。日本的高架桥创造了第二个日本，实现了飞人的社会。车在空中跑，在楼阁上停放，司空见惯，自不必大惊小怪。而有趣的是日本由于地面没有空间，许多楼在楼腰处架起了露天停车场，停车场绕大楼一圈，像一位少女抡起的舞裙。

在这个巨大的交通网络里，铁路发挥着无可替代的角色，自一九二七年日本建成第一条地铁始，即一发而不可收。地铁网像神经末梢一样伸向日本的每一个角落。到目前在九个城市里有约四十条线路。东京的地铁网从地图上看密密麻麻地覆盖整个城区，日本的第一条铁路就是建在东京，现在每天平均运载旅客达七百多万人。

为使日本的铁路更快，更好，中曾根首相把被认为是国家命脉的铁路毅然送给了私人管理，确实冒了天下之大不韪。然而地铁没有瘫痪，国家没有瘫痪，竞争却导入了铁路的管理和经营，从而提高了整个铁路行业的服务质量。日本自明治维新一直到现在从来没有停止过创新或革新，无论在政治或是在文化或是在经济等领域。前不久小泉纯一郎首相为改革邮政，冒着巨大的政治风险，推行改革，遇山移山，遇海填海，决不允许设障以阻前进，议会不同意，就解散议会，重新大选。十分精彩的是大选大获全胜，新议会顺利地通过了邮政改革方案，从而结束了国邮的历史。

书归正转再谈交通，日本的交通管理是高度的智能化。在许多的交通站点都是无人售票，都是自己在自动售票机上投币购买，自动售票机上端画有路线图，标明站名和车费，只要你投入足够的硬币，车票就从自动售票机里输出来。剪票也是机器来做的，买票的钱如不够数那绝对的不放行。有时须同时输入两张车票，一张是用过的它要吃掉，一张是未用的它要检验，只要你把两张票同时塞进去，它就会把该留下的留下，把不该留下的还给你，无论你把哪一张票放在上面。

交通服务实现了国际化。售票机上有英、日双语的应答钮、票价钮、儿童票价钮、汽车铁路换乘钮、乘车卡选择钮等供选用，有些自动售票机还用图画辅助标注，购买、使用起来十分方便。地铁线由不同颜色标明，诸如日比谷线为灰色，有乐町线为黄色，丸之内线为深红色，银座线为朱红色，东西线为浅蓝色，千代田线为深绿色，半藏门线为桃红色等。运行的电车颜色与地铁道的标志、站名的颜色一致。只要你注意颜色的和谐，就能证实你的路线的正确。

最令人叹服的是地铁站里不仅标明地铁到达的时间，而且标明各站之间地铁运行的时间，这样你可以精确地计算到任何一个地方需要花费的时间。是乘普通列车、急行列车还是特急列车，乘客完全可以根据自己的需求进行选择。站台上都标明几号车厢在几号站台上车，站台号和车厢号是绝对的一致，可以说是准确无误。

据说巴黎的地铁，没有那么多方便的标记。而纽约的地铁，到处是涂鸦，秩序有点乱。伦敦的地铁，很多地方年久失修，有些地方甚至还在使用已经运转不灵了的古老的木制滚动的电梯。这都不能与之媲美。

这无与伦比的立体交通使日本的有限的土地发挥了无限的作用，日本的交通创造了地下、地面和空中三个日本。尤其是地下不仅有铁路，也有商场，有餐馆，有娱乐设施等，是一个十分精彩的世界。日本还在海中修机场、港口等，将来可能再创造一个海上日本。

二零零五年十月二十九日于日本大阪

我 的 生 日

农历的十月初一，是我的生日。这一天在美国被称作万圣节，人们会制作各种可怕的狰狞的面具，制作各种各样的灯笼，并且在大的超市里售卖。在那几天里大大的菜市场也有各种的瓜类刻制成各种狰狞的面目，或刻成面具式的灯笼。人们可以化妆成各种鬼魅，进行集会。在我们中国这一天被称为"死人节"或"鬼节"，城里人都要到郊外去烧纸祭奠，农村人都要到死人的坟上压上几张纸，当然有些人会用另一种文明的方式表达思念，如送一束鲜花，送一个花圈，以纪念死者。

二零零五年十月初一，是我在日本学习期间的一个生日。这应该说是我第三次在海外过生日，也是我印象中最深刻的一次。在这之前，团里就把每一位团员的生日记了下来。但是并不是每位团员都能捞着在日本过生日，我的生日正好是在我们学习期间，很幸运。到了国外一切都贵，吃饭大部分时间是 AA 制。正好有此机会，团长、秘书长们商量在十月初一的晚上设一个生日 Party，大家一起乐一乐，并提前买好了各种小食品，各种酒水，预订了一个卡拉 OK 大厅，大家可以开怀畅饮，尽情地歌唱，恣意地舞蹈。

这一刻终于来到了，食品、酒水、板凳、桌椅等摆好，团长开场白后，大家都举杯凑到我的杯前，祝我生日快乐！音乐响起，第一首歌就是《祝你生日快乐》，但当电视里放出歌词以后，才发现是日本歌曲，我们大家都很陌生，只有听着曲子，情不自禁地手舞足蹈起来。

《祝你生日快乐》，这支歌有许多首，表达的意思是一样的，但歌词不同。有一首很流行的《祝你生日快乐》的歌曲，歌词只有一句"祝你生日快乐"。你可别小看这一句话，在中国甚至在全世界都是非常普遍的，几乎是妇孺皆知，每个人都朗朗上口，就是因为其歌词简单。像世界上著名的演讲词，林肯关于在解放黑奴战争胜利后的讲演，约两分钟，其中的精华是"of the people, by the people, for the people"，简单而深刻，被人们永远记住并称颂。往往简单的东西是最好的东西。《祝你生日快乐》，这首风靡全球的歌是英国森塔克家族的版权，自一九三五年开始，每年的版权收入是一百万美元，到二零一零年该版权终止，可以获取以千万计的美元受益。依次类推，过生日当然也是越简单的越好。节俭、轻松一样可以度过这一天，繁杂、奢侈照样也是度过这一天。那为什么不简单一点呢？

今天的生日Party，更是一次聚会，有美酒，有咖啡，有歌声，也有祝福。期间大家在一张从日本买的贺卡上签了字，祝秋实长寿。这贺卡上有几条小花案，并且用彩色的丝绳叠成了松鹤，贴在贺卡上。日本的文化源于中华文化，松鹤在我们中国是象征延年益寿的吉祥物。曹操诗云"神龟虽寿，犹有竟时。腾蛇乘雾，终为土灰。"世上万物，短寿也罢，长寿也罢，但没有无疆之寿，无论贵贱。"盈缩之期，不但在天；养怡之福，可得永年。"人的生命是有限的，但是后天的养护可以延长寿命。中国有句俗语：生死有命，富贵在天。这都是带有缩命论的言辞，是封建贵族的谎言。命运是可以把握的，富贵是努力而得来的。总统没有一个天生就是总统的，教堂里的牧师没有一个生来就是牧师的。白天鹅是由丑小鸭变来的，雄鹰是由雏鹰长成的。至于封建王朝，那些乳臭未干的皇帝，更是铁的谎言。大臣们上朝时，闷头齐喊："万岁！万岁！万万岁！"，一片谎言，无论是君、臣、民都沉浸在愚昧混沌的虚荣之中。鲁迅在《立论》中言，说假话者得奖赏，说真话者遭毒打。这都是王权的政治。

对于我，大家的祝福那可是真实的，因为不必去恭维，倘若如此也无奖赏可言。尚且这些为我举行生日Party的人，是来自全国各地的同胞，在这之前皆属陌路。我平时的生日一般是在家里过，两三个家人买一个蛋糕，做几个菜，有鸡有鱼，吉祥如意，也充满了快乐。有时也会忘记，我不太重视自己的生日，本是草木之人，生日无关紧要。重要的是我也不相信那些美丽的谎言。但这一次我是很愉快的！在异国他乡，有人给你过生日，那是多么高兴的一件事情呀。第一次感到了这生日的必要和愉快。不过无论如何，只要有人想着你的生日或有人给你过生日，总是一件高兴的事情。

大家催促我唱一首歌,我也欣然从之。我唱了一首《外婆的澎湖湾》,这是一首校园歌曲,调子很悠扬,想象的空间较大,感觉比较休闲。也是一首怀旧的歌曲,平时也很喜欢唱,这也许是因为我对外婆的感情较深,是对外婆的怀念。我在外婆家一直住到十岁,才回家乡读的小学,所以外婆对我幼年心灵,影响是深刻的。

夜色阑珊,正是滥斛之时。由于时间的限制,大家不得不散席。

最后共同举杯,站起来共同唱起《明天会更好》:"轻轻敲醒沉睡的心灵,慢慢张开你的眼睛,看看忙碌的世界,是否依然孤独地转个不停,玉山白雪飘零,燃烧少年的心,使真情溶化成音符,倾诉遥远的祝福,唱出你的热情,伸出你的双手,让我拥抱着你的梦,让我拥有你真心的面孔,让我们的笑容,充满着青春的骄傲,为明天献出虔诚的祈祷。谁能不顾自己的家园,抛开记忆中的童年,谁能忍心看那昨日的忧愁,带走我们的笑容,青春不解红尘,胭脂沾染了灰,让久违不见的泪水,滋润了你的面容,唱出你的热情,伸出你的双手,让我拥抱着你的梦,让我拥有你真心的面孔,让我们的笑容,充满着青春的骄傲,为明天献出虔诚的祈祷……日出唤醒清晨,大地光彩重生,让和风拂出的音响,谱成生命的乐章,唱出你的热情,伸出你双手,让我拥抱着你的梦,让我拥有你真心的面孔,让我们的笑容,充满着青春的骄傲,让我们期待明天会更好。"

二零零五年十二月于日本

日本万博园记

今天是十一月六日，天上飘着小雨，万物清新。我撑一把雨伞步行前往万博园。一路上一辆辆日本精美别致的轿车，辗着雨水，"凄切"一声从眼前闪过。我一边听雨，一边欣赏行车，约一个小时的路程，便到达万博园。

这缠绵的雨和斑斓的秋色已浸透了迷人的万博园。你看地上、空中到处都洋溢着秋色。斑驳陆离，惹人游目。延绵浓密的绿，碧如青翠，犹如蜿蜒的青山，高矮不同；绯红如绣，深浅不一，如火、像霞、似鲜红的血，在碧波中弥漫。

一条小溪，潺潺流水，磁力般地吸引了我。小溪的两边都是红叶，中杂一些绿、黄、褐的颜色，十分美丽，此溪被称为红叶溪。那飘落的红叶，悠闲地在溪水中漂流。阴阳两面相杂，一面是淋漓的红，一面是白中隐红，浓淡相间，仿佛在微笑着向你告别似的。蜿蜒的红叶溪，她像一位导游似的伴你前行。如果你喜欢枫叶就沿着红叶溪前行，你可以看到那些落叶的精美；如果你喜欢花，她可以带你走进自然森林，那满地的碧绿缀满了紫的、黄的、红的、白的小花朵，着实令人爱怜，在这样的深秋里，开得还那么艳。她们是从来不冀人类的鉴赏，只是寂寞地绽放着。但是那种烂漫却体现着大自然的天性。

当我在看望这些大自然的小天使的时候，红叶溪已形成了碧透如镜的池水，在静静休息。走吧，让我聆听你流向远方时潺潺的喧哗的笑声，那可比莫扎特手里飞出来的乐谱好听，简直是上帝的弹奏，那声音像六月里的雪水一样会浸透我的心脾。红叶溪带我来到了原始森林。这里是鸟的世界，可以尽听鸟语的欢快。这些可爱的鸟，会叫着绕你转，从远到近，从近到远。有时是窃窃的私语，有时则正大地鸣啼，有时就在离你不远的枝头上，且就叫一声便远去，你却惊魄似的转过头来，只见它悠然的张扬着翅膀飞去。这可是无可奈何啊！也许乌鸦在跟你捉迷藏，但是人们都不喜欢它，说天下乌鸦一般黑，这话没错，但是人们往往把它作为不详之物，尤其是听到它的叫声，更认为其是不详之兆，坏事将要来临。其实无论乌鸦也好，喜鹊也好，黄鹂也好，翠鸟也好，声音好不好听，声音悦不悦耳，你是否讨厌，那都是鸟的语言，也许表达的都是爱意。日本的乌鸦很多，到处都听到那"哇哇"的鸣喧，在这万博园—日本自然生态园里，到处可以看到它们的影子，穿一身黑色的礼服从你眼前掠过，更增加了这环境的幽静和幽深。

红叶溪带我来到了一处木制的观望台，我登跃其上，居高瞭望。林木葱茏，野花烂漫，曲径通幽，一层层的绿，一层层的红，一层层的黄，一簇簇的粉，还有那恬静安逸的落叶，那清澈见底的潭水，尽收眼底。还有红叶溪的流水声和鸟的鸣叫声在耳边鸣动。在我陶醉的那一霎那，红叶溪已扬长而去。从木制的观望台上下来，我加快了脚步，再次追上了红叶溪。路转林深，绿暗黄明。红叶溪再次汇入一潭月牙形的碧水，半抱着一棵血染的红枫，周围茂密的桂竹枫檀倒影如画，池中鱼翔浅底，雨打水面圈圈纹，使整个水面如鱼鳞一般，令人悦目赏心。热带的，温带的，寒带的，矮株的，高株的，木本的，草本的，都在这里舒展地生长着，这里是它们的乐园，也是人类的乐园。

万博园很大，我已经走累了。这里的秋色是无尽的，也难以表达完全，但是可以窥一斑而知全豹。若这一斑我能写完整，我已足矣。我告别了红叶溪，独自折回。刚才，红叶溪带我观览的日本万博园，可以作诗以彰：

绝是四季最好时，秋雨绵绵胜骄日。

阳中明艳湿时新，红叶与花皆艳滴。

雨

　　日本国的雨，像女人的泪，隔三差五地轻弹着。在这多雨的环境中我有感而记。"雨"只从字形上看就颇有文学的意蕴，像雪一样的美，像雪一样的充满韵味。你读着那掩遮在苍穹下面的几滴水，是否会有无限的愉悦和幻想？

　　一块石有其形，一朵花有其美丽，一株小草有其妩媚。雨和这些自然的造物一样，有其独特的柔性和风格，流成溪，溪成河，河成海，因波澜而壮阔。雨是大自然的一种现象，含有宇宙般浩瀚的哲理和神秘的内涵。

　　我喜欢这种色调，铁青的天空没有一点的缝隙，四野亦物静人远，只有那迷蒙的雨在飘落。我独自站在日本大阪 OSIC(Osaka International Center) 宿舍的阳台上，尽情享受这连绵的雨带来的寂静。在异国他乡寂静是饱蘸着孤独的墨汁写在宣纸上的寂寞，渐渐地慢慢地湮散，是那样的透彻，那样的沁人心脾。

　　我陶醉于这深沉的意境，倘若四周没有任何的人文的东西，没有那碍眼的高楼，没有那撑伞的行人，甚至连隆隆的车行的声音也没有，只有那一望无际的淅淅沥沥的雨毫无阻挡地飘洒，那将是怎样的淋漓和痛快！好使所有的雨点纳入我的视野，尽情地欣赏这任性而缠绵的雨倾斜着驭风而来。

　　我不想看到那雨中的翠滴，也不想看那被揶揄的翡色。我不想有"小楼一夜听春雨，深巷明朝卖杏花"的忧虑；我也不想有"夜来风雨声，花落知多少"的牵挂，这些都会打搅我的赏雨的兴致。

　　我多么想在山中觅一个亭台，凭栏处坐下，用精致的紫砂的茶具，沏上一壶酽茶听雨。但不要咖啡，无论是浓的或是淡的，因为咖啡不会给我以传统哲学的明理。也决不要酒，酒会使我想起那些无聊的饭局，且不说那浪费时日，低级趣味的话题，也不说那烟雾缭绕，酒气熏人的场面，只要想起那鼎沸的人声，狼藉的杯盘就会大煞风景。只有茶会给我赏雨赋予诗意，也许会使我诗兴大发，吟咏出前无古人的绝句。假如亭前是从遥远的山涧流淌下来的泉水汇成的一流小溪，亭阶连接一条伸向远方的被青草侵占的曲折的山路，那就是仙境了。在这幽静的一梦仙境，若加上人间的一缕思绪，听着点滴的一调雨声，看着漠漠的一色天空，呷一口茶水，那就真的使人超凡脱俗了。

　　唉！不要坐着说吧！站起来，投足迷蒙的雨林吧！让雨洗去沾染在身上的陋习与陈规吧！从平川走向高山，环视这无一点缝隙的铁青般的穹庐吧！这就是大自然，是一剂草药，可以医治你浮躁的心灵，会使你渐渐地甘于寂寞。

二零零五年十一月七日于日本大阪

一行白鹭

姬路城是日本的一座历史名城。其位于日本的中部是内海城市，在大阪市的西边乘火车约一个小时的路程。姬路城是日本的桃山时代和江户时代也就是十六世纪至十八世纪修建的，这一时期是日本城堡建筑的鼎盛时期。姬路城是日本土木城郭建筑的典型代表，保存完好，一九九二年和法隆寺一起被列为世界文化遗产。

姬路城始建于一三三三年，经历了近三百年直至一六一八年才形成了目前如此规模的姬路城。其由大天守阁和三座小天守阁以及连接这几座阁的渡楼，渡楼全是封闭式的长廊，还有二十七座化装阁组成。共有十五座城门和总长为一千米的土城墙，在古城墙的外围有碧绿的护城河。其有名的建筑就是天守阁，又被称为瞭望阁，是重要的战略防御工事。

大天守阁高三十一点五米，是建在四十五点六米的姬山顶部高达十四点八五米的石垣上，外观五层内部为七楼的建筑，其中地下一层，地上六层，海拔约九十二米。三座小天守阁分别位于大天守阁的东、西和西北方向，其他建筑分布周围，风格一致，皆为灰瓦白壁，翘檐尖顶，犹如千鹤齐飞，亦似"一行白鹭上青天"，故姬路城又称为白鹭城。

天守阁全是由木头建制，木头全是本色，梁不雕，栋未画，既无人文又无艺术修饰之功。但做工精细，风格简朴，造型大方，结构牢固。大天守阁的脊柱是两根直径近一米的方形木材，令人为之瞠目。登上顶楼远眺，整个姬路城一览无余，尽收眼底。这座古城里到处树木葳蕤，有葱郁的红得像火的日樱，有参天的金黄色的银杏，有色彩斑斓的婆娑茂密的小叶枫，有茂密的青青一色的竹林，还有一些叫不上名字的草木也都荡漾着秋色，如锦如绣地铺满了地，挂满了枝。

日本一本杂志《大和的四季彩》以"秋的红叶的舞"介绍了日本的秋叶之美。虽然日本满街道的红叶，但是大部分的红色都藏到了寺院里，如正历寺、兴福寺、东大寺、药师寺、长谷寺、松尾寺、飞鸟寺等皆红叶之都，但与永远飞翔着一行白鹭的古姬路城的秋彩相比却逊色得多。

二零零五年十一月九日于日本茨木

京都御所

　　二零零五年十一月，我参观了京都的皇宫，在日本称之为御所。日本的御所，平日是不对游人开放的。我在日期间，恰逢建宫一百五十年纪念，得以目睹，因以为快。

　　京都御所始建于一三三一年，后期被大火焚烧，一八五五年重修。一八六九年以前，一直是天皇居住的地方。自一八五五年始，至二零零五年止，正好一百五十年。一八六九年天皇迁都东京。在一三三一年以前日本的御所建在奈良。

　　京都的皇宫不是很大，呈长方形，由翘檐的城墙围着，四周共有六座城门楼。南门为礼门，是进宫的正门；北门是朔平门是宫女出入之门；西门有三，一是宜秋门，二是清所门，三是皇后门；东门为建春门。在围墙内靠南侧有一个较雄伟的紫宸殿，那就是天皇听政的地方，当然也就是文武百官早朝的地方。整个紫宸殿前面及左右两面被回廊环绕，回廊南面由一个承明门，左面有日华门，右面有月华门。紫宸殿的右边月华门外，是诸大夫的住所，还有清凉殿、御车库等。后面有一片吴竹或汉竹，清清如碧。向北依次是小御所、御学问所、御常御殿、皇后宫、常御殿、飞香舍等。在这些御所左边，是桥、松、竹、石分布其间的回游式的庭院，是天皇的御花园，日本称其为御池庭。水如境，草如茵，层林已被秋染浸。白云蓝天，一切都倒影在平池水中，显得幽然而美丽。在这皇宫中，惟有这花园是与现代社会相融的，而那些建筑物一个个像古董一样与现代建筑物格格不入，无论是色彩，无论是风格。

　　我认为日本的皇宫本源是中国的皇家殿堂，不同处在于中国的殿宇明堂比较雄伟壮观，空旷明亮，居高临下，充分显示中国古代皇室的尊贵和权威。日本的皇宫比较矮小，殿堂墙壁的高度较屋顶的高度要矮。而其屋檐向外伸翘较大，像一只鸟展翅欲飞；中国的建筑是富丽堂皇，雕梁画栋。日本的皇宫则简洁、自然、朴实、无华；中国的殿堂前后左右一片空旷，可环视天下，一览无余。日本的殿堂周围树木葱茏，庭院幽静深远；中国的殿宇是对称式的建筑，前后左右排列整齐，无独有偶。日本式建筑不求对称，相错而立，翘檐相接；中国的宫殿如离人间万象，不食人间烟火。日本的宫殿近于自然，可享天伦。

在中国的宫殿面前，那日本的宫殿就小屋见大屋了。这也说明了中国是一个伟大的古国，她是称帝天下的。在过去，日本的天皇每年是要向中国的皇帝进贡的。日本天皇始称是从五百年开始，最早以浪速为都，是现在大阪市的浪速区，到七一零年迁都奈良，那时中国是很鼎盛的大唐时代，直到七九四年迁都京都，后又从京都迁往东京。三次迁都，这也说明了当时统治的不稳固，为自己的统治和江山一次又一次迁都，最终权利也像皇都一样，被丢到了奈良和京都的历史尘埃中了。奈良和京都的皇宫已成为皇家祖辈的纪念碑，成为不可一世权力的象征，而现在的东京御所几乎是日本皇家王室的象征，甚至成为活坟墓，成为皇家王室权力的纪念碑。

二零零五年十二月十六日

Toyota 之感悟

在日本执行"JICA 知识产权任务"期间，参观了日本丰田汽车公司在名古屋市的丰田汽车制造厂。厂区内环境非常洁净，接待人员非常有礼节。一踏进厂区感觉不像是一个制造基地，倒像一个休闲的庭院，给我们留下了难忘的印象。

在丰田汽车制造车间内，留有参观通道和丰田文化长廊。我们沿着在空中搭起的一座曲折的桥梁，俯视丰田汽车的整个生产流水线。桥上有重点地设有几个小小的驿站，上面有一个电子设备，挂有麦克风，服务人员就用其为我们解说。日本丰田汽车的制造看上去很轻松、娴熟。从冲压到组装成车，只需要二十小时。每隔八十五秒钟就有一辆不同型号豪华车下线。他们的智能化程度很高。重活和危险的活都是由机器来完成的。外形的冲压、组合、喷漆、上玻璃及发动机和外壳的结合全是机器人在操作。小的活和安全的活是由人工来完成的。一些小的螺丝和电线的装配由人工操作。整个组装车间是一个动态，组装线成 Z 字形游动，整个大车间的管理，体现在一个大屏幕上，用红绿灯来显示工作情况。当红灯亮时，说明某一段有问题，当组装线路无误时也全是绿色。在这一显示板上也表明完成任务的比例和数量。

如果组装人员有什么问题可以拉头顶上的一根绳子，技术人员就会知道那一段有问题，会来协助。当我看到这里时，我想日本的管理方法只要是方便、快捷都可以被采用，无论现代的或是原始的。像日本的交通，如此之发达，仍有古老的电车在运行，只要达到目的就可以了。

从车间出来，到了丰田展览中心，一座现代化的建筑。在这里看了车展和机器人表演。这里是高科技的展览中心，是丰田汽车的发展档案馆，陈列着各种汽车，展示着丰田汽车的构造原理和工作原理，以及安全系数。给人以直观、动态、身临其境的感觉。丰田汽车已经成为我们生活的一部分，我们走在大街上到处可以看到丰田汽车的影子。这一次我亲临制造现场感触颇多。

一

或许人们都知道，丰田汽车的创始人是丰田喜一郎，但很少有人知道丰田汽车的奠基人是谁，他就是丰田喜一郎的父亲丰田佐吉。他只读完了小学，但是他却有着一个科学家的梦想。一八八五年，日本明治维新政府颁布的专利特许条例，开启了佐吉通向梦想的第一步。佐吉的家乡生产木棉，织布自然成了当地人们的家庭副业，佐吉每天目睹着人们无休止的忙碌。如何提高织布的效率以减轻人们的劳动强度，使佐吉走上了艰难的发明之路。父亲的反对，资金的短缺，可以说发明之路上布满了荆棘。然而，功夫不负有心人，一八九零年佐吉发明了第一个人力织机专利，使劳动效率提高了百分之五十。一八九六年，成功地发明了第一台动力织机，劳动效率提高了二十多倍，被英国的普拉特公司誉为"魔法机器"。因此，佐吉一举成为日本的知名人士。一九二九年，丰田自动织机以十万英镑的价格把专利许可给了英国。佐吉把这一笔费用毫无保留地交给了他的儿子喜一郎，并嘱咐道："好好地研究汽车。"这成为喜一郎立志开发汽车的开端。

一九三三年，第一部命名为 AA 的轿车问世。二十九年之后，丰田汽车进军欧洲，年产量首次突破百万辆，并在美国、秘鲁、南非、泰国设厂。一九九一年在中国设厂，一九九三年在英国设厂，二零零一年在法国设厂，目前在世界各地设有五十六家丰田汽车制造厂，跃然成为世界第一汽车制造商，创造了世界汽车史上的神话。

我认为其最大成功的秘诀是其诚信。日本在自己的制造业和服务业领域的诚信是令人叹服的，日本的松下、富士通、佳能、三菱、索尼、卡西欧都是知名制造业品牌，Canabo、资生堂、Sk－Ⅱ，都是化学工业驰名品牌。这些都来自于精湛的技术，同时也来自于他们周到的售后服务。丰田更不例外，观一斑而知全豹。进入世界强国的国家都是很讲诚信的。现在世界的前五强，他们无论在哪一方面都很讲诚信，但又皆有所长。

二

美国在法律上是讲诚信的典范。它们法律水平和执法水平是相当高的，几乎在法律面前是人人平等的。法律是人们自由生存的女神，同时也是经济发展的保证。有规章才有秩序，有秩序才有效率。美国在建国初期制订宪法时，就把专利法、标准化、保护动植物新品种的知识产权的内容写入了宪法。什么是宪法，大家都知道。列宁曾经说过：宪法是人民写在纸上的权利，要求执政者履行。专利法的建立和实施有力地保护了人们的智力成果，促进了公众创新的热情。标准化推进了美国工业一体化，动植物新品种的保护促进了美国农业的发展。致使仅有两个多世纪的美国成为当今世界的第一强国。

三

英国在科学技术研究方面的诚信属世界之最。在英国的历史上出现过大量的发明创造，一四九四年威士忌在苏格兰发明；一五六八年瓶装啤酒在伦敦发明；一七五零年英国人第一个从鱼的黏液中发明了胶水；一八一四年乔治·斯蒂芬森发明第一台蒸汽机；一八三五年查理士·贝培基发明机械计算机；一九二八年亚历山大·弗莱明发现青霉素－盘尼西林。二十世纪九十年代以来，各种各样的发明创造不胜枚举，但是特别值得一提的是蒂莫西·伯纳斯利发明了万维网和 HTML 网络语言。今天我们已经完全离不开网络了。再像火车、泰坦尼克号船、喷气式飞机都是英国发明的，英国的科学家牛顿发明三定律，在胚胎学方面第一个试管婴儿，克隆羊都是英国创造的奇迹。对世界的发展做出了重大贡献。

四

法国文学艺术方面的诚信收获丰厚。法国巴黎对艺术的创造与保护是最到位的，早在一八八七年就公布保护外国人的艺术作品，不问国际，所以法国是一个充满艺术氛围的国家。在巴黎到处都可以欣赏到他们的艺术雕塑。法国人乐于欣赏昂贵的音乐会和表演剧，他们可以不吃饭或带上几片面包，穿上盛装提前到剧院静候。因此巴黎成为了世界艺术的殿堂。

五

德国的制造业最讲诚信，其汽车的性能是很好的，他们不会偷工减料。当有人参观了德国的汽车生产线后，感慨地说，"生产设备太先进了，难怪生产的汽车这么好。"德国汽车公司的老板则说："NO...NO，我们的车，不是用机器和设备生产出来的，是用我们日尔曼人的大脑和双手制作出来的。"据说这位总裁每月总要把自己关在一间四面徒壁的房子里几天，去考虑问题。他认为一切重大的决策都是来自于大脑，并非来自于微机和手机。

看一看那些世界强国他们之所以强大，一个重要的原因是他们的诚信。我们购买照相机的时候，都希望买日本的相机，并希望相机采用的是德国的镜头。人们诙谐地说"日本的大脑，德国的眼睛"。这一小例充分说明诚信之重要，诚信就是品牌。

二零零五年十一月于日本

山下桂田的自白

　　山下桂田，是一位日籍华人。在日本学习期间他成为我们的朋友，不仅是翻译，还是导游。他经常给我们买一些日本小吃，尤其是在我们坐车无法按时吃午餐或晚餐的时候。正当我们饥肠辘辘的时候，他就把小吃分配给我们。我们自是欣然接纳，这时他会幽默地说："活干得不好，这是小恩小惠，收买点人心。"

　　我们经常向他询问一些日本的事情，和他从民间谈到皇家。还谈论到小泉纯一郎，谈到日本的改革。他说："从明治维新一直到现在日本从未间断过改革，"他谈到小泉时，说小泉是一个改革家，"敢说敢为，远见卓识。他改革了日本的邮政。为改革邮政他冒着政治风险，解散了议会，剔除了老牌的反对派桥本龙太郎和田中角荣，重新选举议会和首相，最后大获全胜，十分精彩。然后重提邮政改革方案，并成功地通过。"

　　山下桂田，高高的个子，四十多岁的年纪，长方形的脸盘，留着较长的头发。看上去就是一个有品质的人。渐渐地他还谈到了自己的家庭。

　　他说："从我的祖父来日本留学开始，我们桂田家族便开始了日本的生活。留学结束后，祖父就到了日本一家生产糖的公司工作，由于祖父干得出色并且又是中国人，就被公司安排去台湾进口甘蔗，也就从台湾找了一位太太，那就是我的祖母。"

　　"后来我的父亲就生在了日本，父亲天资聪颖，一直读完了医学博士，才到北海道大学医学部谋到一份工作，由于祖母是台湾人，所以又给我父亲找了一位台湾太太。所以我的母亲也是台湾人。"

　　"到了我这一辈，我们兄弟三人，其中一位得了不治之症，就在二零零三年去世，我没有过于悲伤。因为他的生活很拮据，没有什么生活保障，在日本这可是资本主义社会，不愿出力，而又贪图安逸，那生活就比较悲惨了。所以他离开我们的时候，我没有眼泪，只有祝福，祝福他会顺利到达天堂。

他可以过得更舒心一点，因为天堂毕竟比日本好，没有那么多的竞争。听说天堂里的人都是用一个锅和一个勺子吃饭的，勺子的把很长，很难一个人吃到嘴里，都是互相帮助，别人给自己吃，自己给别人吃，所以那里是非常的公平，没有私有制，更不是资本主义社会，那才是真正的极乐世界，人人共享。"

"我还有一位兄弟，他一个人在台湾生活，也是游手好闲，整日在赌场和妓院里游逛，在赌场里一掷千金，后来输了个精光。为了救他于水深火热之中，最后父母亲把家产全部变卖了，救了他一条性命。但他是否接受了教训，我就不得而知。因为自从赎了他，他便杳无音讯。也许是无脸见江东父老的缘故，也许早已到天堂找我的那位兄弟去了。"

"我刚好读完了大学，但也无大出息，所以从爷爷到父亲创下的家业，就这样到我们这一代便荡然无存了。本来留下的就不多，再这样不守祖业，那简直就像火烧战船，一阵风吹来便灰飞烟灭。"

"我的父亲本也不太守道，为女人花费了许多积蓄，所以等到我兄弟们出事，只好变卖家宅。我的兄弟们受父亲的影响很大，这一切的坏事都是来自父亲的不轨。但很怪，为什么好的一面没有影响我们？我父亲的医术、博学为什么没有影响了我们，单单就这点污点使我们都变得混浊了。父亲晚年也为此深深地忏悔，也多次到教堂那个神圣的地方去和上帝诉说：我是爱他们的，他们应该在我的这边，但是因为我的孽缘，他们都离开了我，到您那里去了，上帝您要善待他们，他们会幸福的。"

"其实这也没必要忏悔，那不是他个人的事，那是社会的罪恶，在日本当你勤劳肯干就会上天堂，否则只有下地狱。日本人的勤劳肯干，有一种工匠精神，从不偷工减料，总是精益求精。一个人在社会上是否有出息，关键看其是否努力肯干，看其是否能自己把握住自己。除了法律没有人给你提醒。"

"我在日本的亲人相继离开了我。我日本是举目无亲。但我是华侨的后裔，当然就是华侨了。我要寻根，就去了中国。在中国认识了一位贵阳的女孩，她那么纯真，那么活泼，一见到她我便被她那无形无影的气质所吸引，所以我为了她多次来往日本和贵阳，后来我们结为伉俪。便轮到我的妻子来往日本和贵阳了，我便可以歇一歇脚了。在这里我得到了心理的平衡与安慰。"

其实，他是在与我们开玩笑，平日里他就是这样幽默。

"很快我这位中国妻子为了生活和这个家，来到了日本一家公司上班，几年后我学会了中文，我妻子学会了日语，她便辞职不再为那微薄的薪水奔波了，舍弃了坐班车、倒地铁然后再走一段杳无人烟的地下通道才回到家的那段辛苦。做起了服装生意，服装以日本的婚纱服装为主，在中国设了好多家的连锁店，实现了自由、富有的愿望。妻子也实现了与日夜思念的父母、姊妹的团聚，来往日本和贵阳的接力棒又重新递给了我。"

"我们除在中国有许多服装店外，在东京有一套七十平方米的公寓楼，地理位置很好，是在一座公园的旁边，价值在四千万日元，折合人民币是二十八万元。我们还有一辆丰田商务用车。现在我们的女儿已经十六岁了，在东京的一所中学读书。我再次将来往于中日的接力棒交给了我的妻子。我俩勤勤恳恳地经营着我们小小的商业，在某种意义上说我又回到了祖国的怀抱。"

"我一直有一个秘密，就是我的父亲是在二战中，日本侵略中国时，我们国家正在受到铁蹄蹂躏的时候，离开了多灾多难的祖国。我一直感到不安，我热爱我们的国家，那里正在进行着一场改革，面貌也在发生着日新月异的变化。"

说到这里他很兴奋地用手比划着。

"中国许多家庭都开上了汽车。等我六十岁的时候，我会卖掉东京的房子，在中国大陆买一套别墅举家乔迁到大陆。"

"我现在是老华侨，已不再喜欢这日本国籍，不像许多年轻人一样，兴奋于日本的国籍。那是一个梦，我也祝愿他们做一个美梦，不要像我的家族。在日本三代的一场噩梦，我现在终于醒来了。"

二零零五年十一月

‖ 谜 ‖

　　不知道什么原因，大原正松和良英町子闹着分手，这一直是个谜。因为在别人眼里，他们俩可是经典的一对，郎才女貌，关键是志趣相投，语言好和，彼此相爱，入骨三分，那可是成熟的生死恋矣。

　　但不知为什么，他们已好久没见面了，电话通了不少，但电话的内容也只是正松说一些爱町子的话，町子则一再拒绝正松的爱，甚至于语言的关怀。

　　正松之苦楚自不必直言。这一段时间正松只能看一个电视连续剧，名字叫《北海道》，以剧中人物的感情来寄托自己的情感。

　　精诚所至，金石为开。在正松再三邀请之下，町子同意两人相见，并约好见面的地点。

　　大原正松带着满脸的倦意和疑惑，按照约定来到了约会的地点明月咖啡厅。那是大原正松和良英町子经常约会的地方。在大厅里设有许多硬座和软座。中午时分正松来到时，还一片空座，正松找了一个靠窗的位子坐下来，左顾右盼，空无一人，从窗子的玻璃反过来或射进来的光，使座位很亮很亮，正松略感局促不安，于是从窗口的位子走到里面找了一个暗淡的位置，不引人注目的地方坐下。服务员将一杯白水送到正松眼前。正松两眼盯着那杯透明的白开水，无精打采地等待着良英町子的到来。

　　逐渐地，客人们都来了。一个个的人走进了大厅，大厅里的气氛活跃起来，然而町子没有出现。近十二点了，明月咖啡厅已开始为客人准备午餐。各种小吃、名点渐渐地粉墨登场。意大利的白波辣面，美国的亨利糕圈，巴西正宗咖啡，都散发着诱人的香气。有的客人已在自己的咖啡杯里加入了奶和糖，香气飘满了大厅。正松好像全无感知，还在呆呆地盯着那杯透明的白水。他望不出一点颜色，像自己一样纯洁而执着，永不变色。

　　突然那个熟悉的影子出现了，面带着一种你很难觉察到的勉强的微笑，坐在正松对面。片刻的沉默与宁静，便开始了交谈：

"早来了？"

"是，我认为你不来了呢？"

"对不起。"

"不，最后来了，应感谢你。"

町子说："我虽然爱你，但我必须离开你，那是为了更好地爱你，保留一个完美的形象。"说到这里町子的眼圈微红，仿佛流下了泪。町子的决定显然是痛苦的。

正松并不理解她，认为她是一个薄情女子，说："那好吧，我们就分手吧，以后我不会再与你联系。如果与你联系你也不要理我。当你没有了我的消息，那就是我痛苦之痛苦的时候。"

"我很珍惜我们的过去，很珍惜我们的感情。珍惜这些，就是珍惜自己的付出。"

町子说："我也很珍惜，如果不珍惜，我将没有眼泪。"

但是町子还是执意要离开正松，会谈没有成功。不知道正松和町子之间发生了什么样的分歧。正松很失望地离开了，没有答应町子的邀请，一起去散一散步，以作分手之举。

但是正松离开明月咖啡屋的时候已是正午十二点多了，到了该吃午饭的时候，和町子商量以后要了两碗面条，两人各自吃了几根，其余的都留在了碗里。点面条是二人同意的，意思是缠住腿，把二者永远地捆绑在一起，然而面条力量之微薄是不足以绑住两个人的。

正松离开了町子，情绪很低落也很沮丧，但他没有死心。回到家，习惯性地拿起电话拨通了良英町子的电话。

"喂，你在什么地方。"

"我仍在明月。"

"为什么不走？"

"不知道。"

"早一点走吧，好吗？"

"我安静一会就走。"

正松放下电话发誓，这是最后一次电话，不再打扰町子了。强扭的瓜不甜。他埋怨町子背信弃义，忘记了月下之言，花下之盟。并自言自语地说："町子你还记得我们的初识吗？那时我们都彼此爱慕，然而尚未吐真情，彼此揣摩不透各自的心理，我为了试探你，在一起散步的时候，走到一座小河边，河上有一座很凸的小桥，我说，这座桥是风雨桥，你肯与我一起渡过吗？町子呀！你毫不犹豫依然前行，我跟在后面，说风雨桥需携手而行，你也情不自禁伸出了你的手，相扶而过。"

那一瞬间，彼此就心心相印了，心之灵犀像电流一样流遍了彼此身体。从那时起，爱的萌芽出土了，享受到了太阳的光辉。

正松沉思着，町子这到底是为什么，我为什么解不开这个谜。"你还记得那棵大树吗，它像一把大雨伞，也像一把阳伞，为我们遮过多少风雨，遮过多少火热的阳光，甚至遮过多少月亮和星星的眼睛，你为什么这么无情无义，决计离开我。"

正松一边沉思，一边又不自觉地拿起了电话，拨通了町子的号码：

"喂，在哪里？"

"我在天桂大街上散步，你在哪里？"

"我在家里。"

"你不来吗？"

"去干什么？"

"我在明月咖啡厅给你写了一封信，你过来取吧。来拿我写给你的信。"

"信有什么用，我不去了。"

正松再次把电话放下，虽然心里很想去。町子也很失望，看了看电话已没有了对方的信号，很无奈地看了看路边毫无表情，照旧行驶的车辆，怅然若失地收起了电话。

正在这时电话铃又响了，町子漫不经心地接起了电话，眼前一亮，

"喔是你——正松。"

"我是正松，你在什么位置。"

"我在神户街二十三号。"

"你等我吧，我去取你给我的信。"

"好吧。"

正松快步跑下了楼，坐上了一辆五零零号的公共车。那是一辆正松和町子经常去远离闹区的一座大超市的车。正松想，我和町子坐在公共车上时，总是偷偷地二人的手紧握在一起。有时座位一前一后，正松的手放在背后，町子总是从座的缝隙里伸出手，正松只能握着町子的几个手指，那种幸福是他们永远难忘的。正松的回忆错过一站车，又焦急地折了回来，终于找到了町子，看到她那落寞的脸已失去了往日的风采。

町子从手提包里掏出了信递给了正松，说："回去看吧，再见了。"

正松迫不及待地打开了信，走到路边停着的一辆车的旁边，读起来了。那表情像是在字里行间寻找什么东西似的，如饥似渴的样子。町子再次催促说，"我们一起走一走，天快黑了，我们该分手了，信嘛，回去再看吧。"

正松仿佛没有听到町子的话。一意孤行地读，读，读。最终抬起了头，满脸的惆怅，满脸的失望。

町子好像看出了正松的失落，说："过去的一切是多么美好，也足够我受用一辈子了，也足够我一生的回忆。我们曾经的那段感情，我一定珍藏起来，并且珍藏好。我们还保存着那份友谊，彼此通个电话吃个饭，互相关心就够了。"

正松说："那些都是假的，整篇信里都是美丽的谎言，蒋干盗书，调兵之计。请把你这封信拿着我不会要，我只要町子。"

正松和町子默默地走着。

一段时间后，町子说："我们一起吃个饭吧。"正松说："是最后的晚餐吗？"町子无奈地苦笑说："如果不吃饭，我就走了。"二人无语各分东西，町子打了一辆车融入了车水马龙的街道。正松仍然一个人沿着大街，像失去了魂一样，无精打采的，漫无目的，跌跌撞撞地向前走去。

正松看着路边的那些商店，看着那一块块不同颜色的招牌，和在微风中飘动的旗麾。心想这个世界真是一个花花世界，与那不断变化的颜色一样不可捉摸。只是因为自己有一颗永远是红色的热的永恒跳动的心，才使自己常常伤心。

正松想到这里，索性把手机关掉了，因为町子走了，没有町子的电话，其他人的电话也就无所谓了，自己心情不好，也免得别人打扰自己。关掉一会又觉不对，如果町子打来电话怎么办，那不是失掉了机会了吗，打开吧，顺其自然。

町子也不忍心正松的痛苦，尽管自己已下决心离开正松，但是过去的爱是不可能一笔勾销的。她惦记正松，即使不能在一起生活，也没有必要称之为敌人，再说町子对正松的印象是很好的。也不想就此一刀两断，正常的交往也是要有的。町子的这种矛盾的心理是无法表述。真是聚散两难，正是这种心理的矛盾又使町子不自已地举起了手机，拨通了正松刚刚打开的电话，那真是心有灵犀啊。

町子："你在哪里？"

正松："在路上。"

町子："我们一起吃点饭吧。"

正松："（略思）到哪里去？"

町子："老地方，吃个面吧。"

正松："好吧！"

町子早到了那里点了菜和面，希望正松来得早些。灯火已明，夜幕来临，正松才姗姗步行而来。默默地二人吃过了面。町子说："走吧？"正松说："到哪里？"町子说："……"，正松说："……"，二人一起消失在茫茫夜色之中，是聚是散，要问月亮和星星。一个谜还未解开，另一个谜又来凑着热闹。

二零零五年十一月

伤逝

櫻花纷纷飞落。人生之事莫不如此。荣则花开艳丽，败也花落静美。飞扬而去，落于河边，落于山间。却有多少人在花雨中飞舞，欲抓住芬芳的花瓣。那些飘飞的花瓣也在调皮地与人们戏嬉。人们欢呼着："好美啊！好壮观啊！此即是所谓的花雨吧！"可是无一人伤逝。樱花在人们的笑声里飞去了。

有的花瓣飞落于水中，享受着水的润泽，静静地回忆那些从前的梦。鱼儿来了，嗅一嗅那花瓣的幽香，和花瓣一起在水中漫游。但同样打破了花瓣的梦境。鱼儿游去，花儿是否感到孤寂？

有些花瓣飞向山间，享受着太阳的光辉。偎依在草丛中，就像小草开放的花儿一样，舒服而又安详地微笑着。在人类思维的角度，不论花儿飞向哪里，对花儿都是一样的，正如"黛玉葬花"。

樱花在开放时，就预示着其不平凡命运的开始。当它开放在枝头上时，就有风雨来吹打了；也就有人来折枝了；也就会有那么多的蜜蜂来采它们的蜜；也有那么多蝴蝶来汲取它们的水分了。直到它们被风儿吹去，无时无刻地不在被掠夺着什么。

樱花是日本的国花，一提起樱花来便自然会想起东瀛日本，被人们称之为樱花的国度。樱花长在日本还是幸运的，在这里有生态的意识，有人与自然和谐的理念。那些参天的樱花树遮天蔽日的形象就是佐证。它们只管自由地生长，并没有人去故意地修剪它们的枝条，去追求一种扭曲的美。

这种扭曲的美是审美观的产物，不仅对自然界是这样，对人文界也是如此。在许多的画册中，画的那些松树，苍劲而有力，但每一棵松树都有一个疤痕，一看就是被砍掉树枝而形成的，明显的有人工的痕迹，看着就痛苦，哪里有美的享受？这又是审美的扭曲。画一棵完美的古松那不更好吗？我们应解放思想，还事物于自然，让其返璞归真。像那些自由生长的樱花一样，树枝婆娑，自由烂漫，枝条伸展，能说不美吗？

在日本看过樱花，无处不在，山野里、院子里、街道边、河岸上都有樱花的影子，婆娑的树冠遮天蔽日。春天来临时，自北到南依次开放，如南进的娘子军。樱花树下，都是孩子们的笑声和身影，也有鸟鸣荡漾在空中。

花枝繁，树参天，樱花开遍。

气清馨，微风吹，淡香蔓延。

眼花乱，人情欢，鸟雀鸣喧。

瀛洲境，寻仙丹，往事千年。

东风厄，花吹散，多少留恋。

绿障现，浮萍远，寂寞独眠。

光绪十年也就是在日本公元一八八四年，苏曼殊诞生在日本横滨。他父亲是广东的茶商，母亲是日本人。他喜欢日本的樱花，受樱花性格的影响，去留无意似流水。曾三次剃度为僧，又三度还俗。其实曼殊一生都是在红尘与佛门间来往的，是一位浪漫的"情僧"，又是一位云游四方的"诗僧"，集亢奋与忧郁于一身。他爱日本歌伎百助枫子，风流倜傥，以樱花喻情人写了许多诗词。同时他也忧郁，对社会、家乡、生活和生命充满惆怅，又无社会责任感，以遁入佛门而推掉一切的社会责任。在红尘中惹事生非，便入清净之地，把责任、烦恼、罪恶，全都隔在佛门之外。而自己却逍遥佛门净地。大势已去，他又再次复出，自由的所为了。

他的诗《樱花落》："十日樱花作意开，绕花岂惜日千回。昨来风雨偏相厄，谁向人天诉此哀。忍见胡沙埋艳骨，休将清泪滴深杯。多情漫向他年忆，一寸春心早已灰。"苏曼殊的《樱花落》描写得情真意切，但又无可奈何。道尽人间真情，说尽人生悲酸。一切都不能完全地，永远地随人愿。这完全是苏曼殊的一种诗意。他并没有为花儿伤逝过，却正如人们站在花雨中欢乐，只是用了另一种方式。

纵使花恋枝头，枝头恋花，但总有东风劲来，厄在花枝。但飘飞亦美，翩翩之姿胜万千。人生几何，总有缩期。盈时所恋，去时挂念，这便是难舍难分。苏曼殊言之："恨不相逢未剃时"，完全是借口罢了。

写词一首《伤逝》以此结尾。

人间本是百花园，来来往往看花艳。

等到秋来白露显，人与花色都不见。

花开又来年，都是新花瓣。

又来观花时，已无故人面。

怜怜还企盈期伴，悲悲又入天堂坎。

但祈事随人愿，婵娟满在西楼边。

迷　路

　　迷路对人来说是经常的事情，可能人人都会有迷路的经历。有一些迷路一定会使你留下深刻的印象。

　　记得我在日本东京曾经迷过路。那是一个团队，走了一天的路，晚上住在日本东京的八崇州宾馆。入住宾馆之时，夜色方降，东京的灯火已令人眼花缭乱。于是我与两人便结伴外出同游，一起去闲逛日本的夜市。但当时我没有记下宾馆的名字，只是同伴中一人带了一张地图，记着宾馆的名字。既是同行，有人服务，自己也心卧高枕，放心而行。但是，就在一个商店里看商品的时候，一转头，就找不到那两位同伴。一时心里发慌起来，在店门外等待同伴的出现，然而如同竹篮打水。于是就忙问路人，但他们既不懂汉语，又不懂英文，而我又不懂日文，彼此蒙顿，就更加心慌起来。没有好的办法，我只好寻找来的路线，一点一点地辨认，找来时的标志性建筑和符号。只要似曾相识，心里就踏实。踌躇之时，是一个大广告牌帮助了我，记得来时见过这一广告，于是向前走去，眼前一座宾馆似曾相识，仿佛就是那座宾馆，走进大厅的确是它。松了一口气，出了一身汗，心中大喜。

　　还有一次是在越南的下龙湾市，住在 Halong Hotel，紧靠海边，我住在九楼上，打开窗子就可以望到下龙湾海上仙山及停泊的巨轮和忙碌的游船。海的另一边是一座不很高的山，房子依山而建，遍布山野，很有层次。于是我早上起来，穿上运动鞋，出宾馆左折，沿着上山的路跑步晨练，并一观越南民居。转了一个弯，又拐了一个弯，再转一个弯，心里牢记以便返回。又过了一个岔路口，便上了一条环山路，沿着路一直走到了郊外。等沿原路返回时，转了一个弯又拐了一个弯，但已不是原来那个弯了，这个弯中还有弯，使我着急起来。我随身带着一张宾馆的名片，给路人看，他们指示给我如何走的，但语言不通，只好沿着他们指示的路，我越走越觉得道路陌生，心里有点疑惑。就在这时从山路上出来一辆轿车，摇下的车窗露出一位金发大鼻子的老外，我马上凑上前用英语搭讪，他告诉我说："Down,Down in this rod"，这才坚定了我的信心，加速前行。突然发现了下龙湾的仙岛和船只，胜利了，回到了下榻的宾馆。

　　迷路，尤其是一个人，心中无数慌张是自然的，但如果是人多有伴，迷路并不可怕。如果同行者再相互勉励可能会殊途同归，也许只需要走一点弯路，费一点时间，无碍大事。可怕的是迷路后没有同行者，也不例外的有夜长梦多，在迷途中遇事。

莫斯科的印象

　　春天的暖国里，到处开满了鲜花，树木也都萌芽，那嫩嫩的卷曲着一包劲的叶子在伸张。忽然乘坐着现代化的工具到了另一个冰天雪地的世界，不免会有些意外或惊奇，虽然不曾一次地见过那寒冷的天地。

　　那是一次从北方再向北方旅行的机会，到了那座叫莫斯科的城市。正值三月，乍暖还寒的时候。一下飞机，白皑皑的雪覆盖着大地，但从车窗里望去，天气并不青楞，而是那么的温和柔软，雪看起来也并不那么冷漠，而是软绵绵地铺洒着。

　　莫斯科，马路很宽，楼盖得很高，但很是稀疏，并不是那么的肩并肩，密得连针都插不下去，而是在楼宇之间长满了一片一片的白桦树林。仿佛并不曾有人修剪而是顺其自然。有的躺着，有的斜歪着身子，就是在克里姆林宫的周边的不远的广场草坪上也是这样，无秩序地生长着一些树木，看上去有点自由散漫。

　　除了白桦林外还有许多长得很直立的树，枝条像一把把扫帚一般，干是干，冠是冠，在三月里满身像是涂了墨色，问及当地人有的说是白桦树，仿佛当地的人只知道白桦树似的。我十分地清楚那并不是白桦树，因为白桦树在这三月末已长出了并不引人注目的朴素无华的毛毛虫，已挂满了树枝，微微的有点颜色，显浅褐色。也有的当地人说是松树的，起初我有点怀疑，并不太相信，因为我所见到的松树都是青松，从不凋败，怎么在这里就沦落成这个样子？后经考证确是一种松树，只能说明这里的冬天是大有威力的。

　　莫斯科城中有许多的树林，路两边也有很宽的林带，许多树相杂而生，当然白桦林则是主要的背景。由于下雪的原因，乘车跑在街上观两边景色，仿佛是暖国里的白色玉兰花，开满枝头。岑参诗云"忽如一夜春风来，千树万树梨花开"。这花儿比梨花大得多，也许季节的不同，岑参写的是胡天的八月，而今是莫斯科的初春三月。三月当然寒中含着暖意了，温润的雪易于结成大的花朵，因为风儿吹来不时有雪纷落而下，地上的雪若落英一般铺在草地上。此为莫斯科一大景观之美。

快到克里姆林宫时，远远地便看到那些尖顶的塔楼，形状各异，色调不一。当天气晴朗时，阳光明媚，朵朵白雪飘飞。当走近楼塔仰目望时，仿佛塔要倾倒，使人头晕目眩。

这里真是鬼的天气，一时天朗气清，云挂空中；一时又雪雨霏霏，天空那灰色的脸令人感到清冷；一时又雪花漫天，飞舞着在阳或阴的空中；一时又会冰粒直下，啪啪啦啦地向行人劈头盖脸地无情地打来。当你刚要避进屋里或檐下，它便停了下来，云开雾散，阳光射来，万里晴空。

莫斯科就是这样一种气候，尤其是在换季的时节，更是令人琢磨不透的。这使得地面上有雪、有水，而那有雪的地方大部分是草坪，或是人迹不至的地方，路上的水是那白色的雪被车轮辗成的。

当走进红场时，雪却荡然不存。那些宏伟的建筑高高地耸立着，错落有致；五颜六色的塔顶在白云下，如梦如幻；地下的青色的大理石，凹凸着铺满了整个广场，如被风儿吹皱的湖水，踏在上面真实得让你感到很厚重，不可有丝毫的动摇，即使装甲车从上面辗过，它也会挺直胸膛，毫不软弱。

走入克里姆林宫，游人在悠闲地拍照。这里曾是一个巨人生活的世界，也确实这样，社会主义阵营这里曾是核心，许多政治巨人如列宁、斯大林、赫鲁晓夫、勃列日涅夫都曾在这里工作、生活过，街头巷尾或许有他们的印记。列宁的坟墓就坐落在红场上，紧靠克里姆林宫的高墙。红场附近还有一座雕像，一个将军骑在马上威武挥鞭，那便是朱可夫将军，二战曾立下赫赫战功。还有一个无名烈士墓，不息的火焰在风中跳跃，旁边常有鲜花摆放。

走在街上的那些俄罗斯人，那高高的鼻梁如同那一座座的塔尖挺立着。他们讲话中那"嘟噜噜"的发音像吐葡萄串一样，又像是在塔顶上跳舞的音乐。他们走起路来总是身体前倾迈着大踏步前行，头微微上扬，一副自豪的神态。

莫斯科无处不是鸟儿的乐园，无处不见鸟儿的影子。走在街上人们会看到群起群落的鸟儿，会听到鸟儿的啼声。虽是三月的寒冷不曾有花香，但鸟鸣还是不绝于耳的。常见到树枝上的喜鹊和广场上的鸽子。喜鹊会飞到草坪上觅食，鸽子则不用，它很幸运，常常会有人拿食去饲喂它们。它们则翩翩飞落，兴奋地抢食，令人感觉是一道风景。那些鸟儿可以说无处不在，从不怕人而只是与人友好相处。有时坐在车上也不时有鸟群从你的视线中掠过。还有许多麻雀，这也许都是因为树林多的缘故，它们有藏身之地。记得俄国作家屠格涅夫就曾经写过一篇文章《麻雀》，赞美麻雀的母爱和勇敢。

与莫斯科虽然是第一次见面，不过并不陌生。以前曾听过许多关于莫斯科的故事和歌曲。共产国际从这里开始的历史，《莫斯科郊外的晚上》的歌曲，《这里的黎明静悄悄》打击侵略者的电影等都耳熟能详。

俄罗斯有两大特征，一个是雪是常见的，一个是白桦林是常见的。故俄罗斯的油画中，就有许多关于雪和白桦林的场景，画得很美，常常见后使人陶醉那艺术的境界。许多的油画都在雪和树林的映衬下，还有那些古老的尖顶建筑。这次来莫斯科，见证了这一切，看到最多的，也是最美的就是雪和白桦树，还有各种建筑。

无巧不成书，我们在逛二巴拉大街时，在一家古董店里看到一幅约有一平尺方寸的油画，画得很美，画面只有白桦林和雪，雪占到画面的二分之一，其余的是白桦林，树只有干枯的枝条。特别地有艺术的创造力和感染力。拿过来看时，在背面写有作者和时间及画的名字。懂俄语的朋友翻译说："名字叫'灰色的一天'"，很有趣味。下雪天都是阴的，天空是灰色也是对的，正总结了我们在俄罗斯的一天，冷而灰色的天空，不时阴雨、晴雪。

当离开莫斯科时，虽然有阳光的映衬，但高楼投来的阴影和寒风送来的冷清仍觉莫斯科的天是灰色的。

伊尔库斯克和贝加尔湖

伊尔库斯克,是远东地区的一座城市,一个州的州府。贝加尔湖(Baikal Lake)就位于这座城市的东方约六十公里的地方。

(一)

乘飞机从莫斯科约五个小时的路程可抵伊尔库斯克,机场就位于城市当中,故城市的楼都不高,但都古老而有艺术性。古建筑保护得很好,文化个性彰显得很充分。乘车走在大街上,仿佛走进了一座古城,略感荒凉。这里的气候塑造了这座城市的形象,树是枯枝败叶,楼是古香古色。古老的电车仍在大街上奔跑,上空中挂满了电线网,像一个被尘封的地方。街上也很少有人走,偶遇到几个人都穿着棉衣甚至用大衣的帽子裹着头。给我的感觉是走进了一个古怪古老古代的城市,走在大街上很怕会遇上古人或可怕的鬼魅。但就在这古老的没有颜色的城市里跑着许多铁甲的怪物,总是在街上鱼贯而行,有秩序地风驰电掣地匆匆地行进,它不像古老的电轨车那样规矩总沿着固定的线路机械式行进,它被称作汽车,是一种现代化的工具。

在这冬季的晚期,连松树都没有了颜色,也在映衬着或加深着这座古城的深沉和无情。地上的草是黑褐色,因为雪水的缘故,显得有点像一个不修边幅的人。树木也无人去修剪,枝蔓伸展,尽显筋骨。当地人说这就是这个城市的文化,自然而随意。也是一种尊重和关怀。白杨树最多,高而粗,从树根部的不高处就满是枝条,可谓节外生枝,按照我的理念这并不是一座所谓的城市,像是无序而自由的伊甸园,但这也产生了一种与众不同的美丽。

人与老房子与草木仿佛并不是那么彼此相关,各自独立而又相安。这正如人之所谓,他们的老房子都受法律的保护,不准随意被拆除,如有擅自拆除者,都会被法律所究。法律保护了历史和文化,法律和规范塑造了人们的行为和思想。这种历史古建筑的保护之完美成为当地人的一种自豪,成为了一种自觉的行为。

据说该城市在建设初期的十七和十八世纪，全市均是木制建筑，由于一次大火，使大部分建筑遭到焚毁，损失惨重，于是当时的市长下令在城区内不得建设木制建筑，因此现存的木制建筑都具有二百多年的历史。这些建筑的檐口、窗花及入口处雕刻细腻的花纹，展示了当时俄罗斯远东地区精湛的建筑艺术。

这些古建筑的门都很小，一旦进入总会有好的服务和商品，你都会感到忽然从古城进入到了一个现代化的城市，从古代文明进入现代文明。如若进入一些酒店尤其是具有特色的，他们的食品也有一番历史文化的深意。

伊尔库斯克，始建于一七零零年，已拥有三百多年的城市发展史，该城市是西伯利亚最大的工业城市，是交通和商贸枢纽，也是离贝加尔湖最近的城市，被俄罗斯人视为"西伯利亚的心脏"，被外国游客誉为俄罗斯的"东方巴黎"，故也是一座旅游城市。

其实，只有在中心区的马克思大街上，才感觉到一些城市的味道。伊尔库斯克的城市格局并不复杂，马克思大街、列宁大街等几条干道贯穿了整个中心城区，伊尔库斯克河、安加拉河沿岸是城市较为集中的聚居区，众多的居民零散地分布于三百多平方公里的土地上，使整个城市显得稀疏松散，也正因为如此，良好的生态环境、自然多样的开敞空间，成为城市的一大特色。

城市的整体尺度也较为协调，以多层建筑、低层建筑为主。宜人的空间尺度，使城市更加具有亲和力。据当地介绍，伊尔库斯克将继续坚持这种规划建设策略，尽量减少高层建筑的出现。这种规划策略的持续性，是伊尔库斯克几百年来能够一直保持独有的城市风貌的重要因素之一，当然相对较少的人口、充足的土地资源以及较少的建设需求也是能够实现这种策略的主要原因。

（二）

从伊尔库斯克出发到贝加尔湖，一路都是白桦林，有多长的路程就有多长的白桦树林伴你同行。路途高高低低随山丘的高低而起伏，两边树林的草地上还铺着白色的雪，白桦林的树干、树枝都是雪白的，像是被雪所染似的，非常的美丽。旅途的劳顿使瞌睡虫来访，但车窗外的美景却送来了清醒，使你一路只是睁大眼睛把这一幕幕的美景纳入眼帘。同行的当地朋友开着车并不停地给你介绍着周边的故事，使美的现实和美的理想结合了起来。我忽然感到美像一首歌，而那些介绍的言辞则像是乐曲，使歌声更加动听。有些地方雪的斑白与白桦树干的斑白是那么珠联璧合。这就是大自然的美妙与契合。

就在这美的自然走廊里，还没有尽兴时，已走到尽头。另一个更美的世界出现了。豁然开朗，一片碧水忽入眼帘，微微掀着波浪，两边近处不是很高的山，长满了绿色的松树。那碧波荡漾的水就是安加拉河。河的上游就是贝加尔湖，贝加尔湖长长的，在地图上看像一条毛毛虫一样。从贝加尔湖流出的水形成了一条河叫安加拉河，流经伊尔库斯克后向北流去，直入北冰洋。因为她是贝加尔湖唯一一条流出的河水。其他三十多条河都是流入贝加尔湖的，当地人称安加拉河是贝加尔湖唯一嫁出去的河流，故又称之为女儿河。

就在两山的收窄处有一条分界线，一边是冰雪覆盖着的贝加尔湖，一边是涌动流淌着的安加拉河。凝固的世界与活泼的世界在这里交融。

山在这里形成了一个豆角状，也决定了贝加尔湖的形状。安加拉河从一角流出，河水远观像是墨水一样，与冰雪反差对比，与山的远近颜色对比，形成一幅多彩的画图，你看了后一定会有一种心灵的震撼。河水近观是碧绿色的，浅处清澈见底。风吹起微波，当波抛向河边时，形成小小的涛波，飞扑着冲上岸边，形成了美丽的雪浪花。岸边生长着如红柳一般的树木，刚刚露出毛茸茸的花叶，远观如白色的小花朵点缀在枝条上，山、树、石、滩、水、冰、湖共同以其各自的美形成了贝加尔湖的美丽。还有，不要忘记了安加拉河上的游船，它把美推上另一种境界。

贝加尔湖的冰封直到五月至六月份才会消融，冰封有六尺之厚，故就给人们创造了在冰上旅游的条件，滑冰、滑雪，打开冰封将鱼钩深入到冰底垂钓，这可谓是真正的垂钓。还有许多的勇者在这里作潜水运动，不说那水的冷冽，就说那深入冰封的水底，便有一种敬畏或恐惧。大多数的人们都坐着气垫船去贝加尔湖的深处。气垫船是在冰雪上划行，没有固定的线路，有时船会横行，有时船会打着转使人晕眩。在那湖的冰面上，有的地方像雪原，一马平川，旅游的人们可以走下船在雪原上踏雪，那踏雪的声音很动听，踏雪的样子则像笨拙的北极熊的熊姿一样。有时冰雪会进入你的鞋靴中，寻找温暖而变成另一种形态，很有趣，与其说是踏雪，倒不如说是在跋涉，因为看起来那个样子并不轻松。当地的人们会把冰上的雪铲掉，露出冰的真面目，像一块大大的碧玉，人们在上面找到了童年徒手滑冰的乐趣。如玉的冰上绽放着白色的梅花，被人们称为冰花，是大自然的一种艺术创造。当冰面上的雪完全消失时，在冰的上面可以俯视冰下的世界，可以看到冰的各种形态和湖中的鱼及其他，任你去想象。有的地方的雪被风吹成了山丘，如若那雪地沙漠，走下来可见那雪被风吹皱的表面，在阳光下熠熠闪光。有的地方大的冰块堆砌成了冰山，如同大山的结构，露出的冰像山下的湖水，也是一番可观的景象，在阳光下晶莹剔透。

贝加尔湖四面环山，其中的雪山占到近二分之一，其他的二分之一的山上长满了草木，但站在湖的中间远观，近山如翠，远山如黛。在湖与山之间只有很窄的一条路，把湖边的人家都挤在路带旁边。贝加尔湖长约三百公里，宽约八十公里，面积约三百二十六平方公里，在周边可以享受到贝加尔湖的丰实物产，石、玉、鱼、虾等，尤其是那贝加尔湖的烤鱼驰名世界，具体说不是烤鱼是熏鱼，是那松烟熏熟的，故品尝第一口时，便尝到了淡淡的烟熏的味道。当地人还有一种吃法是把生鱼剁成浆用食盐一拌，什么其余的东西都不掺，就那么就着面食吃，这种面食当地叫面泡，看上去很大，中间是空的，吃起来很香，很有嚼头，像是用面筋做成的一样。

这里的一切是自然的，是美丽的。更不能不提的一种美是天空，它映衬出山的轮廓，它映出水的颜色，它映出了冰的清净，它映衬出贝加尔湖村庄的美丽，它那飘飞着的白云像贝加尔湖的雪，它那深邃的蓝色的天空像贝加尔湖的冰。

还有那吹来的风，自然之气，永远清澈得让你感到凉凉的。

大美真实地在这里存在着。

走进古罗马

此次之行是去欧洲几个国家。走之前大家都盘算着，到欧洲后要征服一座山，那就是阿尔卑斯山，要看到一条河，那就是塞纳河，然后再喝上一杯德国慕尼黑的啤酒，再品一下法国的葡萄酒，如意算盘打得是不错的。但在到达之前是要经过两个难熬的黑夜。在北京起飞时刚好是晚霞满天之时，晚霞的到来是夜幕降临的前奏。第一站是意大利的罗马。等飞到了的时候，仍然是黑夜，那正是夜的开始。在去宾馆的路上约四十分钟，看了看罗马的景色。看到罗马我就想问司机，为什么说"条条大路通罗马？"但终于没有问，只是自己在想："条条大路通罗马"，我走了那么多的路，为什么没有到过罗马？

到达宾馆已经十一点二十三分，由于时差的关系，我一觉睡到罗马时间的午夜后的凌晨一点三十分，再一觉则睡到凌晨三点三十分，再睡时总是睡不着，时醒时眠，最后还是下决心不再闭目思寐，其实这时窗外的鸟啼早已使你知道天已大亮。

起床后，走出宾馆看到的到处是花香，而且那么自然，我想这一定是自然而生的野花草，被人们呵护着，长得很茂盛、花开得很烂漫。花儿和草是幸福否耶？有时人和狗在上面走，还要听车奔驰而过的嘈杂的声音，但他们仍然好像无动于衷地笑着。一簇簇参天的大树，足有几百年的历史，树叶自根部一直长到顶端，像一个毛孩子一样的可爱。这里看不到特别高的楼或建筑物，像是一个乡村花园，草地多。走在街上除几辆小车飞过，或偶尔几个牵着狗的人之外，就是那些静静的房屋。看上去像是一个人迹罕至的地方，因为这里人少、草杂、楼宇不多且旧。

简单地吃过早饭，乘车来到了罗马旧城，首先看了一个古城堡，很威风，通往城堡的桥上塑着许多的神，沿着这条叫不上名子的河岸向东走去，所到之处都是那些古老的建筑，上边传统的罗马柱，雕饰着欧洲的符号，尽显欧洲文艺复兴的伟大成就。还看了一个政府大楼和最高法院的大楼，楼前的雕塑、楼上的雕塑，都是神话和历史故事的完美结合，令人高山仰止。仿佛这仅仅是一个序幕，更令人惊叹的是圣彼得大教堂，那是世界上最小的国家——梵蒂冈。她坐落在一个国中国里，只有零点四五平方公里，但这里却是世界的教堂中心，是教会王国，是八亿天主教徒的精神中心。罗马柱在这里得到了充分应用，两边罗马柱梁高大而粗壮，中间略凸、两头略细，壮观而威严，上面的神则各具神态、若有所思、活灵活现。整个建筑不仅整体都很大气，而且每一个细节都是精雕细琢而出的，浮雕尤甚。里边也是一个殿堂的世界，用四个字"富丽堂皇"不足以表达这座教堂的豪华和繁荣，更不足以表达她那些风雨历史和深远的文化内涵。她首先是一座教堂，那是她的躯体；她首先是一部历史史诗，那是她的血肉；她首先是一部文明和文化的象征，那是她的灵魂；她又首先是一件艺术品，那是她世界文明和人类历史上的奇迹，是她的尊容。是躯体，哪有这样千古不朽？是血肉，哪有这样千古的鲜活？是灵魂，哪有这样的千古不化？是尊容，哪有这样千古不凋？她真正是一部人生、一部哲学，世界各地的人们都来观之，但谁得之精华？又有谁得之要义？谁能读懂人生的哲学？谁能读懂这一部上天的教经？是世世代代的人们诵读不完的。

我以一种神圣而又激动的心情踏进了这座神圣的殿堂，它让你眼花缭乱、目不暇接。你真正看到了一个雕梁画栋的世界，每一幅油画，每一个浮雕的背后都是一个故事，一个讲不完、讲不深、讲不透，让人痛苦又让人切齿，让人大笑又让人沉思的故事。

教堂里面纵横几道穹形厅廊，还有几个穹形厅园，都是用罗马柱隔成，高大宏伟。地底下是石棺，写着那些已逝教父的名字，每件石棺也都成了艺术品。沿着教堂旁边的窄小的楼梯侧身而行，爬到穹顶的上端可以俯视整个梵蒂冈。站在穹顶之上梵蒂冈这种精神古国一览无余，包括教堂前面的广场，像一个十字架一般平展在你的眼前。这个十字架上钉着的不是耶稣，而是那些络绎不绝、接踵而至的参拜者。这是一部历史上最伟大的作品，我们还刚读完她的扉页，就被时间匆匆地合上了。

古罗马广场、最早的凯旋门，那是法国凯旋门的范本，沿着帝国大道两边是古罗马的废墟，直到中心威尼斯广场，每一个建筑和遗址都尽显着古罗马的昔日辉煌。我在这里找到了为什么说条条大道通罗马的真正答案，使自己兴奋不已，留恋驻足，目不暇接，像猴子一样毛手毛脚地，大口地"囫囵吞枣"。

帝国大道两边每一个建筑也都是世界建筑艺术史上的稀世珍宝，陈列在罗马帝国大道的两边。帝国大道是罗马帝国崛起壮大的象征和历史标志。现在看是一条艺术的走廊。在这条艺术长廊的背后，有着血和泪的凝固的历史。它是当权者的辉煌与尊容，是奴隶们的心酸与悲痛。人本是动物，是从茹毛饮血的野蛮时代进化而来，所以每一段历史都是前一段历史的进步与文明，就是那个角斗场，竟也成为人类文明的象征。其实，就是一个惨无人道的乐园，是当时统治者们玩弄人性的场所。那些饥饿的凶猛的野兽之间，那些带着刀剑的赤裸的斗士之间，野兽与斗士之间血淋淋的争斗，都成为他们的灯红酒绿的调味剂，血腥使他们满足，惨叫让他们沉醉。他们无不睁着眼睛，正视着淋漓的鲜血，在生硬撕裂的尖叫中，在奄奄一息哀叹中发出狂笑，用颤抖中的魔掌拍出变节的声响。爵士乐已不能使他们兴奋。他们也已经不是爵士，已经变成了血魔。这些建筑都是那些奴隶们用生命和肉体、骨骼和血泪垒成的，是把奴隶们的骨髓掺入民脂民膏合成的，也成为了人类的骄傲。这也许是文明，但带着血的腥臭和泪的酸楚；这也许是骄傲，但带着狰狞的狂傲和阴险的凶气。

角斗场的旁边是凯旋门，也是雕梁画栋，是为庆祝征服耶路撒冷胜利归来而建的。什么叫征服？征服是充满着杀戮的。与中国古代一样，许多勇士为战争捐躯，唐朝李白有诗云："醉卧沙场君莫笑，古来征战几人回？"那些文明的象征、那些征服的凯旋，那些骄傲的故事，都是同样充满血腥的，是血与泪、刀与火、丑与恶的哲学。

然而这个国家能把它完好地保留下来，是一种强大，是一种真正的文明，是民主革命的结晶。虽然有一些已被历史的尘埃所掩埋，又被后人挖掘出来，看上去是废墟，但罗马人却作为艺术品陈放在那里，展示着祖先们的勇气和才智，展示着祖先们的强大和辉煌，展示着古罗马的历史和文化，也展示着新罗马人的精神和思想。

在韩国观花

一、走在路上

十二点五十分飞机到达韩国的仁川机场。出机场后，沿着一条高速公路一直向南进发，约五小时的路程到达全罗北道的茂朱郡。坐在车上看外面的景色，用"走马观花"一词来表达，尤为贴切。

高速公路两边的山，连绵起伏，托着一个以红色为主调的多彩的无边无际的秋天。甚至偶遇一些水泊地或平川，也都撒满了一片一片的红。就连那些所谓的青松，也被感染了，红红的站在那边，令我大为疑惑：那是什么树？有的树可能是小叶枫吧，像火一样的红，很令人为之瞪目。这满目的秋色伴我们一路走到了茂朱郡。

韩国的植被如此之好。靠山护山是他们优良的传统习惯，而不是无柴取之，无田伐之的靠山吃山的生活方式。所以道路两边的山满是厚厚的植被，不见裸岩，更不见满目疮痍。车在公路上行驶，直到太阳落山，也未见到山的尽头。

下午四点时分，太阳就早早地落到山顶上。这时看到的山脉是黑蓝色的，已看不清尽染的层林。满天的飘浮的云，都被太阳的余辉映红了，仿佛白天高速公路两旁满是红叶的山一下子升到了天空中，变成了满天的"火烧云"。郑板桥曾有诗句"云起一天山"。云山大可相比，颇有相似之处，尤其是在此时此刻。

下午四点半，太阳已全部落山，也许是因为这一带是山区，太阳被群山过早地挡住了光辉。这时在暗青的天空和山地之间已亮起了鲜艳的灯光。五颜六色的车灯，楼灯，广告灯，路灯等已经明照在天地之间。若明若暗的天空弥漫着暮霭，给异国他乡罩上了一层未知而神秘的色彩。

四点五十分，天已全黑了下来。暮霭存否已不知觉。路两边的山黑黑的已看不到模样。山下有农家或小城镇的时候，才能看到灯光，否则窗外一片漆黑，连东西南北的方向都难辨认。向外一望，窗玻璃倒像一面镜子，只能看到自己的那张脸。这时权利最大的就是方向盘了，一车的旅客都不再睁着好奇的眼睛向窗外张望，索性闭上了眼帘，任车流向。

车内已响起了悦耳的鼾声，与这夜幕共同渲染着夜的寂静。我始终没有睡意，仍然两眼透过前窗，向外望着公路上的红白两色的车灯，仿佛在无声地流动。无眠的同行者戏言：影星肥肥来到北京，看到长安街上塞满了车，幽默地说，"呀，好一个停车场，简直是世界级的明星——成龙"。我拍手叫绝，愈使我没有了睡意，愈使我睁大了眼睛，愈使我想多看到点什么。其实，在这城外山村的路上，夜幕掩盖了一切，灯作为黑色的克星，就是全部的夜色。

二、德裕山的印象

茂朱度假村坐落在韩国德裕山国立公园内。德裕山海拔一千六百一十四米，山脉连绵二百一十九平方公里，占去了茂朱郡的百分之八十的地盘。可谓郡在山中，山在郡中了。

到达时正是晚上，沿着一条主要上山的公路，直走到没有路灯的一个路回峰转处。路两旁的树木非常好看，在路灯的映照下，方能看清树的多彩，虽不够清晰。路上没有车行，除我们几人外，别无他人。头顶上的天空黑黑的，不见一颗星星，夜幕下的德裕山像一位熟睡的美人，如此的沉静。

路两边的高耸的迎客松，参入天空中，比路灯还高。衬着夜幕仰视树冠，簇簇的松叶高洁而清秀，像修剪过似的，犹如日本女人的发髻。

但当第二天清晨，再次仰望那些迎客松时，已不再是灯影里的媳妇，也不再那么美丽而无瑕。上天晴朗，松叶中可以透出明亮，显得有点粗糙。这座山的神秘一下子被这东方之白揭开了面纱。

由于晚上走过的路，我不想重复，但又想爬上这座山的高峰，只好另辟蹊径。沿着一条索道下面的草坪向上爬去。正巧在草坪上有一条明显的车辙的痕迹，于是就踏着车辙前行。山峰就在眼前，所以我坚信沿着这条车行之路，很快会到达顶峰。昨夜的霜露将山上大片的草坪染白，一开始不免有一些冷清，但一会儿就浑身暖和起来。猛一抬头，才发现自己已置身于大山的项背。

越向上爬，车辙的痕迹越不很明显。再向上爬时，车辙已不见了踪影。草丛中有水湾，一些被砍的蒿草留下的茬，也藏在草丛中，甚至把我的鞋子擦伤。我开始动摇徘徊，从草坪的一边走到另一边，从另一边又走到了另一边，寻找人迹，但分明没有人从此处上过山。眼前就是山峰，好像此去山峰不多远，于是我继续向上爬，即使没有路。鲁迅先生说过：地上本没有路，走的人多了，也便成了路。今天我就做一个开路先锋，向上，向上，向上。眼看就要达到山顶，但上了一峰又有一峰，望得及爬不到，总是有那么一段距离。此时欲想放弃，也欲想迈上山顶，矛盾至极。最后还是自己战胜了自己，终于到达目标。这就是人生之途。是斩棘前行，还是遇荆而退，是追求还是放弃，在人的一生中也是多有选择的。

到达山顶已是大汗淋漓，筋疲力尽。但登高而望，山峦叠嶂，近处峰静树清，远处雾若白水，峰若城郭，蔚为壮观。很快太阳爬上山岗，晨雾消失，山峰裸露，犹如水落石出，才看清了这座山如此的雄壮，不像一位温柔的美人。并且以山来形容美人似乎不很贴切，但是这满山的红叶，犹如满山的胭脂，却又很像一位淡妆的美人，洋溢着欢乐，笑容可掬地映着太阳。

朝阳中的德裕山，确切地说，像一位晨妆的美女，已经坐在了梳妆镜前，抹上了最后一笔眼影和第一笔唇红。

三、 石与虫的启示

在韩国访问期间参观了两个博物馆，一个是昆虫博物馆，另一个是宝石博物馆。这一石一虫太令人陶然，令人感悟大自然造物主的神圣。

昆虫博物馆位于德裕山国立公园内。博物馆内有许多奇异的昆虫，有铁质的，有木质的，有布质的。有的像古代远征的将士，满身盔甲，亮光光的；有的像雕塑的艺术品，有的像手工艺品似的。形形色色的昆虫，展示着大自然一个多彩的画面。俗话说"河里无鱼，集上看"。平日里见不到的昆虫，在这里都能看到，且种类之多，足让人吃惊。

宝石博物馆位于益山脚下，在这里看到了大自然的另一个画面，那些天然的石头，有的形状奇异，有的颜色多杂，十分迷人。红宝石、蓝宝石、紫水晶、黄水晶，透明的、闪光的、浑浊的，品种如此繁多，不胜枚举，堪称花花世界。再加上人工的雕琢，就更加迷眼。

大自然充满了神奇的魅力。这一点许多人未能意识到，看到的一切都认为是应当的，仿佛一切都是天经地义，也因此称之为自然。其实人类也无法说清楚，也只能任其自然。大自然这个造物主真是太伟大了，太博学了，称之为教授也未免不足恰切，难以表达其博学。如果称它是一位美术大师，那当然是很称职的了，但也不足于表达它的理性。万物不同，各放异彩。这么多的人、动物、植物、天体、河流、山川安排得如此有秩序，如此的各具特色，那可是艺术大师不能为之的。

你想一想，这造物主是最值得钦佩、崇拜、遵循的了，任何的政治家、文学家、数学家、生物学家等成千上万个家，自古以来都在研究着大自然中造物主某一个方面的布设。仿佛道高一尺，魔高一丈。人类越研究越糊涂，越研究分支越多，最后像牛毛一样的多。甚至出现一些博士，听起来很厉害，是博士，然而其在研究的歧途上，越走越偏远，研究的道途狭得连针都插不下去，最终走上了穷途末路。

大自然这位造物主，的确很博大、神秘，没有一位英雄能征服它，说明它的身世。世上的一切都在这神圣造物主的控制之下，像天、海、地、矿、石、树，像天上飞的、地上跑的、地下藏的、水中游的，以及在其间寄生的一切，包括人类，都是造物主的造物。它把万物串联在一起，形成了一条长长的大自然的链条。让链条上的每一个结点相互依存，相互补充，共生共荣。

宇宙万物可归为五大类，金木水火土，相克相生。木生火，火生土，土生金，金生水，生灭都在造物主的怀抱。人嘛，生不带来，死不带去。人有三生那也在造物主的一生中。我看了许多博物馆里的造物，有一些曾经几度流落人间，为人所拥有，无论是奇石珍宝，人文的，自然的，但最终还是在造物主所包容的博物馆中，包括那些高贵的人，权力无上的人所拥有的一切，最终还是要到造物主的口袋里。像什么宫殿、皇辇、玉碗、金筷等无一不是，统统地归公，这公就是造物主。人也是造物的一种，无论权位多高，在社会的哪一个阶层，最后都要到造物主给你准备好的同一层地狱中去。天堂嘛，那只是一句谎言。可惜人类聪明反被聪明误，许多人为财而亡。

我常常羡慕草的一生。人要向草木学习，像一株草的一生一样，活一年则一年的繁荣，活一季则一季的烂漫，简单而又简单，从不求拥有乱石与蝴蝶。

四、韩国的饮食文化

任何的事情或东西生命力都是有限的，只有形成文化才能发扬光大，才能长久不衰。

韩国全州的淳昌郡，辣椒酱做得很好，闻名于世。每年都要搞辣椒文化庆典，并设有专门的网站，辣椒的信息可以在网上查找。专门有一个辣椒酱民俗文化村，古建筑式的庭院内全是坛坛罐罐，摆布得满满的，有的摞在一起一层一层的，室内是发酵酱或品尝的地方，民族特色十分浓郁。

一个小小的辣椒做成了大文章，成为世界向往一睹的旅游休闲文化。淳昌的辣椒酱民俗村是韩国最有名的酱菜基地。我有幸一睹，在民俗村吃饭，满桌子的小菜，其中有一样是生的，就是芥菜叶子，是用来包装辣椒酱烤肉吃的，在芥菜叶子的旁边有两支绿色的小辣椒。我问："辣椒哪里的最辣？"当地的陪同人员说："青尚北道的青阳郡的最辣，那是一个品牌。"又问："红的辣，还是绿的辣？"说："不好说，是否辣要看品种和产地，不能看颜色。"很有哲理啊！看看满桌子的小菜，都染着红色，但可不都是辣的。有些红色的是辣菜或是泡菜，可能是甜的或是酸的。颜色不能代表味道，这是自然之理，反之亦然。

韩国人有一种精神叫小辣椒精神，说韩国人像辣椒一样，有一股子冲劲。的确如此，小小的辣椒可以使你充满能量，所以美国说辣椒为"hot"，像原子弹一样，威力无比。所以辣椒文化和精神创造了韩国的LG、现代、电子工业及生物制药业。

哪一个国家没有辣椒，但都没有做成文化与品牌。

韩国的饮食文化，韩国式的接待，多有小菜，一般是酱菜或泡菜，如藕片、辣白菜、白萝卜丝、紫菜、波菜、油菜，用几个小盘盛上，然后再上一个火锅，这就是主菜。高规格的宴请，也不过如此了。

韩国的全罗北道的饮食文化很有点特色，饮食方式也有韩国的传统。像他们的全州拌饭、黄豆芽汤饭、石锅饭都是具有地方特色的美食。全州拌饭拥有三十多种材料经过复杂的烹饪过程精心制作而成，是营养均衡的韩国代表性的饮食；全州黄豆芽汤饭，清淡微辣爽口，是用黄豆芽、米饭和各种调料做成的韩国传统饮食之一，据说具有解酒功力。在韩国喝的酒像我们的小米粥一样，但味道却不像小米粥，完全是酒的味道，可以醉人，但喝了黄豆芽汤饭就不会醉酒了；石锅饭，锅底下是锅巴，上面是丰盛的青菜，放入调料烧制拌着吃，非常可口。真正的韩食正餐是晚宴，专门的传统料理，是以全州的十八味或十味材料配制的十二或十三种基本小菜加五六种菜肴而成的韩食，是韩国文化饮食的代表。

拌饭也好，黄豆芽汤饭也好，石锅饭也好都是有一大碗的菜，像太阳一样，鹤立鸡群，周围星罗棋布的全是小盘凉菜。只有那全州的韩食正餐，才会有一个像太阳一样独特的带格的盒子，中间一个圆，周围是梯形组成一个八角形的盘子，各种颜色的食物很精致地放在里面，除此之外还有几个比星星大的盘子，可谓月亮盘，一般在四至五个，其他皆是星星，五颜六色，甚是好看，堪称饮食文化的典范。

做这么一顿正餐，原材料甚多，调味品甚多，盘子甚多，利润也会甚多。可谓是复杂的工序，简单的成本，灿烂的文化，不菲的价格。全州的每顿正餐的价格都在二万到三万韩圆，令人不仅赏心悦目，也口中生津。记得，有一道菜叫肉夹人参，肉像是香肠，中间夹一段参，韩国产的高丽参，切成片上桌，味道很美，印象颇深。有一道菜叫生菜，像萝卜苗一样整整上了一大钵，简单而自然，新鲜而生态，印象也很深。有一道菜叫烤鳗鱼，此鳗鱼是高敞郡中流经的仁川江水至禅云山入海口处，咸淡二水交汇处的一种鱼，此处称为丰川，故此鱼被称为丰川鳗鱼。在高敞郡内，有幸品尝到这道菜，一进店门就布置着满满的长条桌子，两人对面而席，其中两条鳗鱼被平铺盘中，一条是灰白色，一条染上红色的辣椒，红白两条鳗鱼放在一长方形的瓷盘中，然后切成一段一段，烤熟后涂上番茄或辣根或辣椒酱，放上生姜条或辣椒段及蒜片用生菜叶子包着，塞个满口，大嚼美味，也给我留下了深刻的印象。每次的主菜是不同的，但小菜基本上相同。一迈入大门进入厅内须脱鞋子，席地盘腿而食。这就构成了全州或者说韩国的饮食的文化的风格。

在全州比较有名而上册的餐馆被称为韩屋，如国一馆、Veteran、马牌、校洞面馆、南阳屋、寒壁屋、和顺屋、金堤屋、民俗邑、南川花园、真味屋、寒碧楼、梧木台厨房、月光韩定食，都是有名的餐馆。有机会的人们可以前往品尝美味。

窥一斑而见全豹，虽然只走过几个郡或州。韩国的饮食已做成一种文化。这种文化体现着一种精神，那就是：精益求精。传统中有创新，创新中有继承。

五、 全州的韩屋村

在韩国的全州，参观了庆基殿。庆基殿主要是供奉李成桂神像的一个传统的祠堂，像中国的皇家祠堂一样。李成桂是朝鲜王朝的太祖，该建筑是太宗十年（公元一四一零年）创建，是中国古老传统的建筑风格，四合院式的，从大门进去后，主大堂正面才是李成桂的御真画像。偏堂里面供奉着其他几位皇帝的画像和轿子。这是日本侵韩时，保存最完好的皇家建筑，为此还专门立了一块纪念石碑。在庆基殿外就是韩国的民族文化风情园式的地方，全是低矮的大檐式的房子，门楼很复杂，像一个个的龙头，这整整的一大片被称为韩屋村。

　　这里面积很大，完全是韩国人的先祖们的普通住宅，后人非常珍惜，把这一片古老的民宅，打造成一个具有民族特色的文化园。园内也是韩国的文化、生活方式、传统工艺、食品等。传统较原始的酒的酿造技术、工艺品纸的手工制造技术、中药保健技术、韩国各种木制的纸制的工艺美术品，在这里都有缩影。我饶有兴趣地坐在一个茶礼室内体验。茶很有意思，一个木方托盘上有一个很像药调子的带把的黑瓷罐子，饮料是黑黑的，里面飘浮着山楂、核桃、松籽等果仁，味道很美。传说是一种药，可治疗神经系统的疾病。这茶已经变味，变成了一种休闲文化。茶礼室不大，面积可容纳二十多人，但布置非常温馨，从外面一看，是一个传统灰瓦的小屋，内部却是原木色的，许多大方木做梁，椽子也尽是木头的。

　　就是这样一些建筑，构成了一大片具有传统文化色彩的韩国古建筑群。这屋内经营的展示的都是文化，而这片屋本身也是一种文化，并且是一种艺术。

　　古朴沧桑的梧桐树或其它不知道名字的古树枝头高出屋顶与翅檐，构成了一幅古代图画。当傍晚太阳落西的时候，仿佛是落在韩屋这片海洋中似的，落日的辉煌，一幅华丽的图景。这时已不像正午时光芒逼眼的太阳，不能视其原貌，周围全是光环。中国金代元好问有一句诗是"豪华落尽见真淳"，只有这个时候才看清楚了太阳的本来面目。

　　韩屋村中，那曲折的小巷，美丽的墙、屋、檐、窗、门都是一件件工艺品，漫步其间休闲、体验是一种绝好的消遣。韩屋村庄内有庆基殿、殿洞圣堂、刚庵书艺馆、学忍堂、催明姬文化馆、东学革命纪念馆、全州韩屋文化体验馆、全州传统酒博物馆、同乐园、茶礼之家、承光斋、全州传统韩纸院、全州韩医文化中心、全州工艺品馆、全州名品馆、梨木台、太极佛教寺等，不能尽言，好大一片。在这里都能寻访韩先祖们的生活足迹。

　　我很想能从天空中看到这片灰瓦的海洋。天意为我，恰好我们就住在与韩屋村只有一路相距的丽倍拉酒店，并且住在八楼上。一上楼，我便打开了窗子拍下了那一大片像黑乌鸦一样的屋顶，这一张照片一定会是艺术的珍藏。为什么人们都喜欢这些东西，为什么我们先人那么具有生活情调，如此生活方式而又为什么古代为之，现代人羡慕之，但现代化的高楼又如雨后春笋呢？

六、禅云山的秋色

沿着一条仅容一车的蜿蜒山路，盘上禅云山的一座中峰平台。路两旁的红叶令人叹为观止：树高千丈，红叶纷飞，地上铺了一层天然的红色地毯。这景象仿佛在迎接我们这些异国他乡客人的到来。

我急于投身这大自然的天堂，步履在红叶间。当车辆刚刚停下，我便身先置于这红叶的世界里。停车场有一条上山的小路，像锦绣似的，不留半点泥土地和野草丛，尽是落地的枫叶。空中弥漫着秋色，树枝长长的结着红叶在微微的山风里荡漾。抬头仰望天空，偶有空白处可见天日。

这满山遍野的红叶，有的红色是淡淡的，有的红色是浓浓的，给人以五彩缤纷的感觉，吸引了众多的游客。大都从相机的镜头中观看秋色，而且是贪婪的，一遍又一遍的。

再上一个平台，有一峭壁立于眼前，上面刻有一个欲哭无泪的佛像，俯视游人。佛像旁边有一棵干长叶稀的古柏，一枝斜向佛的身边，像是担心佛像从石壁上滑下。韩国一个士场，就是管理人员的意思，名字叫刘点童，我送上了我的名片，戏说给你一个"金"，你可以称为"六点鐘"了。在"童"字上加上了一个"金"字当然就是"鐘"了。他说任何的文化遗产都是一个时代文化的象征，代表着一个时代的背景，刻佛时代是高丽时代，世事衰败，朝代数尽，所以佛望红尘，满面愁容。佛石的背后是茂密的森林山峰，在佛石侧面有一条陡峭的石阶，直通佛石顶部，上有一佛殿，游人可在殿内拜佛许愿，这才是"顶礼膜拜"，真正的是在佛顶上施礼求诚。

站在佛顶看对面的山峰被称为神马峰。一个韩国导游用汉语说："山峰像一万匹马。"我理解他的意思："山峰像万马奔腾"，观后方知果然如此。峰下红叶若花，使我想起了踏花归来马蹄香之说。这里应该把"踏花归来"

的"来"字，换上"去"字，因为那山峰像一匹匹骏马向远方奔去，我们看到的只是马的烈鬃和扬起的马尾。

这满山的秋色已使我沉醉，只好来到禅云寺这片清静的天地消融。禅云寺是传统式的灰瓦木墙的寺院，堂宇分布有致，坐落稀疏。走进寺院，突然感到很空旷，很沉静。但远望四周，满山荡漾着的秋色，又向我们飘来。我们仍可以嗅到秋色醉人的馨香。

我漫步在禅云寺院内。里面只有两棵柿子树，一棵是高的，干短而冠高，一棵是矮的，干细冠小，但叶子都已落尽，只有满枝熟透了的金黄色的柿子，融入了那近山的红色背景之中，使得这寺院特别的空寂和宁静。禅云寺无楼无阶，只有翘檐的平房，无当无石狮，院门上面只是一个简洁的门檐，像一个普通农家的院门，朴素得再不能朴素。就是这一道小门，进入后是清静的佛教圣地，可与世隔绝？出来后则是纷繁的秋色，堪称红尘否？

在韩国到过几个寺庙，颇感清静。一座是弥勒佛寺，寺后是一座乐佛山，山峰中间凸起，像一个弥勒佛半躺在山间，可能因此而得名，在此建有尼乐佛寺，相得益彰，但遗憾的是已毁于二战，只能看到残址。远观只看到躺在山峰之上的弥勒佛，仰望着天空，不问世事，不闻山下风雨之声。另一座是楞伽山的来苏寺，寺院很大，是韩剧《大长今》拍摄的场景地，也是红叶之乡，一片笑逐颜开。寺院中有一楼，楼庙全是木制，多年失色，与院外的红色反差甚多，如入世外。其中一个殿堂，檐翅处全是雕云，窗棂上的刻画绘的是一枝花的一生，记录花木的苗、蕾、花、蔫、败、落的整个过程。从殿门伸头仰望，殿顶全是彩云画栋，在两边栋梁上吊有两条龙，面目狰狞地望着拜礼之人，并且还张牙舞爪，颇有传说之感。来到来苏寺就是再生，我不太懂佛门圣事，也不懂道教之理，仅是看看人文风光而已。但来苏寺倒很有意思，来此人可再生，那一定会宇门塞破，门槛踏平。我想人可再生是宗教意义的"昨日之我非故我，昨日之我非我故"，或"放下屠刀，立地成佛"，也许就是再生吧。这些佛门道家之地皆大同小异，仅从外表看与这禅云寺没有多大差别。但是其中的含义则大相径庭。

　　我扯回思绪，又对红尘。禅云寺门前有条小溪，灵气充盈。许多游人在溪水边留影。岸上和溪水中都是红叶和红叶的倒影，可谓万丈红尘。多数人在清静与红尘之间却选择了红尘。

二零零七年十一月于韩国

在台北看台湾

台湾是祖国的宝岛。这在我记事起就铭记心中。总感觉台湾既亲切又遥远，产生过许多的幻想，也产生过许多的向往。台湾在哪里？台湾是什么样子？不曾想到自己有一天会飞到台湾，一睹宝岛的风情。

飞不是插翅而来，是乘飞机，取道香港而至台湾的一个城市台北。香港和台湾都是祖国曾失散多年的骨肉。许多祖国的亲人都未曾见过面的，所以我想象香港和台湾或许穿着洋装，或许还是与同胞一样的传统。无论如何都是我所要见的亲人。但飞机到达香港时，已是黑夜，由于时间的关系，只在机场待了一个半小时，又匆匆地前往台湾，不曾看清这位回归的游子。

台湾，啊！原来是这样的，的确是祖国的宝岛。台北的冬季，碧绿如春，路在林间，楼厦大气而整洁，交通有序而繁忙，可谓一片繁荣的景象。

楼，每一座楼前面都有邻街走廊和廊柱，廊的里面是商店，有广州城市之风格。楼前很多地方是盆景式的树木绿化，楼内一般都有一个很大的厅堂，甚至在十几层高楼上设有休闲园，有石、木、草、水、桥等。许多楼之间是用桥相连接或是地下通道相通。晚上，那些在大楼上，竖挂着的五光十色大型广告牌，装点着这座城市，使其成为了一座不夜之城，尤其是那些繁华的商业街道，通夜的人头攒动，灯火跳跃。

车，台湾人有轿车又有机车，由于台湾停车位少而难找，价格也很昂贵，所以平日里都用机车，机车在台湾变得很方便，故很流行。只有在下雨天或远程旅游或假日他们才会开自己的轿车外出。机车成为了台湾一道美丽的风景线。坐在高高的大巴车上看路上的轿车，如一群的甲壳虫，在甲壳虫中间有许多的小蝗虫，那就是摩托车，台湾叫机车。它们很娴熟地穿行在车辆之间，轻松自如，有时与大车平行而驶，仅有十几公分的距离，看上去很危险。我常常为它们担心会相互碰撞。路两边停着许多的摩托车，可谓一街二行。当你在街上看到用白线画成的像梳子一样的格子，那就是摩托车停放的地方。

　　街，城市的主街道较宽，十字路口的人行通道为十字形状和口子形状的集合，十字路口不是像蚁群一样的行人在等候通过，就是像蝗虫一样的机车在等待，十分的繁忙。为加速公共交通，所有的公交车都是在路中间停或行使，人们也都在路中间乘车和候车。台北市的道路有忠孝、仁爱、信义、和平等街道，还有民生、民族、民权等命名的道路。在仁爱路的两头一端是市政府，一端是"总统府"，中间为仁爱之意。走在大街小巷，看上去整个台北充满了咖啡的味道和颜色，无论是城市的颜色或是城市的设施。广告牌坊上写着英文或汉语，有的一半英文一半汉语，如"小菜Hotel"。但是无论如何都无法抹掉那茶的清香和茶的颜色，虽然茶不是那么张扬，那是需要你去细品的。走在主要街道上，车辆"呜呜"地跑着，充满了嘈杂，但你蹩进了任何一条小巷，都会感到一种幽静。虽然能听到那现代化城市的隆隆之声，这时的嘈杂与幽静就同时与你相伴了。

　　走在充满现代化的气息的台北，并没有驱散我那种天高地远，颇为偏僻的感觉。听着人们那种说话的腔调，感觉也的确如此。我倒可怜起蒋家王朝，被迫来到了这个小岛上。并且带来许多不知情的人，甚至有的人糊里糊涂地来到了台湾，虽然在这里也扎了根，但一想起在大陆的故乡便老泪纵横。直到一九八七年，两岸交流翻开了第一页，两岸骨肉才得以重逢。蒋家王朝在台湾统治几十年，尤其到了蒋经国之辈，台湾发展很快，对台湾的贡献颇受台湾民众的赞许。但今天二零零七年十月，国民党已卸掉了执政权，从一个执政党成为一个在野党派，正值民进党的陈水扁执政。虽然蒋家把大陆的金银珠宝都带到了台湾，甚至把我们祖宗的宝贝，一些历史的文物也带到了台湾，并盖了一个博物馆，命名为"国立故宫博物馆"，并打有一张广告牌："八千年的历史长河"，里面陈列着我们中华民族的稀世珍宝。共有六千五百多件。在日本侵华期间，两万多箱宝物中精选出三千多箱漂洋过海来到台湾，这使台湾这个"国立故宫博物馆"成为宝岛的宝库。但民进党执政后并没有把蒋介石当成神人来崇拜，不但没有而且竟然要把蒋介石的痕迹抹掉，于是蒋介石曾住过二十五年即从一九五零年到一九七五年的士林官邸，改为对外开放的士林公园。曾经戒备森严的"总统"官邸，成为市民散步休闲的场所。把中正国际机场改为桃园机场，把中正纪念公园改为自由广场，正门牌坊上的"大中至正"四个大字改为"自由广场"。中正乃在正中不能左右偏离，故不自由，遂改为自由广场。当我们进入大牌坊看到一个圆顶建筑那就是中正纪念堂，但我们不能进入参观，是否内部正在整修，或是正在搬掉蒋介石，无人得知。我在车上问一位台湾观光产业永续发展协会创会理事长，他说："阿扁不让我们看大陆，也不让我们看蒋中正。"

台湾当地人说阿扁正在"去蒋"，那谈何容易，到处是蒋的遗迹，蒋介石的铜像在阳明山辛亥光复楼前就座，蒋介石题写的"国父纪念馆"和"国父纪念馆奠基"等落款中都有"中正"字样，"中正"二字无处不见。但不免感到蒋之可怜，原被大陆撵至台湾，今又要从台湾被撵走。

二零零八年七月

散文

春・夏・秋・冬・人物・山海・海外・散文

钓鱼

忙里偷闲，朋友约我去钓鱼，吃过午饭驱车沿着一条僻静的小路直驱水库。来到郊外方觉秋已很深了，路的两边一片橙黄。车轮辗着恬静的落叶疾驰而去，抛开了城市的繁忙与嘈杂；打破了原野的寂寞和宁静。

目的地到了，我们兴致勃勃地推开了车门，走出车来。一股清新、甜淡的空气渗透着田野里秋天特有的醇香扑面而来，令人陶然如醉。放眼水库，一眼还望不到边，才知道水库之大。水波不涌、平静如镜的水面，镶着清山秀树的岸边，如同一幅美丽的油画，三三两两垂钓的人们给这幅油画抹上了许多色彩，使其充满了生机。我不禁惊诧于这秋色之美了。正欣赏这大自然对人类之恩赐间，不觉已走到水库边，挨一位垂钓者而坐，将诱饵挂在钩上抛向水中等待鱼儿上钩。这时，我才转头看了看这位"邻居"，面色黑红，镇静自若，一看就是一位老手，他也转过头微笑着向我点了点头。忽然他提起鱼杆，一拉一放，一紧一松很纯熟地拉上一条大鱼，笑容可掬地将鱼摘下放到网兜里，又潇洒地将鱼钩抛向水中，过去了许多时分，他已经大大小小的鱼钓了半百余条。我则一条也未钓上来，便感到钓鱼时等待之乏味。倘若抛出鱼钩一会儿可以牵上一条大鱼则还算有点趣味的，如果一味地等待我则就没有了耐心。然而大自然的风景还是深深地吸引了我，使我只顾贪婪地欣赏着大自然之美，不知不觉已日头西下，晚霞飞渡。看到明静的秋水，那飘飞着彩云的苍穹，我忽然想起了王勃《秋日登洪府滕王阁饯别序》里的绝句："落霞与孤鹜齐飞，秋水共长天一色。"眼前的景色虽没有登高阁而临滔滔赣江秋色之气势，但用此句来描述之，我倒觉得也是很确切的。鱼尾搏击水的声音，打断了我的遐想，转头看时，坐在旁边的垂钓者，又乐融融从钩上摘下了一条大鱼，而且嘴里念道"哦，是一条红鲤。"我被他的情绪所感染，高兴地为他拍手喝彩，我却依然是漫不经心地钓着，思绪在秋风中飘扬。

以往听那些钓鱼者说，钓鱼像一种气功，可修身养性，因为钓鱼可废寝忘食，钓鱼亦可忘记朝野与宠辱；并说钓鱼上瘾，像是吸大烟，乐此不疲。我不否认，但不敢苟同。现在的我对钓鱼不是兴味索然，但总觉得钓鱼不安，只感到青春易失，韶华易落，用鱼钩是拴不住青春年华的，如果不抓紧，时间会从你手指缝里悄悄流走，而留下的只能是脸上的鱼尾纹了。记得小的时候，钓鱼确有兴致，那些钓鱼爱好者们对钓鱼的描述恰似我童年的感受。那时候放学以后就跑到河边，用一根长长的棉槐条子，系上一段尼龙线，拴上鱼钩，在中间系一段高粱秆子，一个完整的鱼钩就做成了，在钩上串上诱饵抛进水里就可以不断地钓上鱼来，回家后可美餐一顿，颇有兴致，现在回忆起来也感到趣味无穷，这种情趣永远留在我的记忆里。然而现在对钓鱼的感受已非从前，童年那种无忧无虑的乐趣早已荡然无存了，这表明了什么呢？是责任？是孤僻？我思忖着，但终于找不到感觉，只觉应该起程回府，在那寂静的书屋里寻找愉悦了。

于是我起身呼同伴起程，这时，夕阳已向我们道别，只留下一些余辉，缀饰着西边的天，空中也已升起薄薄的暮霭。然而，那些垂钓者们仍稳坐钓鱼台，征战犹酣。

一九九六年十一月二十五日

捡棉花

初冬的早晨，天上的星星还在眨着眼睛，辛苦了一天的人们仍然被柔暗的天幕隔在梦里。我则早与父亲到几十里以外的棉区捡棉花去了。这是童年的时候，最令我难忘的经历，否则，就我的记忆，早就将它忘却了，而这件事我却记得很真切。

那时家里很穷，买不起棉花，只好到已收了棉花并连棉秸都拔去了的田地里捡撒落的棉花，那些被收获了的棉地里只留下一些棉花叶子和沾满碎草叶子的零星的棉花及满地的已经枯黄的杂草。我与父亲便在这已被霜降封锁了的田野里，漫无边际地捡着撒落的沾满碎草叶子的棉花。

那时，父母都不让我去，但我一定要去，为什么？我的记忆已经朦胧。最初大概是为了春节能穿上一件新棉袄吧。我全然不知当时父亲的感觉。我只觉得很苦，收棉花的季节已是深秋初冬，对于幼小的我难耐严寒，尽管身穿棉衣，头戴棉帽，但常常是不知自己脚是否踩在地上，手也僵得没有知觉，要不是眼睛看着真不知道是否将捡到的棉花丢进了篮子里。这或许是因为棉衣里的花是比较陈旧的，或许是因为寒气太逼人，连续几个早上我的手脚冻伤了，脸和耳朵冻伤了，等到晚上睡在暖和的被窝里，脚、手、耳、脸痒得很，那滋味很是难受，有时抓破了皮会腐烂，直到第二年春天才会好，但是心里是安慰的，能帮父母干点活，再苦也心甘，因此，每捡到一团棉花就像捡到了一块玉璞，心情像深秋初冬的早晨一样的清爽。

我累了，直起了腰看看父亲仍然不知疲惫地拾呀捡呀。这时的太阳，刚刚爬上了地平线，我逆光看着父亲，他那辛勤劳作的瘦弱的身影被阳光刻画得更加令人可爱、可怜，父亲看到我站在那里，便走过来关切地问："冷吗？"我摇了摇头说："不。"尽管如此，父亲还是爱怜地走近我紧紧地握住了我的双手。我抬起了头看着他那微微翘着的胡子上挑着白白的冰霜，本来就很消瘦的面庞，显得更加清瘦与憔悴，脚上的鞋子及裤腿也被夜里洒在杂草上的繁霜打湿了，我心疼地说："爸咱们回家吧？"父亲说："好吧，咱们一会儿就走，我把这厚的地方捡完，春节可给你做一件厚厚的棉袄御寒呢！"我说："爸，我不要，只要咱们回家。"一句简单的话仿佛触动了父亲的心，父亲未有说话，一只手拎起篮子一只手领着我，背着太阳向地头走去，整个田野里寂静无人，只有我与父亲一高一矮跋涉在坎坷不平的冬野里，影子被初升的太阳的光拉得瘦长而瘦长。

晚上，妈妈在昏黄的油灯下开始雕琢我们捡来的"玉璞"，我便在妈妈身边，在父亲讲的故事里进入梦乡。第二天早上父亲悄悄地起了床要去捡棉花，我也悄悄地爬起来跳到自行车后座上，执意要去。但我想已不是为那件春节穿的新棉袄了。

一九九七年八月八日

放风筝

多姿多彩的风筝又在空中飘荡了。春天一定又来了。留神看时，到处已是春天那浅浅的绿色的足迹。

风筝大多在春天里放飞，可能是因为春天的风劲而稳，能把风筝鼓起吧。当然，春天也宜于人们活动。故风筝属于春天，春天也就拥有了风筝。

放风筝，童叟皆宜。这不仅是一种情趣，也是对我们古老民族浓郁传统文化色彩的炫耀和喜爱，也是对春天到来的喜庆。像鲁迅那样嫌恶风筝的人并不多。其实。鲁迅憎恶的是那个时代，当春季来临时，只有"故乡的春天又在这异地的空中了……，但是四面又明明是严冬，正给我非常的寒威和冷气"。

我小的时候，喜欢风筝。都是自己亲手制作风筝，只能制作较为简单的，复杂花样的风筝那只是我的理想。用竹篾做两个四边形，相错叠加成为一个八角形的风筝架骨，再在上面糊上白纸，画上图案，就是一个完好的八卦风筝。风筝的线是用麻皮搓制的。条件好的都用尼龙线，我们称之为水线。我的风筝线多是我父亲用业余时间搓成的，用一动物的骨骼，在中间加上一个铁钩子，形成一个拐锤，几股线挂在钩子上。用手一拨，拐锤便在空中旋转，线就拧成了合股。当开春时，用线拴在自己制作的风筝上，成对结伴到村子外的麦田里去放飞。

冬天刚过，春天乍来。小麦复苏之际，是不怕踩的，踩一踩倒好，可促使小麦分叉多苗，成熟时会收获更多的麦穗。这一举两得，当然不会有人来干预，我们就在这厚厚的麦苗上尽情地牵着风筝飘荡。初春的麦苗还带有一点冬眠之后的惺忪，柔软如毯，万顷一碧，奔波其间，犹如沧海漂舟，碧波摇帆。当我们跑累了，或把风筝放得好高，在空中稳固下来时，就仰卧在这偌大的地毯上，观看风筝游荡，白云飘飞。风筝形形色色，美其名曰：嫦娥奔月、悟空腾云、老雕盘旋、小鸟畅游，还有蜈蚣、蝴蝶、蜻蜓、龙、凤等各显神通。极目青天，怡然自得。

我的家乡是辽阔无垠的平原之地，是风筝的故乡，天地幽幽，在这里风筝可以自由地飘荡，不像在城市里迷离的天空虽也辽阔，但可供放风筝者立足之处不多。往往使风筝们"不共戴天"，相扰而共同坠落。在故乡，风筝却幸福得多，且不说龙凤呈祥，就是老鹰与小鸟也相安无事，比翼齐飞。

但也有线断风筝飘去的时候，记得有一个春季，我制作的一个新的风筝在空中飘得很好，突然线断，风筝飘飘悠悠地被风吹去，直落到远处的一片白杨树林里，高高地挂在树梢，可望而不可即。那次我落下了泪，可怜那风筝再也不能自由地飞荡在天空。

是否所有的风筝都想挣断束缚它的绳索以获得自由？我不知道，但我清楚，一旦其摆脱束缚，便真正失掉了自由，尽管归宿各不相同。有的飘在树梢上；有的落在河塘里；有的挂在电线上；虽说有的幸运者可以安全着陆，但毕竟没有飘在天空；有的坠入人家的院子里，就难逃粉身碎骨的恶运。当地有一风俗习惯，风筝落入谁家院里是一种不祥之兆。主人必会动怒，放风筝者也不敢承认是自己的风筝，否则会被痛骂一顿。因此，被折坏的风筝弃之院外，无人收拾它的残骸。

放风筝要有一定的技巧，不是任何人都可以放飞。有的东奔西跑，风筝只是不断地翻着筋斗，跌下去，跌下去；有的人运筹帷幄，轻轻抖动，风筝则会青云直上。当收回时，也是娴熟自如，风筝像一只喂熟了的小鸟，飘飘然落在手上。当然，首先是风筝自身要平衡，尤其要有一足够长的尾巴。尾巴适中，在空中才会平稳。否则，会从空中栽下来。升得越高，跌得就越重。一次，我看到有一个风筝从空中栽下来，许多围观者建言说尾巴太轻，于是放风筝者便把几块丢在路旁的垃圾布拴在尾巴上，虽有"狗尾续貂"之嫌，然而风筝却稳稳地飞上了天空。

风筝又早已飘上了蓝天。春天已是充满了绿色、开遍了鲜花、荡漾着欢声笑语的五彩缤纷的世界。在女儿的催促下，我带着亲手制作的八卦风筝去放。这八卦风筝也与这传统文化和现代文明融于一体的风筝格格不入，只好弃旧换新。来到山麓的一片平地上"放飞",风筝飞起来了,飞得很高。此时,正值斜阳如血,映红了如云母片般的云,我女儿雀跃欢呼"风筝比太阳还高",一会太阳下山了,风筝依然抖擞着与晚霞一起飞渡。

一九九九年五月于烟台

槐树花

槐树花串串如雪，一进入五月便成为烟台一道美丽的风景线。一簇簇粉中隐红的海棠花，一枝枝淡紫的圆锥泡桐花，虽说绿瘦红肥，昭然一树，令人惊艳。然而，都没有像槐树花那样大片大片的白花花的弥漫山前坡后，路边道旁。偶也夹杂着几枝黄红紫色的花朵，纷红骇绿，香飘四野，令人陶醉。

当你开门启窗时，香郁甜淡的气味，就会扑鼻而来，拥门而进。足不出户就可以尽情地享用这沁人心脾的香甜。如果要领略一下槐树花的风采，那么你可以漫步街头或去山上欣赏。白花弥望，风推轻荡，悠悠然如在绿色天国里嬉戏的白衣少女，曳裙掣肘，飘粉摇香。若你不惜举手之劳，则可以摘到鲜嫩的槐树花，大嚼其美。

烟台有许多的山，几乎每一座山上都是槐树，高高林立，婆娑摇影，遮天蔽日。当你乍一入山，浓郁的香甜气味塞鼻。渐深，如不特意体味已不闻其香甜，只觉空气异常的清新。我顿悟"与善人居，如入芝兰之室，久而不闻其香，即与之化矣"之含意。

穿行在这槐树林中，没有蝉的嗓鸣，没有蚊蝇之扰，只有香、甜、静、美，心旷神怡之感油然而生。这不禁使我想起了春天的使者—雪。一年的暮冬初春，烟台下过一场雪，像暖国的雪一样，湿湿的，静静地飘落。使本来瘦骨嶙峋的冬天变成了琼枝玉叶，银装素裹的世界。枯枝败叶的灌木覆盖着皑皑的白雪，如珊瑚般的美；长长的毛绒绒的冰枝，若京戏里穆桂英头上的长翎，风吹轻弹，又像那包黑头上的沙帽翅；那被秋风扫落了叶子，又被冬天里的风吹枯了的蒿草，被雪包装得仿佛微山湖上的芦苇，千姿百态，美不胜收。独领风骚的还是这大片的槐树，被雪冠满了枝丫，像是开放了的槐树花。当太阳出来时，琼浆欲滴，玉色炫艳，像春天般的绚烂。记得小时候，我曾与伙伴们一起在这仙景般的世界里戏逐，突然一顽皮孩子向树干踹去，冰雪纷落，坠入领口，大家都忽地嬉笑着离去，笑声荡入空中。槐树无论是秋、冬、春、夏都给人以美，使我们居住的这座现代城市的文明与自然的美有了一种和谐的韵律。

　　徜徉在这槐树花的海洋里，收回遐想的翅膀，会看到快乐勤奋的蜜蜂在忙碌，哼着小调，穿梭在槐树间，不知疲惫地为主人劳作。我不禁赞叹蜜蜂的幸福和美丽，因为它劳动着。人们说：花不可以无蝶，其实更不可以无蜜蜂。蜜蜂像一个个小小的欢快的音符，槐树花则像静静的流水般的五线谱，两者的结合飞扬着一种美的甜蜜的旋律。

　　都说：梧桐花令人清，海棠花令人艳，我看这槐树花该令人醉、令人豪、令人逸了。

一九九九年五月

婚礼

现代年轻人的婚礼排场、风光，但也有许多繁文缛节。

一大清早，新人就爬起来，整衣梳头，涂脂抹粉，很是乔装打扮一番。新人的父母、叔叔、伯伯、七大姑八大姨也跟着团团转不说，就是左邻右舍同样不得安席。粉饰完毕以后便蹩进一辆豪华的什么凯迪拉克或林肯之类的卧车，前面有录像车，后面有伴郎的车，伴娘的车，还有嫁妆车……，排成了一长阵，鱼贯而行，蜿蜒而去。新郎新娘的卧车前面是一簇艳艳的鲜花及彩色的飘带，鲜花也有用一个大红双喜字或一个洋娃娃替代的，其余几辆车身也缀满了像星星似的繁花，也若穿上了婚礼的盛装，一路招摇，穿过繁华的街道，停在美丽的海湾，小憩在如茵的草地，驻足在月亮湾畔，歇脚于黄海娱乐城，一路的风光，一一被现代化的摄像机留下了记忆的罗曼蒂克的倩影。

约中午时分，长阵又驶入了豪华的宾馆。宾馆的大门口早已张灯结彩，喜气洋洋，那五彩十色的气球穿制的大型拱门，若天上的彩虹一般绚丽多彩。前来参加婚礼的人员也西装革履列队门前，迎接新郎新娘的到来，当新郎新娘相携互挽地走出车来，倩男靓女们便把闪烁着金光的彩屑、花瓣洒在新郎、新娘的头、肩、衣裳上，新郎新娘的脸上荡漾着幸福的微笑。这时参加婚礼的人们早已等候在大门口，饥肠辘辘地陪新人一同步入婚宴大厅，对号入座，期盼宴会开始。

一片嘈乱之后，婚礼主持人入场，开场白如诗似歌，然后便是新人的父母讲话，新人讲话，接下来是新人拜天地、拜父母、拜贵宾、新人对拜，吃宴、敬酒等弄得你眼花缭乱，头胀目晕，不得了了，不亚于古代皇帝选妃入宫之声势。唉！不说的好，要想写完整个婚礼的细枝末节，这点笔墨是远不够的。

我参加过几次这样的婚礼。有一次，几个同桌宴上的人就议论过，说这种婚礼太奢侈，这种方式并非代表爱情，爱情是不讲排场的，仿佛真正的爱情也不需要鸣锣开道，更不用包装，因为爱情本身是美丽的。当婚礼结束之时，人们渐渐起身告辞，新人已不那样精神了，满脸的倦意。日也已西斜，泻着懒洋洋的光，莫不是太阳也嫌这婚礼的复杂与冗长，不再保持原有的兴致？

一九九九年五月

火车畅想曲

中国的火车是最大众的最普通的交通工具，不像轿车也不像飞机非有钱人或非有身份的人坐不起。而且，不论是酷暑，还是严寒，无论在风中，在雨中，还是在雪中，都能运行自如，从不讲条件。总是像一个大的摇篮，有节奏地摇晃着载你前行。

躺在火车上，自由地享受一下是一件很美的事，是一种难得的休闲。一路的风光尽收眼底，像放电影似的引人入胜。你不仅有同行的旅伴，而且有窗外一幕幕的景色相随，你会在不知寂寞中度过漫长的旅途。

乘由北京去烟台的火车，躺在火车的卧铺里，安闲地读书。火车的弯折和太阳的西斜，产生了一个吻合的角度，阳光从车窗柔和地平泻入车厢，直照在我的书上，我感觉有一种特别的轻松，便舒缓地从卧铺上爬起来向窗外望去。

此时正值初春三月，十六点三十分。田野还是一片肃杀，树木枯燥，但有一种古艺术的美与韵。枝桠多杂的树冠像是人脑的神经末梢，重折叠印，缜密而不乱，曲错而有序。如果把它们逼真地搬入画里，跃然纸上，那才是最具生命力的画轴，许多艺术家不都在追求这种艺术的效果吗？自然创造了人体，人体被誉为是自然界最美的最神圣的艺术品。我想如果树木也能像人的肢体一样，可以举动，那么它比人体是否还要美还要珍贵？

据说有一种树叫食人之树，树枝触及人身时可将人身裹住，把人体作为自己的养分消化掉。这说明植物如人，同样也有生命，释迦牟尼原以普度众生为救世之禅。祂不曾想过一生也在食用同样具有生命的植物，只是植物不像动物能运动，因此，就决定其命运不在释迦牟尼佛法的保护之列。不过也多亏了释迦牟尼，未悟出植物也具有生命。否则，释迦牟尼就只好让大家喝西北风了，想来也险，差之一念矣。

太阳穿过被尘埃弥漫的天空，射下彤黄彤黄的光，洒在依旧被封冻的原野上，小河的冰反射出耀眼的光亮。烟囱矗立着，喷出烟雾，吐着火舌。逆光看着慢慢升腾的烟雾，稀疏怪异，很像一个舞蹈家在闪烁的灯光下跳着柔姿舞，幻变着、展示着每一个永不重复的动作和姿势。

天边的太阳终于收回了最后的余辉，像是挂在画里，有色而无光。这不禁让人感到一种"大漠孤烟直，长河落日圆"的意境，辉煌而壮观。也不禁使我想起了乘火车远览泰山时的美景：延绵之山麓，俊秀之山脊，巍峨之山峰，旷达而豪迈。

路边一排一排的树，远处低矮的房屋，伸展而去的田地构成了一幅美丽的黄昏景观，像是自然这位艺术大师在天地之间用墨浓淡不一地抹了几笔，用一层淡淡的暗纱做覆膜，以天边为框架裱成了一幅巨大的写意风物画。此时，十七点五十五分，火车到达了张官屯小站。

夜幕终于降临了，一路的风光像一幕幕戏剧。俗语云："天下没有不散的宴席"，大自然终于拉上了帷幕，让所有的演员都可以卸妆而息了。

十八点三十分，沧州站。灯火初照，夜色斑斓。正是黑暗与光明的抗争之时。一天二十四小时，昼夜各据一半，然而人类总是向往光明、创造光明，所以最终光明要战胜黑暗，光明是永远的胜利者。你看，灯火不是把黑夜里的车站照得通明吗？

星星出来了，熠熠闪着光，挂在安谧的夜空。今夜只有一颗星星，隔着火车的玻璃看这夜幕就像一块平整垂展的丝绸。星星依托在这黑色的绸缎上，像一颗璀璨的钻石。

夜深，火车的窗外是黑色的海洋，车内也熄了灯，黑暗便浸漫了整个车厢。蜿蜒前行的火车，像海底下的潜艇。万籁此俱寂，但余"车轮"音。寂寞？畅想？入眠？我还是舒缓地从卧铺上爬起来向窗外望去，只有那颗星星像一只小小的萤火虫，追逐着火车。

二零零一年二月二十一日

酒颂

　　中国是一个酒文化历史比较长的国家，尤其是白酒。旧时候许多人家都可以设作坊，酿造酒自己饮酌，或以待客。尤其是逢年过节或红白喜事或大动土木，吃饭时都要饮酒，并有声有色，嘴里喊着，手中舞着，这叫划拳也叫猜拳。

　　往往是在一间空空荡荡的房子里，放上一张方桌，周围都是木长凳，十分简陋。但这简陋的条件，决不会影响吃酒猜拳的兴致。有时走在街上便可以听到猜拳的叫喊声，十分热闹。在农村这样的小天地里，这酒菜的香味自然是诱人的，不免会令人馋涎欲滴，自然也就有许多的孩子，手里举着一块干粮，在这氤氲中津津有味地咀嚼，十分可怜。

　　当宴席结束以后，就会看到一个个红脸大汉跌跌撞撞地从屋子里走出，不乏有的人被左右地架着，嘴里还在喊："单四喜了""五魁手了""哥俩好了""六六顺了""七巧""发财"等，当然有时也不免出言不逊："他有什么了不起，今天要不是老少爷们拉开，我非把他揍扁了不可。怎么出了这么一个败家子，简直是给祖宗丢脸。"好家伙，酒是这么一种东西！有如此之威力。俗话说无酒不成宴，酒能成事，酒亦能败事。没有喝酒之前，看到酒就兴奋，手舞了起来，嘴喊了起来，喝酒之后，热血沸腾，足也跟着蹈起来了。旧时候这白酒是很盛行的，这大概与当时的生活水平、生活环境有直接的关系，喝酒可以逗乐，也许就是最好的乐趣，虽然无聊。你看一看古典的文学中，酒在为文字润色和故事运营中，处于何等的地位，几乎是不可或缺的。《三国演义》中有多少酒的故事，最脍炙人口的是"煮酒论英雄"。《水浒传》中酒与好汉有着不解之缘。酒可以成为感情沟通、事情通融的介体。不该说的话，喝上酒就说出来了。不成的事，喝杯酒，一拍胸脯则成。甚至有许多的才子佳人酒醉才能说"华语"，李白酒醉诗千首，怀素醉酒写狂书。

适量饮酒则是有益的，我仍清楚地记得，小时候还是一个玩童，不谙世事，我的奶奶就每天适量饮酒以舒气。在奶奶的房间里，炕边的一张桌子上，放着许多的瓷罐、玻璃瓶和木盒子，其中有一瓶白酒，上面扣着一个小瓷酒杯。我经常见到奶奶拿起瓷酒杯，呷上一杯白酒，一仰头"嗞"的一声就喝下去了，紧接着就打一个气嗝，很舒坦地走开。我很纳闷，酒有什么好喝的，是什么味道？于是伺机尝一尝。一天见奶奶一手提着一个马扎，一手拿着草辫子走出房门。走远后，我就蹑手蹑脚地走进屋子里，迅速地倒上了一杯酒，本不想倒得太多，但一紧张，"扑通"一声倒了一个满杯，还有一些酒在了杯外。送到嘴里的时候，很辣，到嗓子里的时候，很热。噢，是这样。

等到中午时分，院子里太阳很强，母亲让我去院子里拿草，我背起一个篮子，来到院内，便觉得阳光刺得眼睛打不开，头脑晕眩，身子东倒西斜地来到草垛前，坚持着把草送给母亲，便一头倒到床上，睡着了。但那时并不知道是酒的缘故，直到上了大学开了酒戒，才方醒大悟，原来如此，于是对酒便有了戒意。

现在中国的酒文化更是被大众化，更是被发扬光大。大酒店多了，但一日三餐每一座酒店都是客满的，虽不像过去猜拳饮酒了，现在则更是齐步走，一刀切，同饮共酌，更讲究秩序。一桌筵席有主副陪，一二三四客各有位置，主副各敬几杯，还有三陪四陪各献几杯，再就是客座回敬，各自互敬等亦不少喝。并且酒的类别也多样化。白酒、红酒、啤酒、药酒、补酒、洋酒等，喝起来则是酒酒俱饮，取其名为"三中全会"、"六中全会"。像是古代打仗对擂一样，有的一个回合便败下阵来，成了残兵败将，有的人则是长胜将军。

一次去韩国，韩国朋友带我们去饭后饮酒。来到一个酒吧，四面徒酒，想喝什么便可以信手拈来。但此刻不可，主人只允许喝两种酒，一是啤酒，一是白酒。先是把啤酒倒在一个大的啤酒杯中，又把小的白酒杯子放在啤酒里，这时白酒杯便摇晃着漂在啤酒里，然后把白酒瓶子打开，向里倒白酒，倒满后，白酒杯沉入啤酒杯的杯底，酒沫泛起，取名叫"泰坦尼克号"。端起来一气喝掉，真乃海量，敢于喝干大海以救沉船。喝完后，主人又出题目，这回是先把白酒杯子放在啤酒杯子里，先将白酒倒在白酒杯中，然后把啤酒打开，双手堵住啤酒瓶口，双手使劲地晃动，憋足了劲后啤酒瓶口对准已放有白酒杯子的啤酒杯，突然放开手，啤酒像高压气流一般地喷涌出来，啤酒杯立刻溢满了酒沫。这叫"炸弹"。端起来一气喝掉，真是胆量，敢于冒着炮火冲击。我大为惊愕，甚为快乐，这种饮酒已是饮酒的高峰。就这样不断地沉船，轮番地轰炸，已有许多酒席上的战士打起退堂鼓来。韩国的朋友开玩笑说："这是从中国学来的，我们去中国你们更猛烈一些，我们是以礼相待啊。"人类总是进步的，各种文化在发展，包括酒文化、生活方式等都在改变。这种饮酒的方式是中国酒文化的发扬光大，已是今非昔之所能比。古之条件不好，喝酒则是一曝十寒，现在条件好了，天天有酒天天醉，更何况不掏钞的酒场。真有点灯红酒绿，一片热闹，碰杯之声相闻，什么黄段子，红笑话，都在这滥觞之时搬上桌面。还有什么天机，地理也不胫而走，虽是流言蜚语，但日后证明也确凿，成为山雨欲来的满楼之风。

但这在西方国家则是望尘莫及。因为西方国家历史里头，除咖啡有点特色以外，其他别无所长，酒的文化和历史他们是比较缺乏的。如果在酒桌子上，他们一定是手下败将。如果在奥林匹克运动会上有饮酒比赛，我们一定会大胜。尽管仰着头，挺着胸，自不必瞅他们一眼。在战争的时候，也可以跟他们谈判，在开战之前先饮酒，以酒决胜败。若是这样他们要么会逃之夭夭，要么会成为酒鬼。想到这些我便又对酒开始推崇了。

再没有比酒更厉害的了。为什么八国联军的时候，不喝我们的white alcohol呢？我们总是把我们的优势忽视。有什么力量能胜于酒呢？酒很有点包容性，在酒桌上男女老少皆宜，不像有一些东西要有年龄、性别、派别、学历的限制。所以酒席上是全民皆兵矣。推杯换盏，热火朝天，最后也是战绩赫赫，虽是杯盘狼藉，但残羹冷炙足可以喂饱几头猪。这丰厚的战利品，自有人装入口袋，暗暗自喜，但酒席上的战士们也决不会去拿，只是大方地离去。唉！离去，好吧，没有不散的宴席，周而复始，明天又来。

　　如今的酒虽有神力，但是不像过去，人们请喝酒或送瓶酒则喜不自胜，
欣然应诺。现在的人总是希望别人多喝自己少喝，甚至自己不喝。总有一种
心态别倒满，只倒四分之三就可，总是在不喝不喝的气氛中又喝了，在少喝
少喝的原则下又多了。这就是酒的神力，像一只无形的手把不喝水的驴子硬
是摁到河里。这酒的大力，用鲁迅先生的口气说，一定会带来大的宴席和大
的欢喜，必定会有大的生命的力的。

二零零四年五月

古城

苍山，巍峨连绵，是我国古代南诏国的天然屏障。在这山下有一座古城。这就是大理古城，又简称榆城，始建于明洪武十五年，是我国首批历史文化名城之一，是古人留给我们的一件珍品，方圆十二里，保护完好，古朴精美。

古城整齐的街道，被鞋底磨光了的街石，小石桥下哗啦啦流动的清澈见底的泉水，还有那飞檐画栋，外观别致，错落有序的房屋，熙熙攘攘的行人，把我一下子拉进了远古时代。这不就是电影里、电视中古戏的景幕吗？古人在此煮酒品茶和作赋吟诗的闲情犹在，飞檐走壁的侠客和路见不平拔刀相助之英雄的身影犹在。

街道两边的房屋大多是二层小楼，一楼是敞开的商品专卖店，一户挨一户，一家接一家，商品琳琅满目，让人应接不暇。徜徉其间，十分惬意。我常常叹息人文景观的不足与败落，惊叹自然景观的瑰丽与风光。但在这里我看到了人文景观的光辉，看到了历史文化之璀璨。

古城有五座城门，东、西、南、北、中，每一个城门上都有一个城楼，我与好友刘仁豪一起爬上中门城楼，举目眺望，满目是层次分明，恬淡宁静的灰色瓦顶。这里是瓦的海洋，灰色是其主色调。这种不曾引起人们关注的色彩，在古建筑群的集合中表现出其撼人心魄的魅力。我曾惊叹于伊利诺伊州的草坪之绿，曾惊叹于北京香山的枫叶之红，但不曾想到还会惊叹于这古代灰之色调。这色调中有着我们民族的文化底蕴，有着我们民族的历史沧桑，所以它才有了这种震撼力。我在惊叹中回过神，来到洋人街。洋人街大约与其他街巷无异，只是在小门头外撑出了一片阳伞，招牌上写着几句洋文字，多了几家咖啡厅，有几个洋人或坐在屋内、或坐在阳伞下、或坐在街旁的流水之上，泡一杯茶，悠闲地品味着中国的文化，仅这一点不同就使这小小的洋人街有了一种异国的风情。古城成了中西文化交融和中西社会世俗交流的一角。在这里看到西方人品味中国的文化，一种自豪感便油然而生，走在街上不自然地抬高了脚步。

古城无独有偶，丽江的古城也保存完好，如果大理古城是一件精美的工笔画，那么丽江古城就是一幅写意泼墨图，洋洋洒洒，很大气。丽江古城又名大研镇，坐落在丽江坝中部，它是中国历史文化古城中没有城墙的古城，因为丽江古城世袭统治者姓木，筑城势必成"困"字之故。丽江古城始建宋元，盛于明清，曾是明朝和清朝丽江府的府衙署所在地，明称之大研厢，清称之大研里，民国以后改称大研镇。其集中了纳西文化的精髓，并完整地保留了元朝以来形成的历史风貌。西有狮子山，北有象山，金虹山，背西北而向东南，避开了雪山之寒，接引东南之暖，藏风聚气，占尽地理之便。我参观丽江古城是在晚上。古城之灯的外观是古香古色的，灯罩是红色的，内部却是现代式灯泡，所以在晚上古城张灯结彩，大有节日的气氛。古城因地势而建，高低之处皆有建筑，自低处看高处一座灯山，从高处看低处一片灯河，十分迷人。

一条河从古城中穿过，那就是玉河。河水被一分为三，三分为九，再分为多条水渠，使古城主街傍河，小巷临渠，清净而充满生机。河水唱着歌，一会雄浑，一会清脆，一会汩汩，一会又潺潺。我们就沿着一条小河顺流而下，看水中红鲤逆流而上，观古城夜色，品风味美食，欣赏各种小工艺品，小商品，包括一些或许是复制品的历史古玩，还包括用东巴古文字做成的各种工艺品。作为古文化缩影的东巴文字工艺，洋溢着浓郁的民族文化气息，凸现着深刻的民族历史烙印。东巴文化源远流长，是世界民族文化的一枝奇葩。东巴文是纳西族东巴文化的主要记载符号，共一千四百多个单字，被誉为世界上唯一保留完美的"活着的象形文字"，内容浩繁丰富的东巴经书，舞谱、绘画、祭祀仪式都充分展示着纳西族东巴文化的神奇异彩。

中国的古城被保留下来的不多，经内忧外患而保存完好者少之又少。丽江古城不仅保存完好而且在不断地向四周蔓延膨胀，新的古城包围了老古城，老古城染化了新古城，形成了一大片充满古文化色彩的城区，到处荡漾着一种浩瀚的古文化的魂魄。

二零零四年九月于云南

窗 口

从窗口望去，灰白色的天空，像一张没有表情的脸。在灰白色的背景下，最远处只能看到一座楼。在楼的前面是一排高大的法桐树。坐在办公室的椅子上，树比楼高，直插天空，树枝上零星地挂着几片树叶，有的还那么绿。窗口最近处还有三根黑色的电线，横着从窗前走过。电线和飘飞的雪花像一幅五线谱，飞扬着冬的乐曲和旋律。雪在下，雪花很大，逐渐堆积在树枝上、电线上和楼上，世界越来越充满了童话般的味道。

这幅美丽的窗口图，很美，有静物，有动物。一个窗口对于世界是多么的渺小，但它可以瞭望整个世界，可以看到整个世界的变幻。可看白云飘飞，绿叶摇窗。可以放飞思想，神游名山大川。冬看雪飘飘，夏看雨霏霏。所以窗子对于房屋那可是最伟大的。窗子是房子中最大的空间，一间房子有了窗，才有了光明，才有了新鲜的空气，才产生了幻想，才产生了理想，才使人充满了希望，才感到生活是多彩的，才使一个人坐在房子里，而拥有了整个世界。

许多美好的事物，是从窗子看到的，有的窗可以看到浩瀚的大海，看到浪逐沙滩。有的窗可以看到万仞山峰，看到千里松涛。有的窗可以看到一望无际的平原，看到低食的牧群。有的窗可以看到静静流淌的小河，看到映照在小河上的静影。有的窗可以看到那一簇簇高楼大厦，看到像蚁群一样的车辆。有的窗可以看到一座座别墅，看到别墅周围美丽的玫瑰园。

许多美好的歌声，是从窗子听到的。无论是竹笛或是长箫，吹出的歌声，如果从远处高楼上飘来，近则清晰，远则渺茫，只能听到歌声，看不到演奏者的影子，这就是一种神秘和美妙。如朱自清《荷塘月色》中，有一句话"光与影有着和谐的旋律，如梵婀玲上奏着的名曲。"把小提琴唤做"VIOLIN"，便高雅了许多。这窗口荡漾而来的乐曲，岂不与"梵婀玲"有异曲同工之妙哉。

正因为窗子的功用，才有了音乐之窗、世界之窗、文学之窗、艺术之窗、和平之窗、经济之窗、社会之窗之称谓。当然也就有了心灵之窗之称谓，有人说语言是心灵的窗户，有人说行为是心灵的窗户，有人说眼睛是心灵的窗户。

要观察一个人的心灵，应从这三个窗子去观察。听其言、观其行、看其表情，才能真正了解一个人的心灵之美，之善或之恶。每个人都有心灵之窗，这就是人之所以称之为人。如果一个人没有心灵之窗，便不足称之为人，充其量只能称其为一个活物。就像没有窗子的房子，不能称之为房子，而应该是洞穴或是坟墓。这会使人窒息。如果一个人没有心灵的窗子，那是没希望的心灵，绝望的心灵，也必然窒息。

以语言作心灵之窗，会使你赞叹称颂，或《瀑布》或《赤壁赋》或《古草原送别》。以眼睛作心灵之窗，会使你心旷神怡。以行为作心灵之窗，会使你履盟践约。窗子是非常重要的，窗子的方向也是很重要的。如果窗外风景如画，美不胜收，会使你心扉大开，推开窗，目游自然，会使你手舞足蹈，那么这座房子会值钱，会卖个好价钱。心灵窗子的朝向，那也是很重要的，你朝向高雅，也许你会成为一位高尚的人。你朝向自然，也许你会成为一位田园派的诗人。你朝向社会，也许你会成为一位社会活动家。你朝向世界，也许你会成为一位政治家。你朝向正义，也许你会成为一位仗义大侠。你朝向仁义，也许你会成为一位慈善家。总之，朝向不对，你会走向下坡，会烦恼，朝向正确，你会走向上坡，会幸福。

透过你的窗口，会看到你的内涵，看到你的底蕴，还可以看到你喜、怒、哀、乐之气色。喜、怒、哀、乐是心灵的自然气象，正如天地之间的风、雨、雷、电。真实之自然，自然之真实。怒、哀是通过心灵的窗口发泄你内心的烦闷，喜、乐是通过窗口抒发你的兴奋，通过这窗口的输入与输出，可以平衡你的心灵，保持身心的健康。所以开启你心灵之窗吧！可与人交往，可互相了解，可让清新的空气进来，美化你的心灵。美的心灵会使你得到知心的朋友，得到美好的爱情，会使你一生获得相当的成功。

当然，通过窗口还可以听到大自然的声音，可以发出一切重大的决策，改变自我，改变江山，改变整个世界……

从窗口望去，世界越来越充满了童话般的味道，雪在下，雪花很大，逐渐堆积在树枝上、电线上和楼上。窗口最近处有三根黑色的电线，横着从窗前走过。电线和飘飞的雪花像一幅五线谱，飞扬着冬的乐曲和旋律。坐在办公室的椅子上，高大的法桐树比楼还高，直插入空中，树枝上零星地挂着几片树叶，有的还那么绿。树的背后就是一座灰色的楼。最远处是灰白色的天空，像一张没有表情的脸。

二零零五年十二月

观《行走的鸡毛掸子》

香木镇，古典优雅，山清水秀，无论镇衙，耿家大院还有乌篷客栈都是古香古色的，还有船、桥、衣、饰也都有着传统的色调。尤其是那条绿得如玉翠的河水，流淌着古镇的文明、情仇、善与恶，沉积着历史的烟迹，冲刷着社会的积弊，荡涤着人们的思想，把人们一次一次带向更加现代，更加开放，更加文明的时代。

耿家大院掸房正门上的宽匾，"世事何处落尘埃"那是御赐。它是激励耿家扎掸子的动力所在。掸子到处尘埃净，但恰恰相反，一切故事都由掸子引起，并发生在小小的有古文明象征的香木镇里。发生在世代生存于香木镇中的老老少少。多少思想被日夜流淌的小河带走，多少思想又被小河流来的水重新带来。就这样循环往复，使这里的文明螺旋式地上升着。

发生的这些人和事都是非常普通的，然而艺术来源于生活，其表现形式又高于生活。而扮演这些人的演员如潘虹等，都是知名艺术家，他们使生活与艺术有机的结合，给我们以艺术的享受。那座青山和那条河流及那些古建筑群的风格，再加上那些又长又窄的石街构成了一幅美丽的景物图。

但是，就是那个蒋克儒给本该和谐宁静的小镇刻上了一道明显的痕迹。蒋克儒有点不太自知，总是自作多情，此人在电视剧中，接触了两个女人，并且他们之间又是素昧平生，然而，蒋克儒却为女人落魄杀人。第一个女人是明凤，第二个女人是秀雨，并都把她们劫上山，然而，都被用钱赎下了山。蒋克儒，见钞忘义，良心泯灭。

郭红笑此人，经营郭记生意不错，挣了许多钱，但是，总是阴差阳错，把自己的女儿三伏硬是塞给了耿家大少爷汉良。使三伏确实不痛快，别扭了好一阵子，最后，把大少爷倒插入郭记。然而，郭红笑仍是"赔了夫人又折兵"，把自己辛苦经营的郭记都替耿家交了掸税，或拿出赎耿乃琦的女人明凤。即使如此，郭红笑这个岳丈，在大少爷汉良眼里仍直不起腰来，他老人家没有老人的样子，阴声怪气，总是在别的厉声肃气中，才收了怪气阴声，违自己的意志而行。郭红笑只是也只能是一个郭记的小商贩子，成不了大气。

耿乃琦，那才是富豪乡绅，家里养兵藏枪，生活极奢，满脑子的三纲五常的封建意识，死要面子活受罪，自己一生的手艺就是扎掸子。他的掸子扎出了神气，一把用黑鸡毛扎成的掸子，名为墨龙，神气十足，瑞气飘逸，围绕它发生了许多的事，有的欢喜有的忧。他这把手艺，每年春分时节展示出掸，成为当地的一件盛事，也成为了耿家每年的一件喜事。买掸子的风光，卖掸子的光荣，扎掸子的神气，镇上添收掸税，可谓皆大欢喜。然，世事变迁，掸子没有人请了。但是耿乃琦仍然要办掸礼，不是别人请掸，而是耿家自己去请人请掸，倒过来了。耿家是死要面子活受罪，拿钱买风光，风光没有买到，钱倒花了个精光，令人上火。不过，耿家出了一个叛逆的二少爷元良，很有点开化，从不落俗，很有反抗精神，努力挣扎着安排自己的命运。他说："掸子是耿家的，耿家不是掸子的。"为了掸子耿家三男分别娶了明凤、三伏、秀雨，阴差阳错。生活开了那么多的玩笑，改变了耿家的生活，改变了三耿的生活。一向具有反抗精神的元良索性一把火烧了耿老爷一辈子手艺积攒下来的掸子，包括墨龙被一把火化为灰烬。总想把那三从四德，封建礼教一燃而光。

然而耿元良烧掉的是掸子，烧不掉的则是那些形而上的东西。当然并非所有的形而上的东西都是不好的，有一些中国传统的观念和思想是要发扬光大的，是不仅要在耿老爷身上体现，还要在耿家大少爷和二少爷汉良和元良身上体现，要在中国的每一位公民身上体现，并要一代一代地传下去。鲁迅曾写过文章说，男人可分为"父男"和"嫖男"两类了。但这父男一类却又可以分为两种：其一是孩子之父，其一是人之父，第一种只管生，不会教育，还带点嫖男的气息。第二种是生了孩子，还要知道怎么教育，教育有方才能使生下来的孩子，将来成为一个完全的人。

在耿家父为人父，子为人子，长大亦能成人。他们父子之情血缘关系浓浓如血，这就是中华民族传统亲情，在这种传统家族关系中有严格的家教，有严格的家规，有严格的礼仪与礼节，也有宽容和包容精神和强烈的责任意识，元良把耿家的禅房烧掉后，耿家没一人埋怨过他。他离家出走，耿家积极地寻找、规劝，包容了元良一系列的反抗行为，虽然他们把元良穿西服，有现代思想，看作长不大，不成熟。当耿老爷知道元良就在耿家不远的乌篷客栈时，一夜未眠，寅时起轿，亲临客栈劝元良回家。

明凤和耿老爷成亲，秀雨和耿二少爷成亲，虽然不像干柴和烈火一样，但一旦结合就有了一种强烈的责任，明凤和秀雨被山匪劫走后他们就显出了一种高度的绅士风范。耿老爷冒着生命危险，拿五万块大洋去救明凤，且当时耿家已是死去的百足之虫。秀雨不顾自己是一位弱女子的身份，痴情地走出耿家大院，毅然走向了茫茫的江湖，去寻找自己深爱的丈夫元良。秀雨是一位单纯、善良、德艺兼备的优秀姑娘，她在试飞鸡毛时，就许愿终生许配元良，鸡毛先是落地，后又飞扬起来，这使她欣喜非常。所以她坚信元良会回来，元良不会抛弃她的。不曾想到一出耿门，便入山寨。元良得知后，毫不犹豫选择上山入虎穴，以命涉险，以身赴死，营救秀雨。

再说汉良，为了耿家，为了郭记辛辛苦苦，任劳任怨，他负的是耿家的责任，郭记的责任，为之呕心沥血。最终耿汉良为耿家献出了生命，蒋克儒为之殉葬。香木镇又恢复了宁静，依然古典优雅，山高水长。

二零零六年八月

黄河入海口

到东营开会，朋友陪我去黄河入海口。黄河那橙黄色的水从青藏高原上流出雪山，一路带着旅途的尘埃汇入了蓝色的、浩瀚的大海。据说黄河与海那融又不融的分界线，在入口处颇为壮观，不比钱塘江的潮水逊色。

从东营市区到黄河入海口处，大约有一个小时的路途，但是到了入海口的自然保护区，管理人员说正在修路，不能前往。真是不巧，途中修路，我们已几次改道移径，最终还是没有如愿以偿。我们只好调头回府。

但是说实话，东营那广阔的油田，驱车观望，那也是一种美。一望无际的平原，除了几个油井上面的机械油泵慢腾腾地上下点着头，还有几棵不太高的树以外，都是小草。在这一片草原上，你可以极目望远，舒目驰情，绝无障目之物。在这之前我还未能看到过大草原，只是在电影《牧马人》中看到那无边无际的草原。有诗曰："天苍苍野茫茫，风吹草低见牛羊。"大草原的浩瀚只是在电影和诗中领略过。我早想有一天看一看大草原的壮观。今天有幸走在东营长满青草的油田上，也略感到有点草原的味道。

青草丰茂，万里无垠，水泊汪汪，如一面面的明镜。水里有草，草中有水，灵气十足。地下是黑色的金子，地上是茵茵的草原，这么一块原野实在是宝贵。这可是我们的财富，不但石油是金子，那一望无际的离离原上草也是我们的金子。我们一定要保护好这片植被，这是人类不可多得的环境资源，是环境的卫士。我们已经从这片土地的地下掠夺了那么多，我们应该给这片土地一个面子，不要再在地上掠夺了吧。你看草原上的这些顽强的植物，在所谓不太肥沃的土地上，贫瘠的土地上，盐碱地上还乐呵地生长着，看上去水肥草美。这些英雄们就是益母草、蒲草、芦苇、蒿草、芦牙、皮草。这些草可以用来造纸，还有一些可以入药，都是有价值的草种，可给当地的人们带来一点经济利益。还有一些灌木状的柳树，长得不高，矮矮的很茂盛。一簇簇的长在百草丛中，装扮着美丽的大草原。完美固然是一种美，苍凉有时也是一种美。毅力是一种美，顽强也是一种美。

　　这些草为什么生命那么顽强，干不死、涝不死、还铲除不掉。"野火烧不尽，春风吹又生"、"远芳侵古道，晴翠接荒城"都充分说明了草的性格。

　　它不很挑剔土地和环境，它没有花香没有树高，只要有春风、有山川、有河流，这就是它们的乐园。人们所称的不毛之地，"毛"可不是指的这些无名的小草。就是在这些不毛之地，恶劣的地方，也可能会看到小草的影子。这是多么难能可贵啊！

　　我赞美小草的品格，它点缀着大地、山川、河流，还有天涯海角，当然，还有这一片油田。

二零零六年八月

龙门石窟话佛事

洛阳是六朝古都，历史文化十分丰厚。杜甫、白居易、李贺、刘禹锡等诗人都在这里留有文墨。许多名胜古迹，如白马寺、龙门石窟等，让人品味不够。北宋司马光写下著名诗句："若问古今兴废事，请君只看洛阳城"。欲知佛教盛与始，亦请诸君洛阳行。

今天沿着伊河的西岸走进了龙门石窟。伊水浩浩，微波荡漾。伊水河两边各有一座山，一座是香山，一座是龙门山。香山在伊河的东边，龙门山在伊河的西边。两山对峙，恰如两扇户门，又被称为伊阙。在这组美丽的胜景之中，最令人关注和耐人寻味的就是龙门山上边的许多佛洞。据统计，洞与洞中的佛雕经东魏、西魏、北齐、隋、唐和北宋等朝代的开凿和雕刻，前后历时约四百年。东西二山残存窟龛二千三百四十五个，佛塔七十余座，碑刻题字二千八百六十多块，其中"龙门二十品"和褚遂良的"伊阙佛龛之碑"被称为魏碑体和唐楷的典范，堪称中国书法艺术史上的上品。龙门石窟是历代皇家贵族造像最集中的地方。龙门二山造像十万余尊，有的一个洞中竟有一万五千多尊佛像，密密匝匝的但很整齐。小佛像竟仅有二厘米，大者有十七米高有余。主要有释迦牟尼的各种站立和莲花坐像，两边有祂的两个弟子，还有文殊菩萨和普贤菩萨，以及大力士等的雕像，还有一些不知名字的小佛雕像，十分壮观，但有许多的佛脸都被破坏，又十分可惜。龙门山上的每一尊佛像都面对东方，每天都首先接受或沐浴从香山爬上来的太阳射来的第一束曙光。

整个龙门石窟站在山下仰视，多如蜂窝，充分说明了洛阳佛教之盛。北魏最早的石窟为云冈石窟，公元四六零年北魏和平之年，文成帝下诏，来自凉州的佛教领袖道人昙曜为主管，开始在平城西的武周山上开凿洞窟，镌雕佛像，共开凿五个洞窟，雕出释迦像五尊，象征着北魏太祖、太宗、世祖、高宗和高祖五位皇帝，体现着"皇帝即佛"的宗教主题，体现着封建帝王权力至上如佛法无边。云冈石窟在今山西的大同，以"昙曜五窟"为代表，其造像艺术水平和风格特点都与河西凉州的佛教艺术有着内缘关系。凉州的佛像艺术是由鲜卑人开凿的，带有西域文化的浓厚色彩，追根溯源，均源自阿富汗犍陀罗时期著名的巴米扬石窟。

龙门石窟始凿于公元四九三年北魏孝文帝太和十七年，古阳洞是第一石窟，该洞从四壁到顶部，大大小小的佛龛星罗棋布。洞内有八百多品碑刻题字，龙门二十品，其中十九品出自古阳洞，碑刻字形端正大方，刚健质朴，形体运拿介于汉隶和唐楷之间，长期以来被中外书法家所推崇。

宾阳三洞是继古阳洞之后开凿的，据《魏书·释老志》记载，景明元年，世宗皇帝为高祖文昭皇太后而造二洞，永平年，中尹刘腾又为世宗帝复造石窟一洞，共称三洞。前后造凿历时二十四年，可见证北魏皇家兴盛和衰败。宾阳中洞雕刻富丽堂皇，窟顶为类似蒙古包状的穹隆顶，地面刻有莲花，周边是莲花花瓣、水波纹等装饰图案，如同华贵的地毯。宾阳中洞主佛为释迦牟尼，造像手法已和北魏鲜卑族拓跋部固有的粗犷敦厚的风格相异，体态修长，面容清瘦，表情和蔼，神采飞扬，服饰也一改云冈石窟佛像那种偏袒右肩式的袈裟，改为中原地区褒衣博带，使北魏时期佛教艺术民族化。

奉先寺是龙门石窟中规模最大的一组摩崖群雕，公元六七五年竣工，南北宽三十四米，深三十八米，大像龛环北西南三壁雕有卢舍那佛，通高十七余米，是龙门石窟之最。它是释迦牟尼智慧的化身，是佛在显示美法时的理想化身。佛像面相饱满，眉如弯月，慈祥端庄，睿智而明朗，生动逼真，形神兼备。另还有二弟子，二菩萨，二天王，二力士共九身大像。规模宏大，气势磅礴，雕刻艺术精湛，十分壮观，是唐朝物质和精神力量的伟大象征。

万佛洞，开凿于公元六八零年，正壁雕刻有五尊阿弥陀佛像，背光后上方刻有五十四朵莲花浮雕，莲花上坐有不同姿态不同神情的菩萨，南北两壁雕满千佛，千佛中间刻有优填王的佛龛，南北两壁的下方雕刻有舞伎、乐伎等十二像，衣带飘扬，歌舞齐载。整个洞窟金碧辉煌，一幅西方极乐世界的理想景象，充分展示了大唐王朝的繁荣和昌盛。窟顶莲花周围镌刻着"大唐永隆元年十一月三十日成，大监姚神表，内道场智运禅师一万千尊像龛"。该洞因南北两壁雕有一万五千尊小佛像而得名。唐代人们则崇尚以胖为美，所造佛像皆脸圆、肩宽、胸部隆起。其继承了北魏的传统，又汲取了汉民族的文化，创造了生动纯朴自然的艺术风格，佛雕艺术登峰造极。

从龙门石窟不难发现历史上洛阳这个地方佛教很旺。因为洛阳是历史古都，皇家贵族侍奉佛教，自然使洛阳佛教兴盛，同时也使洛阳成为佛教的释源地。早在公元六四年，东汉永平七年，明帝派郎中蔡愔、博士弟子秦景等十二人出使西域，一路翻山越岭，风餐露宿，历尽艰辛，在大月氏国，今中亚阿富汗一带遇到了印度高僧摄摩腾和竺法兰，并见到了他们携带的佛经书和释迦牟尼的立像，便邀请摄摩腾和竺法兰二位高僧到中国弘法布教。他们用白马驮载经书和佛像返回到东汉国都洛阳，东汉永平十年即公元六七年十二月三十日，明帝亲自接待，将高僧安置在鸿胪寺，第二年敕令在洛阳城西雍门外三里御道北，依天竺宫塔的样子修建寺院，为纪念白马驮经之劳苦，故取名白马寺。

白马寺先于龙门石窟约四百多年的历史，被称为佛教的祖庭，"中国第一古刹"。也就是第一个寺院，为什么叫寺呢？在印度僧人聚居的地方被称为"僧伽蓝摩"，也就是"众园"或"僧院"之意。而在我国的寺在《一切经音义》中解释为"寺，治也，官舍也。自汉以来三公所居谓之府，九卿所居谓之寺"。在礼仪之邦的中国，腾、兰二位高僧授九卿之礼，所以明帝第一次接到两位高僧时就在鸿胪寺，但这个"寺"不是寺院，而是东汉时期九卿所住之地。后来把二位高僧居聚的地方当然也就称之为寺，白马寺就成为中国僧寺之始，从此，"寺"也就成为中国僧人居处的泛称。于是就有了各种寺院。自此佛事始兴洛阳，漫及中国。西晋时，洛阳已有佛寺四十二所，到了北魏，洛阳佛寺更是多得惊人，竟多达一千三百六十七所。"金刹与灵台比高，广殿共阿房等壮"，洛阳被称为"佛国"。远唐代，东京洛阳刹庙林立，宝塔骈罗，香火兴盛。宋元以降，立寺修庙之举不及北魏隋唐，但佛教不断发扬光大，千百年来香火不断。大约公元二世纪末，中国佛教传入越南，四世纪传入朝鲜半岛，六世纪前期传入日本，所以洛阳与越南、朝鲜、韩国、日本等国家和地区的佛教有着深远的渊源关系。

中国的佛教来源于印度，印度是佛教诞生之地。印度名称起源于古印度河，梵文是"月亮"之意思。在中国的历史上，西汉称之为"身毒"，东汉称之为"天竺"，唐代玄奘取经回来后始称印度。印度是一个多宗教的国家，大约在公元前一千五百年左右，印度产生了"吠陀教"，它主张种姓分立，将信徒分为四个等级。第一等级者是执掌神权的祭司贵族，即"婆罗门"，由于他们掌权，后来就把"吠陀教"发展成为"婆罗门教"。公元前六世纪末，在南亚次大陆北部，今尼泊尔和印度交界处，有一个迦毗罗巴国，国王为净饭王，统治着喜玛拉雅山下的一块土地。公元前五六五年，净饭王府诞生一王子，俗名乔达摩·悉达多，他的母亲是摩耶克人，其从小过着优裕的生活，接受婆罗门教的教育，十九岁时，出宫游玩，遇见患病的、衰老的人或死人的葬礼。他对这些人生不幸及生老病死百思不解，于是在一个夜晚离家出走，去寻求解脱人类痛苦的良方。三十五岁时，在一个名叫伽耶山的地方，一棵菩提树下大彻大悟，找到了宇宙人生的真谛，成为佛陀，成为我们所说的释迦牟尼佛祖。释迦牟尼圆寂后，他的弟子便开始向"众生"传授"正觉"之道，从此佛教始行于世。

因为释迦在树下成道，故菩提树也成为佛家专用语。菩提树原产于东印度，本来名字叫毕钵罗。菩提亦是梵语，其义为觉为道，因释迦牟尼之因，所以把毕钵罗改为菩提树，又被称为觉树或道树。据说禅宗五祖弘忍，在选禅宗六祖之时，就召集弟子们命题作诗，以验水平的高低。弟子神秀写道："身是菩提树，心如明镜台，时时勤拂拭，勿使惹尘埃"。当众弟子赞不绝口之时，弟子惠能则吟道："菩提本无树，明镜亦非台，本来无一物，何处惹尘埃。"弘忍大师看后，便将衣钵传给了惠能。

在我看来，佛教已成为一种艺术，成为一种文化，这是谁也不可否认的。至于佛法有没有边，可能会众说纷纭了。如若佛法无边，而且佛又普度众生，那么人类一定会太平无事。俗话说信则灵，言外之意就是不信则不灵。现在佛事益盛，寺院众多，且香火很旺，自然是今非昔比。但并不太平，一定还有人是不信佛教的。

二零零七年三月

茶

茶马古道的文化，大事渲染了普洱茶。于是普洱茶不仅在南方颇有市场，在北方也悄然时兴起来。我弟弟也赶时髦，送我一盒包装精致的普洱茶。我打开一看，内有五个茶饼，每个茶饼上都用一块方纸巾很规则地包装着。纸巾上面打了一圈褶皱。这方纸巾也不是普通的纸，像是中国传统的具有韧性的艺术用纸，中间印有一个图案：山和一簇庭院，上面写着"普秀"二字，旁边立着一个R。外围写着云南普洱七子饼茶。五饼相叠，外面用南方的一种树皮包装。树皮一条一条的编制像一个盛粮的仓囤。

这内外的包装很有一点民族特点。我看后自然很高兴。弟弟告诉我，得买一个紫砂罐存放。因为存在紫砂罐中可透气，保存时间长，普洱茶年龄越大，年岁越久越好。于是我就到处去买紫砂罐。到店里一看，紫砂罐件件都很漂亮，上面有凸出的各种图案，非常具有艺术味道。这么一来，就赋予了茶更高的品质。茶是一种饮料，更是一件艺术品，还是一种文化。茶的色、香、味包括饮用的方式，都成为人们的一种艺术享受。

如绿茶泡在一个瓷杯中，色是绿的，往杯里一看，十分淡雅，闻其味袅袅之香，沁人心肺。无论什么样的茶盛在一个艺术品位的杯里，都有一种美的感染力。红茶、黑茶等都是各有颜色的，唯有那普洱茶的颜色，如同那葡萄酒红得醉人。每次喝茶的时候，都要先打开那漂亮的紫砂罐，然后取出茶放入具有艺术品位的壶中或杯中，沏上水，茶香便随蒸汽一起散发出来，好香啊！

记得有一年，我在清华大学读研究生，周末去了北京郊区北安河附近的大觉寺。大觉寺无量寿殿内有一块雕龙名匾，是乾隆皇上的御笔，上面写道："动静等观"。这是寺中很具有价值的一块匾文。正反读之，皆富有哲理。寺并不大，但也是在一座山的山腰，建筑古典，古树遮荫，甚为幽静。大觉寺中有一个明慧院是品茶的好地方。在明慧茶院内有一棵玉兰花含苞欲放，花蕾犹如饱蘸清水的羊毫毛笔。紧挨着还有一棵已开得非常烂漫，清风徐来，新装素娥，翩翩而动，香气袭人。这香中掺有一种特有的茶香。正在左顾右盼欣赏之时，有人上前邀请品茶。我们几位就坐在玉兰树下的一条长凳上，一品茶香。在寺中的院内，环境又如此的优美，真让人如坠幽兰之境。小尼姑打扮的人拿着茶谱请我们点茶。茶的品种挺多，有惠明、龙井、碧螺春、庐山毛峰、六安瓜片、太平猴魁、黄山毛峰等绿茶；九曲红梅、祁红等红茶；还有冻顶乌龙、金宣乌龙、雪峰玉露、白毫乌龙、山林溪、观音王、黄金桂、大红袍、水仙等乌龙茶；还有黄茶如霍山黄芽；白茶如白毫银针；黑茶如普洱茶；还有我们很熟悉的花茶与苦丁茶。我们就点了云南的普洱茶。红红的普洱茶与洁白的玉兰花相映成趣，高雅成品。只是树下的茶几和茶座有点简陋。这使我想起了苏东坡遭贬后拜访道观的一段趣话：道士先是对苏东坡冷冰冰地说"坐"，又对茶童说"茶"。后感东坡谈吐不凡，便换了口气说"请坐"，又对茶童说"敬茶"。然后问东坡"先生尊姓大名"，回答"苏东坡"。这时，道士大吃一惊，说"请上坐"，立即吩咐茶童说"敬香茶"。东坡临行时，道士让东坡题诗，东坡挥毫：

坐上坐请上坐，

茶敬茶敬香茶。

而这个地方没有什么上座或下座，一律的长条的板凳。喝茶毕，每人赠送一方茶巾，上面写道："茶香叶嫩芽。慕过客爱僧家。碾雕白玉，罗织红纱。婉转曲尘花。夜后邀陪明月，晨前命对乾霞。洗尽古今人不倦，将知最后其堪夸"。读后混混沌沌，似懂非懂。至今我还保存着这方茶巾。一翻出来仿佛就看到一种意境。"动静等观"本身就是一种茶的文化。茶的文化本就是一部哲学，一世之人生。"动静等观""观等静动"皆然。

二零零七年七月于烟台

丽江，天然丽质

　　来到丽江，下榻丽江格蘭大酒店。酒店坐落在象山脚下，玉水河畔，可远观雪山雄姿，近览古城风貌，还可观赏和聆听静静流淌着的玉河水。早上起来站在酒店三楼的厅堂，这些都一览无余。

　　正准备出发之际，一位清扫卫生的中年服务员走来，主动与我们搭讪。她说："你们看见的窗前那座山就是象山，你看它的形状很像一个大象。"我一看，山的外形确实像一个大象。啊，原来因此而得名。"在大象的脚下有一个水源，就是黑龙潭，它就是玉河的源头。原来玉河的水很深，可以在里面游泳，这几年干旱缺水，玉水也浅多了"，服务人员很有兴致地继续介绍，"你们出去玩，一定要带上雨伞。这里的太阳很辣，也很容易下雨，带伞是一举两得、一箭双雕的事。"服务员用一个"辣"字把高原上太阳的厉害说得淋漓尽致。我想"辣"字用得很恰当，不仅表达太阳光线的特点，也说出了丽江的美丽。这里海拔两千六百米，空气清新，太阳光线很强，用土语说就是很"毒"，直射大地，晒在人们脸上，会感到火辣辣的。所以，服务员让我们带上雨伞，好遮阳光。同时，云低近人、多变化，说晴就晴，说阴则阴，说雨便雨。有时带着太阳下雨也是家常便饭。所以在云南带把雨伞出门，可迎多变，不会吃亏。

　　丽江，如其名字一般，一切都是美丽的。阳光是美丽的，云彩是美丽的，云彩之下是连绵的高山，也是多姿的、美丽的，山下坝子上的民居是美丽的。白云下、山脚下、丛林中的一个个小村庄，白墙灰瓦别墅式的民居，显出一片和谐、美丽的景象。还有许多像玉龙雪山一样的自然名胜，都是丽江美的符号。

　　站在丽江格蘭大酒店的阳台上望去，一切都在澄明之中，比北方雨霁的景色还要清新。一切景物仿佛都在你的眼前。但丽江的美更在于其有着丰厚的历史积淀和文化的内涵。

丽江古城在南宋时期就初具规模，已有八九百年的历史。自明朝时，丽江古城称"大研厢"，因其居丽江坝中心，四面青山环绕，一片碧野之间绿水萦回，形似一块碧玉大砚，故而得名。丽江战国时属秦国蜀郡。汉属越郡。三国属云南郡。南朝为遂段县，大约在此时纳西族先民迁于此。唐时曾为姚州都督府地，后为吐蕃，南诏地，称桑川，属剑川节度。宋为大理善巨郡地，开始建城，忽必烈南征大理，以革囊渡金沙江后曾在此驻兵操练，阿营遗址仍在，当时居民已有千余户，至元十三年改为丽江路，丽江之名始于此，以依傍于丽江即金沙江的古名而得名。

明末已具规模，日渐繁荣，本地土司木氏所营造的宫室非常华美，徐霞客在游记中谓其"宫室之丽，拟于王者"，而丽江府富冠诸土郡。《明史云南土司传》则言"云南诸土官知诗书，好礼守义，以丽江木氏为首。"

悠久的历史和独特的文化，使得丽江丽质天然。丽江是纳西文化的发源地，东巴文化养育了纳西民族，创造了这里的灿烂文化。在一七二三年，清朝改土归流政策以后，便成为一个纳西文化和汉族文化的综合体，比起金沙江西岸中甸白地的纳西人和金沙江东泸沽湖地区的摩梭人，丽江坝区的纳西社区更多地受到了中原汉族文化的影响和同化。丽江也是茶马古道的必由之路，文明古道，高路入云端。这里是历史发展的见证，那一片片古城，震撼人心。一九九七年十二月，丽江古城申报世界文化遗产获得成功，结束了中国在世界文化遗产中无历史文化名城的空白。

这里的人们具有文化意识、历史意识，他们把历史、文化、现代文明有机地结合了起来，把世界各地的游人，吸引到这个透射着现代文明的古城来。尤其是那些高鼻子和黄金色头发的西方人，来这里看中国的古文明，看这里的经济、文化、生活、社会缩影，看中国的茶马古道，这是中国人的骄傲。中国的茶马古道是最高的丝绸之路。茶马古道以其有形的路线，升华为一种无形的文化，成为丽江这个地方一种不可或缺的文化内涵。古时，蜿蜒曲折的、险要峻峭的茶马古道，翻山越岭、艰苦跋涉的步履，星夜兼程、风餐露宿的生活，以及他们如履薄冰、如临深渊的神情，已成为英雄的佳话。

当年那些低矮的、灰色的小房子，现在仍在，已被人们开成了店铺。房子本身也成为一种文化和那些小商品们一起展示着。那些被马蹄踏光的又窄又长的石街，在夕阳的照射下，发着亮光，已成为一道古文化和古文明的风景线。人们在这些光滑的石面上寻找着那些茶马古道的马蹄印记，这是历史的记忆，历史的沧桑，历史的辉煌。多少年了，几经多少风雨，但都没有打去那些烙印。反而使那些烙印铸成了一道光亮的石镜，以此镜可以知商贾，可以知历史，可以知兴替。

这里的人们是勇敢的、聪明的，是辛劳的，是有创新精神的。纳西文化、东巴文字、东巴造纸等等，都闪烁着丽江人的聪明、勤劳、创新的光芒，闪烁着天雨流芳的人与自然和谐一致的思想理念。他们把历史、文化、人文、自然融为一体。一间房、一个商品、一种服务都体现着一种古文明和现代文化的融合，都体现着一种历史文明的传承，一种科学发展的理念。

二零零七年八月

美的浅思

清明又至，回家祭扫。由于高速公路正在修缮，只好改道旧路。一道可以对开二车，车辆络绎不绝。由于路窄树高，仿佛走在乡间的小路，车速不快，宜于观光，两边的树和自然使并不很宽的路有了一点宁静、生态、私密的感觉，不像跑在高速公路上，路很宽，两边是铁栏，车跑得呼呼地响，便觉得离大自然很远很远，即使路边的景色是相同的，也并没有一样的感受。就这样一路上看着这美丽的春光，读着春的消息，也怡然自得。

我很喜欢这些乡村式的道路，两边除树木以外，就是生态良好的野草地或农田，偶有水溪藏在大片的枯黄的仍没有醒来的野芦苇丛中，微风中闪着波光，特别的有灵性。柳树垂枝一片鹅黄，颇有"春风杨柳万千条"的诗意。童年时经常画柳条，用褐色蜡笔画一个粗的枝干，然后用绿色蜡笔画一些弧形的垂枝，再用黄色的蜡笔点上一些点作为叶绒，一幅柳图就成功了，大有清明时节路旁的这些柳树的样子。杨树也叫白杨树，与柳树一样是一种再普通不过的树了，长得很快，活得很泼辣。虽然没有长出叶子，但已经能见到了春天的生机，向上的枝条，一分多枝，又一分多枝。有的树冠上坐着喜鹊的巢穴，有时同一棵树上接二连三的有那么几个大小不同的巢穴，十分自然。槐树则不曾为春的热情所感化，仍然是一身黑色的素装，但枝桠展示着一种坚韧的意志的美。它仿佛最懂得生命的价值，仿佛是在与人们一起凭悼那些已故的人们。它总是在清明之后方露头角，伸展枝条。这些树木都与远的天近的山构成了一幅一幅的墨色。

我爱自然，自然是最美丽的。乡间路边的树，自然地生长，不像城里的树嘛，剪得奇形怪状，可怜得很。记得在读书时，有篇文章《病梅馆记》："梅以曲为美，正则无态"，我很为这些梅感到不幸，为那些园丁们感到遗憾。

我常常问：什么是美？我曾经漫步山野，拣起一枝枯枝，仔细端量着，如此之美，自然简约，再看看那些活着的树枝，带有一种生命和坚韧的美，你再看看那些长出的小草和野菜，不仅很美，而且很可爱。所以我得出的答案是：自然者美之根本，简约者美之最高形式。这对美的回答我认为是自己的一种朴素的美学观念。美学一词来源于希腊语 aesthesis。最初的意思是"对感观的感受"。我想这种原始意义上的美，是与我朴素的美学观念是一致的，它不仅是朴素的，而且是大众的。

而我们的先哲柏拉图则发问：美是什么？正是这一位大师的发问，没有人敢于简单地回答，因此那些理论家、文学家、艺术家、哲学家等各家学派把美给复杂化了，于是开启了全部美学的历史。把美是什么作为美学的基本理论问题，进行着不懈探索。柏拉图、普罗丁、黑格尔从客观精神方面探讨美，而休谟、康德等则从主观精神方面探讨美，亚里士多德、荷加斯等则从物质方面探讨美，而狄德罗、车尔尼雪夫斯基则从精神和物质统一方面探讨美。众说纷纭，但是总的来说，可以从中梳理出这样几个特征：一是客观性，一切美的事物都具有客观性。这是引起人们审美愉悦至关重要的因素，也可以称之为自然性。二是形象性，如"更阑静，夜色衰，月明如水浸楼台，透出了凄风一派。"再如雕塑作品《拉奥孔》，绘画作品《蒙娜丽莎》，音乐作品《如歌的行板》，文学作品《红楼梦》，戏剧作品《茶花女》，理论作品概念，公式等，形象当然就是简约。三是感染性，美的东西之所以美，因为其具有强烈的感染力，体现着人的东西，尤其体现着人的情感生活，如裴多菲的《我愿意是激流》，西蒙诺夫的《等着我吧……》及音乐中贝多芬的《英雄》，柴可夫斯基的《六月船歌》，都是具有强烈的自然和简约复合式的感染力。美的这几个理论性很强的特征，其实又回到了最初的朴素的美学观念，像树高千丈，落叶归根一样。关于什么是美，也是这样由朴素到理论的高度，最终又归于朴素。这路边的大自然的事物就很美的嘛！它们无不自然、简约。这些都是当人们欣赏的时候，不需要去刻意解读的美。

一切美都可以始自或归纳为自然和简约，科学里的美如此，一切科学的东西都是自然规律的发现，就是自然。技术的创新都是把复杂的问题简单化的过程，是一种简约。政治里的美如此，顺应时代的潮流那自然就是美，顺应民意发扬民主那自然也就是简约；对于艺术也就更是这样了，还有经济、社会等诸多领域的美学都应该是基于这一点的。自然！简约！

二零零八年四月

白杨树

这白杨树，自然是一种很普通的树。这种树，应该说遍及各地，几乎是人人都可以见到的。但偏偏就是这种普通的树，在我的记忆中，却有着特殊的情结。

我的故乡是一片平原，路旁，河边，田野里到处都生长着白杨树。白杨树几乎成了家乡的标志。每次从东海之滨的烟台到省城济南，又从济南再回到烟台，必然是要经过家乡潍坊的。有时也会走下高速公路，回到村子里去看一看年迈的父母。但总是匆匆的，很快又回到了高速公路上赶路。有时也只能是坐在疾驰的车子上，望一望家乡。但一到五月的下旬，高速公路两旁的白杨树，就叶满枝干，脱掉了春日的稚气，绿油油的筑起了一道屏障，使坐落在一望无际的大平原上的家乡，藏在了白杨树的身后。

每年一到了这个季节，家乡就是一种调子——绿，一种是平面的绿，那就是小麦，一片片的麦田，麦浪随风滚来，心神舒闲，思绪飞扬；另一种是立体的绿，就是眼前这些绿杨。它们生长得很快，要材有材，要荫有荫，颇有点慷慨。它们潇洒地生长着，没有人去特意地修饰，叶子撒娇似的从根部一直长到树梢，浑身看不到树干，颇潇洒自然。微风吹来，叶片摆动，像群鸽齐飞时发出的声响，也像波浪一样，泛着粼光。那高矮不同而又自然舒展的树梢，在天空的映衬下，像山峰一样起伏。

像这样从不修剪，只是要那绿化的效果的树，在我小的时候是不多见的。那时种树不光是为了绿化，更重要的是为了经济上的收入，人们总是希望白杨树长得直直的，不时把树干上长出来的枝条铲掉。在我的记忆中，白杨树的树干和树冠是那样的分明。大人也经常取意来教育孩子，尤其是孩子犯了错误的时候，或者是改正孩子不良习惯之时，总说小树要修理，弯了要揄正，分叉要铲除，这样才能成大材。而现在的大树任其生长，倒也没有长得歪歪斜斜的曲弯不直，反倒长出了一种艺术的形状，有一种个性的美。

　　记得上小学读书的时候，我家的院子南边是另一人家的房子，男主人像猴子一般，女主人胖得出奇，村里的人都叫她泥胎，十分形象，上下一般的粗，两只眼睛如鼠目，总嫌我家的白杨树枝长到她家的空中去了，以此找茬欺人，并雇人拿一个长铲把树冠伸向她房顶的一面铲掉。被雇的人是一个傻子，是我们村子里的一个光棍，名叫柱子，经常被人利用驱使。来铲我家树的时候，总是偷偷地铲完就跑，可每次都惹怒我的奶奶。奶奶掐着腰站在院子里大骂那些"土鳖"。猴子躲避起来，泥胎没有脖子，只有那个"小土鳖"从她的房子的后窗伸出头来对抗。但是现在想来亦觉好笑，给我留下了颇多的回忆。

　　老房子的北面是一片废墟，里面长满了许多的白杨树，一到秋天，树叶发黄，开始飘零的时候，我们就用一个竹扦子，一头是尖尖的，一头则系着一根长长的细绳。用扦子去串落下的树叶子，然后再撸到绳子上。最后叶子串满了细绳，像一条大大的毛毛虫。拖回家里，把细绳后尾上的挡头松开，树叶便落下来堆到院子里，以此向父母邀功。用竹扦子拾叶子很有点游戏的味道，是一种乐趣，有时是很有点成就感的。但有时地面比较硬，竹扦子会磨痛手掌，即使这样也乐而为之，当父母亲见后，再表扬几句，那就更忘乎所以，这就是最大的快乐。那发黄的树叶，带有水分，并没有干枯，像是蜡做的一样，非常的精美，有些叶子特别的漂亮，不忍心穿碎，也常常拾一些，规规矩矩地叠在一起，爱不释手。

　　村子的西面是有名的潍河，沿河向南走几里地，便是一片白杨树林。村里都叫它河崖地。好大的一片白杨树林，林里长满了各种草，那是我童年春夏常去割草的地方。每到了深秋时节树叶落尽，满地枯黄的时候，便成了人们搂草的地方。父母亲往往是半夜里就背起筐子，拿着竹耙到河崖地去了，总是睡觉之前跟我说："明天早上起来做饭，水已经添好了，烧开后，下上碴子，等我们回来吃饭。"所以家里往往就是我和弟弟妹妹。早上起来炊火烧饭，要到院子里拿草，却发现一夜之间起了一个小草垛，我便知道父母又一夜未合眼，接连几个晚上，一年的草便积攒起来了，再不愁做饭没有草烧。

劳累一夜的父母,早晨归来,匆匆吃上一口饭便到生产队里领活去了,就这样连轴转。所以我至今记着那片白杨树林。

冬天大雪纷飞,烧草无忧虑,但是父母仍不能安生,尤其是母亲。为了生计,母亲用蒲子叶或玉米叶编草辫子,以换钱花,往往是通宵达旦地不停地编。每当我醒来,总是看到她在灯影里不知疲倦,甘于寂寞,机器式的劳作的身影。后来在村北面盖起了十间大房子。父母的勤劳养育了我,在我的心目中父母就像是顶天立地的白杨树。

这就是白杨树留给我的记忆。现在许多年了,也再没有搂过草,穿过树叶,不用说城市,农村也不再烧草做饭了。童年时期做的这些活儿,不曾再做,白杨树带给我们的快乐也不再体味,现在的生活也与过去完全不同了。白杨树已不带有半点纯生活的气息,现在的白杨树则更有一种艺术的品味,使生活带有了诗一般的色彩,春时的鹅黄、夏时的郁葱、冬时的枝桠的峭楞,还有那喜鹊的窝巢,都给人一种愉悦的美。

二零零八年五月

变幻的世界

一

从烟台去延吉乘坐的飞机是晚上九点二十分。延吉我还是第一次去，不免有些向往，也想尽快成行。但是往往"好事多磨"，飞机一直误点，从晚上九点二十分到晚上十一点二十分，这还算正常，我并不以为怪。然而一拖再拖，直到第二天的凌晨两点钟才登上飞机，不免出乎我的预料。

凌晨一点钟时，忙从楼上下来前往机场，朦胧间看到一个人在楼下走动，由于天空中没有月亮也没有星星，看上去很像个幽灵。突然听到一声喊："口令"，我知道这是一个军人。我便走近了他说："什么口令不口令的，怎么这么晚才回来？"我装出一副军官的口气。他也便自然地矮了几分，向我报告原因。我只想赶飞机，哪里顾得上听他唠叨，便说"赶快回去休息"。他也边走边应诺。到了机场，已是凌晨一点三十分。

二

两点登机后，仿佛自己仍在梦中，故又闭上眼睛，听着飞机引擎的轰鸣声，似睡非睡，迷迷糊糊，一路未曾打开眼帘。突然朦胧中听到乘务员广播的声音，我以为飞机已经着陆，于是努力睁大眼睛，从飞机舷窗向外望去。天已经亮了，东方的地平线上，已有了一道微红的云。这时看了一下手表才三点三十分，显然未到达目的地。这才意识到飞机仍在空中飞行。再向舷窗外望去，才知道飞机在云彩之上。飞机下面的云像是冻僵的大海，有浪，有漩涡，起伏不平，又像是月球的地表面。虽然有些倦意，但是一种希冀在心中升腾，企盼能在空中看到日出。两眼盯着舷窗外的天空，云在不断地变幻，飞机在向前飞行，一幕幕怪异的云，眨着诡谲的眼睛，看着我们乘坐的庞然怪物掠过。天边地平线上的火烧云在不断地扩展，火烧云上面的几块散云，像龙一样张牙舞爪地变幻着，足以吸引你的注意力。膨胀中的火烧云，正当给我以日出的希望的时候，飞机却突然下降。舷窗外也失去了变幻的世界，只看到白茫茫的云，飞机在云层中穿行，彻底地打破了我的梦想。飞机继续下降，终于冲出了迷雾，来到云下。这时可以俯视地面上起伏的山峦了，仿佛如梦初醒。

飞机迅速地来到地面着陆了，脚又踏上了实地。这时是凌晨四点多钟，四周一片淡青色，不曾有半点的色彩，太阳是否已在东山的一边开始动身，在地上分明是不能得知的，只有在天上才会知道太阳的勤快。

三

从延吉到长白山沿着龙井、松江线一路西南而下，等走到仙峰岭的时候，长白山的美就开始展现给我们了。车在山路上盘旋，两边是原始的森林，密不透气。等走到二道白河时，那一排排的美人松已在迎接着我们。

长白山是由火山形成的，山体疏松，植物丰茂，有三百多种植物生长其上。这里是绿色的军营，松树是绿色军营中的主力，红松、落叶松、红杉、云杉、白桦树，都是王牌军团。

从服务站换乘去天文峰的越野车，直奔峰顶。当到达在海拔一千二百米的地方时，却只驻有一支王牌军，岳桦林在这里安营扎寨。岳桦树林茂密，树干挺拔高大。树枝长长地伸展着，碎碎的叶子泛着光。白色的树皮暴裂，露出斑斑黑色，远观像是发霉的木头，大有沧桑之感。

再向上约一千五百米处，岳桦林则变得曲曲折折，倒像是艺术画廊中的树木。这支王牌军仿佛已接近了目标，开始匍匐前进似的。继续攀升至两千米的地方，岳桦树则变成了灌木丛，一簇簇很茂盛，像一支童子军。因为是统一乘车，我不能近观这些因气压或气温而形成的自然艺术植物，只能是带着遗憾跑马观花。

再向上树木已全然不见，只有高原小草织成的植被，一望无际。它们密密的，相互偎依，团结在一起，不曾被水冲走，不曾被风吹去，而是厚厚地覆盖着山体，五颜六色的花儿，像是在地毯上镶嵌着。最令人注目的是那些白色的小花，据说是野的杜鹃，还有一些黄白色的花儿，我不知道名字，像一个小碗似的直立着。

等车子驶向天文峰顶的时候，已不见小草的影子，脚下只有那遍布山顶的小石头，有的一堆堆，有的自然散落。放眼一望浓雾弥漫，什么也看不见，连那光秃秃的山峰，还有来时的蜿蜒的山路都被浓雾抹去。

四

站在天文峰顶俯视天池，只看到弥漫着的雾气。这白茫茫的瑞气一片，仿佛是上了天，使我大为吃惊又颇感遗憾。

但很快阳光射来，又带给我们惊喜。我们急切地向下观望天池，但仍然是升腾的雾气，只是近处脚下的天池边的山峰怪立在雾中，像驼峰一般，峭立、突兀，好像人工用砂粒堆起的峰壁，上面镶嵌着许多突出的大石子，有的还特别的大，各式各色，其中以黑色的为多。一会儿雾气又淡去，一会又慢慢地升腾起来，揪着人们的心上下地起伏，但始终没有露出天池的脸。

一会儿人们又欢呼起来，忙站起来观望，只是看到了天池的一带水边，一会又被雾遮住，一会儿又露出了一点，像一位调皮的孩子，跟人们捉着迷藏，开着玩笑似的，刚露出一只眼睛，忽地又缩了回去，又像一位娇羞的姑娘，掀起了盖头，瞅一眼，又迅速地盖了起来，逗得大家一阵的兴奋，一阵的沮丧。

等到中午时分，天池再也按捺不住了，也想一展自己的大美之风采，雾气升腾而去，使人们终于看到它的那张美丽的容貌。天池明净如镜，四周的山倒影在天池里，形如山鹰；天上的白云倒影在天池里，似乎是弥漫的薄雾。

雾气朦胧的天池，幻灭、神秘、令人向往，明亮清洁的天池，宁静、明澈、豁然开朗。

二零零八年六月

惊喜与忧伤

一天的下午，下班时天色不晚。驱车到家，刚一开门，突然从房间里传来了妻子的声音："注意别踩着盼盼！"我被这突如其来的警告定身在门槛，一脚在槛内一脚还在槛外。俯身一看，一只长着白色长毛的，只有一拃长短的宠物狗，不断地摇着尾巴，像是向我讨好似的。由于其腿很短，毛很长，故不像是站在我的眼前，倒像是卧在地板上。这白色的长毛狗，站在白色的地板上，像是白狮卧雪一样，使我不由地为之惊喜。

时间一长，这盼盼便成了我很好的朋友，经常在闲余时间与它逗乐。有时惹得它跳着"旺旺"地直叫。走起路来像一只微型的小狮子一样，尾巴摇摇晃晃，十分可爱。走累了以后便坐在地上抬起头，两只溜溜的眼睛盯着你，像是在观望。这时也许会卧在地上，薄的就像一张白色的狗皮，又像一只白色的壁虎，十分有趣。我还没交待盼盼的年龄呢，虽然它身上的毛已长得很长，但却只有两个月，还是一个幼崽。记得美国前任总统克林顿，曾经到他的家乡阿肯色州视察。许多人迎候在街头，其中一位夫人抱着一只长毛狗。克林顿爱怜地走近，问那位夫人："它几岁了？"那位夫人说："两岁了。"克林顿诙谐地说："噢，我两岁的时候头发可没有这么长啊！"

两月的狗可能不比两岁的狗的毛短，或许是长的。但它的免疫力却相当的弱，需要精心地呵护。每天吃多少、喝多少、吃什么、喝什么都要精心地安排，并且每天要给盼盼洗澡，洗完后还要用毛巾被裹着，以免感冒。但即使你精心地喂养也可能有意想不到的地方。一天在与盼盼逗乐，突然头撞在了茶几的腿上。一时间东张西斜，很快就是全身的僵硬。妻子焦急得不知所措，我忙把盼盼抱在腿上，轻轻地不断地抚摸着，从头到尾。盼盼渐渐地苏醒过来，但却失去了先前的精神，不时地打着"咕嘟"。为了挽救它，全家出动，用轿车拉着盼盼，到处寻找着宠物医院。忧中有幸，终于找到一家，急切地把盼盼抱了进去。医生诊断后，给盼盼打了一针。这才稍得安慰，回家后用被褥围着，盼盼只是不时地凄切地叫着，全家都守在旁边。等到晚上十一点多钟，盼盼口吐鲜血永远地闭上了眼睛。妻子悲痛地哭出声来。我也感到一种无名的忧伤，因为这只盼盼是替友人暂养的。

第二天，我找了一名高明的兽医咨询，他说："是被针打死了，如果不打针决不会有这样的下场。"听到这里我便不仅忧伤而且悲哀起来。当今的社会，怎么还有这么多的南郭先生？古代的南郭先生只是滥竽充数，不曾图财害命的，而现在这些南郭先生却大不相同，都说人命关天，在他们眼里则是钱财关天。

小盼盼闭上眼睛的那一天晚上，正是电视连续剧《鲁迅》演出的最后一集。鲁迅去世，送葬的队伍庞大，身上盖着一面旗上面写着"民族魂"。我便想鲁迅先生为了唤醒民众的民族意识和责任，使他们不再麻木，他放下了手术刀拿起了笔杆子。但仍然未能完全唤醒那个时代的民众。多少年的时间过去了，社会上还有南郭先生，但这些南郭先生却变本加厉了，放下了竽竿，拿起锋利的刀，以割命求财了。什么时间每个人都会树立起一种意识—国家兴亡匹夫有责呢？且不要那种"苟利国家生死以，岂因祸福避趋之"的高风亮节！

为了对得起友人便又从市场上买回了一只京巴长毛狗也就取名为盼盼。新的小盼盼也不过一个多月。但已有了养狗的经验，也已寻到了名医高手，盼盼也很健康地成长。友人回来后便还给了友人一个新的盼盼。后来有几次，友人又把盼盼寄养在我家里，再就是长时间的不见了盼盼。

在一次偶然的旅行中，又惊喜地与盼盼不期而遇，当然，盼盼同样是被寄养在别人的家里。正值褪毛时期，仿佛也已好多天未能洗澡了，这种状态使我想到了"沦落"一词。当我友好地亲近它时，它也全然不知我曾经喂养过它，只是一边旺旺地向我叫着，一边怯弱地向后退缩着，然后躺在地上睡去。当我突然喊"盼盼"时，它也猛地抬起头望一望，然后又躺在地板上安然睡去。这次与盼盼的相见，使我既感到惊喜，又感到忧伤，可谓喜忧参半。

二零零八年六月

窗外的白杨树

关于白杨树的文章是很多的，白杨树的品格赢得了许多人的赞美。周作人的散文《两株树》，一棵是乌桕树，另一棵就是白杨树，他说"树木里边我所喜欢的第一种是白杨"。矛盾的散文《白杨礼赞》，显然是对白杨树的赞歌，他说"白杨树是一种不平凡的树，……"。保罗·塞尚的油画《白杨树》，以整齐划一的笔法给出了白杨树的活力，使白杨树在风中显出一种近乎音乐的节奏感。

这些语言和笔墨都是对白杨树的赞赏，当然是对所有的白杨树。在我家的窗前约一百米的地方，也长着几棵高大的白杨树。它们也是白杨树的代表，也具有白杨树的共性。我常常坐在沙发里，观看这些白杨树梢的摆动，欣赏着那些密密的向上的枝条。整棵白杨树像一把大大的笤帚，不停地清扫着天空中的乌云。它们一年四季总是那么大度地、伟岸地、潇洒地生活着。

春天来了，它们一定会喜上眉梢，枝头上生出无数的花苞，渐渐地生出花来，像一条条的毛衣虫，那花苞像茧一样，而毛衣虫则像蚕。蚕是作茧自缚的，而毛衣虫则是破茧而生，棕褐色的挂满了枝条，荡漾在春风里，随着春风的热情洋溢，白杨树便把这毛衣虫送给了春风，于是地面上则多了一层游龙。随后白杨树又长出一树碧绿的风琴，当春风走来时，便发出淅沥的声音，像是雨的来临。这声音便常常伴着春风，直到春风老去，变为青年的夏风、中年的秋风，老年的冬风。

白杨树这满树的风琴也会渐渐地老去，斑黄、干枯，最终也送给了秋风，铺个满地，被秋风夹着在大地上飞舞。当春风长成秋风时，免不了要经过青年时期的夏风，满目的绿变得苍翠，这就是白杨树送给夏风的礼物，并和着夏风唱着雨的歌，正如《五杂俎》中云"白杨多悲风，萧萧愁杀人"。当风老到了冬季时，树已奉献了一切，又剩下了精光的枝条，耸立着向着天空，再没有什么可以送给冬风的了，或许偶有几条枝桠被风折去，这就算是送给冬风的礼物了。

冬天的白杨树，也依然有其风姿，它不像那杨槐树，像着了墨色似的，孤寂地立在那里，看不到一点生机，也不像那松柏树，仍然碧绿如春，漠视冬的到来，更不像那红梅树，花儿开满了枝，急于送冬而去。白杨树则掌握着恰当的分寸，具有饱满水分的灰白的树枝，看上去有着一股子的韧性和弹力，孕育着一种生机、一种力量、一种深沉、一种希望。

当雪花飘来时，它又承载着雪的白了，以另一种美伴着天空，装饰着我的窗口，也给风以乐趣。风总是那么急不可耐地，像一个任性的孩子，不断地摇着树枝，雪则像雾一样，一阵阵弥漫在树枝间，这也许是对树的眷恋。但最终还是被风把所有的雪都带走了，也带走了我窗口的一份美丽。我很无奈地埋怨着风的无情，终于只看到了白杨树赤裸的枝条在我的窗口摆动。

原来隐蔽在树叶间的喜鹊窝，则忽然展现在了眼前，挑在高枝上也随着枝儿摇摆。我很担心，这鹊巢会被倾覆，然而并没有，仍然盘在高枝间，无论苦雨、冰雪、飓风都不曾摧毁它。当黎明来到时，喜鹊们又会站在枝头上高歌。看似这些不经风雨的鸟儿们，却在自然面前如此坚强。那些用干枝条插成的巢穴，没有钢筋之韧，也没有水泥之固，却牢牢地盘在高枝上。而充满智慧的人类，地球还没有摇摆，仅是震动了几下，便房屋坍塌，生灵涂炭，与这些小生命相比是多么的脆弱，多么的可悲呀。

记得小的时候，冬天我们会爬到树上，拆掉喜鹊窝当柴火，或手持一尺长短的小木棍，站在树下用力抛向树冠，打落一些枝桠，然后捡起来烧火。那时不知喜鹊之苦，白杨树之疼，只为生活所需，更谈不上保护喜鹊，欣赏白杨树之美。现在且别说那有生命的鸟儿，就是白杨树偶被风吹掉几枝，也便觉可怜。几次踩着雪在树下寻觅枝桠，捡起来看着那些生命的骨节，凝结着白杨树的性格。想用笔把它写下来，然而又找不到合适的语言，只是觉得那枝桠像铮铮的铁骨。再看看那树干满身的老树皮，亦毫无水分，像人毫无血色的老茧。树干上长满了一个个黑色的眼睛，朝向四面八方，毫无表情地注视着每一位行人。岁月有痕，可成年轮。人间万物，皆自天然。

从窗口望着那几棵白杨树，枝枝、条条、芽芽，每一个末梢都被冬天那一色灰白的天空刻画了出来。白杨树把菜黄的毛衣虫献给了春风，把盎然的绿色献给了青年的夏风，把枯黄的叶子献给了中年的秋风，把几条刚强的枝桠献给了老年的冬风，把四时的美和坚毅的品格献给了我，而留给它自己的则是那一身的傲骨。

二零零八年十二月

高楼可赋美

我常常批评那些人为的水泥森林，埋怨它们破坏了自然的美。虽然如此，但也有时让人惊叹它们所营造的那种人文的美。那种美使我想到如果人类仍然保持着那种茹毛饮血的洞穴生活，那倒不破坏自然，然而怎样才能有那么多的古老的城市呢？

意大利的罗马、佛罗伦萨，英国的伦敦，法国的巴黎，德国的柏林，奥地利的维也纳。走在这些城市里就像走在建筑艺术的宫殿。假如你蒙上眼睛，被空投到这些城市，你一定会惊叹：这是哪一个世界？这些城市的建筑之美是多样化的，外表是美的，像一件艺术品，精雕细刻，错落有致。材料是美的，自然的大理石，红的、白的、灰的、或相间的。形态是美的，独具特色，各式各样，各领风骚。工艺是美的，工匠之力，功盖天巧，它们有的历经几个世纪才建成。这些建筑之美，各有独到的令人叹为观止的地方，再看一看里面的构造，则更是惊人，雕梁画栋，高耸着的穹顶，无梁如天的殿堂，高大的罗马柱等等，再加上里面的摆设，珠光宝气，更令人大开眼界。那一座建筑就像一个人一样相貌堂堂、气宇轩昂。这自然是一种美，但我想说的只是站在这些建筑物上，你眼睛所见到的那种美。它是空间的、立体的、环绕的，动静相间的一种美，那是一种"登高望远"的美，尤其是那些平川上建立起来的城市，无山以登高，无高以望远，那就只能在高的建筑物上俯视那人类的作品——城市之美了。倘若你来到一座陌生的城市，住进一座酒店，打开窗子向外一望，豁然贯通，景色令人惊叹，那种美有一定的成分是由那些水泥的庞然大物带来的。

塞纳河畔的高楼上可俯视到塞纳河的美，那条穿越法国巴黎的河流，早上像一条青色的巨龙一样，蠕动着向前流去。夜晚，河上的游船，载着歌舞和欢笑穿过岸边的巴黎圣母院、卢浮宫等历史性建筑，从楼上飞来的灯影和塞纳河的波光相叠形成不规则的影像，一幕幕幽暗而又辉煌，像中世纪的历史。美国的巴托马克河穿越华盛顿，傍晚在肯尼迪艺术中心的楼顶上俯视则像一条钻石项链，镶在马里兰州的大地上，由河水积成的多个湖泊，像城市黑色的眼睛泛着光，有一种聪颖的灵气在闪烁，而使美国成为世界的大脑，不乏垄断和霸权主义。沐浴在北海道的海边高楼顶部露天温泉里，仰观冬日的天空，天上飘飞着雪花，水中升腾着雾气，远眺着日本海，俯瞰海浪追逐的沙滩，整个日本国如一只香蕉一样静静地摆在你的面前，整个世界都变得悠闲。香港维多利亚湾畔的大酒店，十一层的大落地窗的房间，头枕在枕头上都会看到它那进进出出的船只。快艇划过，雪浪花翻起，与那阳光下的碧波形成翡翠之美。维多利亚湾就像一个世界的大门，进进出出的尽是名门贵族，门庭若市可以成为你静观一天的理由。上海黄浦江畔世博会国际洲际酒店，二十七层上看着那黄浦江静静地像一湾黄水，从来看不到那水中虚无的倒影，只有那些吃水很深的实实在在的货轮，默默地负重前行。

虽然美是存在的，但你不在一定高度是看不到美的，也是不能审视美的。审视美需要一定高度。你走在水边的那种感觉，和在高处俯瞰，那是绝对不同的一种感受。走在水边的那种美是局部的，是平面的；而在高处看那个美，是一个整体的、是一个全面的、是一个立体的，可谓之审美。这种审美，往往会使你有坐山观虎之闲，有站得高看得远之悠，是一种境界。这些河流，有悲欢离合的故事、有沧海桑田的历史、有文人墨客的情怀。这些河如人类一样不停地向前，子在川上曰："逝者如斯夫"，如在楼上看一定是美丽如斯夫。像流淌着的水，从一端流进，又从另一端流走。有的径直地走了、有的拐着弯走了、有的停留成湾，像一个休息站，歇着脚步走了。但毕竟是要走的，停下了，只是暂时的，走才能前进，才能到达理想的港湾。人类也是如此，一辈一辈地走了，一代一代地来了，所以才有人生，人生像水一样美丽动人。若在一个合适的角度远望每一条河流，一定是一条银色的轻盈的飘带。

人生就是人生，有人生，有人死，所以人生是有始有终，有头有尾的，是有限的。要使有限的生命更有意义，需要你走上人生河畔的高楼，以观人生，那才是人生的境界。或独上高楼望尽天涯之路，去体验那爱情的淋漓意蕴；或上高楼望春，去享受那初春"满城皆是柳梢黄"的春意，迎接生命之神的到来；或上高楼卷帘，望断南飞雁，去欣赏那人生之秋的多彩；或上高楼望漫天飞雪，寻觅被飞雪销匿的马行处；或登上那人生河畔的岳阳楼，去体验那"先天下之忧而忧，后天下之乐而乐"的忧国忧民之情；或登上那人生河畔的滕王阁，去放飞神彩，纵缰心驹，看那"落霞与孤鹜齐飞，秋水共长天一色"的美丽黄昏；或登上那人生河畔的蓬莱阁，去领略那海市当中的"东方云海空复空，群仙出没空明中。荡摇浮世生万象，岂有贝阙藏珠宫"的蜃楼幻象，去眺望那"忽闻海上有仙山，山在虚无缥缈间"的美景；或登上人生河畔的黄鹤楼，去体会那"昔人已乘黄鹤去，此地空余黄鹤楼。黄鹤一去不复返，白云千载空悠悠"的凄切，眺望那"历历汉阳树，萋萋鹦鹉洲"。

　　站在高处审视人生，体验人生，人生一定是美丽的。同时，高瞻远瞩才能为人生修渠，让人生像水一样沿着你理想的水渠流淌，或直、或湾、或折、或潭，人生或许都会变得流畅，或许会激起浪花，或许会发出潺潺或叮咚的响声。

　　高楼营造出的美，那也是多姿多彩的，不无自然之力的。那栋人生河畔的高楼，会使你不仅看到人生，还会看到人生河畔两岸的物什，会使你胸有全局，不仅看到人生之内的，还能看到人生之外的，会使你豁达、超然。

二零一零年七月

国窖思赋

泸州有一种酒叫泸州老窖，自一五七三年开始这种酒就已经被酿造出来了，而且由起初的小作坊开始，不断地发扬光大。

酒成了泸州的品牌，泸州因酒而著名。我向往泸州，这是第一个因素。第二个因素就是以为历史上或者说小说《水浒传》中，有一个卢员外，名字叫卢俊义，曾被逼上梁山，后由于打杭州有功，被朝廷招安，招安后受封，到庐州为官。虽然"庐州"的"庐"与"泸州"的"泸"不是一个字，地方也南辕北辙，一个在四川，一个在安徽，但却有一些回避不开的联系。一是因为泸州或庐州不论是哪一个，字都同音；其次是因为卢俊义的名字当中也有一个"泸"音字；三是因为卢俊义在赴任后被朝廷召回，赐予御酒。当然御酒不一定是泸州酿造的，但卢俊义这出悲剧是与酒有关系的；四是卢俊义是乘船沿水赴任的，当时船行淮水，在船上饮了皇上赐予的酒，但酒中被蔡京等人放入了水银，以致卢俊义失足溺水而死。恰恰泸州这里有长江，也有沱江，二江在这里汇合，这也会使人联想在一起。所以这种种的原因，使我都联想到泸州。泸州也便在我的心目中有一丝神秘的感觉。这就是酒与《水浒传》两个原因的使然。但无独有偶，酒与《水浒传》本也密不可分，水浒中的好汉哪一位能离得开酒，正是酒添了英雄们的豪气。

进入泸州后，会发现过去那些老的房屋黑瓦或者说是黛瓦如墨，白墙或红色木墙，依稀有明清时期的痕迹。每一个老式建筑都显得有点破旧，但却给我一种生态自然而又充满文化色彩，又不乏温馨的感觉。许多古老的临街商业房都是敞开的筒子房。每一家商店之间只是薄薄的一墙之隔，里里外外都挂满了各种各样的小商品，看上去很繁华。熙熙攘攘的人们穿梭其间，依稀可见古时的旧貌，只是街道上现代化的轿车、大巴车堵在路的中间，像一条铠甲长龙，喇叭声叫个不停，破坏了那昔日带有人声鼎沸的宁静。

车行至一座宏伟的、带有现代化气息的大桥。这座大桥被命名为国窖大桥，桥的下面是一片古色古香的古建筑群落。黑色的屋顶上片片的瓦片间，升腾着白色的雾气，不像袅袅的炊烟，况且此时也不是炊烟之时，于是便心中纳闷，问旁边陪同的人员。他们便很自豪地说，那就是当初酿酒的地方"一五七三"国窖酒池，现在已成为游人体验参观的国窖酒博物馆了。"风过泸州带酒香"已成为泸州人的骄傲。车驶过这群古老酒庄的院落，心则留在这里，急切地等待着来这里仔细观看，一睹为快，看一看古人是如何酿出了这么好的酒来。

但车并没有回头，直接驶入泸州的酒工业园中。

这里是一片古色古香的建筑群，如果没有人介绍，谁都不会猜到这就是一片工业园。工业园这个充满现代化字眼的地方竟被传统文化所掩饰着，不能不令人为泸州人叫好，有思想、有创意。这里有酒的生产厂，有酒的贮藏厂和露天大罐，有酒的物流区，有酒的包装厂，有酒的检验场所，大概有五平方公里的地方，全都是酒的酿造、生产、运输、包装、检验等各种链条的业态，但这都又充满着古老建筑文化，是现代产业与文化传统的完美结合。虽然给工程造价以昂贵，或以高成本，但都带来了另外一种效益，就是生态文化效益，也有旅游的巨大利益。这就是工业旅游，是旅游的新概念、新模式的典范。

由于时间的不足，我们也只能走车观之。

先看了泸州海普制盖有限公司，先进的生产工艺就在这些看上去很传统的屋子里。这是制盖行业的龙头，以技术取胜，以防伪取胜，以文化取胜，得许多名酒的青睐，他们的口号是"为名牌打造王冠"。海普制盖有限公司的老总孙瑞远先生是一位有思想、有创意的老板，先前是蓄着二撇胡须的，现在自从企业进入了那片传统建筑的工业园，胡子也便刮去，做了厂房上的黛瓦翘檐了。现代化的生产流水线蕴藏在古建筑中，而自己却露出了现代企业家的面容。从这里出来我们又去了一个高处，那里有一个观望台，登上去可以观看整个工业园，像一群寻食的鸟雀，尤为壮观。看到那些大罐车从那些古式的建筑中运出酒来，颇有些感触。每年三百万吨的酒从这里走向全国各地，全世界每一个角落，还有几千万吨的酒在这里等候待发。

从这个观望台下来，我还是惦念着那群真正古老的酒窖建筑群。虽然古色古香的工业园十分可观，但毕竟是今人仿古人之作。

当车驶入酒窖博物馆时已是黄昏，太阳料想也已落山了。虽然太阳今天一天都被雾气遮住了，不见太阳的白天与黄昏还是有区别的。这黄昏中的酒窖尤显沧桑的传统本色。进入园中看到了一口古老的井，起初酿的酒就是从这口井里挖出来的水。水是酿造好酒的关键。来泸州之前就知道泸州是一座酒城，是名酒金三角中的一角。这酒的金三角中有老窖、郎酒和茅台等名酒，这些酒厂都在长江流域内，所以酒好要归于水好。

熏风带酒满泸州，地泉九流出醇香。

长江和沱江从这里流过。这口老井的水想必是来自长江和沱江。井口不大，在旁边立着一个碑，上面写着"老龙泉"三个字，在字的下面有一个龙头张着嘴在望着井水。介绍人员说，摸一摸龙鼻子，会喝酒不醉，大家都去摸了摸，因平日里难免要喝酒应酬。虽然这事不可能是真的，但大家还是都摸了摸，这样心安理得。从老井处又去了酒窖池，看了那么多的酒窖都大约有近五百年的历史。看了后就品了它的酒，又香又辣，把酒洒在手上，用手捏一捏如搓着滑滑的丝绸。博物馆中陈列着许多的名贵的老窖酒，不同包装不同年份的。有的好几年，有的十几年，有的几十年。

其实，我对白酒这么贵确实有些不够理解。但看了酒的文化、酒的历史，我就知道了酒也不是一个酒字就能了得的。我参观过一个药业厂，生产中药，但中药材成本高，国家却又对中药限价，所以中药的产业每年都要亏损，不盈利。主人在介绍时不满地抱怨："一个药的出品很复杂，是一个大系统工程，至少需要好几年的时间，真的不容易，要研发、要试验、要临床试用，方能生产上市，生产的人员要培训，在上市前还要层层审批。你看那酒，多么简单啊，暴利，五十三度一款酒，加点水五十度又是一款酒，再加点水四十五度又是一款酒，再加点水就成为低度的三十五度的酒了，太容易了，但每一瓶酒都很贵。"我听了感到很乐，仿佛有些道理在里面。但是看了国窖博物馆，看了酒的历史文化就觉得这是两个不同的行业，各有诀窍。社会就是由这些不同业态组成的，像生态一样。药业是为人类健康的，是人类的必需品，应该给予支持，尤其是中药业的发展，是我国的自主药业。而酒是人类的奢侈品，现在，在人们物质生活相对富足以后，奢侈品则也成了人们的必需的消费品。这也是人们追求生活的必然。

这国窖是用红高粱酿造而成的，当秋夏收获的季节，那一大片的红高粱微低着头颅，红着面颊，绿色的叶子抚慰着两颊，看上去也是很美的。把它都酿造成酒，就把那如少女一般羞怯的美全都融入到这酒中了，酒也便有了那份柔情。莫言曾写过红高粱的小说，被著名导演张艺谋制作成电影，更把红高粱给文化了，也使得这高粱酿造的酒有了进一步的文学和传奇色彩。当高粱红了的时候，不仅像晚霞更像朝霞。在酿造成酒后，一切的色彩都被净化成了白色，变成了宁静而无欲的淡然色彩。这不是一件简单的事，须忍耐住寂寞和痛苦闯过几道关，方能修成正果。

我是一向不喝白酒的。因为酒总不喜欢我的脸是白色的，喝上以后都跑到我的脸上现了它的原形，变成了红高粱。我也不喜欢酒使我失真，看不到自己的本来的真的面目。但那一天晚上在泸州，朋友请我吃饭，喝了"1573"的酒。我突然感觉推杯换盏喝了许多也不醉，于是想起了下午黄昏时分，我摸过了那口老龙泉的龙鼻子，啊！还这么灵气？

故在饮酒时，我不再想我喝的是杯用水和酒精也就是乙醇勾兑出来的酒水，而是想到那酒是长江之水，是沱江之水与高粱灵魂的结合，是水，是泉，是红高粱仙子的香醇，那就完全是饮的文化，饮的历史，饮的中华的脉源。

这要归功于那些古老酒窖。你已经知道那酒窖已用过了几百年，其中的微生物则成为酒香的味道的精魂。这些微生物与这里的水、风、光已成为了国窖酒的地理标志。用水和高粱同样是可以酿造出酒来的，但不可以酿造出国窖酒来。

二零一二年初冬

浅识澳门

澳门可谓是弹丸之地，仅有三十点六平方公里。山海相依，葱郁其间，自然烂漫，人文疏斜。像一个大别墅里摆有沙发的客厅，可卧可坐，闲适而自由。

历史在这里哀叹，也在这里微笑；历史在这里黯然，也在这里闪光。人们在这里哀鸣，也在这里狂笑。

历史和未来以及人们在这里更多的是合作、融合、握手、拥抱，在这里相得益彰。一边是强大的、规模的、高档的、辉煌的、豪华的、综合的、未来的；一边是新生的、民生的、单一的、文化的、历史的。但他们却像父子像母女一样如此相亲相携，相互照应，相互盼顾。只看到互相伸出相挽的手臂，只看到互相的拥抱与搀扶，没有怒目的相向。

母亲叫历史，叫旧街道。孩子叫未来，叫新马路。

我想先说新生的孩子。他们代表未来代表新生。在这里道路从没有因为什么弹丸之地去瘦身而变得狭窄、局促，而是大摇大摆地在这里舒缓宽敞地展开，通往每一座豪华的建筑。马路的两边也未因为寸土寸金的地方而吃掉美丽的绿化带。绿在这里也很有意味地展现着这座城市美丽大方的风格与风貌。路两边绿化带的一边，就是那些壮观的大体量的具有综合规模的大楼。它们也没有因为地方的珍贵而变得小巧玲珑，仍然大气磅礴，巍然而矗立在蓝天白云之下。

来澳门仅坐在车上，驱车跑在大街上，向两边观望，也足以令你叹为观止。虽然是走马观花，但那不是一朵单一的花，而是一幅人文的恰如《清明上河图》的艺术作品，也只有走马才能观其全貌。当然，如果你从车上走下来，迈进每一座建筑，你一定也会为之叫绝：豪华之显，奢侈之极，真如宫殿。商品琳琅，品牌林立。群贤毕至，英者云集。

鲜花充斥每一个角落。插花艺术精益求精、淋漓尽致。厅堂、穹顶、玉柱，珠联璧合，犹如雕车紫燕。吊灯、饰烛，光彩照射，如同白昼，堪谓火树银花不夜天。彩绘、雕塑，栩栩如生，活龙活现。机械表演、人物杂耍、音乐、寓意，无处不有。

人性的关怀无微不至。李白有句诗"但愿长醉不复醒"。李白亦有诗云"及时行乐"，而那时只能游山玩水赏自然，观戏饮酒做文章。这里也是历史上无可企及的。

喧嚣的博彩业大放异彩。迷恋多少富贵豪杰，思来不敢身现赌机旁，置其侧难收手。试试看，不深探，一发不可收。赢的不走，输者还想投。看赌博之人的表情，难言其状，是乐此不疲，还是不能自拔。其实他们都是有钱人，只在此挥金如土。试想想，每来兜得万钱走，赌场能撑多久？但钟声未惊醒那些红尘客，为利来，失意往，络绎不绝。其后有社会效益之存在。故在澳门一切都围博彩转，食、住、行、游、购、娱都是围绕着博彩娱乐业而服务。

楼立于大地，而大地又在楼上，楼上有河，有世界名胜，有大运河，有天空的繁星，有世界上从各地搬来的名店，可驻足观，可进店购，可坐下饮，在楼内可游世界之名胜，可购世界之名牌，可食世界之名饮。

再探望一下母亲。在那些旧的建筑里有故事，也有许多人物。葡萄牙的商人，坐船遥遥而来，在这里靠上码头，为船加油，为人行乐，于是便在这里扎根生活。为了忏悔，他们建起了一座教堂，但后来被火所毁灭，只留下了一个山墙，高高的擎着一个十字架，那是石头垒起的，西洋文化在上面刻着深深的烙印。至今立在那里，上面有火焰染的墨色。沧桑之变，跃然眼前，引来许多世界游客前来观看这片废墟和残垣断壁。可贵的是澳门人没有把它清理掉，没有在其上建上新的大厦，澳门人有历史意识，他们留下的是历史和文化。

残垣断壁高高地立在秋山之上，看着新生的花枝，守护着皱皮的枝干。从这里向西行，是一个漫漫的石阶，拾级下来便到了老澳门的烟火之处。原来人们来教堂时是从这里迈上台阶进入教堂的，而我们则是从对面的山上的一条路而来，车停在山丘的一个小小的停车场内，走向石阶才发现，那教堂的山脊如此高傲。

烟火之处是些老建筑，虽不高，但狭窄的人行路，林立的商店招牌，却使人感到楼高天窄，再加上游人如织，熙熙攘攘来来往往，便成为澳门最热闹的地方。楼的墙壁的剥落，路边苔藓的绿色，显得街道很破旧。小食品商品摆出门面，一堆堆地摆在路边，本来狭窄的小路显得更加拥挤，但却助长着小街道的繁华与忙碌。旧街坊的沧桑，并没有影响对澳门的审美，反而赞美澳门人的文化内涵。人行路面是用一块块小石块拼凑铺就的，以白色石块为主，但上面也有活泼的图案，人物、船、锚、宗教故事等都是用黑石块拼成，特别的精致精美。多少年在风雨中被人们踩在脚下，但这些石子无怨无悔愿做脚下客，为人们铺平泥泞的道路。

我在左顾右盼，应接不暇两边的商店，不是为商品，而是为那些招牌。一块块的高低不同色彩各异，内涵有个性、有特色、有文化，有些则意味深长。有中国传统文化的浓郁芬芳，也有西洋文化的舶来形象。走在其间，感染力和诱惑力便会悄悄地来到身边，许多人从兜里掏出钱，大包小包地提着，只嫌两只手已不够用。

我还记得那几个招牌："风水算命，看相改名"、"钜记手信"、"millies"、"全玉药房"、"STACCATO"、"六福珠宝"、"猫山王榴莲雪糕"、"BCMbank"、"NATURE REPBLIC"、"英记饼家（PASTELARIA YENG KEE）"、"瑞昌银行"、"卓悦（BONJOVR）"、"正宗凤城饼家"、"咀香园饼家"。一路地走过去，已大饱了眼福和肚腹。穿过旧街道，与另一条笔直的路相遇，便是一个小广场，广场上有一个铁艺，两圆圈相交中间一个铁球，周边是水池，喷泉喷涌着水花。广场的对面是一片西洋建筑，那是仁慈堂，那是市政署，那是……。看到这些景象，仿佛一下子释放了什么，一种无名的感觉袭上心头。离开了人头攒动，驱车到了珠江边，河边也是如此的民居，低矮破旧，地上也是石块儿铺就的，但人很少，像一个朴素的小镇。河边小店，门可罗雀。我们几个人的到来，也没有打破这里的宁静，坐在河边的石凳上，把蛋挞从旅行袋里拿出来品尝着，望着珠江向南流去的水，却富有一首歌那么美的情调。我们沿着河边的一条山路，看着郊区的风光，去看那有名的黑沙滩。驱车奔驰不仅感想：这弹丸之地还有郊区，还有农家，还有树林，还有一眼望不到边的空旷。在澳门这个小小的天平上，一头是现代化，一头是历史文化，而这只天平却平衡得如此稳固，从没有倾斜过。

来到黑沙滩，抓起了一把黑色的沙子，方才相信是自然的黑色，别有一番风景。黑色是沉重的，但在这里却表现得如此美丽，这也是我所见过的最庄重最正式的海边乐园。

澳门有高楼密集的城区的繁荣和忙碌，也有舒缓自然的山野的悠闲与宁静，都带着澳门人的智慧和包容。

徜徉

阳光洒在人们的脸上，既不是那么强烈，也不是那么绵柔，恰好是令人感到惬意的。

一条街上，两边是古建筑，有的建筑临街而建，有的建筑有院子，门楼临街，但都敞开着门，任逛街的人们自由地出入。

临街的建筑屋内都摆设着各种商品或小吃。带有大院子的建筑，从大门望去，院子也很深，树荫下摆放着许多的凳子和桌子，人们坐下围着桌子喝茶、打牌、品特色小吃，或谈话聊天或呆呆地坐着仰望天空，或看来往的游客。桌子上或许还摆着一些瓜子或面饼之类。一坐就是一上午或一天。在这里那是生活放慢的镜头。如果你匆匆而来，又匆匆而去，店主人难免会感叹："茶还没有泡出颜色""待的时间短了些"。

但院子里总是宾朋满座，街上的人也总是川流不息。人们肩并肩地互相推攘着，听着叫卖声、询问声、评价声，可谓人声鼎沸。这时的你插翅方可快速前行。只要融入了人流，就要安心地随着人流前进。望一望两边古建筑，错落有致，个性迥然，特色明朗；品一品一砖一瓦一雕一刻，确实赏心悦目。

古建筑被上空的树影，外围插入天空的林立的现代化高楼掩映着，拥抱着。

仿佛古建筑和现代建筑正在对话，现代化建筑一个个光洁亮丽、高昂挺拔，一副傲气十足的样子，高高地矗立着插向空中。古建筑一个个青砖黛瓦、红梁飞檐，一副底气十足的神态，稳稳地横卧在那里。

现代建筑说："我是高大的，具有现代气息，是投资商们所爱戴的。我可以在一块小小的土地上，建立起许多房屋，容积率可以达到二点零或三点零，甚至更高，这样可以得到更高的回报率，所以我所处的土地身价十倍。我也是城市的形象，一个城市没有我，不会被崇尚，不会有业绩。"

古建筑说："我一直被人爱戴，在古代我就是宠儿，几百年过去了，人们依然喜欢我。但是我国这么多人，住我这样的房子太奢侈，所以尽管人们喜欢，但是一般人住不起。人们在我这里无不接地气之病，可随意地平安出入。没有我城市就没有历史，没有文化，没有传承。你看一看我怀抱中的人们吧，熙熙攘攘地往来，笑着、说着、吃着、喝着，多么快乐啊！世人熙熙，皆为利来；世人攘攘，皆为利去，在我这里则不然，熙熙者皆为闲来，攘攘者皆为闲去。在我这里是自由的，在你那里是拘谨的。我则吸引了世界各地的游人们前来观瞻。我浑身都是宝，每一块砖都是古老的，珍贵的，雕梁画栋无不令人叹为观止，无不令人流连忘返。小吃杂玩、古装古戏、文人墨客、文化古玩、琴棋书画，在我这里都很和谐，不突兀，不孤立，无不合时宜，无格格不入。人们反而都争相消费、购买、争相去合影留念。我们老建筑之间流动着现代人的身影，充满了现代人的气息。现代人的心里充满了那种传统的内涵，这就是中国人的根脉，是中国人文化的颜色，是中国人的格调和韵律。"

　　人们并不知道这古代与现代建筑的对话。古建筑总是仰着头望着天空。而现代建筑则是低着头，总是一副居高临下的样子说着："你们是幸运者，被保留了下来，有多少你们的同伴都被拆除了。我脚下的这一片土地也曾是古代建筑的。你们千万不要忘乎所以，不一定哪一天，又会被那些贪婪的家伙们觊觎，又会惨遭你们同伴的命运，被无情地铲除。"

　　古建筑说："那不行，现在舆论已与互联网相连了，谁都不敢了，我们可是熊猫级的保护对象。"

　　现代建筑说："别异想天开了，你们还记得吗？有多少有名的古建筑在舆论的包围和谴责下被拆除了。像那个有名的四合院，是梁思成和林徽因的故居，可谓是极有文化价值的四合院古建筑。这里有许多中国当代著名的文人墨客出入，可谓出入皆鸿儒，往来无白丁。当时金岳霖、徐志摩、胡适等人都是常客，这都已成为了脍炙人口的美谈，成为了历史文化，但不是同样被拆除而建上了一座高楼吗？"

　　现代建筑继续说："据说还有一个地方，有一片什么故宅，也被那铁臂铲车给拆除十中之九，只留下了十分之一，现在人们后悔了，想恢复然而周边已被我的同伴占领了，想拆掉我们那就难了，但想恢复你们似乎更难，几乎是不可能了。你们看谁能挡住这铲车的力量呢？不过你们也应该安慰一些，那剩余的十分之一的故宅被管理得很好。窥一斑而知全豹，故宅做得很精细，是明清时期典型的地主庄园，廊、庭、亭都十分的讲究，是今人无法比拟的。这是前人们热爱生活的重要表现，现在同样的人们只要能挡风雨，只要能取暖避暑便可以了，粗枝大叶，一见就知道是这个时代的浮躁。还有一个相对的较老的建筑，是外国人所建，法国人建的，但后来是中国人用，可谓是建筑物的活艺术，全是用红色石头建起来的，是一个火车站，不是也被拆掉了吗？现在那个地方仍然是火车站，不过都是我的同伙列队占领了。"

古建筑说："我毕竟已年过几百了，你们还年轻，可能你们还活不过我呢！几年后是否会被拆掉，沦落与我同伴一样的命运。"

现代建筑听后潸然泪下，哀其前途未卜。

但游人们不知道二者的对话，仍然在阳光里徜徉。其实人们也知道这些事情，但城市建设也像战争一样，幸存者存，失去者永远逝去。但阳光是永恒的，不过在阳光里永远也有黑暗，也有不幸与痛苦，也有绵绵的忧虑。

各说各有理，无可厚非。任何事物的存在都有其存在的理由。无论是古代建筑物或是现代建筑物，都是时代的产物，时代审美的结果。不管是创新或是模仿，不管是"邯郸学步"或是中西的融合，毕竟是历史的形成。要像人类对待自己一样，无论人胖瘦、高矮、丑美都共生于世上，建筑也要这样共存，共矗立在一起，不浮躁、不狂热、不搞一阵风、不心血来潮、不搞大拆大建，尊重历史、尊重时代、尊重文化，也必然会蔚然大观。

中国人历史上是有许多种狂热症的，几次大起义，几次战争，都使一些古建筑付之一炬，陈胜吴广农民起义，烧掉了秦时的阿房宫，曾有一作者写有《阿房宫赋》，连烧三天三夜，令人痛心；八国联军火烧了几个朝代打造而成的圆明园，只留下了残垣断壁和废基乱石，令人痛恨惋惜；而文革时期，我们砸掉了许多古建筑和文物，令人悔之晚矣；后期城市建设中也一次一次地把古代建筑破坏，盖起了高楼大厦，而高楼大厦十年二十年又被拆掉，令人不解。

折腾了这么几次，使城市都成了一个面孔，千篇一律，失去城市的个性与特色。一方水土养一方人，一座城是一方人的家与归属。之所以是归属就是因为其有历史、特点和文化个性。如果都把人们生长的环境、熟悉的地方改变成陌生的街巷，那么人们一定都没有了归属感，也没有了乡愁。我们需要批判过去，从中吸取一些教训，但更重要的是今人要学会尊重和珍惜过去的一切，甚至学会欣赏和保护过去的一切。对于一个城市的建筑，除了尊重、珍惜、欣赏、保护以外，我们还要注重节俭。我们还不富有，我们还有许多需要花钱的地方，不必去拆掉再建。我们还有许多空间，有许多白纸，可写最新最美的图画，可写最新最美的文字。我们甚至连一个厕所还没有建设好，管理好。我们还有许多人在贫困线上，没有房住，没有学上。我们许多的农村还没有路走，我们的城市还有许多的污水和破坏的山体，空气中还有雾霾，都需要我们用钱用心去改变，为什么要去折腾呢？

我们的城市什么时候才能学会包容呢？这正是我们城市的内涵所在，是我们城市的现代文明。我们的城市什么时候能学会积累呢？这就是我们的城市的历史文化，是我们城市的灵魂。

城市的迷茫

我多次去过美国的旧金山。在这座城市里有一个开放性的城市公园，几十年来一成不变。那里不过是一泓清水，周边是一些树木、花草，再就是几个罗马柱立在那里，看上去没有什么大的景观，只是一个普通的公园。在公园里的小路上散散步，确实有点情调。

由于它的存在，周围的房屋便身价十倍；由于它的存在，周边的环境也有了一个生态的平衡。蛇、刺猬、老鼠、鹰、鹅、鸭、虫、鱼等都在这里生息。

就这样一个地方，被长期地精细地管理着，长期地精心地维护着，长期地保持着原始的风貌。我很是惊讶！我每次去都是风采依旧。看是一件小事，其实，是一种城市的规矩，是一种城市的文明，是一种城市的文化。

试想这个地方在我们的城市里，命运将会是怎样的？可能就完全不同了。换一位主人，可能就会觉得这个地方不够美，档次不够高，便会下令去种上一些花木。再过几年又换了一位主人，感觉这湾水的岸边是泥土的，草坪护坡档次不高，于是便下令把岸边用石头砌起来。再过了几年又换了一位主人，觉着大树古树不多，要求多种一些大树古树。

几年过后，整个开放的公园已面目全非了。又换了一位主人，觉着这个公园占据着一个黄金位置，如果把土地拍卖出去，盖上房子，便成为城市的摇钱树。于是，那个美丽的、开放的、休闲的生态的公园便永远地消逝了。生物链生态圈被破坏了，物种灭绝了，周边交通出现了拥堵。可见一个城市，尊重历史，包容文化，是多么的重要。

拥有历史和文化才能成为一个有个性化、有历史沿袭、有文化沉淀的城市。

当然还有一点，其实已经包括在尊重历史、包容文化的条目中了，那就是尊重规划，再进一步便是遵守规划。因为规划是法律条规，是刚性的，是必须遵守的。但是现实中是很难做到的，恰恰是那些标榜规划是刚性的人，在改变着规划，在践踏着规划，致使规划成了摆设，成了一纸空文，说起来重要，做起来不重要。聘请了那么多专家学者搞规划，国家设立一个庞大的规划体系，花那么多资费去规划，到头来不如一句话，那不是劳民伤财吗？故有一句笑话调侃说："规划是龙头，主人是绣球，龙头跟着绣球走"，还有"龙头是指水龙头，主人说扭随便扭"。

　　且看一看我们的城市道路，总是在变，道路两边的绿化更是随心所欲，每年都在"提升"，每年都在"完善"。换一位主人就会有新的理念、新的思想、新的构思，指令一发出便会很快发生变化，并且持续发生着。草坪被破坏，种上大树，原本的城市规划方案，原本的园林景观，都没有了踪影。在种的大树下面支上许多棍子，大树的冠也被砍去，一看就是我们的城市绿化的丑态、怪态。每每的变化，许多苗木主、许多绿化队都眉开眼笑。所以许多人戏说："最挣钱最高产的土地是城市道路两边的绿地。"提升来提升去，城市的绿化却变得面目全非，只是树木花草的无序堆积，完全没有了层次与美感。这还不够，并在道边再用短的植物筑上一道墙，让人们再也无法参入其中。晚上还会令人"望而生畏"，不知道树丛中是否有埋伏的坏人，是否藏着毒蛇和野兽。有些地方打上灯光，灯光不断变化，绿光、蓝光、紫光，就像鬼火一般，不时地眨着诡异的眼睛。这些绿化带的存在越来越受到了人们的质疑和厌恶。

　　到一些先进的国家和地区，去看一看那里的城市，确实有城市的风格和容貌。以香港为例，就是城市的典型代表，楼很多、很密，道路却较窄，但很少堵车。很令人感到奇怪，车怎么开得这么流畅？再看道路两边的绿化，虽没有密集的树木，宽阔的绿化带，而草坪和树木的搭配却很合理，可供人们到草坪上玩耍，也可供人们在树下坐享凉荫。当人们在石边休憩时，看过去很美，既通透又美丽，既不挡人们的视线，也不挡城市的景观，既不臃肿，也不瘦弱，而恰当地在路与楼中间存在着，那么自然，又那么人文。这集约化地使用了城市的每一寸土地，使城市最大化地使用了有限的土地，成为城市经济的有效的便捷的载体。

　　再看一看我们的有些城市，路很宽，甚至对开八车道，占去了城市多少的土地，但却被称之为有魄力、有水平、有眼光。很少有人敢于批评其浪费了土地，浪费了城市资源，使城市商业经济受到阻隔，给人们通过道路造成了困难。往往是道路中间有不可逾越的铁栏杆，道路上有飞速奔驰的铁甲车，这已成为城市和谐的一堵墙。

　　再看一看那八车道两边的绿化带，更是气魄，更是壮观，绿化带比道路还宽，使我们的许多城市具有了农村的影子、有了农村的气息。这个问题，其实是很严重的。我国人多、地少，国家提出了十八亿亩的土地红线，也就是十八亿亩耕地需要保存下来，铁饭碗要捧在我们自己的手里。请大家算一算我们十八亿亩土地是否还健在？我们饭碗里是否都是我们自己种出来的粮食？大家是否也算过城市里的大宽幅的道路、两边偌大的绿化带占去了多少土地？它们在城市里起到什么作用？它们挡住了城市人美丽的浪漫的行为，挡住了城市风情万种的商店美丽的门头，却成为了流浪者，包括流浪人、流浪狗、流浪猫的天地。假如说把绿化年年重复浪费的钱，去建设一处流浪猫、狗的收容所，人们会如何地评价？如果做到这一点，不仅城市化会有大的进步，城市人性化也必定达到一个新的境界。

　　余秋雨曾写过一本书《何谓文化》，秋雨用反问句提出："什么是城市文化？"城市文化的哲学本质是一种密集空间里的心里共享。我们可以不去理会那些自己不喜欢的各种作品，但对于建筑和街道来说就不一样了。那是一种强制性的公共审美，所谓的抬头不见低头见，眼睛怎么也躲不过。建筑和街道都是公共审美，属于城市文化的等级代表。街道上的路灯、长椅、花坛、栏杆、垃圾桶等等，全都是公共审美的载体，也是城市文化的重要元素。

　　很多的城市常常把哪个画家，哪个诗人得了奖，作为城市文化的大事。其实那些得奖的作品未必是公共审美，而建筑，街道却是。改革开放之后，大批中国旅游者，曾经由衷赞叹过巴黎、罗马、佛罗伦萨、海德堡的建筑之美和街道之美，那就是在欣赏城市文化，各项审美元素的高等级和谐城市里各所大学、研究所的学术成果，严格说来并不是城市文化，最多只能说是城市里的文化。城市文化以密集而稳固的全民共享性作为基础。因此也必须遵守其他文化不必遵守的规矩，还应该进一步让自然景物成为城市的主角和灵魂。不是那些花里胡哨的城市广告，恰恰是那些维护公共审美载体的文明的行为，维护公共审美因素的守法的道德，也恰恰是对历史的尊重和包容。

但在我们的城市里很难找到尊重和包容的影子。故而一切都是新的。路刚修过不久，又要拓宽；绿化刚提升不久，又要完善；大楼刚重建没有几年，又要改造。迷茫！城市要得到健康的发展，应重塑一切旧的范式。

▎闭上眼睛▕

我闭上眼睛，才知道什么是色彩。那红色的、绿色的、白色的、黄色的都会瞬间拥来，以不同的形式，像洪水一样、像光线一样、像油画一样、像水彩画一样。它们也以不同的规模出现，像大海一样铺开、像大山一样耸立、像白云一样飘来、像草原一样地伸展。它们又瞬息万变，像雨像雪又像风，那么鲜活、那么生动、那么深邃、那么厚重、那么奇怪。

我闭上眼睛，才知道什么是神游物外。自己可以飞翔，只要翅膀不停地搏击，就会像鸟一样在空中快速地飞行。自己也可以在水中不停地游，像鱼儿一样自由自在。自己还可以摘取仙果。一些奇怪的事情都变成现实。那么光怪陆离的环境都成了自己活动的地方，不像是在人间。因为你会遇到那些在现实生活中再也不可能见到的人，遇到那些永远不可能发生的事。我的母亲已经离开我们到了另一个世界。经常会在闭上眼睛的时候在一些场合遇到我的母亲。所以我愿意闭上眼睛，再和母亲见见面，说说话，做做家务，看看她的音容笑貌，听听母亲的唠叨。但是母亲没有一次与我说过话。不仅仅是母亲，即使多少年或很久以前的奶奶、爷爷、外婆、外公也会来到一个地方与我见面，甚至一些朋友，一些长年不曾想起，或许早已被忘记了的事情和人物都会出现在闭上眼睛的时候。并且把一些人物变得老化，一些人物变得年轻，一些活人变成了死者，一些死去的人又复活，这是怎样一种魔法啊！

我闭上眼睛，才知道什么是无奈。陷入泥潭之中，欲动不能，欲静不能。开车发动不起来，发动起来方向不好用，方向好用，不能制动，眼看就要撞到了墙，撞到了人，撞到了车，正在慌张、紧张时，一切都发生了。与人打架拳头抱不起来，追赶时跑不动，那真是令人着急。一下车，路上是水，是泥，泥泞得让你小心翼翼。有时路上长满着青苔，有时路上洒满了蒺藜。一些事都不能做，只有聚精会神地去走路，有时走在悬崖峭壁上，有时从低处向高处爬，如履薄冰，不小心、不用劲会掉下来，使自己毛骨悚然，身心疲惫。有时也跌于深渊，失重的感觉使人不得不睁开眼睛。那么无奈，又那么无为。

我闭上眼睛，才发现向善的光明，美好的景色。一条通向前方的光明大道在向前延伸。车子跑得很快，跑在山里，跑在沙漠里。沙漠中开放着莲花，奔跑着鱼儿。大雪纷飞，洒在了满园的鲜花上。雨洗万物，落地为冰，太阳和星星同在，黄金颜色的宇宙，银色的房屋，红色的山与水，鸟比猫大，狗比牛高。那么荒诞，那么奇怪。

茶如人生

茶确实有点厚重，尤其在我国，在历史上，在文化上，茶都占有重要的位置。茶已经不是茶本身，已上升到了精神的层面，并与"禅"与"道"与"清"与"艺"密不可分了。

"茶如人生"，新茶是具有个性的，如人生的年轻时代，而陈茶则具有了包容性，不那么活跃，而更多的是深沉，如年长的阶段。茶的浸泡也有人生之味，当茶洗过后浸泡出第一壶水的时候，就像是人生的初始阶段，有一种分明的味香气。这时的茶叶并没有舒展开来，仍任性地漂浮在水面上。当泡出第二壶水的时候，味道已变得醇厚，棱角被磨掉了一些，像是人到中年。这时的茶叶已经半开了，但仍不肯沉到水底，而是在水的中央荡漾着。当泡出第三壶水的时候，味道淡然，但又趋于单调，苦尽甘来，那淡淡的甜香气味，已浸满了口腔，如人到了不惑之年。这时的茶叶已完全地被浸透，坦然地沉落在水底。这确与人生的不同阶段大有相似之处。

对茶态度的改变，是从一些爱茶者的身上学到的，爱茶者对茶的解读，我如听天书。这些爱茶者，无论走到哪里都带着茶，甚至不同品种的茶，其实，这没有什么奇怪，很多人都是这样做。而超出你想象的是不仅自己带茶，还带着水。爱茶者曰："茶定水八分，水定茶八分。"也就是说，茶选定以后，水是很重要的，水会占到八分的地位。水选定后，茶又很重要，茶占到十分之八。说到这里，料想你已经非常地佩服爱茶者了，或许还会感到惊讶吧？但还有更使你不可思议的，那就是不仅带茶，带水，还带着自己的壶，当然，壶便是手工制作的紫砂，有时不仅是带一把壶，可能要带上几把壶。不同的壶去冲泡不同品种的茶，十分的讲究，这真与世上的一朵奇葩一样，令人惊叹。你不得不承认这爱茶者其实就是"茶痴"。

茶可有万千种，色、香、味各不同。你的一生与哪种茶一样呢？也许你所喜欢的那种茶，就如同你的人生了。

　　同时你所喜欢的冲泡茶的方式，那个过程也就如同你的生活方式了。

　　茶是在壶里浸泡出的味道，而人则是在红尘中浸染出来的。人们也在不断地总结着自己，说：人之初性本善，性相近习相远。这句话中的"习"字，便是"浸染"的过程。

窗口的风物

　　总有一些窗口的景物美不胜收，令人神往。有这样一个窗口使我习惯于每天观海，故有司空见惯、熟视无睹之疾。每天推开门第一个见到的首先不是室内渺小的什物，而是那茫茫的大海和朗朗的天空。几扇宽大的开放式的窗子，若无其事地透着大海的胸怀，毫不掩饰与保留地把大海的波涛、豪情和天空的白云、闲意送给了我。我不知道应该感谢那蔚蓝的宽阔的大海和那高远的天空，还是明亮无私的大落地窗。

　　只要把转椅微微向左一转，就可以直视大海，海边的一个山坡上面，是一个园林，湖水、树、石、草别有情趣，微型的湖水面上仅漂着几片莲叶，偶有绽放的几朵白莲花，夏日里几只游于水面的小小的青蛙，惬意滋生，妙趣偶得。树林成了鸟的乐园，喜鹊是这里的主人，你会经常看到它的轻盈的镶着白金似的黑色肃然的翅膀，它那喜悦的鸣叫常常伴我度过紧张而又快乐的一天，它偶尔一声洪亮的鸣啼也会使你为之惊神，常常会使你从聚精会神的思考中抬起头望向窗外，便是那苍绿的松树，再向前看就是那令人心旷神怡的大海和云卷云舒的天空，大海和天空几乎同时出现在眼前，一种海阔天空的心情便油然而生。

　　一天的暴风骤雨，把窗外那一片美好的景色无一例外地从你的视线中夺走了，只见窗外白茫茫一片，雷电成了这个世界的主宰，雨幕是唯一的看得到的东西，像茫茫的人生。雨声也是唯一的能听得到的声音，给人一种万籁俱寂的静，但是这一切像梦一样很快就消灭了。东方那永恒的大海又露出了它波澜壮阔的尊容，苍绿的松树更翠绿了，鸟儿又跳跃在枝头，又在鸣啼，又在歌唱。向窗外再望，海天一色，山水如墨，它与晴天的颜色有着截然的不同。

　　在阳光明媚的时候，海水蔚蓝、天空澄碧，大海的海面上波光如鳞，空中白云飘飞，海上白帆点点，远处山岛清晰可见，都会向你展示着山的雄姿。

那个伸向海面的球形建筑，像海上的一颗明珠，总是牵着你的目光，海边那些自然形成的礁石和那些金边似的沙滩，总会使你思绪飞翔。曾几何时，潮水退却，在那片露出的礁石上，拾起一块美丽的贝壳和圆滑的鹅卵石，任潮水浸湿你的裤角。远望一下海平面，你的心情也会沿着海面平展，直到天边。如果在沙滩上，脱下你的鞋子，赤脚走在沙滩上，让一浪一浪的海潮抚去你的脚印，听着那潮水的节奏曲，做一个无忧无愁无虑无思无负担的浪子，那种透彻的自由和浪漫会使你忘怀忘情又忘我。这要胜过"飞花两岸照船红，百里榆堤半日风。卧看满天云不动，不知云与我俱东"诗里写的那种闲情。

这里的海湾有许多小木船，带着一个马达，不时地进入窗口的海面，看上去它们吃水很深，平稳地缓缓地行进，在早上远远望去，船上的人影仿佛是在播种碎金一样，令人充满了现实的幻想，那些船儿在太阳从海平面上升起之前就在劳作了。当太阳还没有落山时，船儿则被停在那一片海湾里，随着海风和海浪自由地飘荡。

早耕暮归海上潮，

牧渔船泊风景好。

一船未消一船到，

来往不息如梭绞。

在海上耕牧的人们演出的道具就是那一只小木船，就是它载着人们漂在奇妙的海面上，映照在蓝天下，渺小得如一片剪纸。不仅是牧耕，而是谋生。我们在市场上看到的多色的带壳的贝类蛤类产品和各种鱼，鲳鱼、带鱼、偏口鱼、鲨鱼、黄花鱼、黄姑鱼等，都生长在海里，并通过这些小船，经过渔民们辛勤的劳动所得。海、船、人多么美好的一幅画图，生命从这里诞生、繁衍，生活从这里开始，文化从这里传播，那从明清开始的海上丝绸之路也从这里起步。

远处那座岛，多是掩盖在烟波浩渺之中，隐约可见，有时也如在眼前，那是始皇东巡，寻觅长生不老药时养马牧马之地，现在则成为人们赛马、戏马的好地方，这历史文化使得这座岛子神秘而又令许多人向往。

窗外这些实实在在的景物，最宜你放眼量，无边无界无穷尽。在我们肉眼中觉察不到它们的瞬息万变，但恰恰是那些不息变幻着的微观世界保持着大自然的宏观，使我们能够永远汲取新的气息，当我们看到它变幻时，那也是大自然中自然的现象，也是保持大自然微观平衡的铁律。在我们欣赏自然，享受人生时，有多少草儿枯萎，有多少花儿败落，有多少松枝被折断，但更多的是新生，且不说大自然机理的变化，物理的、化学的。面对树木你会想到病树前头万木之春，面向大海你会想到沉舟侧畔千帆远去。当你真正每天有点闲情、有点闲暇、仔细地去观察一下大自然，或借助放大镜、望远镜、显微镜，你就会感到大自然的奇妙。有时我也从窗子往外望，会看到碧蓝的天空中浮着一朵白云，海中的微波浮动，松枝的新绿、朝阳的清秀、午阳的朦胧、夕阳的沉静。这些都使你的思维涌动。

只有太阳落入山的怀抱时，它才安息，此刻夜幕降临，太阳在夜幕的柔暗中酣然入眠，这时窗外夜幕下的灯光才显出它微弱的熠辉，沿海边照亮了滨海大道，照着路灯下忙碌的行人和车辆，伸向海里的汀岸也被灯光勾勒出大致的雏形。那座明珠也在夜幕下变换着色彩，格外的醒目，这时我就会把灯熄灭，邀黑夜进入办公室，那黑夜也从不客气地会迅速包围着你，弥漫屋子里的每一个角落，柔和而又彻底。我会孤独地坐在沙发上静静地向窗外望着夜色，平心静气地呼吸，黑暗也浸透着我的身心。这时，我可以什么也不想，什么过去的，什么未来的，统统在夜色中消失。这时，我也可以什么都想，什么过去的，什么未来的，统统在夜色中聚拢。我感受着黑暗中熠熠生辉的灯光的夜色，夜色随着我不断地眨着眼睛，有时在笑，有时向我做鬼脸，但我知道这一切都是夜色，可尽情享用，夜里的黑暗就是梦魇，等黎明到来时，夜色又会消失，你的窗前又会是一片动人的朝辉。

窗外的风光，是有限的又是无限的。有限是由窗口框出来的，无限也是由窗口框出来的。从窗口看风物会激发你的灵感，会给你以思维的空间和美好的想象。如果你走出屋子环视，一切神秘都会暴露在你的周围，一切美丽都会赤裸裸地展现在你的眼前。你会目不暇接，更无思忖之闲。故风物还是从窗口观察其动静，才会更有一点意境的。

从这里说起

许多的人们都在向往一套好的房子，那套房子可供一家人起居、避风、遮雨，可供一家人温暖、纳凉。其实这就已经足够了，再不大需要更多的需求。

但人们的向往一直是在不断地提升，向往也会逐步变为一种欲望。希望这所房子建在海边上，从窗子或阳台上可以观看到海平面，听到海浪的声音；希望这所房子建在山上，出门见山，可览山下景色，可深深地呼吸，可听潺潺的山溪。这些仍然还不够，希望这所房子有一个大院子，可以在院中种上自己喜欢的草木，或花果，或蔬菜，或挑一把太阳伞。希望这套房子只有一家人住着，可以有许多空间供自己使用，把客厅、餐厅、卧室、花房、储藏间、卫生间，都各自独立设计，并希望有两个三个或更多的卧室、客厅、餐厅、卫生间等等。以至于为房子而努力挣钱，甚至为之付出一生。

但有的人，可以说大多数人，一生不能有一套自己满意的房子。大多数人虽然一生没有如意，但大都随遇而安。可是现状想安而不能安者也有，有许多房子虽然并不好，更谈不上豪华，但长期的居住，已经习惯并产生了留恋的情感。然而会因修路、扩城被拆除，使自己失去了虽不满意而又习惯了的旧居，不得不搬进一个陌生的房，与陌生的邻居相处。不仅如此，也会使自己拿出自己少有的积蓄去补贴新房。所以居而不安的事情会常常发生。

房子被推倒了，自己亲手种的树被砍倒了，一些老树、大树、都长了几辈子的树被砍倒了，使得环境失掉了和谐、失掉了传统、失掉了文化、失掉了历史。也失掉了那棵古树上的喜鹊窝巢。喜鹊们在周边的树上"喳喳喳"地嚷着、抗议着，但都无济于事。照样的大树被砍伐，许多的喜鹊的巢穴随着树的倒下而倾覆。然后那些聪明的鸟儿远离了人们，去那些人迹罕至的地方栖息。

鸟是可以远离一个地方的，到那些深山老林中去，或人们够不到的地方。但人们怎么可以像鸟一样呢？鸟可以南方与北方的来往，北方春暖花开时可移至北方，当北方雪飘冬至时，又可以南飞避寒。鸟是会利用自然的气候的。

人固然比鸟聪明，可以改变自然的条件，但却不能像鸟那么自由地飞来飞去。因为鸟是属于自然的，人更多的属于社会。社会是一张大网，人是网上的一结。这一张无形的网罩着人们，人们不能游离，也就只好又一次不愿随遇而安的随遇而安。人们有时在屋檐下不得不低下头，避着向自己洒来的风风雨雨。一些人习惯了自己有小天地的院井的生活，搬上了楼房，一时木头、煤炭也随之垒在楼道上，即使用煤气烧饭，也舍不得扔掉，于是就长期占据着本来就狭窄的通道；一些人种了一辈子地，习惯了锨、镢、二齿耙子随意摆放在院子里，也住上了楼房，那些农具无处藏身；一些人听惯了鸡鸣狗吠的邻居，搬上了楼房，并不习惯那种寂寞，即使有着电视的陪伴。有一些人不仅是被发到了楼上，而是发到了天上，住在几十层或十几层的楼上，与白云相伴，真正成为一名白云居士，想来两脚发软，不敢俯瞰。人性化的理念便成为了人们永远的理想。

人类是需要认真思考的，为什么人们追求那些理想的东西，总是不能变成现实，而是变成了一个怪物，到底是谁在控制着人们的思考，谁在使人们事与愿违，谁织就了那张社会化的大网，使人们不能挣脱呢？

许多的人们追求的东西达不到，并且离自己越来越远。故就又提出了回归自然，自然是什么？什么是形象化的自然？鸟是自然？人是自然？当然都是自然的因素，然而鸟却更自然，人则有了更多的文化和智慧。不知道谁说过一句话，"人类一思考，上帝就发笑"。我并没有去查出处，也没有去考证其含义，但我理解，上帝是自然，人类再聪明也只能揭示自然的奥秘，所以上帝在笑人类。

鸟通常没有人类那么善于思考，比人类更简单。所以它会在自然中寻到自己理想的栖息之地，而人们则永远不能满足，不能达到理想之地，且越走背离自己的想法就越远。故从这一点出发，只有尊重自然才能得到人文的关怀，这里人文的关怀是指狭义的，人们理想的实现。自然之于人文是正面的，人文之于自然是反面的。不知人类那么善于思考是否也思考过这个问题。但人文之于自然如此之反动，人文是否就可以不发展了呢？是要发展的，但是有限制的，有领域的，有方式的，也不能无限蔓延。所以人们要处理好自然与人文的关系，这样可能会实现人们的理想。否则，就是人们那些基本的理想追求也只是徒劳的。

　　人们不愿意为那些实现不了的理想去奋斗，但人们又实现不了为之奋斗的现实理想。那么人们生活到底为什么？

窗外的喧嚣

每当打开窗子，路上隆隆的车辆奔驰的声音，就会像流水一样哗哗地流了进来，从来没有停息过。

我常常被这声音所惊醒，站起来临窗而望：一条蜿蜒的路就在高楼的旁边，并从这里伸向远方，一直通往一片苍茫的山野里。有点壮观，有点"望尽天涯路"的诗意。

我常常叹息，这哪里是车轮滚滚的喧嚣，这是人们为生活奔波的脚步声，这是人们创业的旋律。

当我窗户紧闭时，那些忙碌的车辆从身边溜过，像怕惊扰楼里的人们似的，会尽力少给一些喧嚣。但当又打开了窗子，看着它们的时候，它们也就无所顾忌了，于是便喧嚣地大摇大摆而来、又轰轰烈烈而去了。

路两边除了高楼就是山峦，是一条自然与人文交融的路，路上的车辆如一条游动的长龙，唱着红尘之歌，或淹没在大楼之中，或消失在山峦之内。但路两边的楼，却屹立在那里，一成不变，只是到了晚上伴着车的眼睛才一起亮起来，才一起眨眨那不知疲倦的眼帘。而那些山峦，总是映照着天空，形成美丽的山脊线。这条起伏的山脊线，在远处与这条长龙相遇，但它从来不与这条长龙言语，也从来不给予一些建议，总是一个表情看着这条游龙忙碌着，吼叫着，不舍昼夜。

在这条游龙的每一个节点上，都是无情的车辆，但是车里却有一个充满感情，带有表情的操纵者。他们或许是高兴的，或许是悲伤的，或许是幸福的，或许是不幸的，或许是回家，或许是远离，或许是去远游，或许是去谋生。总之是人在旅途，但这一切都被掩盖了，你见到的只是隆隆的无情的铁甲。

这就是人生尘世，不管你是怎样的心情，也不管你是怎样的目的，都改变不了道路的繁忙和车辆的隆隆奔流，也挡不住岁月流失的脚步。

　　路是不变的，车辆是依旧的，但天有不测风云，或热如流火，或大雨倾盆，或飞雪漫道，但并不影响道路的繁忙。

　　社会浮躁，车辆奔涌，青山不语，高楼无言。

　　曾几何时，沧海桑田。马路宽了再宽，依然长龙不断，且越来越长，首尾相接；曾几何时，沧海桑田。车辆换了又换，有马车、人力车、自行车、摩托车、轿车，越来越高级，越来奔得越快，越来越无情，越来越坚固。

　　过于现代化的生活方式，有多少人受到伤害？有多少人受益？

　　有多少人反对开车出行，因为它带来混乱。有多少人倡导公共车辆出行，因为它有利于环境的绿色。但谁也挡不住，什么也拦不住，因为科技从来没有为传统让过路，但人类对科技的追求到底是为什么，有谁去反思呢？

　　有人叹曰，这是怎么的一个现代化的城市？这是怎样一个充满现代文明的新的生活方式？

　　我只是观赏这条发出隆隆的声响的铁甲长龙的飞速的游动，倾听着永恒的尘世的喧闹。用欣赏的目光去想象这些奔驰的人们去追逐着什么？生命？金钱？时光？

　　生命是无需追逐的。金钱是不值得追逐的。时光倒是需要追逐的，但是自古以来，马车没有追上，自行车也没有追上，摩托车也没有追上，就是每小时几百迈的车辆，算是已经很快的了，但是时间依旧在它的前头消失了。

读书与休闲

读闲书是一种很好的休闲。

坐在舒服的沙发上，读着一本书，泡上一杯茶，放在身旁的茶几上。沙发就在窗子的一边，窗子上挂着一窗纱帘，阳光从纱帘透过，洒在室内的沙发上，也洒在我的脸上。

窗外有一棵很高大的槐树，树冠很大，枝条斜垂，挑着已干瘪的叶子和果实。许多的鸟儿在枝条上啄食，跳上跳下，飞起飞落，并不时发出鸣叫。

我禁不住起身，拉开窗帘子，目睹窗外的光景。那棵槐树上的鸟雀的美姿，有长尾巴的喜鹊，有白羽冠的白头翁，连同树枝叶片，形成了一幅美丽的灵动的"鸟雀登枝图"。

我忙打开窗子，以便让阳光和鸟声更好地无阻滞地流淌进来。但开窗的声音却惊扰了啄食的鸟雀，纷纷飞起，踏落满枝的叶子。突然一幅令人惊讶的场景充满了冲击力，撞入了我的眼帘，我兴奋地拍响了手掌，不料再次惊扰了鸟雀们。它们在空中盘旋着，良久后又收起惊恐回归到树枝上。我便轻轻地回到沙发上看自己的书，好让那些鸟儿们自由地寻食、鸣叫、戏嬉，伴我的休闲时光。

而那书中的人物、书中的故事情节也便来到我的世界，略带了几分的诗意。我聚精会神地与他们交流着，他们从寂寥的书本里走出来，听到了鸟鸣，看到他们曾经的多彩的喧嚣的世界，与我搭讪。我也很高兴问着这些人物的来历、去向、心情。他们也会娓娓道来。起初他们是很高兴的，之后仿佛有些不满于作者给予他们的故事、经历、遭遇或命运。他们不能选择，没有自由，而完全是在作者的操纵之中。作者却成了他们命运的主宰者。

我也从中得到一些启示。每一本书中都有着精华的部分。每一个人都有不同的经历，与他们交流你也就丰富了自己。书是人类进步的阶梯。林语堂也曾说："一日不读书，尘生其中；两日不读书，语言乏味；三日不读书，面目可憎。"古人也曾说:"书中自有黄金屋,书中自有颜如玉。"书中岂止只有这些呢?书中自有一个世界,书中自有一个人间,书中自有一个自我,书中自有一个鸟儿自由栖息的地方,也自有一个窗子充满阳光。

读书,当然,也是与时间、环境相连的。环境之幽静、时间之适宜,书才会读出味道,才能走进书的世界。

不仅时间和环境对读书是重要的,心情同样是重要的。心情之安逸时,才能读到深处,才能领略书的精髓和书的哲学。当然,当心情之黯然时,也可从书中汲取劝诫之意,以养情绪,使心又重归于愉悦,你那扇心灵的窗子,又会有明媚的阳光射进来。

在恰当的时间里和适宜的环境中读书是最好的休闲。清晨读书时的清醒与快乐,雨天读书时的安宁与静谧,都值得留恋。尤其是雨天听着淅淅沥沥的雨声,有时风吹着把雨点送来拍打到玻璃窗上的音调,更会使你自在地与书聊天。晚上读书时的安心与自由,也是无与伦比的,应酬了一天,回到房间里,拉上窗帘,让灯光柔和而又带有一点昏暗,只那一种环境,就会使人进入一种境界。

没有书的晚上,时间就很难打发过去。有时出差时,不像在家中随处有书,摸一本就可以读。出差往往是急匆匆的,忘记带上一本随身读。但也可以弥补,或买或借。能买到当然很好,只要随身带着钱便可。有时无钱无书店,就只好借了,最好借一本散文。因为零碎的时间是很适宜于读散文的,散文短小,可以用短的时间读完一篇文章,不至于因文章较长读到深处耽误入眠或耽误晨起。

我常常疑惑散文和小说的名字是颠倒的。散文突出"散"字,小说呢确有一个"小"字。散者有洋洋洒洒之感,漫漫兮,应做长篇大论,反而却短小。小说却是长长的,捧在手中好几天读不完,不知"小"在什么地方?

有一次就借到一本小说,我便想:随便翻翻吧,可能也不一定感兴趣,但同时也有一种新鲜感,有所期待。拿在手上时,一看书皮是黑色的,一种很严肃的颜色,再看书名是《杀人之门》,杀人那不是一般的事情,人命关天，我立刻悚然。但语言和内容并不恐怖，却有点引人入胜，直看到我两眼昏昏，书落神移，进入梦乡。第二天醒来，已没有时间读书。书就像一位多年不见的友人，见面聊天，刚开始火热，火车起笛，只好分手。

日后总是放不下，时常想起了这位"友人"，便在网上寻找，是一位日本作者写的，就是这样，又见面了。拾起来再读，正读到兴趣浓时，又有事情要做，再次告别，如此反反复复分离又重逢，十分是有点折磨。

这也是我愿意读散文的缘故，没有牵挂之苦，读完一篇像攻下一座城堡，胜利常常萦绕心头，每一篇内容都是独立的，新鲜的，并随时都可以放下，这便是休闲的。

放浪形骸之感

（一）

人是需要放浪形骸的，如果总是机械地去干一些事情，那么思想就会感到枯燥、单调、乏味、僵化，进而带来身体的伤害，疾病的到来，进而花钱治病，又会加剧那机械化的劳作。所以人们一定要按照自己的意图，甚至肆意地去到自然中修复自己的身体和心灵。

不仅是机械式的劳作对身体有所伤害，随着人们物质生活水平的提高，就是每天吃的那些食物也在硬化着你的心血管、脑血管，有害的食物也会腐蚀着你的胃、你的肠道。如果再加上水的污染和空气的污浊，都会使你的身体的各个部位受到侵蚀而变形扭曲，就会加快身体的下垮。所以要找时间去锻炼你的身体，使身体棒得如钢铁一般，就会很好地适应机械式的劳作。

人生活在世上，已经不是原始意义上的"谋生"，在生活贫困吃不上饭的时代，吃饱饭是第一需要，这个时期人的烦恼只有一个，就是如何解决温饱问题。现在人们吃饱了，但烦恼却多了。所以"谋生"已不是人们生活的全部，烦恼多了，压力大了，想达到自己所有的理想，活得像个人，有尊严。在实现这些理想的过程中，人的机械化劳作就进一步恶化。

这些物质的、精神的、内心的、体外的、环境的，甚至是食、住、行、游、购、娱都成为人们生活的桎梏，放浪形骸的目的就是要摆脱这些桎梏，如果能时常放浪形骸，那说明内心就会有健康的意识。思想是行动的指南，有了这种意识是很可贵的，就会有放浪形骸的行为。

（二）

放浪形骸是多种方式的不拘一格。但一般的是需要身心共同受益的活动形式。比如说登山这种活动就很好，山有景色赏心悦目，上下不一，山路弯弯，景致变化，空气清新，可快速跑亦可以慢步走，快慢皆宜。但要有一定强度，要出汗，最好大汗淋漓，这时那种淋漓尽致的感觉是来自身心的健康舒适，是来自大自然的健康疗法，是自然规律在人身上的体现。当你大汗淋漓之时，那是人身与自然的最好交流，可以把你自身心的压力传递到大自然中去，也可以使体内的不可适应的东西渗透出身外，使你的精神与自然相通，心神交融，使你的身体与自然中的万物互动，真正接到地气，成为生物链中的一个节点。这就会使你自己感到一种渺小，就会真正找到自己的位置，再也不会妄自尊大。知道渺小，才会心平气和，才知道自然万物皆神灵，作为一个人确实沧海一粟，有许多的事情远不是一己之力量可以为之的。硬要去为之，则必然力之不足，力之不足，必不达目的，不达目的必心怒、气躁、肝火大旺，必损身心；如果硬要为之，也必会像西班牙作家塞万提斯笔下的唐吉诃德一样，碰得头破血流。启功老先生有一句话说得好："气傲皆因经历少，心平只为折磨多。"颇有道理，此中含义十足，经历少，也就是阅历少，只看到了自己，认为自己就是一切，也像初生牛犊不怕虎一样；折磨多也就是阅历多，看到了世界上一切都不可被忽视，要敬畏自然，要尊重自然，要崇尚人文。如果小视它们必受挫折，那就是磨难，磨难多了，从中会悟到自己之能、不能为之一切，自然也会心平，有不顺心之事也是正常之事，人非神灵，怎能无所不能呢？你不会飞，上不了天，这是天经地义，但《劝学》中说："君子生非异也，善假于物也。"不会飞，上不了天，但可以借助外物，如飞机、火箭等航空器就可以飞上天，但有些事情善于假于物也做不到，男人是不能生育孩子的，这也是天经地义的，无论你借用什么外物，男人自身是生不出孩子来的。这些都是妇孺皆知的。但有一些东西科学家也弄不明白，那只有一个办法就是尊重之。要做到尊重也不是一件易事。走万里路，读万卷书，当你走过万里路以后，可能才学会仰视星空。这样才会使你的愿望或理想更现实一些，即使现实一些的愿望和理想达不到，也会心平气和。

放浪形骸是一种锻炼的方式，是一种释放压力、放松身心的方法，故是一剂药物，一位大师，一位朋友。

（三）

有了病怎么办？放浪形骸。但却不可偏信巫术，甚至信那些江湖医术。有病医病，无病且不可呻吟。现在社会上有许多江湖之术，专医治那些疑难杂症，而那些患者有病就求医，不管能否治好。求之是有情可原，可笑的是有许许多多的无病者，而求之，意在调节身心，大有求仙而欲长生不老的意味。我见过一个刚刚卸任的人，五十多岁，无官一身轻，也无人请喝酒了，也不请别人喝酒了，于是就可以吃中药了，并且一家人去吃中药，我问："为什么吃药？"他讲："调理身体，这药需要吃两个月，最好半年。"我听了后骇然。也有许多人不吃药而信神，听那些巫术，在某某地方放上一个物器而消灾、而强身、而健体、而平安，并经常去问卜，以卜为行。最后正常者少，要么走火入魔，精神分裂，甚至自焚；要么身体败坏，不能自理。

术要正确对待，药要正确用之，不可迷信。不迷信这些东西必能平和无病，那就需要不时地放浪形骸。我常去一些山上，山上的庙宇中都会摆有各种佛像或道教中的老君的坐像或站像，一般列在正殿之中，看一看祂们的像是那么的平和慈善，是那么大度包容，仿佛看破了万物，可以救万物于红尘之中，故人们都顶礼膜拜，敬之供之，也许是其已走遍天下路，上世的人，人世的神。而那些前殿大门口的两位门神，一般都怒容满面，气如雷动，可谓"凶神恶煞"，人们经过时总是给以不以为然的侧视或过路之瞟，从不拜之，其虽为神，但前世并未受到多少磨难，故也就是气傲而七窍生烟。从这一点看来，自古是这样，人间是这样，天堂也是如此，平则近人，平则生威，平则有策，平则练达，平则健康快乐；傲则损人，傲则生厌，傲则无道，傲则肤浅，傲则渺小。人不能像神，神有六世，人有三生，人不能走遍人间之路，但其如果常常放浪形骸，方知宇宙之大，故能知己，放己于自然万物之间。其实佛也好，道也好，都是人们的创造，人类用自己那些优秀品质，为了自己的愿望，塑造了一个高于自己的神物，其实那也是自然之代表，有个唯心主义的自然物理之说，也有着唯物主义人文关怀之由，也没有逃脱自然之客观和人文之主观的两界之境。

　　在山里，在大荒漠里，在海上，在岛上设有的这些神龛都是借用自然之气和自然之磁力的。在拜神之时，便使自己融入了自然气力，这使自然身心受到自然的调理。如果放浪形骸则会使自己更加配合大自然之气力，身与自然交融，疗效生机，心与神相交，其实也是自然之变，故便有了身心同化，也就有了平和，也就没有了压力，也就有了健康和快乐，不是的吗？

放浪形骸之感——焚香

焚香，我总认为是一件逸事。是古人，那些士大夫，帝王将相，文人雅士，僧道圣医之闲事。这与古代的文化、色调、环境、习俗有关，而与现代社会的格调是格格不入的。我一向视之为不屑。香出薰笼热，染养好闲者。

焚香之事，只能作为一种文化去回忆和体验了，如果用在日常之生活中，难免显得迂腐，因毕竟已过去了那个年代。这种焚香的文化与冰箱、空调、除湿机等已不有和谐的气息。不过现在有许多的茶馆里都有焚香的事，以沉香佐茶香，也颇有禅意。燃上沉香，插入炉中，便有香烟袅袅而漫去。

有的香是沉香，一炷细而长。我原认为是用沉香木做成，其实不然，沉香与沉香木不同，沉香木是树木之本身，而沉香则是香树中的油脂物。所以沉香一炷燃上后，自不会熄灭，会逐渐地从头燃到脚，燃过的灰烬会挑在火红的正在燃烧的香头上长长地略微地斜向一旁，不愿离去，等掉到炉底时，像蛇一样地盘缠着。从香炷上飘出来的烟缕，总是成两条线双双漫舞，那烟线在空中飘着，对着亮光观去，悠然自在。但烟线反应非常敏感，来自周边的风、或挥动的手、或走来的话语、笑声都会做出美丽的反应。结着结，打着圈，迂回着，曲折着，上上下下左左右右地平移与升腾。多么的飘逸，多么的轻盈，多么的浪漫。香烟迎合着八面而来的风与声，又不失自己的性格而尽情地表演，升到一定高度，便形成一层淡淡的云，神圣而又崇高，真的如神灵一般。你看到时会屏住气息以顶礼而膜拜之。你会感到那是生命，那是古代人们的复活。那烟线明明在升动，可又使环境宁静得可怕，如若一个人在场，断不可燃之。甚至那烟会变成会说话的人，不知是今人还是古人。瞬息那烟又变成了一种动物，不知是龙是虎，是鸟是凤。有时会被带入历史的源头，不仅看到了"究天人之际"的古代人的思想境界，也看到了那些躺在河边的历史战士的血的陈迹。古人曾用之寻求过美的感受，以及宇宙或社会的哲理性的东西，但都是为了忘记人性那些劣迹，而忘记现实中的追逐，去追求那些像眼前这烟线般的缥缈的美丽，而求得变幻般的瞬间。

焚香是人们聊以自慰的一种虚无，这与在佛事中的一些节点相似，在《圣·雅歌》中，天堂被形容为一个充满香料气息的百花园。紫禁城的沉香飘着大清帝国的记忆和气息，清宫将沉香广泛应用于各种祭祀场所，如天坛、地坛、月坛、日坛、大庙、先农坛、圆明园、雍和宫及藏传佛教之地都大量燃焚沉香。《听翠图》中，充满了宋朝文墨的记忆和气息，飘着宋代宋徽宗赵佶的琴韵和意境，一棵苍松，凌霄盘缠云上，树旁几株翠竹，树下一人抚弦，二人分座恭听，一旁香炉白烟袅袅，中间的一棵古松如一炷香柱，松叶如香烟滞留在松枝之间，高雅古典之气四溢。

追溯历史，中国最早使用沉香的是南北朝时期的梁武帝，用于祭祀仪式，十分的隆重。在丝丝青烟笼罩下，将皇权的神授天命颁昭天下。从此开始延续而盛行。

看到烟丝，我忆起了历史。穿行在长河，故我也可以明白为什么皇上会以烟云以表神授天意，为什么士大夫以烟丝以享隐逸之情，为什么平民百姓以烟雾以求平安吉祥。我已改变了我开始的不屑，而以屑观之。但却屑而不够，决定需以研究为题去寻求，以究天地之礼，去求焚香之意，焚香之历史和文化。

我在看在想在欣赏，我在变在行在升腾，我在奔驰在飞翔在漫舞，我在追求在远行在溯流。

风雨之声

自古以来人们就喜欢听风雨之声。风雨之声是天籁之音，每一章节都是新颖的，绝无雷同或重复的音符。

雨打芭蕉，雨点敲窗，大雨瓢泼，都颇有点情调，听来尽沁人心脾。但是浮躁的人们啊，早已不再有时间去欣赏这大自然的音乐杰作了。

其实风雨声是大自然自由的表白，是对人类狂傲的教诲，而人类的狂傲也早已不理会这些天然的教诲了。何谈聆听？

许多的人只顾自我的欣赏，陶醉在自我创造的一切迹象中。倘若陶醉于巴尔扎克的交响乐曲，或是陶醉于莫泊桑的短篇小说，或是陶醉于芭蕾舞的优美舞姿，方是可以赞赏的。但是如果是陶醉在大喊大叫中，或是自以为是中，或所谓的战天斗地中，自我陶醉，那就很令人为之担忧了。

这不是杞人忧天，很多时候，在喊叫声中改变了山川的面貌，河里无水修拦蓄坝，天上无雨用炮打，人定胜天的斗志不断地在膨胀，把大自然当做了工具，当做了资源，肆意而为。完全失去了对大自然的敬畏。更何谈欣赏大自然和聆听大自然呢？

闭上门，拉上窗帘，屏蔽信息，开始聊天了。喝着茶水一聊几个小时，自娱自乐，仿佛一片祥和，讲完后自觉卓有成效。什么风声雨声，什么阳光雨露，都被隔在窗外。

但当你走出门来，打开手机时，那些信息像风雨一样地袭来。祥和忽然不知飞落何处。不作为者，作为者，都有吐槽的。什么事故的发生，什么外来的侵扰，什么道德的沦丧，不一而足。而这些网上人为的风雨之声使得人们本已疲惫的心情更加沮丧，哪里还有心思去听那些来自于大自然的风雨声呢？

其实应当特意地去听一听自然的风雨之声，可以净化人的心灵，修复受伤和疲惫的身心。但是忙碌、疲惫、沮丧、伤害，哪一种情绪能使人们去听自然的风雨之声呢？都会使自然风雨之声不再是一种天籁，而成为一种愁绪。人类的病情已进入膏肓，已不是风雨之声所能治愈的了。

自然的风声就像一剂良药，但这药力，无法挽回人类的健康，不得不动手术了，所谓要刮骨疗毒。但手续又无从着手，最终还是劝人们：回去吧，常常听听自然风雨之声，愿意吃点什么就吃点什么，慢慢修复，只有如此而已。于是今人就更加的恐慌。

古人则不然，而是善于听风雨之声的。

天风裹着雨，袭来的声音，从中会悟出许多的人生的哲理：其一是人在屋檐下不得不低头，其二是风雨人生，泥泞的人生旅途。古人之智慧是用心体悟出来的。有许多的古人会在山野当中一间茅屋听风雨之声以修身。山里的风雨声是立体的，会同四面八方传来。古人则犹如一粒自由的尘埃，浑然于自然的风雨之中，任其洗礼。在这大山里与万物交融神会。大自然的灵气浸透了全身心，彻头彻尾，扫除一切的毒素，洗涤得你的五脏六腑光洁而鲜美，使得你的思想道德有了返璞归真和道法自然的意识或理念。

风雨之声也是一台交响乐，时而悄悄、时而匆匆、时而滴滴、时而嗒嗒、时而如奔腾的黄河、时而犹如琵琶声曲、时而犹如绿岛小夜曲，美妙之处不可言语。古人是深知其妙的。

今人则听而不闻，视而不见，送来的风雨之声尚且无暇、无心去欣赏，更何况到山野中专为听风雨之声而去呢？有点时间何不坐而论道，夸夸其谈，数数忙碌中挣来的钱财？

今人就是这样，若风雨来临却更心安理得忙于名利，早已辜负了风雨之声。

过度

过度的问题，在许多的领域存在着，并没有终结的苗头，还没有看到根治的希望，依然在不断地蔓延，像一个毒瘤一样，侵蚀着整个社会机体。

我一时不知道从何处谈起，但我略思之后觉得浑身都是辫子，随意就可以抓住一个，或者说到处都是切入点，那么就从人的身体生病这件最普通的，也较普遍的事情说起吧。

选择这个缺口以后，又有许多的有关信息像流水一样争先恐后地涌流。

那就从一个人的感冒开始吧。感冒之事不是大病，只是呼吸系统出了一点故障，最好的药用便是时间，还有一样便是水。如果一个人感冒了，除喝水以外，就是要由时间来治疗，正常则是一周，便可以完全地痊愈。但人们则往往要开一大包的药，甚至还要打上几个瓶子吊针。有时由于过度的医疗，一点儿小病，住院后也便一住而不能解脱了。这便是俗语说的，烧香引出鬼来。

如果得了什么病，连医学界都说是疑难杂症，那么患病的人便更搞不清楚了，可谓是博大精深了。那么患者肯定是刀俎之肉鱼耳。很可能是很简单的一种病，却被误判而成为癌症，那就只有任人宰割了。故而病人是要什么给什么，要肺给肺，要胃给胃，要肾给肾了。不仅有患者的身体部件，还要大把的钱呢，这其实都不重要，重要的是阎王爷的权力也都给了大夫，最终把患者的命也就夺去了。折腾了半天，轰动了三亲六故，把家产也输掉了，人财两空而已。

对人之本体或说是生命尚是这样的，可想而知，其他领域的过度性了。先看看农业吧，以蔬菜为例，原本只是一季产菜，入秋冬，土地可闲。现在在土地上架起了大棚，控制温度，不停地产出蔬菜，但温度可控，土地却被抽干，只有再多地使用化肥，再多地使用农药。过度地开发利用土地，土地板结，农药残量过多，也成为了不健康的罪魁祸首。

城市的开发也是这样的。楼盖得越来越高，密度越来越大，仿佛要把地球压垮。这根本上还没有达到理想，总想着密度再大一些，高度再高一些。但是可怕的是没有满足的终点，没有放慢的脚步，一再的突破、突破、再突破。故而人多了，车多了，资源少了，城市堵了，诸多城市病来了，但大家只有叹息了，已无力挽回。人都是土生土长的，最后把自己挂到了天上去了。

再说那各种的养殖，并不仅仅利用海水，淡水去养殖，那已经是过去的事情。现在的人们则是精明得很，水底养、水中养、水上养，把水的全体用尽。不仅如此，而且为了高产出，在水中撒入了许多的增产剂，产量高而又高，产品大而又大，人们都看着惊讶，但却退避三舍，只中看不中吃。水也被污染了，这是危害极大的，它像人体的血液一样遍流全体，可升腾入空，可渗透入地。不合格的水像毒液一样危害着生物。

搞旅游也一样，总是希望来的游人多一些，不断采取多种手段，扩大旅游的影响，知晓度，使游人蜂拥一般而至，结果文物受损，生态遭到破坏。云南有一个蝴蝶泉，当初人们来看蝴蝶时，蝴蝶总是铺天盖地的，跟随着游人飞舞，有时落在人们的头上肩上，使人们喜不自已，如吉祥天降。但随后，人们慕名而来，接踵而至。人越来越多，蝴蝶越来越少，最后人比蝴蝶多。终于蝴蝶飞尽，只在那里立了一块蝴蝶泉的石碑。人们后悔耶否？

记得日本的规划专家看了一个地方，这个地方是要准备开发的，所以日本专家就被请来。但是很是出人意料，日本专家查看了后，指着一边说："这里自然生态很好，不能动。也就是说不需要规划，自然的就已经很吸引人了。"再查看了左边说："这里也很美，也不能动。"再查看了右边说："这里同样很美，也不能动。"然后转过身来看了看后面说："这里是最美的，也不能动。"最后，开发者很失望，都不能我们干什么？日本专家的眼光和观点是有独到之处的。与我们的眼光完全的不一样。我们规划的是项目满满的，大有过度的嫌疑。

我想就此结了尾，因为越说越觉得这点文字无足轻重，而人们的文明观和利益观才是举足轻重的。

过年

过年的时候，总听大人说，今年是什么什么日子，大年三十的晚上什么时间发码子。如果黄道日什么时间发码子，如果黑道日就得什么时间发码子。总之，很讲究、很认真。但是不同人家的观念不一样，看日子也各有不同，故到了大年三十晚上发码子的时间也就不同，有的人家发码子早，有的人家发码子晚。整个夜里发码子的鞭炮声就此起彼伏，不曾间断。浓烟弥漫着夜空，使阴历年的夜更加神秘。

还记得我父亲，夜里总是悄悄地起来，燃上蜡烛，光明立刻与黑暗战斗着。烛光跳跃着把黑暗驱逐，但顽固的黑暗就藏在屋子的角落里。列祖列宗的名字密密麻麻地写在家谱上，家谱上面有一幅年画：房屋前的一对大石狮子，呲牙咧嘴，若笑、若哭、若狰狞的样子很令人害怕。

我也穿上新衣，跟在父亲的后面蹑手蹑脚地不敢弄出一点动静。大人头一天晚上就嘱咐说，夜里起来不要乱说话，手不要碰窗台等，许多的规矩使你放不开手足，也不敢大声喧哗。

人们都说大年三十的夜晚说话很灵，说什么都会应验。所以要说过年的话，这样会预示着一年好的运气。当然有什么心愿也可以在这时候表达，各路神仙都会帮助你实现，故也就演绎出很多的故事。村子里有一人家的孩子长得不高，为了求一个高个子，就让孩子躲在门后面，并教给孩子说："当父母问你在干什么时，你就说在长个子。父母再问长得多高了时，你就说长得像树梢一样高了。这样个子会长高。"

孩子一听便高兴了。到了夜里便躲在门后面，当父母问时，便如数回答，但当问到长得多高了时，孩子一紧张便说："长得像筲一样高了。"把"树"字给丢了。父母于是就十分生气。因为筲是用竹子和木头制成的水桶。由于说错了话，这孩子一生都很矮，再没有长高。

屋子里的事情仍在发生，院子里的事又来了。屋子里都是神位，院子里都是鬼怪。故父亲先是将门闩打开，然后推开一条小缝，虚掩着门，先用火点燃一个爆竹，从门缝中扔到院子里去，听爆竹"咚"的一声响，赶走了鬼怪后，再开门到院子里去开始所谓的"发码子"。通常是放一大串长鞭炮，结束后，就可以干别的事情了。

有一年，时间记不大清楚，大概是上初中时期，自己认为已经长大了，亲自起来发码子。非常的谨慎，非常的紧张，不但怕屋里的神，更怕院子里的鬼。在爆竹响之前，不敢向院子里看，而是故意扭着头，害怕看见鬼。鬼是什么样子？在蒲松龄的《画皮》中见过，人们也常说马脸牛头等鬼的肖像。一旦看见它们，人的寿限就到了。所以总害怕见到它们。就这样，那个大年三十的夜晚是在兴奋、神秘、恐惧的氛围中度过的。就是这一次，我与大年三十夜晚的兴奋、神秘、恐惧相识，但从此也就与大年三十的夜晚的兴奋、神秘、恐惧再见了。

尤其是后来在城里过年，不像农村那么复杂，但是也讲究一些。像穿新衣、燃爆竹、贴福字、包饺子等，但是没有那么多的迷信。过年已成为忙碌的终点。门上贴个福字以表喜庆，但也常常使自己忆起童年过年的情景。

记得有一年大年三十傍晚去墓地上坟，在墓地里燃放爆竹。爆竹点燃后，人们躲得远远的。爆竹芯子虽然冒出了火花，但是很快又默然了。这时几位小朋友一起冲上前去抢那未响的爆竹。大家先是用脚去踩，其中一位小朋友捷足先登，爆竹踩在了自己的脚下。当其拿到手中正得意之时，爆竹响了，鲜血流了出来。但那也是快乐的。

那时人们都穷，孩子们得到几个小鞭、几个爆竹总是放着，装着几天都不忍燃放。现在则是放不完的鞭炮。"年"也像鞭炮一样，不像过去那么珍贵。人们也不像老辈那样珍惜"年"了。

行于绿色中

这里是一片山区，到处都是森林。车跑在曲曲弯弯、上上下下的林间山路上，如跑在绿色的波浪中，满眼的绿色，起伏不断。这里只有路是黑色的，不断地被驰骋的车抛在了森林里。

犹如船跑在大海里，周边是碧蓝的大海，一望无际，只有那被船的动力推出的波浪是白色的，但很快又消失在碧蓝之中。

这里没有丝毫的杂乱的东西，没有横在空中的电线，没有被建筑破坏了的土地，没有成堆的垃圾，绿色占据着一切，蔓延在田野中，醉醺在心间里，看着就叫人快乐。

如果想寻找快乐的心情，那就坐上一辆车来这里飞奔吧，但一定不要独自驾车，你只需尽情地去远望。

有的地方高大的树会挡住你的视线，那也就是你视线的屏障，不过车跑在高处时屏障又会消失。向山下望去，没有他色，绿像是一张地毯，掩盖着大地。

偶有那么一个小村庄几个五颜六色的房屋，洒落在绿色之中，会让人想起那些神话，想起天堂，想起那些理想的地方。

偶有几头牛或卧在路边、山脚下，或低头食草，再也不见了别的与绿不符的庞然大物。再有就是那些小天使：喜鹊和乌鸦。它们或穿在树林中，或飞翔在草原之上，颇令人为之向往。

向往它们在树林中的自由，向往它们在草原上的寻觅，向往它们在天空中的飞翔，也向往它们从来不背负行囊，至多是嘴里叼上一只小虫，那也就足够了，从来也不贮备什么东西，一年四季只是扇动着两只美丽的翅膀，唱着一支快乐的歌儿，穿行在树枝上，飞落在草坪上，翱翔在天空中，人人谓之喜庆吉祥。

如若下了车，走进绿色中，会发现大树下，灌木丛中都长着许多的草木，还有许多的《本草纲目》中记载的药材，如人参、如灵芝、如蘑菇、如木耳等，都在默默地生长着。

但也有如老鼠，或名仓老鼠，它就是把那些吃的东西背到自己的窝中藏之，偷走或吃掉大量人们种植的庄稼。只因为它贪婪、自私，所以俗话说："老鼠过街，人人喊打。"自此可知之，苍天有眼，会让那些鸟儿四季有饭吃，不被饿死，不被冻死，而人们又爱之，那就是两袖清风，故而翩然于空中，悠然于树上，落落大方。而老鼠则畏首畏尾，贼头贼脑，人人恨之，见人缩首，无人溜之，藏身于深洞之中，不见光明。

此天地之理，人性两面，一面如喜鹊，两袖清风，快乐一生；一面如老鼠，贪食贪吃，鬼鬼祟祟。

阳光洒满了树林、草地。车奔驰在柏油马路上，摇下窗，任绿风吹来，任头发扬起，任衣袖飘摇，尽情地享受这绿色的世界。

‖ 荷塘月色 ‖

朱自清写过许多著名的散文，其中有一篇是《荷塘月色》。《荷塘月色》写得很美，像轻风拂来，像琴弦轻奏，像月光朦胧，像荷叶一样的恬静。那种美，固然是来自于笔者的文字润色，但也无庸置疑应归功于荷塘，归功于月色。

荷塘和月色这都是自然的，它们的存在是朴素而现实的，朴素的美固然是美的，但是毕竟是朴素的，是朱自清把这种朴素的美置于了高雅的殿堂之中，就如美丽的葡萄酒盛进了夜光杯中，并置于了豪华的辉煌之下，使朴素的美得到了升华，使同本质的美展示出不同本质的浪漫。《荷塘月色》中的荷塘是那座荷塘，月色是那座荷塘周边看到的月色，那种美是地域性的，是在一定的环境之中，并不被大众所知的。是朱自清把荷塘月色公开化，使荷塘月色不但变得人文化也变得大众化了。

任何人都可以品读到《荷塘月色》。可以想象出荷塘的情景，想象出月光的漫洒。那清清的水面上，平展着充满生机但悠然若闲的荷叶。荷叶的上面荷梗青青，挺立出一朵粉红色的荷花。那是一种怎样的天然般的雕饰，怎不令人陶醉呢。深远的夜空，挂着一轮明月，它那辉光柔和得并不会让人睁不开眼睛。当月光从天上泻下来的时候，散在大地上，伴着荷塘里的荷叶、荷花、水草的影子在晃动，那也是很迷人的。光的柔和、水的柔美、花的柔姿，可想而知，月光下的荷塘的景致，是一种什么样子的和谐。人是不宜步入这自然的殿堂的。朱自清当然也不宜。人，会驱走禅意，打破天然。

荷塘，是许多人为之忘机的地方。都想在这里享受天然，领悟禅意，但一旦踏入，便一切皆空了。人们为了留住禅意，把荷花、荷叶、荷塘永远地雕饰在一些艺术品上，体现在紫砂上、陶瓷上、砚台上、书画中、文章中，成为了人们休闲鉴赏，陶冶情操的上等艺术品。你看那荷叶上的青蛙，荷花上的蜻蜓，都是禅意澄明的。月色，是许多人为之动情的，人们为了表达思想常常借月光吟诵："举头望明月，低头思故乡"、"不知天上宫阙，今夕是何年"、"海上升明月、天涯共此时"，都是借月光抒情的句子。月，自古至今就是人们诉说的寄托。月像是母亲，月又像是妻儿，月像是故乡，月又像是故人。

朱自清则把荷塘和月色叠加，形成了多色相融的境界，给人一种轻歌曼舞的美妙，也便使这荷花在水中、在月光中亭亭玉立，翩翩起舞了。月光如水，水如月光，这月光与水的交融是再完美不过的了，而荷花偏又在这柔情之中，那便是天籁之巧。荷花是不曾使人想到月光的，但会让人想起荷塘。这就是朱自清的高人之处，把荷塘和月色交织。荷塘的自由，月色的自由，朱自清自由的踱步，恰逢其时月光不能朗照，这些无意的自由不约而同地沿着一条曲折的小煤屑路一起融入了《荷塘月色》。

当有月光的晚上，荷塘中必定会有一个月亮。猴子们说，月亮掉到了水里。一定是吴刚的桂花酒坛倾倒了，月亮醉了。掀起那片荷叶，在那清濯的塘水中，你一定会看见一个月亮在摇晃。水中的月亮把荷塘映得很深很深。整个荷塘也醉了。沿岸任月光流泻，怎么连青蛙也不叫了呢？是否青蛙也醉了？

记得老家房后有一个荷塘，每天到了晚上，人们躺在床上的时候，蛙鸣声则会敲响耳鼓。那是一种悠闲的声音。当你忙碌的时候，这种声音是不会介入的。时代的不同，人们忙碌的时间仿佛比过去长了许多，白黑的奔波，无以闲暇而乐，总想在二十四小时以外去寻找安心。蛙鸣的声音也听而不闻了。许多的人们无暇顾及荷塘月色。但即使有暇，要享受荷塘月色之美是要有态度的，是要有境界和情趣的，这样才会享受到那种意境，否则它们并不会给予理睬的。疲于奔忙，是永远享受不到的，即使在身边。

当人们感到荷塘月色的美的时候，那绝不是一种闲情逸致，而是一种生活的态度。朱自清的《荷塘夜色》也不仅仅是一篇文章，或许人们会感到那本应该是一种生活方式。

黑与白

又坐在车上，走在了高速公路上。本想安然地闭目以养神，然而外面的自然又使我倾注了神情，使我的眼睛不断地放远又拉近，拉近又放远，观望欣赏着窗外的草木和天空。

这是一个冬天的下午，没有一点的阳光。路两边的大地上铺着一层白皑皑的雪，直到远方的天边。树枝光秃秃的，落下的叶子也被雪盖在下面，看不到一点生机的影子，也没有半点生机的迹象。房子也是白的，也不像是人们住的，简直是天堂琼楼，完全是童话般的。河流的大部被冻僵了，冰上面洒满了雪，河的中央水较深处还没有被冰完全地封住，但被冰雪侵占得已经非常的狭窄，然而又蜿蜒着由近而远去，犹如一条蟒蛇。远处的山也如苍烟，形体不很清楚，整个世界如烟如墨如云如纱。

这是失去了生命的世界，然而失去的生命曾也有过生命，失去的生命是生命的生命，所以苍天也就把这一季节送给了失去的生命。烟是送给失去的生命的，它就是诉说；墨是送给失去的生命的，它就是缅怀；云是送给失去的生命的，它就是灵魂；纱是送给失去的生命的，它就是挽歌。

一切失去的生命都归于大地，而大地的一切又终归于生命。

这是一个天堂的季节，那样平安、那么寂静、那么深沉、那么淡雅，不曾有丝毫的浮躁和狂妄，不曾有丝毫的铅华和傲慢。这就是大自然对失去生命的尊重。

我的眼睛不断地重复着，不厌其烦地观察着这一切，但每次都会有新的思考和收获，自然教会了我为失去的生命而肃穆。

车在奔驰，路在延伸，自然在重复和变幻，思考在深入。天有道，自然有道，此谓大道也。道法自然是人类永恒的追求和探索。路漫漫其修远兮，吾将上下而求索。

车轮仍然在滚滚向前，我除了看到夜幕的黑色和雪的白色，再也读不出什么东西。这是自然向失去生命献上的最好的挽礼。

那就是简洁。

这白与黑是一切颜色的源头和鼻祖，这白与黑也是世界文化的渊源，这白与黑的分明也是人们追求正义的标准，是人们判断事物的最高境界。

黑与白也是大自然的宠儿，所以在它拥有的二十四小时里总是白天和黑夜交替出现。白天的光明和暗夜的深邃，那也是世间最朴素、最精致、最美好的。

话说三寸金莲

这就是过去的封建思想所为。几寸的脚，裹得都变了形。凸起的畸形的踝骨，寓居的脚趾，一看就别扭着。但在过去却一直被当做美来推崇。

这个带着浓厚的封建思想的扭曲的脚，被穿上了一只小鞋子，上面还绣着花儿，倒像是一个工艺品似的，还美其名曰："莲"。因为形状为一个莲花瓣儿，故而得其名。

奇怪，鞋子是越小越好，达三寸者为金莲，达四寸者为银莲，达五寸者为铜莲，若是再大就称为铁莲。

能穿上三寸金莲的脚的女人，是最美的女人。以此推之，穿铁莲的女人便是丑陋的女人。这样的大脚女人在过去是嫁不出去的。不仅如此，谁如果把脚放开，谁就是大逆不道，谁就会受到谴责和惩罚。女人成了社会的玩偶，这是怎样的世道？还口口声声地说："伟大的母亲。"不过从这些苦难看母亲确是伟大的。为什么一个伟大的母亲，还要让她去遭受无谓的痛苦和伤害？直到现在竟还有的在招聘时声明不要女生，这种思想也被穿上了三寸金莲。

过去有一篇文章叫《病梅馆记》，文中说："梅以曲为美，正则无态。"把一棵好端端的梅树剪得竖歪横斜。这也充分说明了古人封建思想的畸形。在当今同样也没有大的改观，盆景仍以曲为美，有甚之而无不及。这种审美的观点也被穿上了三寸金莲。

对待人以封建思想而为德，对待事物以封建思想而为美，这是古时普通的广泛所在，也真是古人的悲哀。美都建立在痛苦的基础之上，是建立在歪曲的基础之上。女人一生都在为小脚而奋斗，但她们的小脚就像现代人用脚跟走路一样，总也跑不快，无论你如何地努力，永远被社会抛在了后面。

我们的思想，如果像女人的小脚一样，被美丽的金莲裹着，看上去有些美，岂不知里面裹着一团无形无力的畸形的脚，那就很难做好事情，很难有好的行为，很难跟上时代的脉搏了。

古时以"病梅"为美，以"三寸金莲"为美的思想，至今还在束缚着我们的行为，影响着我们的思想，危害着我们的社会。我们给很多的事物都穿上了三寸金莲。河流两岸用石头砌成，河流便穿上了三寸金莲。城市里的绿地除去了自然，绿地穿上了三寸金莲。树木也被年年剪去枝头，美其名曰"园林"，树也被穿上了三寸金莲。许许多多的地方或领域都被束缚得像是穿上了三寸金莲。

俗话说："与不善人居如入鲍鱼之肆，与善人居如入芝兰之室。"习以为常才是大敌。在不知不觉中都裹上了脚，欣赏扭曲的美，望着远去的时代先锋怎么也赶不上。最后在解放思想的喊声中越拉越远，在进一步解放思想的喊声中望尘莫及。

幻境

高楼危耸。楼梯像是一个个高矮不同的秋千，从最低的一个秋千板，逐个迈向一个比一个高的秋千板。秋千在荡，走起来很难，但这是上楼的唯一的通道。为了加固秋千，楼梯便在秋千的两条绳子中间，编入了网格，但即便是这样也难以攀登。

我走到中间时，秋千已乱作一团，上上下下的，左左右右的前来碰你的腿。望着楼上的人们，怎么也不能攀上去，自己便荡在空中了。立刻恐惧便弥漫了我的心。

但楼上有人住，并在阳台上或窗子上看我。但他们并没有感到我的艰难，犹如平常一样说笑，还向我招手，表情平淡无奇，不时与我搭讪。但我哪里顾得。在我面前，却是危楼高耸和秋千楼梯的动荡。

我跌入了楼下，进入了楼的底层，这里也不乏人们。但他们的穿戴和楼上的人们的穿戴是截然不同的，楼上人们穿的是绸缎，而楼底层的人们像是建筑工人一样，穿得粗一些。且楼底层灰飞土扬，许多的人都是灰头土脸的，有的人病倒在地上，脸上覆上了一层土。我把他们扶起来，怕他们因此而窒息。我劝他们离开这里，以求生存，但我并不知道他们为什么在这里，在这环境如此破败的地方。

我与他们最终走出了底层，来到了另一个地方，也同样是一座楼。楼前的院子有一个大门，门正中是一块巨大的石头，可谓是透、瘦、陋。旁边长着一棵桔子树，有些特别，桔子树的枝条特别的长，长长的伸出来，并且长满了橙红色的桔子。来来往往的人们没有去摘的，仿佛熟视无睹，只管走路。走进楼里，才知道这里是一个大食堂。人们于是有秩序地坐下，穿白色大褂的人，把菜放在盘子里，两人一个盘子，互相谦让着。但这一切都没有任何的来龙去脉，事情就是这样发生着。

吃饱了饭，一起登上了飞机，去哪里并不知道，但飞机还是平稳地起飞了，天气很好，阳光明媚。

我从舷窗向外一望才知道，我们已经飞在了天堂，朵朵的白云已经低低的在飞机的下方。于是我想，平日里我们所说的天上，原来是这样的。都说天堂很美好，那里是另一个世界，什么都不缺，人们相处很和谐。这里没有战争、没有斗争、没有险恶。

我看天堂里什么都没有，连一只鸟也看不见，只有这身下的飞机在轰隆隆地向前飞行，那朵朵的云像一座座的山，在阳光下，把阴影投在大地上，那里是现实人间，而天堂里只有那阳光和洁白的云朵。

啊，啊，啊，天堂原来是这样。都说人到了天堂是享受去了，我这才理解了人到了天堂便是消失了的意思，别无他意。或许灵魂是在天堂里的，灵魂自由地在空中游荡，只是我们看不到而已。在这天堂里，一切都可能是隐形的，都藏在那白云朵里，因为自古至今，人们都相信天堂，我便不能因看不到什么，而以此否定之。

天堂在我读的书中是多么的美好的境地，但到天堂里一游，才发现天堂的现实中是如此的空虚。

如若有人去天堂，一定还会从天堂里跌落入现实的大地上的。什么天堂仙境等都是虚无缥缈的，这注定人一定是在苦难的现实中的。

现实就是现实，之所以是现实，就是因为是现实，一切战争、一切快乐、一切矛盾、一切疾病、一切幸福、一切抱怨，都归于现实，共存在的一切便构成了这个现实。

人们不理解的、解释不了的、解决不了的、不明白的东西，都属于现实，现实背负着怎样的沉重，但人们对现实并不满意，何时才能得到救赎？

我本在现实中的，为什么坐着飞机来到了天堂呢，难道这一刻就是人们想得到的救赎吗？

天堂的空虚，现实的艰难，人类是很难偏居一隅而安然的。那么人们只能立足现实，而常常抬起头来仰望一下天空，那天空也许便是天堂了。

棘子树

棘子树，一向是不被人们看好的。但它不卑不亢，仍然健壮地活着，活在自己的世界里。

从来也没有人们去问津，但也长得腰板很硬，直立在芜杂的草丛中。

秋天到来时，也结满了红红的果实，吃起来竟然也是甜的，并没有抱怨过人们关怀的缺失，而是默默地奉献着一切。在这一点上，人们应该给棘子平反正名，因为通常人们把棘子比喻为小人，把兰花比喻为君子。其实棘子树在植物界是一个铁骨铮铮的汉子，是植物界最忠实的伙伴。每每有它的地方，许多采花者便会止步。故兰花也就灿烂而美丽地生长在其间，不被人们所采撷。

有了棘子树的护围，是会避免兰花改变其不幸命运的。故棘子树，应授予其为护花使者的称号。当花儿开放时，它护围在那里，当花儿开过后，它仍守护在那里，等待明年的花开时节的到来。

棘子树，无论在哪里总保持着自己的个性，宁愿忍受着贫瘠，也不愿有半点的媚骨去乞求富贵的生活，愿意永远守护着那一片生态和烂漫。这就是棘子树的品质。

简说文字

中国的文字发展了几千年，已达到炉火纯青的程度。在这几千年的时间里，文字也几经变化，优胜劣汰，从字形上的演变到字义上的演化都有了一个天翻地覆的变化，由复杂化到简单化，由上层化到大众化，由高浓度稀释到低浓度，发挥着越来越大的作用。

文字须进化，像人类的进化一样，像文明的进化一样。从远古农耕到近代的工业，到现代生态的文明，一些是过时了，被作为古玩物藏之，想起来可以翻腾出来把玩、欣赏、摆放、擦拭、保养，但已与人们的日常生活或工作几无关系。一些被人们越来越多地使用、认识，越来越离不开它们，并在实践中不断地进行改造，一些文字大体也是这样的。但是文字有文字的特点，遣词造句要准确，不能让人们发生歧义，更不能使意义发生变化，或有漏洞，让人们去曲解。

历史上的灿烂的文化一定要继承下来，并发扬光大，且不可踢开历史造句。很多人写文章善于求新，对于那些成语也要改造，那就会弄巧成拙。在此，举几例以说明。近几年发现了一个词"拓新"，"拓"是开拓、扩大、开辟的意思，"新"是新的东西，原来没有的东西，是在大小、长短、面积、范围、规定方面的与原来不一样的，才可称之为新。"拓新"现有的东西不能叫新，新的东西在不存在之前，"拓新"就是虚无的。可能会有人理解为"开拓创新"，因为在开拓创新中可以找到"拓新"两个字，但拓新绝不是"开拓创新"。还有一个词是"下步"，我想这必然是"下一步"的省略。但意义就不确切了。"下一步"就是今后的做法、打算，而且仅仅是第一步。而"下步"就不知道是哪一步，下一步还是下两步，还是下三步。再有甚者被理解为"上策"、"下策"之意。"下步"就不是"上步"，也不是"高步"，有"下策"之意。另有一词"敬终如始"，更令人费解。令人理解为"敬终像开始一样"，再正确的理解是"敬终像敬始一样"。但为什么要敬终像敬始一样呢？有必要吗？始是什么，终是什么，始好则可敬之，始坏也可敬之吗？古人有几个词可能是用"敬终如始"者的意思，如"善始善终"、"始终如一"。但在开始与结束都要认真，都要做好的问题上，用"善始善终"是最确切的。

所以在用字用词方面，如果不能超过古人，而又用得不够确切时，一定不能去仅仅创新、求新。一旦求新和创新就一定要超过古人，比原来的要好才行。

中国的文字早在春秋战国时期，就已经达到了一个顶峰。诸子百家的文章，遣词造句及蕴含的意义都登峰造极。如四书五经，记载着中华民族的优良传统文化，是做人做事做官的指南。现在一些教育人的书籍和文章都无与伦比，可以说前无古人后无来者。

国人应该多读一读国学一类的书籍。那里有完美的词句。如果读了这些书，你就会感到在遣词造句方面应该谨慎为之。

觉与知

人总是要有动静之变，有时需要静，有时需要动。

有时需要动，因为生命都说其在于运动，运动可增强人的体质，固是不可或缺的。但也需要静，因为静可凝神，静可致远，静可养怡。故动静之变，要有规律的。只动而不可蓄元气，只静而不可添活力，动静结合，才是人之健全之本源。

在北京的大觉寺中，有一个匾额上就写着"动静等观"，颇有禅意，也富有哲理。与这"大觉寺"的寺名高度的契合，"觉"则有"悟"，"大觉"则"大悟"，有大悟者才会动静等观。在任何事情上都能做到"动静等观"，那就完全地修炼成功了，达到了一个人所能及的最高境界。此动静等观中有"动静"二字，还有"等观"二字。观察并等待时机，这从字面之意去理解，虽然比较浮浅，但其确有其意。如果从禅意，从道义，从深意去考虑、去解读，那么就太深刻了，太丰富了，那就又去了另一种境界。

知与不知，总是互相存在的，不知之，可以求之，也是一种积极的因素，知时，会以"知"指导我们的行为，但反过来，"不知"会使我们盲目，"知"会使我们满足，因知与不知，皆有其意义的，尤其是其积极的意义。古人云，"知之谓之知之，不知谓之不知"，不能不懂装懂，不知而谓知之。

知是相对的，不知是绝对的，世界之大，无奇不有，奇者不知者，知者不奇也。人生之短暂，知识之博大、精深，都知之，那也是很难的事情。但人有其主动性、能动性，谓之一无所知，也难矣。知之也有多少而已，有学者知之多也，无学者知之少也。

人们要不断地追求知，追求各方面的进步，但当你知之达到一定程度时，也会达到"大觉"。故民间也有"知足"二字，甚至有一些民间艺术品，在一只脚背上落一只蝉，寓意为禅意，知足。此也为知足者常乐，也是民俗文化的禅意所寄。"知"特用"知了"的"知"，这"知了"，就是蝉，又与"禅"同音，特取其禅义。故知足者之"知"字，不仅仅是"知"，还有"禅"道之"知"，其大有哲学之意，因其有此深意，故知足者少，知足也难。要知足，是需要有大觉悟的。而那些贪婪、过度、掠夺的不知足行为，必是社会发展的不良药剂。像大烟片一样，一定会销蚀社会的机体的。对社会、自然、世界尚且如此，何况渺小的人呢？人们不能不知足，而要知不足，不知足是一种欲望，是一种狂妄。知不足是一种品质，一种追求。知不足与不知足是截然相反的两种意识。故要做明白人，不做糊涂人，要有"大觉"之悟，要有知足之乐，要有知不足之智。人应该在知足与知不足中迈向美好的生活。

酒

　　酒是多么美妙的名字，又是多么的充满着魔力。酒会给人以美好。酒会给人以勇气，也会给人以力量，有时也会给人以创造的灵感。酒的作用确实很大并且也很多，但我只想谈一谈"有时"这一小小的片段。

　　酒是被人各有喜爱的，有的人喜欢白的、有的人喜欢红的、有的人喜欢黄的。你看那干红葡萄酒，在灯光下的颜色，胜过那迷人的琥珀；你再看那款酒，名字叫轩尼诗，就是一首诗，倒在一个透明的杯中洋溢出的香味，比诗还要沁人心脾；你也曾看到干邑系列，清澈干练，脆而爽的感觉，如消夏的雪水。许多的人爱它们，爱得如痴如醉，但往往都是带有敬畏的，很多时候都矜持的不敢问津，然而感情总会使你狂妄，藐视这杯中的液体，忘记自我，不顾一切地一饮而尽。那是怎样的痛快，那是怎样的淋漓。

　　然而烈马是难以驾驭的，很快会将你甩下来的，爬起来跟跟跄跄的样子，那就是禁果的使然。以柔克刚，水尚且能如此，酒何以不能。然，酒毕竟有性格，总是正大光明地告诉你："来者不善，善者不来。"从不隐瞒自己的味道，总是那么灵动，仿佛通人性似的，当然这就是所谓的葡萄。而，那些粮食酿造的白酒，就更加张扬了，仿佛要飞似的，故人们也只能始终把它装在容器中，当打开瓶子饮之的时候，酒便有了用武之地，有了挥洒的空间。到了重现那段著名的《渔夫与魔王》的故事。但那也是一种享受，一种境界，尤其是在微醉之时。在这般火候，用于打铁，会打造出好的利器的。用于艺术的创作，那就是酒的挥发与墨的挥毫的完美结合。画几枝竹叶，写几条兰花，望而生词，放笔尽书，竹枝苍且劲，兰花如蝶飞，写完的字也有微醉之意，让人见后如飞雀骇兽。正如历史上的张旭、怀素，被称为张颠素狂，酒后狂书，醒后再书书不得。"竹枝苍且劲"是秋实醉后见板桥的一幅画墨竹而思之流于墨中。"竹枝苍且劲，原生南山下。借笔移纸上，众人皆可察。根系汲自水，枝叶生墨霞。源黄计不枯，青青淡益甲。"

　　人们也很是奇迹，酒会把人的矜持掳去，让人更可表现己之个性。尤其是那么几位艺人们各凑几笔，石头、荷花、虾、小鸟，不期而相遇，但也和谐优美，酒后也不曾多思，为之题字，打靶就来，"爱莲者非独为人，还有飞雀也。飞雀之来非莲香之故，唯有墨香者也。"泼墨者以酒力而挥之，尽数自然之和谐。无酒力而无狂放，无酒力而矜持，互相推让。唯酒使人解脱，唯酒醉方使人能说华语一样，唯酒力方使人挥毫，淋漓尽致地泼洒，互不相让又珠联璧合。此作品必有酒香墨香之契，有酒色墨色之韵，有酒气墨气之味。有一诗说得好，"白日放歌须纵酒，青春作伴好还乡。即从巴峡穿巫峡，便下襄阳向洛阳。"杜甫为收河南河北而歌。用于酒后赋诗作吟则亦显恰当。纵酒、还乡、即从、便下。顺畅如游龙，宕荡如猛虎。秋实酒浅，但酒力之深是亦有体验。酒微醉之时见许麟唐《兰竹飞雀》画鸟之作，顺手拈来，笔墨写到："左右两三笔，兰竹生生机。熏风送芳息，飞鸟添香衣。此乃华语乎！借酒之力，无不能为之矣。"

　　酒的历史，酒的文化是足可以让人不饮而醉的。中国有语云："醉翁之意不在酒，在乎山水之间也。"酒之渊之远，酒之源之深，酒之流之浩荡，足以见人们对酒之喜好，人们也已经生活在酒之氤氲之中了。

兰亭序

兰亭序，这三个字很美，很有意境，令人们向往。

"兰"字者，本身就浸漫着馨香。大家一提到兰字，便会想起那纤细的叶子，那如蜻蜓般的花儿，那淡淡的幽影。便会有一种柔情般的温馨，有一种美好的意识浸在心头。

"亭"字者，总是那么亭亭如立，雕梁画栋，四野青山绿水，鸟语花香。在亭中稍憩，或品茶抚琴，或听瀑观水，也是蕴含着许多故事和闲情逸致的。中国一向是把亭、阁、楼、台、榭作为得月之处。于亭间邀月，月明亭台，清风徐来。故提到亭，便伴有雅士贤才美人，便伴有阳春白雪诗文。

"序"字者，也可以表之，序者一般在书之扉页，是拉开篇章的文字，一般由德高望重者或才高八斗者为之。对事物可赞、可评、可论、可导、可释。是引蛇出洞，龙出云头的开篇之词。"万事开头难"，"千里之行始于足下"，"好的开始就意味着成功了一半"，都说明了序之重要。古之许多序都是很有名气，流芳千古的。如《滕王阁序》、《岳阳楼记》、《送东阳马生序》等都被流传后世，读之脍炙人口。

兰亭是为纪念越王在会稽山阴种兰花而建，确有一段美好的历史记忆，愈发使《兰亭序》每一个字都滋长出花蕊来。兰亭位于今绍兴市西南十四公里的兰诸山下，相传春秋时期越王勾践曾在此植兰，汉时设驿亭，故名兰亭。

中国自古以来就有"修禊"的风俗，每逢春天三月，古人就采撷百花香草，洗浴洁身，祭神欢宴，避祸祈福。至魏晋以后，固定在三月三日从原来的洁身祭神，以求福祉，逐步演变为郊游赏景，饮酒作诗。据历史记载，公元三五三年，即东晋永和九年三月三日，王羲之与友人谢安、孙绰等名流四十二人聚会于此饮酒赋诗，杜甫曾诗曰："三月三日天气新，长安水边多丽人。"就是说了这次修禊的情景。王羲之把丽人的诗赋汇成了一本诗集，并写了一篇序，而成为著名的《兰亭集序》，又名《兰亭序》。

故仅兰、亭、序三个字就足以令人赏心悦目。

《兰亭序》，作为一篇文章，是精美的，读之沁人心脾。《兰亭序》开篇便说明了时间、地点、事由。"永和九年，岁在癸丑，暮春之初，会于会稽山阴之兰亭，修禊事也。"紧接着交代了人物："群贤毕至，少长咸集"。地点是在会稽山的北边的兰亭，也正是在春暖花开之期，季节正适宜于郊游。

接下来作者描写了优美的环境，同时也反映了作者快乐美好的心情。"此地有崇山峻岭，茂林修竹，又有清流激湍，映带左右，引以为流觞曲水，列坐其次。虽无丝竹管弦之盛，一觞一咏，亦足以畅叙幽情。"寥寥数语把这个地方的美写了出来，这是一个山清水秀，草木繁荣的地方，并写出了人们在郊游之时，所做的一件事就是饮酒作赋。人们沿蜿蜒的水边依次而坐，把酒杯放入水中，水送至谁处，便由谁来饮酒作诗，像击鼓传花一样，是令人拍手称快的事情。所以虽然没有丝竹声没有管弦之音那么热闹非凡，但饮下一杯美酒，再吟诵一首抒情之诗，也是非常的惬意的。这就是文人墨客所独有的情怀，以酒为媒、以诗为乐、以人为和、以景为情，其已盛于丝竹管弦之效。

"是日也，天朗气清，惠风和畅。仰观宇宙之大，俯察品类之盛，所以游目骋怀，足以极视听之娱，信可乐也。"把天气的情况描写了出来，把自己置于天地之间，融于宇宙，仰观俯察皆觉地大物博，天空高远。极目望远而抒怀，倾心天籁而美意。眼前的这一切事物及人物使作者的心情可谓是兴致所至。

"夫人之相与，俯仰一世。或取诸怀抱，悟言一室之内；或因寄所托，放浪形骸之外。虽趣舍万殊，静躁不同，当其欣于所遇，暂得于己，快然自足，不知老之将至。"作者除交代地点、时间、天气、事由以外，还描写了现实心情，并在叙述中加之议论，感慨万千。人与人各有不同之好、之历、之取、之舍。有的爱动、有的爱静。当他们遇到所喜欢的东西、景物时虽然只是暂时的拥有或欣赏，也会快乐满足，而不知道自己会老，也不知道这一切都会归于造物主。这一段充分说明了人之在世的心态，成为前后文章的承接部分。前段的欣喜若狂之情，到中段的中性的评论，再到后文的消极悲叹，犹如飞瀑湍流急下。读之悄然而生悲观之情。"及其所之既倦，情随事迁，感慨系之矣。"等到性情志趣事过境迁之时，自己对所有的境遇厌倦的时候，必感慨万分，如泄了气的皮球一样，不再那么精神饱满了，不免叹之曰："向之所欣，俯仰之间，已为陈迹，犹不能不以之兴怀，况修短随化，终期于尽。"如曹操所云"人生苦短，譬如朝露"，如李白所言"朝如青丝暮成雪"，过去自己欣赏喜欢的一切，或欣欣向荣的东西，在一仰一俯的瞬间便成过去，成为陈旧的东西，况且人之寿命随其造化，终有尽期。"神龟虽寿，犹有竟时"，说到这里王羲之引用古人语言以佐证其理。"古人云：'死生亦大矣。'岂不痛哉！"死生是人生之大事情，短暂的生命岂不令人悲痛哀伤吗？

"每览昔人兴感之由，若合一契，未尝不临文嗟悼，不能喻之于怀。固知一死生为虚诞，齐彭殇为妄作。后之视今，亦犹今之视昔，悲夫！"王羲之进一步阐述了自己的观点不是一己之见，而是每一个时代的共同哀伤，自己每每读古人的文章时，都会有同样的叹息，如出一辙，总是要在读过前人的文章后而嗟叹伤感。为什么要这样呢？因为没有达到人生最高境界。其实生死之事，彭殇之情作者都知道。虚诞也好，妄作也好，后人看待今人，也像今人看前人一样，只说明了作者终究做不到把生与死、盛与衰、过去与未来、短命与长寿看成是一样的，没有达到庄子"一死生，齐彭殇"的哲学境界，故不免悲叹！如若达到"一死生，齐彭殇"的人生境界则无悲矣。"故列叙时人，录其所述，虽世殊事异，所以兴怀，其致一也。后之览者，亦将有感于斯文。"王羲之说明了为什么把一觞一咏者列出，并把他们的诗书感想记录下来，以供后人观览。虽然事过境迁，时代有别，形势不同，但令人感怀激情兴叹的道理是一样的。后人读之一定也会引发对此文章的感叹和慨然。

纵观整篇文章，前面写景物，后面抒情怀；前面为记叙文，后面为议论文；前面积极乐观，后面消极悲观。但语言简练，文字高超，立论、引据、佐证，相辅相成，相得益彰，是一篇很好的文学作品。

其实读之可会其意，不可明言。像读《哈姆雷特》一样，一千个读者，便有一千个哈姆雷特，认识不一样，理解不一样。有的人说王羲之表达的是积极的人生观，惜时之珍贵，人生之短暂，莫使生命从自己的身边消逝。从另一个角度，启迪人们珍惜短暂的生命，热爱美好的现实生活，保持好的处事态度。有人说王羲之表达的是消极的人生观，通篇有几处"悲夫"、"痛哉"等消极痕迹。但公说公有理婆说婆有理，只有作者自知当时的内心世界。

不过后人对"故知一死生为虚诞，齐彭殇为妄作"的理解很重要。这是理解王羲之之意，解析文章之意的核心。如果王羲之是在质疑这种观点的真伪，那么就是一种解释，如果王羲之是说明自己没有达到这个境界，那么又是一种解释。那是哲学和宗教的关系了。其实作者只是一篇日记文章，可能并没有多少议论思考，而后人的意猜才出现了多元的思想，使《兰亭序》成为了一个矛盾体。前后乐悲之矛盾体是显而易见的，而正反两个议题之矛盾体是有些混沌朦胧的。也只好让人们各取其意吧。

《兰亭序》，还是一幅漂亮的书法作品，自古以来，备受书法界、艺术界的推崇。

《兰亭序》书法作品被称之为天下第一行书。其实这种说法应该改变，中国是书法之乡，是否可称之为中华古今最优秀的行书之一。这样不仅提高了中国的书法地位，也鼓舞后人是否可以再出一个王羲之，或超越王羲之之人物，再创中华书法新的篇章及辉煌。

王羲之，字逸少，官至右军将军，故又称之为"王右军"。后人评王右军《兰亭序》之书法道曰："右军字体，古法一变，其雄秀之气，出于天然，故古今以为师法。"后人把许多华丽的文字从形质、章法、结构、笔法的角度都毫不吝啬地送给了王羲之的《兰亭序》。如气度、风神、襟怀、情愫、神韵、潇洒、俊逸、高雅、清新、华美、蕴藉、气度、深情、仰慕等都毫不保留地用来评价这一书法作品。以至于被权高无上的唐太宗李世民带进了昭陵。至此，就把《兰亭序》书法作品推向了艺术历史的最高巅峰，赋予了它最神秘的传奇色彩。

其实，我们如果拂去历史的尘埃，撕下神秘的面纱，把那么多复杂的因素统统地放在一边，只是把那幅《兰亭序》的作品平摊在桌面上，置于自己的眼前，你会更加直接、更加一目了然地、简单而真实地发现它的特点。有语云："豪华落尽见真淳。"人无完人，金无足赤。艺术是百花齐放的，百家争鸣的。把一幅作品奉为极品或一流没有错，极品或一流可有许多，而第一，或至高无上则不可有双。我们往往对好的东西加上世界第一，天下无双，完全是崇拜主义，不科学，不哲学。历史上许多大家都从没有批判式的欣赏，都在附和着，推波助澜。

当你把作品平铺在眼前之时，确会使你眼睛为之一亮，神情为之一振矣。重要的是《兰亭序》这幅书法作品出自天然，或者说出自率真。"清风出袖，明月入怀"，这是最贴切的评价。王羲之，饮酒而书，挥洒自如。几处涂抹就充分反映出作者之天性之举，"今之视昔"后被涂一处，此字或许是"耳"字被涂掉；"悲夫"的"夫"字有改之；"向之所欣"的"向之"也涂改过；"崇山峻岭"的"崇山"是被漏掉又补之的；"岁在癸丑"的"丑"字涂改过；"虽无丝竹管弦之盛"的"盛"字改过；"或因寄所托"之"因"也改过；"岂不痛哉"的"痛"字改过；文章的最后一个字"斯文"的"文"字，原为"作"后改为"文"。"有感于斯文"比"有感于斯作"更有文采。这些都是说明了作者当时之率真。这是王羲之书法功底的表露，打靶就来，一气呵成，进退流转，承上启下，章法结构布局都胸有成竹，落落大方，跃然纸上。俗语云：功夫在台下，功力在台上。王羲之的书法真实性和艺术性，功力性都体现在这幅作品中。有顿之、有挫之、有逸之。笔锋所及如刃，笔力所达如金。读之如见王羲之正在俯案而书，笔尖在纸的舞台上跳跃、游弋，如歌似水，放笔收笔如芭蕾之起伏、转结、形势。有时若有所思，有时如痴如醉，有时抑扬顿挫，有时行云流水。仿佛见到了王羲之把笔真正当成书写记录的工具，而不是艺术创作的道具。是真实和功夫的流露，是记事的载体，而不是创作的艺术，但却胜似艺术。这确是难能可贵的。无意之时却有境界，忘我之为却会永存。你看，王羲之的那只手中的毛笔，仿佛赋予了弹力一般，开、合、结、转、飞奔、疾走，如此的踌躇满志，那不是外在之力，而是王羲之内功的体现，王羲之的经历、学识、地位、方法、思想、理论、智慧、基础、修养形成一股内功，如电流一般注入笔端，才使笔锋充满生机活力。细则如麦芒，壮则如玉柱，轻则如蝉翼，重则如陨石。故《兰亭序》如出天然无雕琢，正反映当时中国毛笔使用之盛，也是一种现实文化的体现。也反映了我国书法实用与艺术的完美结合和我国传统优秀文化和聪明才智的历史渊源。这才是王羲之《兰亭序》的真正的现实和艺术价值所在。

　　王羲之的书法艺术作品高超者不胜枚举，而唯《兰亭序》备受推崇，其真谛就在于建立在"功夫"之上的"率真"或称之为天然，再加上其文学的香薰，历史的传奇，怎不使人为之推崇呢。

麻雀

麻雀，名字是怎么由来的，我想一定会有史典记载。但我有一种感觉，因为麻雀是鸟类中最小的鸟儿，同时也是最多最普通的鸟儿，并且它们的出现都是成群结队，列如桑麻，故而名曰：麻雀。

小的时候，老人们都称之为鸱（chen）子。它们总是忽地一片落下，忽地一片又飞起，唧唧喳喳地飘忽不定。这与它们聪明机警的天性有关。农村里种稻、种黍、种高粱、种谷子等小颗粒的粮食，它们都是天敌。尤其是近乎成熟期，人们日日看守，不让这些麻雀们侵略。如果放开了可能只会给人们留下秸衣。所以人们就天天看鸱子，并在地里扎上稻草人，给稻草人穿上红衣服，高高地站在地里，风儿吹来左摇右摆，以驱麻雀。但那些麻雀们仍然会来袭击。它们埋伏在周边的树上，伺机飞下，又迅速飞去，与人们斗智斗勇。如果你袖手旁观，那也是非常精彩的一场戏。

收获以后，在家里晒粮食时，也会有这样相似的一幕。我家晒谷子时，奶奶一进屋，它们就来袭。当奶奶再出来，还没迈出门槛时，它们就飞起来，急忙飞扑的翅膀，发出急促的声音。奶奶就举起手来喊："你们这些死鸱子，我打死你们。"它们仿佛并不在意，落到周围的树枝上，隐藏在树叶间，在嘻嘻地微笑。

麻雀不但有主动进攻的侵略意识，同时还有很强的防守意识。在麻雀居住集中的地方，当有入侵鸟类时它们会表现得非常团结，直至将入侵者赶跑。麻雀有时往往会表现得非常勇敢，俄国作家屠格涅夫曾在他的短篇小说《麻雀》中记载过一只麻雀为保护不慎坠地的幼鸟以其弱小的身体面对一只大狗而不退缩的感人场面：

我打猎回来，走在花园的林荫路上。狗在我面前奔跑。忽然它缩小了脚步，开始悄悄地走，好像嗅到了前面的野物。

我顺着林荫路望去，看见一只小麻雀，嘴角嫩黄，头顶上有些茸毛。它从窝里跌下来（风在猛烈摇着路边的白桦树），一动不动地坐着，无望地张开两只刚刚长出来的小翅膀。

我的狗正慢慢地向它走近，突然间，是近旁的一棵树上，一只黑胸脯的老麻雀像块石头一样一飞而下，落在狗鼻子尖的前面——全身羽毛竖起，完全变了形状，绝望又可怜地尖叫着，一连两次扑向那牙齿锐利的、张大的狗嘴。

这是冲下来救护的，它用身体掩护着自己的幼儿……然而它那整个小小的身体在恐惧中颤抖着，小小的叫声变得蛮勇而嘶哑，它兀立着不动，它在自我牺牲！

一只狗在它看来该是多么庞大的怪物啊！尽管如此，它不能安栖在高高的、毫无危险的枝头……一种力量，比它的意志更强大的力量，把它从那上边催促下来。

我的特列索停住了，后退了……显然，连它也认识到了这种力量。

我急忙唤住惊惶的狗——肃然起敬地走开。

是的，请别发笑，我对那只小小的、英雄般的鸟儿，对它的爱的冲动肃然起敬。

爱，我想，比死的恐惧更强大。只是靠了它，只是靠了爱，生命才得以维持、得以发展啊！

麻雀被称之为"四害"，在被打之列。那一段也是麻雀的灾难。但这些小家伙们并没有深切体会到人类把它们当做敌人，它们却把人类作为游戏的伙伴。它们乐观地生活，不那么有城府，有时唧喳不停。人们摸雀、打雀、捕雀，但都没有把它们灭绝。人类也感到侥幸。其实麻雀也是人类的朋友，如果没有麻雀，那整个世界都是死寂的，既听不到雀的鸣啼，也看不到雀的舞姿。你可以忆起夏日里浓荫中看不到鸟儿但能听到鸟鸣，冬日里繁枝上鸟儿的舞蹈和身影，是多么地使人愉快。有时在你走路的时候，忽然惊起一群麻雀，那又是怎样的惊喜。

我是喜欢麻雀的，小的时候不知道如何去爱麻雀，常常是用竹条编一个鸟笼子，把捕到的麻雀，放到里面，走到哪里就提到哪里。雀儿在里面急得直蹦乱跳，自己觉得很好玩。麻雀有较强的记忆力，这和其它许多小型雀不同，如得到人救助的麻雀会对救助过它的人表现出一种亲近，而且会持续很长的时间。记得小时候从檐下摸出的雏鸟，还没有插上毛衣竹，甚至还不会走，就放在竹笼中养着，弄点棉花团铺在底下，精心养护。直到它会飞，把它放出笼子，纵飞到高处，又把它唤回，落在手上或肩上，那是一大功绩、一大收获。当地人都把它叫做"熟份"。但有时也会伤害它们，用弹弓把它们打下来，用网把它们网住等。无论如何，麻雀给我带来了欢乐，使自己的童年成为愉快的童年、值得回忆的童年。

"麻雀虽小，五脏俱全"。麻雀也是生命，是人类的朋友。人类应该保护好麻雀，它们是快乐的，人类就不是寂寞的。

忙里偷闲

忙碌的日子始终没有过去，在这些日子里自己疲惫的身影也时常从一天的清晨一直晃荡到这一天的暮晚。

时值夏日的一个傍晚，太阳还在发射着光芒，操场上还有几个孩子在踢足球。孩子们的呼喊声陪伴着夕阳。我换上了运动鞋和短式运动服。自己弯了弯身子，扭了扭脚，就在操场上运动起来了。这个操场是一个标准的运动场，四百米的标准塑胶跑道，蓝红相间，周边很大的一片体育设施，高楼大厦离得较远，有着很好的视线。天与楼形成了很好的风景，仿佛把自己置于了一个欢乐的天地之间，无需愁，无需忧，无需与熟悉的面孔相见寒暄。用脚下的钉子跑鞋抓住大地，一步一个脚印地绕着圈子。

我始终坚持运动，并坚持运动观。我认为人仅仅活动是不够的，一定要运动。活动和运动是有区别的，主要区别在于运动是有一定强度的，而活动则比较休闲。当运动到疲劳点时，也不要停下来，而是坚持着咬着牙关，挥着汗水，最后跑完了十圈，像是蒸过了桑拿一样，酣畅淋漓。衣服几乎全部被汗水浸透。这大汗淋淋与酩酊大醉是有天壤之别的。

夕阳落山了，天黑了。操场上孩子们追逐的笑声也没有了，但是随之而来的是操场上多了一些晃动的身影。这时我却悄悄地离去。驱车沐着晚风，沿着海边的路回家。风儿轻拂着海湾，白浪追逐着沙滩，游人们在海边挽着手在散步，一种悠然闲适的景象又在助长着自己愉悦的心情。

回到家中，妻子女儿还在外面忙碌，自己倒悠闲地打开电视综艺台，一场精彩的节目正在电视里面热播着。我一边看电视，一边为自己塞满肚子而忙碌，饥饿的肚肠早已发出信号，催促美味佳肴的到来。美味是有的，因为饥饿是最好的调味品。佳肴嘛，要看从什么角度去认识，但这就让大家来评价一下是美味还是佳肴，还是两者兼备之？

我拿出了一个西红柿，切成小片，又拿出了一棵大葱，切成小段，再切下一片姜，切成小条，又取出一块方便面，这样佐料就已经准备好了。打开煤气，旺火燃烧，把铁锅烧热，先倒上一勺花生油，再把葱花和姜丝同时倒入，就听见"滋滋"的几声响，锅里弥漫着白色的烟雾，紧接着把西红柿放入，再加上一勺盐，用手掂一掂锅，再加上一瓢水，最后加入那块方便面，盖上锅，煮。

等煮开了锅，把煤气关掉，盖上两分钟的锅盖，稍微让面在锅里打了个盹。然后打开锅盖，那些清清楚楚的佐料，则已混沌相融，发出一种香味，颜色如同琥珀一样，再次令饥肠辘辘地鸣叫。色、香、味俱全，令人欣然。看到用西红柿当卤，也便想起了一件旧事：西红柿是酸的，小的时候经常吃的一道菜就是西红柿掺鸡蛋汤。当地西红柿称洋柿子，故这道菜被叫作"洋柿子汤"，当地有个女人，人们都叫她"洋柿子汤"，当时很不理解，为什么此人起了这么一个名字。后来才知道那是人们给她的一个别号，意思是酸溜溜。想到这里就乐，感到好笑，感到老百姓有智慧。早上煮熟的一个鸡蛋没吃，就在餐桌上。煮熟的鸡蛋已不能掺西红柿了。但是正好，就这样，扒几块蒜瓣，用蒜臼子捣成泥，把鸡蛋也攒成泥，搅匀，则成一道健康名菜。一碗爆锅面、一碟蒜瓣鸡蛋泥，一热一冷被摆上了餐桌，洋柿子掺鸡蛋一菜，分为了两道菜。这种吃法叫作分解法。这顿美餐不知是否可以称得上美味佳肴呢？

人的口味和习惯不同，我想这会有许多的答案，但对于我来说，美味是唯一的答案。自己亲自做自己喜欢吃的菜自然是美味。这一过程当然是一种体验也是一种休闲。夜幕完全降临了，外面已下起了大雨，窗外的雨声告诉我，真正的夜已静悄悄地来了。

玫瑰

一提起玫瑰，人们或许会想起充满生机的青春，或许会想起浪漫的爱情，或许会想起鲜艳的朝阳和那一抹红色的夕阳。在希腊神话中，玫瑰既是美神的化身，又溶进了爱神的鲜血，她集美与爱于一身。古罗马民族也是用玫瑰象征他们的爱神的。在世界上众所周知，玫瑰是用来表达爱情的通用语言。

英国的历史上曾有过著名的玫瑰战争（1455 年 –1485 年），Lancaster 与 York 战争双方各以红白玫瑰为象征。最后以亨利七世与伊丽莎白通婚而告结束。为了纪念这场罗曼蒂克的战争，英国以玫瑰作为国花，并把皇室徽章改为红白玫瑰；美国经过百年的争论，最终国会众议院通过玫瑰为国花。

美国人认为玫瑰：红色象征爱、爱情和勇气，淡粉色传递赞同或赞美的信息，粉色代表优雅和高贵的风度，深粉色表示感谢，白色象征纯洁，黄色象征喜庆和快乐。

保加利亚是誉满天下的"玫瑰之国"。每年六月初的第一个星期日为传统民族节日"玫瑰节"。这一天人们蜂拥而至玫瑰谷举行盛大的庆祝活动。保加利亚人认为绚丽、芬芳、雅洁的玫瑰象征着人们的勤劳、智慧和酷爱大自然的精神。

玫瑰遍身芒刺是英勇不屈与坚韧不拔的化身。在花的国度里，玫瑰可是相当幸运的了。它不仅是爱情的象征，也是和平、友谊、勇气和献身精神的象征，受到世界人们的崇尚。

玫瑰正如人们所说的"花要半开"，玫瑰正是这样总是羞答答地开，但开而不放，像一个羞涩的少女。

玫瑰花开在长满长刺的木枝上，当你采摘玫瑰花的时候，可要小心那尖锐的坚挺的长刺。有时手会被刺痛，有时还会流血，流出的血是红色的，那与红色玫瑰的颜色是惊人的相似。我常想，玫瑰的颜色是否原来就是白色呢。长期以来被人们青睐的洁白无瑕的素色花朵，每次都会刺破采花者的手流出的血液所染红。染得轻的为粉色，染得重者就成了红色的了呢？包括玫瑰花的梗也是红色的，那就饱蘸着爱花者的心血。

爱玫瑰的人们可能都曾经被玫瑰刺伤过，都曾经流过殷红的血。玫瑰花的美那是不容置疑的，像一杯酒一样，可使人沉醉。而花下的杆梗，更让人感到一种刚劲不屈的力量，也如铮铮铁骨一样，有一种不规整而又有规律的曲折之度。上面的针刺坚硬地抓在主体上，时刻保持着机警的锋利，随时捍卫着那朵玫瑰花，捍卫着自己的生命。还有那几片绿色的叶子，精美的长在玫瑰树上，为玫瑰增添几分美丽。整枝玫瑰，你一定感到它是那么的完美。

世上还有什么花朵可以与玫瑰花相媲美呢？

牡丹花是美丽的，雍容华贵，国色天香，也受到世人的高度赞美。但它没有铮铮的铁骨与傲人的针角，也没有玫瑰花的羞涩。牡丹花会毫无顾忌地绽开，落落而大方。我爱之，但比之玫瑰而有不及。

梅花是美丽的，一枝花向寒中开，凌寒傲骨，并有诗赞曰：梅花香自苦寒来。梅花的精神受到世人的推崇，但梅花仍然没有玫瑰花的羞涩，当其含苞待放之时是充满美和力量的，但它总是矜持不够，不够沉着，总是大放枝头，心扇展放，毫无保留地出示予人，没有神秘之感。我爱之，但比之玫瑰还有不及。

所有的花朵都是美丽。但却能找到一不足之处，虽然瑕不掩瑜，但是毕竟有瑕。玫瑰花是不曾有瑕疵的。我长期关注仍不曾发现一点不如意的地方，它总是那样完美地展示着它的完美。当人们手捧玫瑰的时候，总是小心翼翼的，那是玫瑰本身的魅力，那是人们对玫瑰的崇尚。

玫瑰花也会给人们以馈赠，可唤起人们的热情，可表达人们的爱情。我读过林徽因的译著，其中有一篇文章是《夜莺与玫瑰》，得到一枝玫瑰是多么的不易，玫瑰是多么的珍贵，一枝玫瑰是由夜莺的生命换取的。红色的玫瑰，是由夜莺的血浇育的。这篇文章读过我才发现我对红色玫瑰之想象是有道理的。但我也从这篇文章中得知玫瑰代表爱情，但并不能换取爱情，是爱情的象征，但不是爱情。得到玫瑰不等于得到爱情，但得玫瑰者亦值得赞许。

俗语有云："玫瑰予佳人"，又云："予人玫瑰手有余香"。玫瑰已经是一种文化、一种精神、一种高尚的品德。

梦

梦往往在冥冥之中，做梦时清晰，如在现实中。但一旦醒来，梦就模糊了，不过有些片段如在昨日。

一

许多人围绕着一个似船非船的建筑物，里面仿佛是一个百货店。谈着一些话题。我不是那么有兴致，于是也就离开了。离开时，似乎没有与任何人告别，也没有任何人注意到我的行踪，是悄然离去的。我折了一个三百六十度的大弯，沿着一条清清小河边走去，河岸是黄土，已被人踏出一条硬而有光的小路，路两边长满了各种野草，小路的外边是一个高高的、带有荆棘的篱笆，河与篱笆之间的路只供一人通过。篱笆外有一片树丛，一些是挺拔的白杨树，一些是杨槐树，也偶有几棵芙蓉树夹杂其间。树丛外是一条大道，我小心谨慎地前行，在河边走的时候，并不知道这条大道的存在，也未听到有什么车辆跑的声音，只知道这是唯一向前的路。我一直向前走，发现两个人坐在河边上，背倚着篱笆墙，把路堵得严严实实。两人也未曾跟我说话，即使我走到跟前。我只想跳过去，但那种感觉是一跳必然倾入河中，欲跳时念头被打消。这时其中的一人，是离我较远的一位，起身把篱笆用力地分开一条缝，迈了出去，而离我近的一人却一动也未动。我只好手把住篱笆迈过了那位未动也未言语的人。迈过去以后才知道河边这条小道已走到了尽头。于是我也从被分开的篱笆的缝隙中迈出。我想是他们挡住了我的去路，又是他们为我开辟了出路。我刚刚迈出篱笆，突然感觉自己没有穿鞋子，但低头看时，左脚穿了鞋子，右脚是赤裸着的。怎么能丢掉一只鞋呢？正在纳闷之间，忽然感到魔力般的一只透明的鞋在右脚上，进而鞋子变透明为不透明，成为与左脚上的鞋子一样的鞋子，再仔细一看那就是自己的鞋子。于是快速前进，我便上了树丛外的这条大路。但大路就在这里转了一个弯，不再与河流同向，而是远离了小河。

先前在河边坐着的两个人中走出来的一位，正在追赶一头白猪，一边喊一边用树枝鞭打，猪在路边的花木间跑，那人就穷追不舍。从公路上来了一辆敞篷车，直冲着那打猪的人冲去。据说冲来的那辆车的司机是猪的主人，曾经用车撞伤那位打猪的人，今只有打那头猪来复仇。不巧猪的主人又来撞他了。车横冲直撞，我担心别撞着自己，便上了路远离了河边，但这条路不仅拐向了远方，而且仿佛通天，直走得我仿佛要坠下来，路看上去如有一层露，滑得很。这又陡又滑，使我很努力地向上爬。自己的鼻子几乎贴在了路边上，快要到达顶端时，我突然发现路边有一段不锈钢的栏杆，我用力抓住，这栏杆终于助我一臂之力，使我到达了路的一个高处平台。

然而并没有给我以豁然之感，路又在前方拐了弯，路两边的树挡住了我的视线，我看不到前途。但我也看不到人追猪，车追人的那一幕了。那车很难冲上这个大坡，因而也就不能撞上我了。这使我只感到很茫然。路通向了何方。正在徘徊之时，我抬起头来看一看苍茫的天空，发现有一匹马在奔跑，轻如影子似的。天马行空，那偌大的的天幕上只一种神马在驰骋。

二

到处是大山，山路弯弯，可通四海。一片幽静，一片祥和。

我家就住在山下，住在山的阳面，有和煦的阳光。在一个风和日丽的下午，我与奶奶，还有女儿一起翻山越岭去走门子。路边和山坡上的草都已枯干了，显然是冬天，阳光撒在草面上，又有春天的感觉。翻上一座山的顶部，在坝上建有一圈的房子，房子是传统式的尖顶长檐的灰色瓦房。在进入这片房子之前，是沿着坝上的一条水沟向前的。这条沟是由水流而成的，旁边有一行参天的杨槐树。偶尔有的树枝横在路上还需低头穿过。一进入天井后，第一个小房子仿佛是自己的亲戚，我的女儿只管进去喝水了。我便在等的当儿，环视了一下四周的房子。天井里一边是一些石头，一边是一小片土地，曾种过地瓜，那些石头，已垒成了几道墙。我穿行在中间欣赏着，仿佛听到人说，主人不仅收藏石头还在研究石头。我又走进了坝上南边的一座房子，里面陈列着许多的奇特的石头，里面有几个人，还有一只猫，猫像猴子一样可在石头上爬行，仿佛是一只可以变形的猫，有点巫术的意味。那几个人说晚上来自国外的商人，就住在这里，让我们一会儿下山去吧。这里像茶马古道的一个驿站，是商贾云集的地方，在这一簇房子之外还有许多的房子，当地人都把房子卖给了生意人。我就打听着那些房子是否还有，是否我可以买一套，偶来这里度假。

这么一个地方只是在山上，我家是在山下，从不曾有所闻。今走到这里，感到一切都那么不陌生，虽没有城市里的整齐，但却有一种特有的幽深和宁静。走出这片房子后，从另一边下山，山坡漫漫，树林疏朗。忽然一片喜鹊飞起，又落下，喜鹊奇特，一般的喜鹊是黑色的翅膀，白色的肚腹，而这些喜鹊则是黑色的肚腹，白色的翅膀。当它振翅时一片雪白，与灰色的梦境形成了很大的反差。继续向前走，碧如蓝的高山湖水，平静如镜。我自己也变得虚无缥缈，仿佛不曾停留在大地上，也不曾飘在天空中；仿佛隐身于这幻化的美景中了。

再继续向前走，则越走越觉得到了另一个世界，黄色的米粒像一块块金子似的撒在地上，引来无数的鸟儿，红的、黑的、白的、花花的，它们一边嬉闹一边吃着，一副悠闲之态。一会儿一只像鲲鹏一样的鸟，两翼垂天从上而降，突然变成了一个似人非人的庞然大物，据说是这里的统治者，但它的到来并未引起这里生灵们的惊惶失措。它们依然我行我素着。忽然间老虎狮子等野兽都来了，它们之间竟然也相安无事。鸟儿们也会落在这些食肉动物的身上，在它们中间也有一些穿着花花绿绿的人物，但艳而不妖，奇而不怪。它们之间看上去既不陌生又不那么熟悉，只是一片和谐。

三

这是一个阳光明媚的早上，阳光把天地染成黄色，给人一种暖洋洋的感觉，虽然春寒未消。在一片麦地里，小麦返青，太阳那慈祥的光，带着温暖洒在小麦上，小麦发出油亮的光。小麦的田野处在一个凹处，高出的一边是一个丘坡；另一边是由黄色石头砌成的石壁。阳光从丘坡的一边射来，把石壁抹上一层暖色。这些都是在一个玻璃通道中看到的，玻璃通道是一个高架桥，桥上有许多未盖的井，露着口，纵列在通道的中间，我只能走在井口旁边的路，然后从通道中下来，走向田野。在麦地里有几只悠闲的喜鹊，当我们走近时，仿佛未惊扰它们，但它们还是飞了起来，落到了石壁之上，翘首张望着。石壁上斜倚着一些荆棘和枯萎的草，石壁的顶上还长着几丛白杨树，它们又飞上了树枝，突然发出叫声，仿佛与我们问话，我们也就抬起头来友好地望了望。从麦田和石壁之间的一条小路跃上了一条柏油马路，就乘上了一辆小型面包车，仿佛是去参加一个学校的庆典。路的两边是密而高大的白杨树，树梢直冲天空，很有自由竞秀之势，上面筑有许多喜鹊窝。我认为这是最美的环境。当我们开车走进学校，如入无人之境，宁静得很。学校的房子也是平房，无高楼大厦。学校的周围是山丘，大环境是美的，有回归自然之感。忽然一只梅花鹿从天而降，横在车前，使你惊喜不已之际，突然，学校的四面烟花四起，那爆竹的声音清脆有力，也就看到那升腾的烟雾。车子就停在校园中，突然听到哇的一声痛苦声，紧听到啪的一声，一个东西跌到了车的顶部，这时从车的前窗望去，一些保安人员跑到车前去取那落下之物。这时，我打开车门把前来取物的人挡在一边。一看是一只受伤的鸟，把那只鸟抱入车内，原来是一只喜鹊。一只翅膀受伤，一动，它便发出了痛苦的叫声。我轻轻地放平了它那受伤的翅膀，这时它仿佛才平静了下来。为喜鹊治疗受伤的翅膀，便把车子开向了医院。

　　梦醒来后，果不然，就听到了喜鹊的叫声。我在想这个奇异的梦，喜鹊登枝是喜上眉梢之意。那么这只喜鹊的降落是什么意思呢？喜鹊者，喜也，喜降临到了我们的头上，喜宁愿受伤也要降临到我们的头上。自古就有周公解梦之说，我想有一定的科学道理。

四

应一位多年不见的老朋友之邀去品茶。茶园在一座山里。驱车沿着一条乡间小路而去。路两边种满了庄稼，以玉米为主，高高地立在路边。车子一直跑到山中。

在这一座深山之中，有一个大的世界。东边和西边都是连绵不断的山脉。中间很开阔，一条河流从北向南流去。河面很宽，平如明镜，河的两岸植被丰茂。这一切仿佛回到了晋时的桃源。

东边的山崖上建有几座古亭，并有连廊相接，古香古色，雕梁画栋。山上的树枝斜来抵倚在栏杆之上，野花从栏杆间伸进来，仿佛在探视廊内动静一样。当有人走近，它们都会拂衣颔首。许多苍劲古老的大树在廊边如龙盘踞。

当我入山之时，便听到各种鸟的叫声，空山传音，清明悦耳。刚踏入亭廊，就看到周边许多的鸟儿在树上，在廊内的栏杆上，各自闲落，多姿以美。我们的到来，它们并未给予相应的自然礼遇，仍我行我素，无所顾忌，悠然之态，旁若无人。尤其令人惊叹的则是鸟的颜色都是绝然的黑色和白色，绝无杂色，格外地惹人注目。这些鸟的大小要出一般鸟儿的十倍之余，但神态和外貌就像一般的鸟雀。

鸟儿没有什么反应，我们却反应强烈，许多同伴几乎都喊出声来，如此之静美。这些可爱的鸟儿，使你忍不住会伸出手来。我喊着喔，抓一只鸟，但手并不好使唤，想快速伸出手抓住那只在栏杆上的鸟，然而手不能快，只是慢慢地伸出来，但鸟儿早已一蹦一跳一展翅地慢慢地离开你的手所触及的地方，近在咫尺，但不能抓住。

这时同伴们走在前面者喊着："快，抓住这两只鸟。"我欲快速走过去，但腿也不好使唤。等走过去一看是一个旷达的山腰平台，一棵大树上，站着两只雪白的大鸟，足有猫那么大。两只鸟儿在嬉闹间，突然一只鸟翅膀快速扑扑啦啦地向地面飞落，我向前轻轻地用两手抓住了那只鸟儿。突然间我惊呆了，鸟儿开口说话："别动我，别动我，让我坐一坐。"不断重复着，从我手中挣脱，然后轻轻地飞到一枝平展着的树枝上卧闲。

邻近树上那些黑色的鸟儿也在跳动，我伸手刚要去抓一只，忽然一只就送上门来，飞落在我的手上，在我的手上展翅。我留心一看，是一只大的蝙蝠。我虽在梦中，但清楚的意识告诉我，蝙蝠者，谐音为福，福不求自来，非常高兴。但突然又有一个念头涌在心间，小时候听大人们说，蝙蝠是老鼠变来的，会咬人的。于是自己又紧张地松了一下手，把那只鸟儿放飞。而那只鸟儿并未飞向远处，又落在周围的一棵树上。我很高兴，感觉到今天的鸟儿不像鸟，而像动物一样蹲在你身边。

我感到无限的愉悦。穿过这眼前的惊喜的一幕，放眼远望，前景美好，景色怡人，远山如黛，白水笼雾，近身处一片碧绿，黑白的鸟儿散布在树枝上，是一幅绝好的古代山水画页。一时我也成为古人，成为画中一个因素，使这幅画页复活了。头上的天空蔚蓝，是一种生态的色调，太阳的光柔和得可以使你忽视，一切都是宜人的。

从亭廊上走下，沿着石阶来到那片茶园。我一看这哪里是茶园，仿佛是一片自留地，种满了各种植物和蔬菜。几乎所有的植物和蔬菜都开满了花，花色以白色为主。只有那绿油油的芹菜没有花朵。就是那一片西红柿，绿株上也开满了花儿，朋友指着一片茶，告诉我，这就是他的茶园。茶只有长长的两畦子，与其他植物和蔬菜融在一体，也开满了白色的小花，很整齐。我一看就是茉莉花，一种感性认识，平日里知道有茉莉花茶，所以开花的茶，自然就认为是茉莉花茶。

眼前的一片园子高低起伏，流线般地滑向远方，一片缓和。在园子的一边有一幢房子，高大宽阔，看上去只有三面墙体，一面是敞开的，面对着一片休闲园，房子里放着许多喝茶的设施，还坐着正在喝茶的人。朦胧间很羡慕这些拥有休闲园的人们，仿佛他们代表着另一种生活方式，温馨、自然、绿色。

刚一转身，忽见眼前一片白水，茫茫浩大，紧接着飞起一片白鸟，遮天蔽日，翅膀发出"嗒嗒"的声响。那就是一群白色的天鹅，美丽壮观。惊喜间从梦中醒来。品茶也就此罢了。

五

意识之中那就是自己的家乡。户户相通，家家相连，人人为商，户户为铺，墙壁上挂满了各种小商品，连路上也都摆满了东西。有一种东西我看得分明，是一种晶莹剔透的图钉。路上几乎没有空间，路也没有迂回的路，遇门进门，遇窗逾窗，像是进入了一个迷魂阵，我仿佛是一个人，赤着脚走在路上的，心里想这可为难我了，一怕踏坏了人家的东西，二怕扎坏了自己的脚。但路毕竟要走，要向前，但脚踏下去的时候，却也不感觉到痛。那是家乡的商铺，也知道那是自己的游子的归来，故脚物都无损伤。

当逾过一个窗台时，一抬头看到屋地上站着两位女子和一位男子，正站在一个高柜台的一边。见我从窗子进来，便抬头望我。那两位女子，长得很丑，像是在地狱中生活的鬼魅，都扎着两条长辫子，留着齐眉的刘海，脸色红润。尤其是脸颊上的红，像是涂了红色的胭脂。那位男子是一位文明的壮年人，是我熟悉的故人。这时我方才意识到是我们村子里的一个大户人家，有五个儿子和两个女儿，也是村子里的一霸。他们见我进入并没有反感，而先是一愣，后是友好地与我寒暄。我恍惚间已走出了那个大户人家的院子，来到了海边。仿佛是村子在一座山上，山的北面就是海，海岸就是那座山的北坡，都是一些棕褐色的礁石，高高低低的不平。整体上，岸边很陡，虽不是悬崖，但足令人如履薄冰。我站在了最高处向下望去，不像海倒像一条峡谷，但下面的水势像海，石也像海边被海水侵蚀过了似的。我赤着脚站在一块礁石上，为了不让脚受力很重，手也用着力，正在迈步之间，一块礁石动摇，我又一次恍惚之时，那块礁石掉了下去，向大海抛去，我却没有和礁石一起滑下，倒站在高处，看着那块礁石下落，心被揪住，怕打着人。石头落到中途时，有一位老人领着一位女孩在礁石上赶海，我几乎喊出声来，心几乎跳出来，结果礁石从那女孩的上方跳过，孩子和老人都安然无恙，自己松了一口气。仍然见那块礁石向下滑落，低处也没有人了，就在这时，一个人从一边走来，就是那位我熟悉的男人，礁石冲着他打去。我大声喊着他的名字。我又一次恍惚。又一次站在岸上，向前是礁石林立的海岸，向后是铺满商品的路，天上没有阳光，总是阴沉着脸，自己感到很失望。这一切并非自己的家乡，家乡的人从来没有在村子里经商，路也从未像现在一样相连，也不是路不拾遗、夜不闭户，村子的北面是一条小河，也不是大海，河边是平滑的岸边，河水总是欢快的、明朗的，我再一次恍惚。

我看自己赤着脚，开始寻找鞋子，看到那双鞋子很正规地放在那里，在一个熟悉而又陌生的地方，我却说不出那地方的名字。我过去穿上那双鞋子，回到岸边向家里走去，路上的商品没有了，路也变得平坦而明亮，终于也找到了自己的家，看到母亲正在做饭，仿佛煮的是小米稀饭，正拿着一个葫芦在那里比划着，我就问母亲在干什么，母亲没有说话，但在我的意识中知道，葫芦要做成瓢，把它割成两半，再放在小米稀饭中煮沸，才能成为有韧性而耐磨的瓢，于是自己就帮助母亲干了起来。母亲还从来没有让我帮助她做过事情，每次回家都是坐在一个破旧的沙发上听母亲嘘寒问暖，自己通常很少讲话，只是听母亲说，活就更不干了，就是母亲自己一个人做。有时回到家，坐在沙发上，村子里的人来看我，听他们唠叨，母亲只是坐在那里，或去做自己的事，与我说话根本排不上队。所以有时自己回家就悄悄的，不让他人知道，回到家就与母亲相对而坐，坐上一个小时，这是最奢侈的了。每次走母亲就流泪。恍惚间一切都没了，母亲去世了，家境也变了。母亲也只能在梦里与自己会面，但是从来也不与我说话了，都是我自己去心领神会地体会母亲的心思。母亲病重住院期间，亲朋好友到医院看望，许多人都带着鲜花到医院，母亲特别喜欢鲜花，鲜花有时凋零，想搬走的时候，母亲总是示意，把鲜花再留一段时间，所以母亲去世后，这鲜花也成了我想念母亲的寄托。我每次回老家总是到母亲的坟上去送上一束鲜花，以表哀思。但这鲜花总是在风中恍惚之间凋谢、枯萎。

自母亲去世后，回家的路怎么就成了这个样子了。这虽然是梦，我却很介意，一个节日回老家去，快到村口时，一条路正在修，挡住了我的车，不能通过，只好返回，从河的另一岸走过，但等到村口时，穿过河堤上的一个闸门口时，车太宽不能过，只好下车徒步走向村子。村子里的路上堆满了土、草、砖瓦，杂物侵道，使得路两旁参差不齐，进了院子一条黄狗摆着尾向我跑来，进了屋子，父亲沏上一杯热茶，很烫，未等喝下去便起身离去了。这一年不仅是梦使我伤感，这一年的冬天也给了我许多的凄凉。

六

大巴进入了一个风景区，四周是山，山上长满了各种草木，植被很好，许多奇异的景色。大巴的车辆停在了连绵不断的山间，许多的游人都不知去向。仿佛只有我一个人在这大山之中。我翻过了一个山头来到山的另一边，那就是一条河或说是一片海。看到两个人在那里工作或是游人。突然大水溢出，远望去滚滚洪水如龙蛇俯地冲来。

我看到如此之大的洪水，就扭回头来向原来的山上爬去，但一回头便见两条路，不能辨别哪条路是走过的路。便问及那两个人，那两个人并没有说话，只是用手指了指方向，但也不是那么坚定明确。我只好依靠自己的判断向后面的一条路走去，但自己也在担心，山里的路难辨，方向一差，可能会谬之千里，只是可以找到旅游的团队。

但此刻并不容思考，洪水已从左边超过了自己，于是不管怎样，先登高以避水，但突然山变得很陡，虽然上面有许多的洞，许多的落脚之处，但石壁很滑，不能攀附。但向右则有一条斜着方向往山顶的路，就从此上山。上得山来，方看到大巴停在那个空旷的山间，阳光洒满了山谷，天气如此晴朗。许多人上了车，车开始向前奔驰。这时突然天兵天将从天而降，那些天兵天将都穿着绿色的铁甲，全副武装。手里持枪，向大巴的方向射击。这时水从山口进来，铺天盖地的背腹受敌之势形成。但我并没有什么恐惧之感，像一场闹剧。天兵天将的枪像游戏中的大力士的枪一样不停地扫射着。我的腰中弹了，但并不那么的疼痛，然而有感觉，却没有把我打倒。车从枪林弹雨中，从洪水猛兽中走了出来，人们仍然安然无恙，阳光也依然洒满了山间。

一夜都在忙碌着，一段一段的梦境出现，但当醒来的时候印象已经模糊，努力地回忆着，已经记不起全部的幻梦情景。但是梦中的个别的细节可能再浮现出来，然而却支离破碎了。

突然出现了自己童年时的一个伙伴，但现在各在岗位，不知道现在在干什么，也不知道是否还活着。但这一片断也未与之交流。梦中相见只是像往日一样一同玩耍一同干事情，不曾有一丝曾离别多年的痕迹。没有惊喜，没有忧伤，很自然的相处，并有其他的人物出现，有一些是很陌生，平生不曾谋面，也许永远也不会谋面，除在梦中的那一片如云的幻影。

母亲也进入我的梦中，出现的都是母亲为家庭操劳的碎片，做饭，浇园，洗衣，有时也不知道母亲要干什么，或提着一个桶，或拿着一把扫帚，或在微笑，或在人潮中，有时与我并不说话，母亲对我仿佛不曾相识过，但我对母亲依然是那样的亲，那样的熟，不曾陌生过。虽母亲去世多年，母亲的形象有时也变形，但依稀可见她的慈祥。

故乡又一次进入梦乡，看到了那些村子里的艺人们吹、拉、弹、唱着，此起彼伏，没有舞台，也没有华丽的衣着，更没有灯光，是在一个夜晚，明显是夜，但并不一潭漆黑，分明能辨得清楚。也没有很多的观众，我是唯一的观看者。

镜头又扯到了一片海湾，和人们一起看游泳，自己也落入水中，爬起来又陷入水中，自己仿佛也想一展泳姿，但终没有卷入。只是羡慕泳者如此沉着的缓游，我忘记了自己的去向，也忘记了自己的目的，在那里陶醉着游泳者的陶醉。

七

大楼里仍在喧闹着。楼外就是马路。马路旁有一个运动场。运动场上有同学们在无规则地打着排球。马路上有车在跑，也是一片喧哗声。

我沿着马路跑出去很远的地方，只是感到跑得很卖力，步子迈不开，速度跑不快，但还在努力地跑，心中还想着这是在锻炼身体，要咬紧牙关。

越向外跑越感到开阔，仿佛见到了天光，是午后太阳西斜的光彩。但当返回到出发的地方时，仿佛是一个古镇，整个镇子的楼、路都在一个大盖子下面，虽然如同白日，但是无阳光那种明亮。操场上的同学们仍然在打着那个排球，我很羡慕他们，欢乐地嬉闹着，蹲下接球，跳起扣球。于是就心里自责自己为什么不与大家同乐，并可学一门体育技能。但并没有实际行动，仍在向一个丁字路口跑去。

丁字路口就在那座喧闹的大楼前面。到了路口，看着路口上有铁匠在做铁活，那是两个汉子，其中一个活是做火炉子。炉子上有一个很明显的特征就是有一个哨子，是用不锈钢做成的，像一个小喇叭似的。两人就在路口租了一个地方在这里谋生。我想这些小个体工商铺子，在镇上是不错的富人家，也是农村人的一条出路。

再向前走仿佛又见到了天光。心情高兴之时，见到了一位大学时代的同学，分配后各在天边，许多年都不见了。他的出现我并没有惊讶，如同平常地问他，去哪里？他说有位同学要去北京参加电影拍摄，也就是要去当演员。啊，自己也就长情似的跟着他去看那位同学。到那里一看，她们都坐在路边上，等公共车来，然后出发。看上去两位并不具有演员气质的女生要去当演员，心想也许会闯出一条路子来。

世上的人们都有自己的娱乐方式，也有自己的生活方式，有自己的谋生方式。

离开那个路边车站，仿佛进入了一个日本人的管辖区域，一种紧张的气氛进入梦乡，突然警报响起，一辆日本军车驶来，仿佛现场是在晚上，车灯一亮射向远方，把黑暗照得更加恐怖，其中一种意识是要隐蔽起来，观察动静，适时扔一颗手榴弹过去，炸掉那辆日本军车。

日本人在历史上曾欠下中国人的债，战争结束了，中国人原谅了日本人，希望他们正视历史，从日本鬼做一个日本人。但是日本上层人物仍有以鬼为尊的思想，常去靖国神社参拜。不仅如此，日本一些企业也并没有放下那段记忆，日本军人曾在中国战场上被八路军打得落花流水。开放的今天，战争过去了许多年，日本企业制造出一种车，起名叫斯巴鲁，谐音是"死八路"，并堂而皇之地上了电视台，我对此觉得不妥。战争虽然结束了，但民族自尊没有结束，日本人拜鬼，中国人不能。做好自己那才是民族自尊，别人如何做可能损害我的自尊，但一定会损害我们与之的情感。故虽然是在梦中，那种情感也不自然地流露出来。也许是看那些二战时的电视片子的原因，这其实也是一种警示，不要忘记历史，也要提高警惕，但提高警惕要从生活、文化、经济等各个环节做起，不是虚无的。中国市场不应该销售"死八路"的车，如果确要在中国市场销售，那么，日本必须改换车名，否则就应该拒之于国门之外。但此事很遗憾，令人常常叹息。

走过了日本人管辖区后，又到了自己的故园。那是一个老的村子，是自己经常去的一个村子，因为姥姥曾住在这里，直到她离开人世间。但这一次我来是被唤来打工的，仿佛是来除掉村子里一条主街道上的杂草。我们共三四个人一早就来了，但是并没有什么人来指挥我们，我们便在路边等。等的时候就在欣赏那个熟悉的村落，街两边的旧房子。今天突然变成了一个比原来更古老的村子，两边房子变得传统了，变得有旧时的宫殿的华丽，其中一座房子外观全被翡翠砖砌了起来，翡翠也被日历磨去了新鲜的棱角，也像磨光似的显得大方而朴素，但不失豪华之气质。这座房子我是常客，那里有我的一位祖姥姥。但当时那座房子确实是老房子，没有被拆除，房子较高大，有很高很宽的过道。路的对面是我去姥姥家中时一个小伙伴的家，家中开满了红色的玉兰花，有几个骑马的少女从路的对面冲向那片玉兰花丛，当冲过去后才发现马是戏中之马不是真的。

一切一幕幕地出现着。这时已到了晌午，太阳光已很毒了，有人来说该干活了，我们中的其他几人说如何干？我便制止了他们，先开口问了一个问题："让我那么早来了，为什么才来让我们干活，早干什么了，太阳出来了，想把我们晒死吗？"这一说大家都怒了，拿起镰刀和篓子很生气地走了。就这样以罢了工的方式走出了这场梦。

泉

　　我与春华是在大学里结识的，曾携手漫步于高等学府花园式的校园里，后来双双踏入了豪纵滔厉的商品经济大潮，共同担起了一个家庭生活的担子。

　　总希望生活能像一只精确准时的瑞士手表，按部就班，行走如常。然而，为了工作和事业各自奔波忙碌，渐渐地语言、情感的交流淡漠了，每每谈话，语言不多，但总有争执，各抒己见，互不相让，以己之长轻对方之短。

　　一番唇枪舌剑之后，二人便带着烦躁、惆怅的心情进入了冷战阶段，冰冷的气氛充满那间卧室、客厅、厨房在一起的房子，使本来狭窄的空间变得更加拥挤起来，二人愕然相视，眼睛里却含着万语千言。彼此心思：爱情不会是空洞虚幻的吧？难道当初玫瑰色的爱会被风雨剥蚀吗？

　　周末的一天，雨过天晴，便约春华一起出门上了山，漫步在山间曲曲弯弯的小路上，路回峰转，忽闻潺潺的流水声，寻声觅去，山涧一缕山泉映入眼帘，泉水跳跃着，欢呼着流入山涧，水不时撞击山石，进发出一簇簇浪花，发出悦耳的叮咚声。蓦然，我悟出一个道理，对春华说："你看这山石不就是我，这泉水不就是你吗？水石相撞才产生了美的浪花和悦耳声，我们之间的争执或辩论不就是水石的撞击吗？假如水是一潭死水，总不会有浪花和声响的吧。"春华默然颔首，仿佛又一次心灵的沟通和共鸣。

　　自此以后，我与春华经常漫步于那条曲折的山路，倾听山泉叮咚悦耳的歌唱。记不起是哪一次，忽然发现泉水旁、岩隙里开着几枝红花，在微风中摇曳，颜色是那样的鲜艳。

一九九五年七月

‖ 雨 ‖

　　小的时候，我就特别喜爱雨，毛毛细雨也好，滂沱大雨也好。在电闪雷鸣，密云不雨之时，我总是要跑到院子里，蹦呀！跳呀！欢呼雀跃，迎接雨的来临。当雨点打到脸上，身上时，便感到一缕特有的清凉和惬意。有时全身被雨淋透，像个"落汤鸡"，自己倒觉着像个英雄，敢于接受大自然的洗礼。

　　渐渐自己长大了，读了一些唐诗宋词，才发现雨为诗词添了许多馨香和韵律，于是对雨的感情更加浓厚起来。一年四季，只要下雨就要到茫茫雨林中走一走，每每出去，有人就劝我，带上一把雨伞，撑出属于自己的天地，我却执意不带，仿佛我就是主人，这个烟波浩淼的世界就属于我。我可以尽情地欣赏大自然的千姿百态，低吟诗文去畅想诗中雨的意境。

　　唐·杜甫的《春夜喜雨》："好雨知时节，当春乃发生。随风潜入夜，润物细无声。"就是对春雨的讴歌与赞美，读来沁人肺腑。雨能滋润花草树木，这是否就是雨的理想和抱负呢？梁·朱超的《对雨诗》："当夏苦炎埃，习静对花台。落照依山尽，浮凉带雨来。重云吐飞电，高栋响行雷。洒树轻花发，滴沼细萍开。泛沫萦阶草，奔流起砌苔。无因假轻盖，徒然想上才"。这是对夏雨的咏叹，诵来令人踌躇满志，一场夏雨把"赤日炎炎似火烧"的枯燥一洗而空，随之而来的则是凉意浓浓的清新，在街头、水边皆可体味到百川归海，苍海横流的波澜壮阔的景象。

　　雨总能或多或少，或深或浅地勾起人的一些联想、寄托、神往、惊喜和几分惆怅。春雨绵绵，充满诗情画意，秋雨瑟瑟，令人触景生情，夏雨滂沱，气魄恢弘。难怪文人墨客多咏春、夏，秋雨。冬雨虽不多见，但有时冬天也会下雨的，冬雨不免让人感到孤独、悲凉，当一人在街上彳亍，便更觉如此了。故很少有人咏叹。然而冬雨更令人感觉到生命力之存在，饱尝到人生成熟之芬芳，体味到生命之短暂。正如曹操所言"人生几何！譬如朝露"，于是便有一种"天地转，光随迫"的感觉，旋即抽身雨中，回首望时，只见漠漠入空，纷纷洒地，尤为壮观。

雨，滋润万物，实现自身的价值；奔入江河，保持生命之永恒……

一九九五年十一月二十四日

潍河大堤

　　读过俊青《黎明的河边》的人，都知道小说中的河就是潍河。在昌潍平原上，潍河就算做一条大河了。河较宽很长，常常河水涨满，滚滚而下。为挡住洪水横溢，在河的两岸筑有很高的大堤，自然称之为潍河大堤了。

　　大堤高而宽成梯形，两边有很大的坡度。坡上芳草萋萋，树木葳蕤。站在大堤上，顺堤望去，蜿蜒的大堤像一条绿色的长龙，自己就站在龙头，龙尾则抛向了天边。就在这条龙的护卫下，潍河两岸的人们生活着，繁衍着，生生不息。在这条龙的脊背上，我度过了梦幻般绚丽的童年时代。阔别久远，重游大堤，孩提时的人与事，物与景都历历在目，大堤上仿佛依然镌刻着童年挖野菜、割青草时的足迹；依稀回荡着小伙伴们嬉逐时的欢声笑语。大堤堪称我童年的乐园。

　　大堤上虽没有妖艳的芍药，富贵的牡丹，清香的茉莉，幽雅的佛兰，但仅那抽着直立紧密的圆锥花序的芦竹，开着黄花的单生于叶腋的葳蕤，结着椭圆形果实的栝楼，娇嫩可食的荠菜、苋菜等就够诱人的了。记得上小学的时候，放学以后一项主要的课外活动就是去大堤上割青草、挖野菜，割满篓子或筐子后，背在肩上调皮地唱着歌儿：

　　背篓筐，

　　来堤上，

　　割草挖菜捉迷藏。

　　割满篓，

　　挖满筐，

　　猎获几只小螳螂。

　　回到家，

　　喂鸡羊，

　　欢欢乐乐真舒畅。

没有忧虑和悲伤，只有蓝天白云般的快乐。少年是天真单纯的，但也有一点点经济头脑。小伙伴们经常成群结队，一起去大堤上离村子遥远的地方，采一些可以入药的草木。如：外形像芋头较芋头细小的香米草的根，肉色形状像人参似的何首乌的根，颜色红红形同狗奶子的枸杞子等，采回家晒干，待到星期天便与小伙伴们一起沿大堤去城里卖掉。然后，去书店光顾一下是必不可少的，买上几本"小书"握在手里，有说不出的喜悦。以后的日子里，走路吃饭都在"品尝"自己劳动的甘甜。甚至，课堂上也在偷偷地"品尝"着。

然而，大堤上更诱人的妙趣却隐藏在草丛里，枝叶间。蝉儿在低吟，蟋蟀在浅唱，蚂蚱在跳远，蝴蝶在飞舞，还有蝈蝈、蜈蚣、蜜蜂、小鹌鹑等都在做着别有情调的游戏。小时候，我最感兴趣的要数捉蝈蝈了，一听到它的叫声，总是情不自禁地寻声觅去，当接近它时，它便悄然沉默，看到它那胖胖的可爱的憨样，心想一定能捉到它，但一把抓去，则听到"快快……"飞去的声音，转身间，又在离你较远的地方得意地鸣叫起来。我则很恼怒，却不能发泄，只得屏住气，蹑手蹑脚再次袭击。"捉住了，捉住了"，心中充满了一种猎获的快乐。小心翼翼地把它放到自己的蝈蝈笼里，每天倾听它轻弹慢奏的琴声。

这一切似乎都不必说，最值得一提的是那令人惊诧的自然景观与传说。当你站在大堤上遥望潍河，在阳光的映照下，波光粼粼，宛若一条银色长龙在游动。当旭日东升或日落西山的时候，站在大堤上望去，大堤和潍河与火球般的太阳确像二龙戏珠，栩栩如生，构成了一幅别致的蔚为壮观的大自然的景象。相传原来确有一条龙，顺大堤而卧。这地方的人们生活也富足。后来有一个南方人，人们都称之为"南方蛮子"，路经此地，发现风水很好，潍河和大堤都闪现着真龙的灵气，于是就在大堤旁盖了两座庙，相距五公里之遥，据说一座压在龙头，一座压在龙尾。为了祈求上帝保佑当地富足的生活能够常驻，祈祷的人们络绎不绝，使龙不得喘息。于是，龙一气之下飞走了，压在龙头上的庙倒塌了，另一座虽安然无恙，龙飞起的时候，尾巴一抛，抛起了一座沙丘，上面长满了桃树，春天到时，桃花盛开，人们便叫它桃花山，桃花山就在庙的旁边，每年都在长，后来一直湮没了那座可恶的庙。

在童年的记忆里，大堤给了我无尽的欢乐，要说忧伤那就是关于传说了。总担心龙飞走后，我的家乡会不会不再富足，会不会有灾难。然而，在以后的许多年里，我看到的大堤仍然是郁郁葱葱，生机盎然。大堤这条绿色的长龙与潍河这条银色的长龙一直在抗争着太阳，绿色长龙一次又一次地战胜了银色长龙的侵害，人们的生活更加富庶幸福了。

一九九六年十二月二十日

我记忆里的歌

　　一天早上，我到山上去散步，去吸取新鲜的空气，听到晨练的人高声地唱着《流浪歌》："流浪的人在外想念您，亲爱的妈妈……，走啊走啊走啊走，走过了多少年华"。听着这歌声便有一种说不出的情感，不知是乡愁，还是惆怅。我努力梳理着复杂而零乱的情绪并仔细地体味着，仿佛有一丝淡淡的岁月易逝的感觉。已逝岁月里的歌又在我的脑海中飘扬，这些我记忆里的歌，又让我想起了不同的成长时期的往事。

　　小学时代，经常唱的一首歌，就是《大刀向鬼子们的头上砍去》。每当唱起这首歌，我便想起我的童年。几十年过去了，童年时代对于我虽不能说成为历史，但也已成了遥远的尘封了的日子。我的童年正值文革时期，文革紧张的气氛不可避免地蔓延到了学校。这还好，糟的是文革像台风一样无情地席卷了我的家，使我像一条风雨中飘摇的舢舨，失去了可靠而温馨的港湾。不时的有人到我家喊我的爸爸和妈妈到大队里去受审，去交代问题，去写什么检查，整日搞得我和我的弟弟、妹妹无人照料。

　　记得我每次放学回家，除了安置妹妹与弟弟外，还要写大字报，参加大队里搞的批斗会，爷爷在台上挨斗，自己心里难过，眼泪暗暗地流，嘴里还响亮地喊着打倒我爷爷的口号，我就在这批斗的喊声中经受着各方面的压力、歧视、打击，默默地度日，极力地掩饰着自己内心的痛苦，微笑着对人，积极地做事，努力地学习。后来，小学在批林批孔的呐喊声中，在大小字报漫天飘飞中结束了，我幸运地跨进了中学的大门，每当唱起《大刀向鬼子们的头上砍去》这首歌，就会想起这段不幸的生活，总也想不通为什么"大刀"会向我们这些善良无辜的人砍来。

　　中学时代，粉碎了"四人帮"，恢复了高考制度。当时经常唱的一首歌就是《红梅赞》。每当唱起这首歌，我就想起了我们挑灯夜读的紧张的中学时代，每个同学都提着自己亲手制作的各式各样的小油灯，埋头于有趣的代数、几何里，埋头于电学、化学、语文里。当时，我上的中学是我们村子自己办的戴帽中学，由于村子里无教室，只得把坐落在村南的杏林里的几间房屋作了教室。我和我的同学也就像一只只幸福快乐的小鸟，叽叽喳喳、蹦蹦跳跳地活跃在这杏林里了。

教室离村头约有三里地，出了村子便是杏林，路的两边都是婆娑的杏树，春天杏花开放，一片花的海洋，白里透着粉红，如云如霞。偶尔有一朵桃花绽笑其间，若一方红印落于画里，我与小伙伴便兴奋不已，情不自禁地唱起"红梅花儿开，朵朵放光彩，昂首怒放花万朵，香飘云天外"。夏天杏果累累，一片金黄，到处荡漾着宜人的醇香。我们陪伴着杏树吐绿、开花、结果，目睹着花开花落，果青果黄。调皮的同学都无不想领略一下花、果的滋味，结果花是涩的，幼果是苦的，青果是酸的，成熟的果子才是甜的。我常常想：这多么像一个人的生活历程啊！

《红梅赞》贯穿了我的整个中学时代，每当放学我们就唱起这首歌，尤其晚自习后。月明星稀，我和几个同学一起就扯开嗓子唱起来"红岩上红梅开，千里冰霜脚下踩，三九严寒何所惧，一片丹心向阳开"，在这歌声中我考上了大学，自此，每当遇到困难或为某事奋斗，只要一唱起这首歌，困难就会克服，事情就会成功，《红梅赞》便成了我心目中的菩萨。读初中那段日子，虽然辛苦，但是很愉快。那时，父亲和母亲经常教育我说："战士就是要打仗，而且要打胜仗。学生就是要学习，而且要考个好成绩。"还举许多十年寒窗苦读的故事。所以，那时学习是很刻苦的，但快乐也伴着我们。我常常记起语文老师，为了提高我们的写作水平，常常给我们念范文，大家听得认真，教室里很静，只有老师朗读的声音，美丽的蝴蝶常常翩翩飞进教室，此情此景终生不忘。其中有一篇文章是：《我心中的话儿献给华主席》，"我在华丽的辞海里采集，采集最新最美的辞藻，把它编成我心中最新最美的话儿献给华主席"。这文章写绝了，听着像品尝着甜蜜。

上了大学像飞出了鸟笼。大学时代，生活是丰富多彩的，唱的歌也就多了起来。但总有那么几首歌会勾起我对大学生活的回忆。如《外婆的彭湖湾》

《我的中国心》《游子吟》《岁月的河》《童年》《校园的早上》《洁白的雪花飞满天》等，现在唱起来，仍倍感亲切，也令人想起那些峥嵘的岁月；想起那些幽暗寂灭的图书堆；想起那些咏读英文的校园的早晨；想起那携手漫步的校园小路；想起了演讲会上同学们慷慨激昂的英姿，指点江山的书生意气。

歌像一条长河，流过了多少岁月，每一首歌都代表人生长河的一段历程，一程汩汩潺潺，浅吟低唱；一程又会湍紧流涤，高亢激越。人生是一首歌，歌是一部哲学，含有许多人生道理。它会牵引你前进，又会指引你走向胜利。不信我们可以一起唱，你品味一下吧，"洁白的雪花飞满天，白雪覆盖着我的校园，漫步走在这小路上，脚印留了一串串，有的直，有的弯，有的深，有的浅。朋友啊，你想想看，道路该怎样走，洁白如雪的大地上，该怎样留下脚印一串串……"

一九九九年三月五日

阳 台

阳台，顾名思义就是接收和沐浴阳光的地方。每天只要不阴、不雨、不雪，阳光都要穿越太空，驻足我家的阳台。只可惜，阳光来访时，我已到户外忙碌去了。和煦的阳光只能空自流泻。

为了充分利用阳光，再加上我又特别喜爱花草，就在阳台上栽培了几株草木，让其尽情地沐浴这太阳的晖光。无论我何时回家，釉绿的枝叶都令我悦目赏心。因此，这阳台后来被我戏称为"后花园"。

其实，阳台上仅有寥寥几株并不名贵的花木及一些不知名的小草而已。没有植物园中繁杂的奇花异葩，但其风格普通而独特，让人百见不厌，有时还会收获意外的惊喜。

它不需要花费你许多的心血和精力去浇灌，更不需要剪枝。我一向是任其自由生长，不正其枝，不整其形。当心情好时完全可以不予理睬。当你寂寞时，它可以用哲学家的明理去诠释你的寂寞给你以快乐，平息你内心的焦躁、不安和忧郁。

茉莉花开放似群星，栀子花开放像月盘，米兰开花则像一颗颗小米粒，花虽小，然而香气浓郁，每每花开香飘，我总要把它们从阳台移至客厅，让家人和客人共赏。当然，这应感谢阳台，阳台是这芬芳的摇篮。

最有趣的是那棵老虎尾巴，向上翘着，满身是毛茸茸的小刺，真像老虎满身的毛，当你触及它时，小刺会刺入你的皮肤。都说："老虎的屁股摸不得"，我看这"老虎的尾巴"也摸不得了。

再说那每一株花木下土壤中，爬蔓了一些无名的小草，神奇而有灵气。有一种叶瓣如心，三片并蒂，开花粉红，中有黄芯，花落香逝后便结出一个形若宝塔般的果实，垂于草面，我称之为"桃园结义草"。

还有一种草，叶片稀疏，形如鸭掌，草梗粗壮，匍匐生长，头稍微上擎，并开着簇簇的白色花朵，如满天的星星，花谢果成，形同鹿角，整体活像一飞舞的龙，我称之为"龙草"。

看着盆中的花、草、石、虫妙趣横生，自己仿佛置身于大自然，陶醉如童。宋吴澡之词"岁月无多人易老，乾坤虽大愁难著"是耶？非也。我则很赞赏这样一句诗"清闲即是桃花源，常笑渊明欲问津"。

当然，舍此，室外有许多可去的地方，公园、海边、山里都可以去理你的思绪，都可以去洗你的忧闷，都可以去浸你的心脾。然而，最不需要你多的时间，最具有随意性，也无须奔波之劳就可以享受到大自然般的陶冶，便是这阳台花园了。

冬天你可以不受干裂刺骨的寒风的吹打，夏日可以不受炎炎如火的赤日的曝晒，赤着脚，光着膀子便可以阅览。无须像去公园、海边、山里一样，还得乔装打扮一番。因为这不会使你遇见朋友笑你衣衫不整而尴尬。

除了花木、草石供你欣赏之外，你也可以站在阳台上远眺。收入你眼帘的是巍峨的山，汹涌的海，飘逸的云。山，春来遍岭槐花，冬至满坡白雪，饰春冬一色；海，追逐咆哮，永不停息，表白宇宙之永恒；云，时隐时现，诡谲多变，若人、若畜、若禽、若树、若鬼神。

一九九九年三月

清明时节雨纷纷

"清明时节雨纷纷，路上行人欲断魂，借问酒家何处有，牧童遥指杏花村。"今天是清明节的第二天，是周末休息日，故抽身回家乡扫墓。走在路上，果然像诗中所云，纷纷雨点噼噼啪啪地打在车窗上，四野阴霾，天空灰暗。一路上没有多少行人，更不见断魂者，只是偶尔见到几辆车相错而过。我们熟路轻车，直奔家乡，既未问路更未问酒。路旁虽有牧群，但不见牧童，没有杏花村，只有梨花林。墓地就在一片梨花林中，雪白的梨花洁白无瑕，像献给逝者的祭礼。诗的意境与现实之环境虽不相同，但有相似交融之处。我的情绪受到大大的感染，颇有感触。

为什么人们偏在清明节扫墓呢？也许是因为春天的四月是大地返青，鹅黄初吐，万物复苏之时，生机盎然的景色，必然会使人们想到那些死者，那些没有了生命的人，是他们把生机和生命给了后人，他们为生命而死，为生机而寂，活着的生机和生命都是死者的延续。有一部电视连续剧《军人机密》，一位叫贺子达的司令员对一个从战场上归来的连长说："牺牲的战士不是为自己而死，而是为了活着的人去死的，你活着回来，就得好好地活着，因为你不是为自己活着，而是为牺牲的战士们活着。"这话很有哲理，化作春泥更护花嘛！死者是为活者死，活者也是为死者活，活者是死者生命的延续。在清明节期间扫墓纪念死者，也许就是告慰他们或她们：世界一片生机，你们的生命已经融入了目前这一片生机之中，已得以延续，得以升华。

走在路上，水绿、水秀、柳青，柳黄，看到那被春风扬起的柳枝，看到那白杨吐出的毛绒绒的嫩芽，心里特别高兴，也不免想起了自己的童年。大家在一起玩陀螺、捉迷藏、打铁块、打木茧、开火，包括杨柳嫩芽初吐，折枝作笛，自娱自乐，吹着不成曲的调子。最高雅的一项活动就是放风筝，那也不是所有的伙伴都能享受到的。最使我记忆不忘的就是上小学时，下午放学回家，拿一块干粮，抓一块咸菜，冲出家门，和小朋友们一起一边吃一边玩，这是上小学时最常见的一件事，几乎成了惯例。现在想起来不免有些单调，但感觉很快乐。随着年龄的增长，怀旧之情愈浓，孩童时代的事情遂又返上心头，尤其是回到家乡，虽面貌全非，但总觉有一种如此熟悉的感觉，那就是乡土的气息，那就是乡情。

农村是一个广阔而自由的天地，回到家乡仿佛一下子自由了，像从笼子中飞出的小鸟，看到那院子中用篱笆圈起的一小块地，上面种着芍药、牡丹、海棠、茼蒿、苋菜等都颇感舒畅。我们这些土生土长的孩子，见到土生土长的东西是非常亲切的。那是一种特殊的感情，一种特殊的快乐。

扫墓途中，碰到了好几位小学和初中同学，日久不见，也是面貌全非。有的胖胖的，有的黑黑的，有的已是驼了背，有的我竟全然不识。我们这些游子，无论在哪里，即使是天涯海角，村子里也能得到我们的消息，好事坏事都会不胫而走，走回家乡，走进同学和乡亲们的耳朵里。但他们的一些事情，我很少知之，偶尔听到竟愕然。从小娇生惯养的独生女已没有再比她更能吃苦的了，从小受穷连鞋子都穿不上的哥们，也没有再比他更有钱的了。这些从小在一起过着几乎同样单调生活的天真烂漫的孩子，长大后各奔东西，各有归宿，生活竟如此迥然天壤。有一位在城里生活的小学同学，参加工作之初就买了一辆自行车，无论到哪里都总离不开它，无论是风中，雨中，雾中，阳光下，总是那么一个姿势，用脚踩着自行车踏板，躬着腰前行，从不受身边疾驰而过的摩托车、轿车的干扰，十年前如此，十年后亦如此，单调的生活方式，使他尝到了生活的真正滋味，丰富了他的人生阅历，塑造了他坚强的性格。在农村里干活的那些同学，太阳对他们是最无情的了，硬把他们晒得像非洲人一样，岁月也对他们无情，把年轮早早地刻在他们的脸上。到目前已有三位小学同学把生命融入了这一片土地。

来到梨花林墓地，梨树下的坟冢又多了许多，清明节刚刚添了土，像是一片新坟，梨花开得烂漫，树下的小草伸了懒腰。这是一片最美的墓园，人

们以不同的形式纪念着死者，有的在烧纸，有的在供香，也有的在哭，哭的
人总是千篇一律地拖着一个单调。尽管如此，但却各有各的心酸痛楚。

二零零七年七月于烟台

书　名：《海浪花》（二）

作　者：秋　实

责任编辑：严中则　　刘慧华

装帧设计：陈汗诚

出　　版：香港文汇出版社有限公司
　　　　　香港仔田湾海旁道七号兴伟中心 2-4 楼

电　　话：2873 8288

发　　行：联合新零售（香港）有限公司
　　　　　香港新界荃湾德士古道 220-248 号荃湾工业中心 16 楼

电　　话：2150 2100

印　　刷：美雅印刷制本有限公司
　　　　　香港九龙观塘荣业街 6 号海滨工业大厦二期 4 字楼

版　　次：2022 年 1 月初版

国际书号：ISBN 978-962-374-716-5

定　　价：港币 260 元（一书三册）